KB187135

놀이로 읽는 일본문화

놀이로 읽는 일본문화

초 판 인 쇄 2018년 02월 20일
초 판 발 행 2018년 02월 28일

편   자 한국외국어대학교 일본고전독회
발 행 인 윤 석 현
발 행 처 제이앤씨
책 임 편 집 최 인 노
등 록 번 호 제7-220호

우 편 주 소 서울시 도봉구 우이천로 353 성주빌딩 3층
대 표 전 화 02) 992 / 3253
전   송 02) 991 / 1285
홈 페 이 지 http://www.jncbms.co.kr
전 자 우 편 jncbook@hanmail.net

ⓒ 한국외국어대학교 일본고전독회 2017 Printed in KOREA.

ISBN 979-11-5917-097-3   03830   정가 28,000원

놀이로 읽는
일본문화

한국외국어대학교 일본고전독회 편

제이앤씨
Publishing Company

　한국외국어대학교 일본고전독회는 2000년부터 2016년까지 17년간 매달 1회, 학교의 연구지원에 힘입어 일본 문학 및 문화 연구회를 이어왔다. 일본고전독회는 주로 한국외국어대학교 대학원생과 한국 내 전문 연구자들을 중심으로 발표와 토론 형식으로 이루어졌으며 때때로 저명한 일본 학자의 초청 강연을 통하여 연구 지평을 넓히고자 애써왔다. 이러한 일본고전독회의 꾸준한 노력은 2013년 『키워드로 읽는 겐지 이야기』, 『공간으로 읽는 일본고전문학』, 『에로티시즘으로 읽는 일본문화』(제이앤씨, 한국외국어대학교 일본고전독회 편)라는 세 권의 출간으로 결실을 거두었다. 이는 각 분야의 전문 연구자들이 일반 독자를 염두에 두고 일본 문화에 대하여 깊이는 있되 어렵지 않게 풀어쓴 교양서로, 출간 이후 줄곧 일본 문화 분야의 스테디셀러로 자리매김 되어 있다. 그중에서 『키워드로 읽는 겐지 이야기』는 2014년 대한민국학술원 우수도서로 선정되어 학술적 가치도 인정받았다.

　이번에 선보이는 세 권 역시 일반인을 위한 교양 도서로 엮어내었다. 이들 책의 공통된 특징은 한마디로 일본 문학 및 문화의 친근한 스토리텔링이라고 할 수 있다. 즉 주제가 되는 키워드를 씨실로 삼고 역사 또는 사회의 배경과 변화, 신화·전설과 설화 등을 날실로 삼아 알록달록한 '일본 이야기'를 일반 독자들에게 펼쳐보이고자 한 것이 이번 연구 도서 출판의 목적인 것이다.

『놀이로 읽는 일본문화』는 예로부터 이어 내려오는 놀이 문화에 관한 글로, 크게 실내놀이, 실외놀이, 연회와 예능의 세 부분으로 나누어 살펴보았다. 옛날 일본의 귀족 여성들은 자유로운 외출은커녕, 외부인과의 교류도 여의치 않은 삶을 살았다. 특히 헤이안平安 시대(794∼1192년)의 상류층 여성들은 폐쇄적인 결혼 제도, 복잡한 의례와 우아하지만 까다로운 복식의 제약 아래에서 주로 집안에 갇혀 지내는 시간이 많았기에 자연히 실내에서 무료함을 달래줄 놀이가 많이 발달하였다. 실내놀이는 참으로 다양하여 바둑, 쌍륙, 와카和歌 겨루기, 모노가타리物語 겨루기, 향 겨루기, 그림 겨루기, 인형놀이, 돌 맞추기 등이 있는데 이 중 대부분은 남녀 모두 즐기는 놀이이다. 한편 실외에서 이루어지는 남성들만의 놀이로는 공차기, 활쏘기, 매사냥, 경마, 씨름, 빙어 잡이 등이 있다.

제1장 실내놀이의 「손으로 하는 대화」는 바둑에 관한 글이다. 중국에서 발명된 바둑은 한반도를 거쳐 7세기경에 일본으로 전해졌는데, 헤이안 시대에 이르면 바둑은 이미 남녀 모두가 즐기는 대표적인 놀이로 정착된다. 당시의 문학 작품인『겐지 이야기』에는 사람들이 무료함을 달래기 위해 동성끼리, 혹은 남녀가 대국하는 장면이 보인다. 그런데 모노가타리에 묘사된 바둑은 단순히 오락의 차원을 넘어서 바둑이 이루어지는 장소와 인간관계가 이야기의 복선으로 작용한다. 이 글에서는 바둑 대국을 둘러싼 등장인물의 심리 묘사와 배경 설명 등이 모노가타리의 흐름 및 주제와 어떻게 연동되는지를 살핀다.

「우아한 유희, 위험한 욕망의 게임」은 쌍륙 놀이를 소개한다. 백제를 통해 전해진 이후, 쌍륙은 당시 일본의 대표적인 실내놀이가 되어 문학 속에도 종종 등장하게 된다. 승부에 집착하는 놀이인 만큼, 작품 안에서는 쌍륙을 둘러싸고 다채롭고 흥미진진한 에피소드가 펼쳐지기 마련이다. 이 글에서는『가게로 일기』를 비롯하여 여러 고전 작품에 나타난 쌍륙에 얽힌 이야기들을 통하여 인간의 욕망과 상상력의 세계를 조망한다.

「무엇이든 겨뤄보자」는 다양한 사물의 우열을 겨루는 '모노아와세'라는 놀이에 관한 글이다. 귀족들의 다양한 겨루기 놀이의 종류를 살펴보고, 그 안에 담긴 미학과 인생철학을 가늠한다.

「미의 앙상블, 격정의 한판 승부」역시 겨루기 놀이 중 '와카 겨루기'에 초점을 맞춘다. 와카 겨루기의 구체적인 방법, 유명한 일화, 그리고 놀이와 일본인의 미의식의 상관관계 등을 알아본다.

「그림과 문학, 놀이 속에서 빛나다」는 그림과 이야기 겨루기에 관한 글이다. 그림 겨루기는 단순히 그림과 모노가타리만을 비교하는 차원을 넘어 놀이 주체의 예술성, 나아가 패션 감각까지 겨루는 격조 높은 놀이였다. 이 글을 통해서 예술로 승화된 놀이를 탄생시킨 일본 고대 문화의 품격과 집단지성을 엿볼 수 있다.

「일본 카드 게임의 원조」는 조가비 겨루기에 대한 글이다. 이 놀이는 귀족의 놀이로 출발하여 훗날 서민들이 얇은 나무판에 와카와 그림을 그려 겨루는 가루타 놀이로 발전하게 된다. 귀족의 우아한 조가비 겨루기가 어떠한 과정과 시대정신을 거쳐 서민의 소박한 카드게임으로 변천하는가를 재미있게 풀어놓는다.

제2장 실외놀이는 주로 남성들이 실외에서 하는 놀이를 다룬다. 「예술로 승화되는 공차기」는 축구의 어원이 되는 공차기의 기원과 역사를 살피는 한편, 문학 속 공차기 장면이 애절한 남녀 사랑의 기폭제로 작

용하는 과정을 그린다.

「활 속에 숨겨진 이야기」는 주로 고전 문학 작품의 표현과 주제를 중심으로 일본인에게 활쏘기 놀이는 어떤 의미를 지니는지, 활쏘기의 정치적 은유는 무엇인지를 규명한다.

「벚꽃나무 아래에서 맞이하는 비일상적 시공간」은 그 유명한 일본의 벚꽃놀이에 대한 개관이다. 일본인에게 벚꽃의 의미란 무엇인가를 이야기 중심에 두고 고대 농경사회의 종교성, 귀족의 미학, 서민의 해방감, 그리고 현대의 연중행사 등의 측면에서 벚꽃놀이의 정체성을 다각도로 조감한다.

「스모의 발자취」는 일본의 국기인 스모에 대한 글이다. 스모의 기원이 되는 고대 신화를 살피고 이후 전근대 시대의 스모의 위상 변천과 역할, 근현대 스포츠로서의 스모 발전사를 다방면에 걸쳐 심도 있게 다룬다.

「새해의 푸르름을 만끽하는 봄나들이」는 주로 들놀이와 관련된 행사와 습속을 살핀다. 여러 고전 문학 속에 정월 첫 쥐날에 이루어진 들놀이 장면을 소개하고 그 의미를 조망함으로써 일본 문화에 대한 이해의 폭을 넓힌다.

「돌팔매질, 싸움이냐 놀이냐」는 석전놀이에 대한 글이다. 오늘날 아련한 추억으로만 남은 돌팔매놀이의 역사와 주요 무장의 에피소드를 재미있게 풀어내며 단순히 놀이를 넘어 풍년을 기원하고 액을 물리치는 주술적 민속놀이의 요소를 살핀다.

제3장 연회와 예능은 궁중과 귀족들의 연회에서 연주된 음악과 무용에 관한 글이다. 「향연의 축제」는 귀족들이 즐긴 관현 중심의 협주를 유희의 개념에서 설명한다. 이후 시가와 관현이 일상의 놀이를 떠나 예

능화, 전문화되어가는 양상을 설명한다.

「나비의 몸짓이 수놓는 세계」는 나비를 모티프로 한 무용에 대해 말한다. 나비를 매개로 한 이향 체험이 무용으로 승화되는 과정, 그리고 신화와 고전 문학 작품에 드러난 호접무의 내러티브를 다룬다.

「계절이 바뀔 때 열리는 연회」는 연중행사와 의례에 관해 서술한 글이다. 원단, 삼월 삼짓날, 단오, 칠석, 중양절 절회 등의 연중행사가 고전 문학에 어떻게 묘사되며 그 의미는 무엇인지에 주목한다.

「유희의 인문학」은 일본의 다도를 주제로 한다. 중국과 구분되는 일본 고유의 다도 탄생의 역사를 조명하고, 다회의 양식과 형식미 등 유희와 풍류로서 다도의 매력에 대해 살핀다.

「인형극 조루리와 조명」은 전통 예능인 조루리의 공연과 서민의 삶을 다룬 글이다. 여기서는 근세 시대 서민 생활을 소재로 한 소설과 인형극을 중심으로 '조명'이 어떻게 당시 서민들의 삶을 투영하고 있는지를 설명한다.

「잠시 머물다 가는 세상, 그림에 담다」는 판화와 우키요에를 통해 근세 문화를 언급한다. 특히 우키요에의 꽃이라고 할 수 있는 다양한 미인도 탄생의 숨은 이야기를 통해 당시 여성들의 사랑과 애환, 에도 문화의 특징 등을 자세히 집어낸다.

이 책은 2000년부터 한국외국어대학교 연구산학협력단의 독회 콜로키움 지원으로 매달 한 번씩 개최한 일본고전독회에서 발표된 원고를 바탕으로 출판하게 되었다. 먼저 17년이라는 긴 세월 동안 변함없이 일본고전독회를 지원해준 한국외국어대학교 연구산학협력단 측에 깊은 감사의 말씀을 드리고자 한다.

더불어 일본 문학 및 문화에 관심을 지닌 일반 독자들을 위하여 알차고 이해하기 쉬운 인문 도서를 만들겠다는 한마음으로 바쁜 시간을 쪼개어 귀중한 원고와 편집의 수고를 맡아준 일본고전독회 선생님들의 노고에 진심으로 감사드린다. 끝으로 이 책의 출판을 흔쾌히 승낙해준 제이앤씨 윤석현 사장님 이하 편집부 여러분께도 감사의 말씀을 전한다.

2018년 2월
한국외국어대학교 일본어대학 김종덕

목 차

11

실내놀이

놀이로 읽는
일본문화

손으로 하는 대화

김 종 덕

● ● ● ●

헤이안 시대平安時代(794~1192년)의 귀족 여성들은 외부와의 노출을 꺼리고, 당의唐衣와 같은 긴 의상을 겹쳐 입고 있었던 관계로 대체로 실내에서 무료함을 달래는 각종 놀이를 즐겼다. 여성의 실내 오락으로는 바둑, 쌍륙, 와카和歌 겨루기, 모노가타리物語 겨루기, 향 겨루기, 그림 겨루기, 인형놀이, 돌 맞추기 등이 있었고, 남성들의 대표적인 실외 놀이로는 공차기, 활쏘기, 매사냥, 경마, 씨름, 빙어 잡이 등이 있었다. 이 중에서 바둑, 관현의 연주, 와카 겨루기, 그림 겨루기, 향 겨루기 등의 문예는 남녀 공통의 실내놀이였다.

중국에서 발명된 바둑은 한반도를 거쳐 7세기경에는 일본으로 전해져, 헤이안 시대에는 남녀가 여가를 즐기는 대표적인 놀이로 정착되었다. 오늘날 세계의 바둑 인구는 중국이 가장 많고, 한국과 일본 순이며, 바둑시합도 결국 한·중·일 3국의 경쟁이라 할 수 있다. 일본의 바둑은 프로와 아마추어에 따라 갖가지 타이틀전이 있지만, 기성棋聖, 명인, 본인방, 왕좌, 천원, 기성碁聖, 십단 등 7대 기전이 있다. 한국 바둑의 개척자인 조남철 선생도 일본기원에서 프로기사로 활동하다가, 한국기원의 전신인 한성기원을 설립하였다. 최근 한중일 최강의 바둑 명인들이 구글 딥마인드Google DeepMind가 개발한 인공지능 알파고와의 대국에서 줄줄이 패배함으로써 국내외에 크나큰 충격을 주었다.

헤이안 시대의 고전작품인 『겐지 이야기源氏物語』에서는 남녀가 실내에서 무료함을 달래기 위한 놀이로 동성 혹은 남녀가 대국을 하는 장면이 기술되어 있다. 예를 들면 우쓰세미空蝉와 노키바노오기軒端荻 모녀의 대국, 다마카즈라玉鬘의 딸 오이기미大君와 나카노키미中の君 자매의 바둑을 통해 인물조형이 이루어진다. 한편 금상은 가오루薫와 내기 바둑을 두고, 하치노미야八の宮의 딸 우키후네浮舟와 소장 비구니의 대국에서는 우키후네가 기성의 실력도 능가할 정도로 뛰어나다는 점을 역설하고 있다. 『겐지 이야기』의 「에아와세絵合」권에서 소치노미야가 글씨와 바둑은 신기하게도 천부적인 재능을 타고난다고 한 것처럼, 우키후네는 그다지 높은 신분은 아니지만 바둑에 관한 특별한 재능을 타고난 인물로 묘사된다. 근대 이후 일본에서는 가와바타 야스나리의 『명인』(1938년)을 비롯해 영화나 만화, 가부키 등, 바둑을 소재로 한 다양한 작품이 창작된다.

『겐지 이야기』에 그려지는 바둑은 단순한 오락의 차원을 넘어서 그것이 행해지는 장소와 인간관계를 통해 허구의 주제를 제어하는 복선이 된다. 또한 바둑은 남녀노소를 막론하고 대국을 두기 위해 마주한 두 사람의 인간관계, 또 이를 지켜보거나 엿보는 사람의 심리가 장편의 주제를 리드한다고 할 수 있다. 이 글에서는 바둑이 헤이안 시대의 대표적인 놀이문화의 하나이지만, 허구의 문학 작품에서는 어떻게 남녀의 인간관계와 주제를 제어하는가를 살펴보고자 한다.

바둑의 유래

바둑의 유래에 대해 중국의 고대소설『박물지博物志』에는 "요 임금이 만들어 아들 단주의 교육에 바둑을 이용했다"고 지적했다. 그리고『논어』에서는 포식을 하고 하루 종일 마음을 쓸 데가 없는 것은 좋지 않다, "장기와 바둑을 두는 일이 있지 않은가. 그것이라도 하는 것이 아무 것도 하지 않는 것보다는 낫다"라고 하여, 바둑은 여가를 보내는 좋은 놀이의 하나로 생각했다. 한편 임방의『술이기述異記』95에는, 진(265~420년) 나라 때 나무꾼 왕질이 석강 상류인 신안군의 석실산에서 나무를 베다가 동자들이 주는 대추씨 같은 것을 얻어먹고 바둑 두는 것을 구경하고 있었다고 한다. 그런데 한 동자가 왜 집으로 가지 않느냐고 하여, 왕질이 일어나 도끼를 보니 자루가 다 썩어 있었다는 고사에 연유하여, 바둑을 난가爛柯라고도 한다. 우리나라에서는『삼국사기』에 고구려 장수왕 때의 승려 도림道琳이 백제의 개로왕과 바둑을 두었고,『삼국유사』에는 신라 효성왕이 잠저에 있을 때 신충과 바둑을 두었다는 이야기를 전하고 있다.

　일본 나라 시대奈良時代의 쇼소인正倉院에 보존되어 있는 '목화자단기국木画紫檀碁局'은 세계 최고의 목제 바둑판으로 백제의 의자왕이 전한 것으로 알려져 있다. 이 바둑판에는 바둑알을 넣는 서랍이 바둑판 아래에 붙어 있고, 양 측면에는 자단목에 동식물의 모양을 상아로 새겨 넣은 아름다운 예술품이다. 그리고 나라 시대에는 이미 바둑이 전해져 여가를 보내는 오락으로 즐기는 기록이 다수 나온다. 『히타치노쿠니후도키常陸風土記』에는 동남쪽 바닷가의 바둑돌은 그 색이 옥과 같다고 전한다. 한편 『가이후소懷風藻』에는 벤쇼辨正 법사가 당나라에 유학했을 때, 바둑을 잘 둔다고 하여 현종 황제로부터 예우를 받았다는 기술이 있다.

　『고단쇼江談抄』에는 기비 마키비吉備真備가 752년 두 번째로 견당사의 부사로 갔을 때, 당나라 사람들이 그를 누각에 유폐시키고 죽이기 위해 세 가지 난제를 제시했다고 한다. 즉 『문선』의 독해, 바둑시합, 야마다이시野馬台詩의 독해였는데, 마키비는 아베노 나카마로阿倍仲麻呂의 유령이 시킨 대로 독해하고, 바둑의 시합에서는 마지막에 결정적인 당나라의 흑돌 한 알을 삼켜 이기게 된다는 이야기를 전하고 있다. 그리고 스가와라 미치자네菅原道真가 쓴 한시문집 『간케분소菅家文章』에는 바둑을 "손으로 대화하는 그윽한 것 마음을 움직이는 흥취가 어떠한가"라고 읊었다. 그래서 바둑을 손으로 나누는 대화라고 하여 수담手談이라고도 한다. 또 『니혼료이키日本靈異記』상 19화에는 야마시로의 어떤 사미승이 속인과 함께 바둑을 두고 있는데, 법화경을 독경하며 구걸을 하는 거지를 보고 비웃자 자신의 입이 비뚤어졌다는 현보의 이야기를 소개하고 있다.

　헤이안 시대의 여류문학에는 여성들의 일상에서 가장 보편적인 놀이 중의 하나가 바둑이라는 것을 기술하고 있다. 『마쿠라노소시枕草子』 202단에 "놀이로는 활쏘기, 바둑, 품위는 없지만 공차기도 재미있다."

라고 하여 대표적인 놀이문화로서 바둑을 들고 있다. 또 134단에는 "무료함을 달래주는 것으로는 바둑, 쌍륙, 모노가타리 …… "라고 하여 무료한 시간에 즐기는 대표적인 오락으로 바둑을 들고 있다. 『야마토 이야기大和物語』 29단에는 우대신 후지와라 사네카타藤原定方(873~932년)가 귀족들과 밤늦도록 바둑을 두고 관현의 음악 연주를 하다가, 취해서 마타리꽃을 머리에 꽂고 와카를 읊었다고 한다. 그리고 『무라사키시키부 일기紫式部日記』에는 하리마 수령播磨守이 내기 바둑에 진 날, 작자가 잠시 친정에 갔다 돌아와 보니 진 사람의 향응으로 화려한 밥상 위에 와카를 읊은 것이 놓여 있다고 기술했다. 한편 『에이가 이야기栄花物語』에는, 무라카미 천황村上天皇(846~967년)이 무료한 날, 여어와 갱의들을 어전으로 불러 바둑이나 쌍륙을 두거나 구경을 했다고 한다.

이와 같이 바둑은 7세기 무렵 중국에서 일본으로 전래된 이래로, 9세기 무렵에는 천황, 귀족에서 하급 관료에 이르기까지 크게 유행했다. 즉 헤이안 시대의 바둑은 남녀노소를 막론하고 무료함을 달래거나 만남의 계기를 만들기 위한 대표적인 실내 오락이었다고 할 수 있다. 이 글에서는 모노가타리 문학에서 바둑이 남녀의 만남과 인간관계에 어떠한 기능을 하는가를 살펴보고자 한다.

우쓰세미와 노키바노오기의 대국

『겐지 이야기』의 「하하키기帚木」권에서 히카루겐지光源氏(이하 겐지)는 비오는 날 밤의 여성 품평회에서 화제가 된 중류계층의 여성인 우쓰세미와 관계를 맺은 후 재회를 노리고 있었다. 어느 날 겐지는 부하인 고기미小君의 안내로 기이 수령紀伊守의 집에서 후처 우쓰세미와 의붓딸 노키바노오기가 바둑을 두고 있는 것을 엿보게 된다.

> 고기미는 겐지를 동쪽 여닫이문에 서 있게 하고 자신은 남쪽 모퉁이 사이로 격자문을 두드리며 큰 소리를 내며 들어갔다. 뇨보들이 '밖에서 다 보이겠어요'라고 이야기하는 듯하다. 〈고기미〉 '이렇게 더운데 왜 이 격자문을 닫고 있는가요'라고 묻자, 〈뇨보들〉 '낮부터 서쪽 별채 아가씨가 건너오셔서 바둑을 두고 계셔요'라고 대답한다. 겐지는 서로 마주보고 있는 모습을 보고 싶어서 살짝 문에서 걸어 나와 발 사이로 살짝 들어가셨다.

겐지는 기이 수령의 저택에서 우연히 만난 중류층의 여성 우쓰세미를 잊지 못하고 있다가 부하인 고기미(우쓰세미의 동생)를 시켜 다시 만날 수 있도록 주선하게 한 것이다. 고기미는 누나인 우쓰세미와 그녀의 의붓딸 노키바노오기가 바둑을 두고 있는 집안으로 들어가, 겐지가 문 밖에서 엿볼 수 있도록 일부러 격자문을 살짝 문을 열어 놓는다. 여름이라 휘장이 걷혀 있었기도 했지만, 겐지는 마침 두 사람이 바둑을 두는 모습을 한눈에 들여다 볼 수 있었다. 특히 겐지의 시선은 몸집이 크고 화려한 미인이지만 어쩐지 조심성이 없어 보이는 노키바노오기보다 옆으로 앉아 있어 잘 보이지 않지만 작고 단정한 모습인 우쓰세미에게 집중되어 있다. 두 사람이 바둑을 두는 장면은 이어지는 대목에서 좀 더 구체적으로 묘사되고 있다.

다음은 우쓰세미와 노키바노오기가 바둑을 다 두고 뒷정리를 하는 장면이다.

【그림 1】 우쓰세미와 노키바노오기의 대국
(秋山虔他(1988)『図説日本の古
典7 源氏物語』集英社)

노키바노오기가 재능이 없는 것은 아닐 것이다. 바둑이 끝나고 공배를 메우고 있을 때 재빠르고 활달하게 떠드는데 안쪽에 있는 사람은 대단히 침착하게 〈우쓰세미〉 '기다리세요. 그곳은 비긴 거예요. 이 부분의 패를 먼저 가려요'라고 말하는데 〈노키바노오기〉 '아니오, 이번에는 제가 졌어요. 이 귀는 모두 몇 집이 되나요'라고하며 손가락을 꼽으며, '열, 스물, 서른, 마흔'하며 세는 모습은 이요 온천의 칸막이 개수도 쉽게 헤아릴 수 있을 듯하다. 조금은 기품이 떨어지는 느낌이다.

우쓰세미와 노키바노오기는 바둑을 다 두고 패, 귀 등의 승부를 가리기 위해 집을 계산하고 있다. 여기서도 겐지의 시선은 활달한 성격의 노키바노오기보다 나이는 들어 보이지만 침착한 우쓰세미에게 집중되어 있다. 즉 겐지의 여성관은 신분이나 미모보다도 침착한 행동과 품위를 더욱 중시한다는 것을 알 수 있다. 바둑이 끝나고 모두 잠자리에 들어 조용해지자, 겐지는 고기미의 안내로 집안으로 숨어 들어가 우쓰세

21

미가 자고 있는 곳으로 다가간다.

한편 우쓰세미는 자신과 겐지와의 신분 차이를 고민하며 잠들지 못하고 상념에 사로잡혀 있는데, 누군가 다가오는 소리를 듣고 바로 겐지라는 것을 알아차린다. 우쓰세미는 겐지와의 꿈같은 관계를 생각하며 잠들지 못하고 고민하고 있던 차에, 옷자락이 스치는 소리가 들리고, 정말로 좋은 향내가 풍겨오자 순간 겐지가 숨어들었다는 것을 알아챈다. 우쓰세미는 바로 속옷만 입은 채 잠자리를 빠져 나가버렸다. 이를 알 리가 없는 겐지는 옆자리에 자고 있던 노키바노오기를 우쓰세미라 생각하여 다가가 관계를 맺는다. 겐지는 바로 다른 사람이라는 것을 알아채고 적당히 둘러대지만 노키바노오기는 이러한 사실조차도 인지하지 못한다. 겐지는 하는 수 없이 우쓰세미가 벗어두고 나간 겉옷을 들고 니조인의 집으로 돌아간다.

「아오이葵」권에서 아오이노우에葵の上가 죽은 후, 겐지는 무라사키노우에紫の上와 무료한 가운데 바둑을 두거나 편 잇기 놀이를 하며 하루를 지내면서 무라사키노우에가 정말 재치 있고 영리하다는 생각을 한다. 즉 여기서 겐지와 무라사키노우에는 바둑과 편 잇기 놀이 등을 통해 가까워지고 이러한 놀이가 결혼으로까지 이어진다는 점에 주목할 필요가 있다. 그리고 겐지는 「와카무라사키若紫」권에서 무라사키노우에가 인형놀이를 하던 10세 때와는 달리 이제 성인이 되어 결혼 적령기(14세)가 되었다고 생각하여 부부의 관계를 맺는다. 다음 날 겐지는 무라사키노우에가 괴로워 한다는 이야기를 듣고, "오늘은 바둑도 두지 않고 재미없네"라고 위로하며 다독여준다. 즉 무라사키노우에가 겐지와 바둑을 두는 것을 마치 결혼을 위한 전제 조건이라도 되는 것처럼 조형하고 있다는 점에 주목할 필요가 있다.

「스마須磨」권에는 겐지가 스마에 퇴거하여 지내는 기간에도 바둑, 쌍륙,

돌 따먹기 도구 등을 만들어 각종 놀이를 하며 소일했다는 것을 기술하고 있다. 즉 바둑은 겐지가 유배 생활과 마찬가지인 스마에 퇴거하여 지내는 동안에도 두었을 정도로 여가를 즐기는 친밀한 오락이었던 것이다. 「에아와세」권에서 소치노미야帥宮는 겐지에게 다른 예능은 배운 만큼의 결과가 나오지만, '서예와 그림, 바둑을 두는 것은' 신기하게도 천부적인 재능을 타고나는 것 같다고 지적한다. 14세기의『겐지 이야기』주석서『가카이쇼河海抄』에는 이 대목에 대해 "『유선굴』에 말하기를 바둑에서 지혜가 나온다"는 말을 인용하고 있다. 중국의『유선굴』에 나오는 주인공 오수는 "바둑은 지혜의 놀이입니다. 장 도령께서는 바둑도 대단히 뛰어나십니다"라고 하며 바둑이 지혜를 키우는 놀이로 생각되었다는 것을 알 수 있다.

이와 같이 바둑은 남녀가 실내에서 무료함을 달래기 위해 두는 도구이면서 지혜를 키우는 놀이였다. 특히 겐지가 엿본 우쓰세미와 노키바노오기의 바둑은 사랑의 인간관계를 맺는 중요한 매개가 된다. 즉 우쓰세미와 무라사키노우에 등 바둑을 잘 두는 사람이 현명하고 지혜롭다는 이야기와 함께 엿보기의 대상이 된 여성과 결혼을 하게 된다는 점에도 주목할 필요가 있다. 또한 모노가타리에 등장하는 귀족의 남녀는 바둑 시합 등을 통해 성숙해지고, 이를 엿보는 사람의 심리를 중심으로 남녀의 인간관계가 전개된다는 것을 확인할 수 있다.

오이기미와 나카노키미 자매의 대국

『겐지 이야기』에서 유가오夕顔의 딸 다마카즈라는 남편 히게쿠로髭黑

가 죽은 후, 지혜롭게 3남 2녀를 양육하고 있었다. 다음은 「다케카와竹河」권에서 벚꽃이 한창일 때, 다마카즈라의 두 딸 오이기미와 나카노키미가 바둑을 두는 대목이다.

> 바둑을 두신다고 서로 마주보고 계신 머리카락의 가장자리나 드리워진 모습이 정말 아름답다. 지주노키미가 바둑의 심판을 하신다고 가까이 앉아 있는 곳으로 형들이 들여다보고 "지주노키미는 누나들이 특별히 마음에 들어 하는구나. 바둑의 참관을 허락하는 정도이니"라고 하며, 어른스런 태도로 꿇어앉자 아가씨 가까이 있는 뇨보들도 자세를 바로 했다. 중장은 "궁중의 공무가 바빠져 지주보다 늦어졌구나. 정말 마음대로 되지 않아"라고 하며 불평을 하시자, 〈우중변〉 "저 같은 판관은 더더욱 바빠서 사적인 일은 소홀해지게 되는데 그렇다고 내버려둘 수도 없고"라고 말씀하신다. 이에 바둑 두는 것을 멈추고 부끄러워하는 아가씨들의 모습이 너무나 아름답다.

일본의 국보 『겐지 이야기 에마키源氏物語絵巻』에 자매가 바둑 두는 장면으로 그려지기도 한 유명한 대목이다. 그리고 남동생 지주노키미가 자매의 바둑 시합에 대한 심판을 맡았는데, 이를 본 형들이 부러워한다는 것이다. 중장과 우중변 등의 형들이 조정의 공무로 일찍 빠져나올 수가 없었다고 불평하는 모습은 오늘날의 공무원들과 크게 다르지 않다. 중장은 자매가 바둑을 멈추고 부끄러워하는 모습을 보며 아버지 히게쿠로가 돌아가시고 계시지 않는 것을 안타까워한다. 그리고 중장은 마침 만개한 정원의 벚꽃을 보고, 자매가 어린 시절 서로 벚꽃을 놓고 자기 것이라 다투었던 일화를 들려준다. 즉 정원의 벚나무를 두고 아버지는 오이기미 것이라 하고, 어머니 다마카즈라는 나카노키미의 것으

【그림 2】 다마카즈라 두 딸의 대국
(秋山虔他(1988)『図説日
本の古典7 源氏物語』集
英社)

로 성원했다는 것이다.

　다음은 중장들이 자리를 뜬 다음, 오이기미와 나카노키미가 정원의 벚꽃을 걸고 다시 바둑을 두는 장면이다. 이 때 유기리夕霧의 아들인 장인 소장蔵人小将이 자매를 엿보고 오이기미에게 연모하는 마음을 품는다.

　　중장들이 일어선 뒤에 아가씨들은 중단하셨던 바둑을 다시 두신다. 옛날부터 서로 가지려 했던 벚꽃을 걸고, "세 번 두어 가장 많이 이긴 사람에게 꽃을 양보하는 것으로 합시다"라고 하며 서로 농담을 하신다. 어두워졌기 때문에 처마 끝으로 나와 끝까지 두신다. 뇨보들은 발을 걷어 올리고 양쪽이 모두 경쟁적으로 승리를 기원한다. 때마침 형들과 함께 온 장인 소장이 지주노키미의 방에 와 있었는데, 마침 사람도 적고 게다가 복도의 문이 열려 있어 살짝 다가가 엿보게 되었다.

　자매는 바둑의 승부를 삼판양승으로 하자고 약속하고 내기로 정원의 벚꽃을 걸었다. 뇨보들은 왼쪽과 오른쪽으로 갈려 각각 모시는 분을 열렬히 응원했다. 바둑의 결과는 나카노키미가 이겼고, 고구려의 아악 高麗樂이 연주되기를 기다린다. 왼쪽의 오이기미가 이겼을 경우에는 당악唐樂이 연주되었을 것이다. 그리고 이 바둑의 결과로 오이기미 측은 벚꽃을 잃게 된 아쉬움을, 나카노키미 측은 벚나무가 자신의 것이라는 기쁨으로 와카를 증답한다. 한편 장인 소장은 우연히 바둑을 두는 오이기미를 엿보고 연심을 품는다. 그러나 장인 소장은 이미 아버지 유기리로부터 오이기미가 레이제이인冷泉院의 후궁으로 입궐할 것이라는 이야기를 들었는지, 다른 사람과 인연이 맺어지게 되는 것을 안타깝게 생각한다. 이후 오이기미는 레이제이인에게, 나카노키미는 금상의 후궁으로 입궐하자, 장인 소장은 바둑 두었던 오이기미를 그리워한다. 그런데 『이세 이야기伊勢物語』나 『겐지 이야기』 등 모노가타리 문학에서 엿보기의 주인공은 대체로 엿보게 된 남녀 상대와 맺어지는 것이 보통인데, 장인 소장의 경우 그 유형이 지켜지지 않는다는 점에도 주목할 필요가 있다.

15세기경의 『겐지 이야기』 주석서 『가초요세이花鳥余情』(1472년)에는, 우다 천황 대의 전상 법사 간렌(다치바나 요시토시橘良利)이 913년에 바둑의 규칙을 제정했다고 한다. 『야마토 이야기』 2단에는 간렌이 궁중에 근무하다가, 우다 천황이 입산하자 따라서 출가했다는 일화를 소개하고 있다. 『곤자쿠 이야기집今昔物語集』 권24-6화에는 고세이와 간렌이라는 두 사람의 승려가 있었는데, 바둑이 능숙했다는 것을 기술하고 있다. 특히 간렌이 다이고 천황과 내기 바둑에 이겨 황금 베개를 받아 미륵사를 짓는다는 이야기를 기술하고 있다. 그리고 『고지단』 6-73화에는 다이고 천황이 고세이 법사를 불러 금 베개를 걸고 바둑을 두셨

는데 고세이가 이겼고 이후 고세이 법사는 이 금 베개로 닌나지仁和寺 북
쪽에 미륵사를 창건했다고 한다. 『겐지 이야기』「가게로蜻蛉」권에도 가
오루가 나카노키미의 출산을 축하하는 선물로 내기 바둑에 필요한 돈
을 준비한다는 기술이 나온다. 이와 같이 헤이안 시대의 내기 바둑에서
는 금전을 거는 경우도 흔히 있었던 것 같다.

「다케카와」권에서 오이기미와 나카노키미의 대국은 소한消閑의 의미
가 있겠지만, 장인 소장에게 있어서는 오이기미를 엿보고 연모하는 계
기가 된다. 그리고 장인 소장의 시점을 통해 오이기미와 나카노키미 주
변의 인물조형이 이루어진다는 점에도 주목할 필요가 있다. 즉 바둑이
모노가타리의 주제와 작의를 구상하는 중요한 계기가 된다는 것을 확
인할 수 있다.

금상과 가오루의 대국

「가게로」권에는 금상의 후지쓰보 여어藤壺女御가 14세의 딸 온나니노
미야女二宮를 남겨두고 세상을 떠난다. 늦가을비가 내리는 무료한 저녁
무렵, 천황은 온나니노미야를 위로하며 함께 바둑을 둔다. 그리고 천황
은 사람을 시켜 궁중에 신하들 중에서 누가 남아 있는지를 확인하고,
그중에서 가오루 중납언을 데려오라고 명한다.

다음은 「가게로」권에서 천황이 무료하다는 것을 핑계로 가오루 중
납언을 상대로 바둑을 두는 대목이다.

〈천황〉 "오늘 내리는 초겨울 비는 보통 때보다 특별히 조용한 느낌이 들지만, 상중이라 관현의 놀이를 할 수는 없고, 정말 무료한 때라 왠지 여가를 보내는 것으로는 이것이 제일이겠지"라고 말씀하시고, 천황은 바둑판을 끌어당겨, 바둑의 상대로 중납언 가오루를 불렀다. 중납언은 이렇게 가까이 부르는 것은 항상 있는 일이라 오늘도 그렇겠지 하고 생각했는데, 〈천황〉 "좋은 내기가 있지만 그렇게 가볍게 내놓을 수는 없지. 그런데 무엇을 걸까"라고 말씀하시는 얼굴을, 중납언은 어떻게 본 것일까, 점점 긴장하며 앉아있다. 그런데 바둑을 두어 보니 천황이 세 번 중에 두 번을 지셨다. 천황이 "분하도다"라고 말씀하시고 "우선 오늘은 이 꽃 한 송이를 허락하지"라고 말씀하시자, 중납언은 대답을 하지 않고, 단 아래로 내려가 우아한 아름다운 꽃 한 송이를 꺾어 자리로 돌아왔다.

천황은 '정말 무료한 때라' 바둑을 두는 것이 여가를 보내기에 가장 좋다고 말한다. 이것은 비단 천황만의 생각이 아니라 당시 사회의 일반적인 통념으로 볼 수 있다. 백거이는 『백씨문집』 권16에서 "봄을 보내는 데는 단지 술이 있어야 하고 세월을 보내는 데는 바둑만한 것이 없다"라고 했다. 이 시의 내용과 「가게로」권의 주제는 직접적인 관련이 없지만, 바둑이 여가를 보내는데 가장 적절한 놀이였다는 점은 공통분모라 할 수 있다. 즉 바둑에 대한 이러한 통념은 백거이나 일본의 여류작가 세이쇼나곤淸少納言, 무라사키시키부紫式部 등도 공통적으로 갖고 있었다. 금상은 스자쿠인朱雀院이 딸 온나산노미야女三宮를 히카루겐지에게 강가降嫁시킨 선례를 상기한다. 그리하여 천황은 '이 중납언 외에는 달리 적당한 사람이 없다'고 생각하며, 온나니노미야를 가오루와 맺어줄 의향을 굳히고 있었다. 그래서 궁 안에 남아있는 여러 신하들 중에

【그림 3】 금상 천황과 가오루의 대국 (秋山虔他(1988)『図説日本の古典7 源氏物語』集英社)

서 특별히 가오루를 바둑의 상대로 부른 것이다. 금상은 가오루와의 바둑 시합에서 의도적으로 져주고 짐짓 분하다고 말한 것이다. 그리고 내기에 졌으니 '꽃 한 송이'를 허락한다는 것으로, 온나니노미야와 가오루의 결혼을 승낙한 것으로 볼 수 있다. 여기서 '꽃 한 송이'라고 하는 것은 '궁전 앞의 국화꽃이 아직 시들지 않고 한창일 때'라는 기술이 있어 국화꽃으로 볼 수 있다.

이 대목은 『우쓰호 이야기うつほ物語』의 「나이시노카미内侍のかみ」권에서 스자쿠 천황朱雀天皇이 7월에 씨름의 연회가 끝난 후, 나카타다仲忠와 내기 바둑을 두는 장면을 상기시킨다.

그렇게 하고 있는 동안에 천황은 '어떻게 해서 나카타다에게 말을 듣게 할까'하고 생각한다. 나카타다는 훨씬 떨어진 곳에 엎드려 있었는데, 가까이

29

오게 하여 나카타다와 바둑을 두신다. "무엇을 걸까. 너무 소중한 것을 걸지
는 말아야지. 서로 상대가 원하는 것을 걸지"라고 말씀하시고, 세 판으로 한
정하여 두시기 시작한다.

스자쿠 천황은 갖가지 놀이에 조예가 있었지만, 특히 '바둑을 제일 좋
아하고' 꼭 이기려고 생각했다. 나카타다는 딴 생각을 하고 두어 결국 천
황이 두 판을 모두 이겼다. 천황은 나카타다에게 약속한 대로 칠현금의
연주를 요구했지만, 나카타다는 이런저런 변명을 대며 응하지 않고 대신
에 어머니인 도시카게의 딸俊蔭女에게 연주를 하게 한다. 그런데 천황이
나카타다에게 바둑을 이기고자 한 것은 칠현금의 연주를 시키려는 것이
아니라, 딸 온나이치노미야女一宮와 결혼시키려는 속셈이 있었던 것이다.
이에 앞서 스자쿠 천황은 '온나이치노미야를 나카타다에게 주어야지'라
고 생각하고 있었다. 그리고 바둑을 둔 다음 달인 8월에 스자쿠 천황은
딸 온나이치노미야를 나카타다와 결혼시킨다. 즉 『우쓰호 이야기』에서
스자쿠 천황이 나카타다에게 바둑을 이긴 것이나, 『겐지 이야기』에서 금
상 천황이 가오루에게 일부러 바둑에 져준 행위는 모두 딸을 신하와 결
혼시키기 위한 명분을 만들기 위한 게임이었던 것이다.

이와 같이 금상이 가오루를 부른 것은 단순히 무료하니까 바둑이나
한판 두자는 것이 아니라 둘째 딸 온나니노미야와의 정략결혼을 위한
치밀한 포석이었던 것이다. 그로부터 2년 후 온나니노미야는 16세에
성인식을 치른 다음 날, 가오루 대장과 결혼하여 만인이 부러워하는 행
복을 누리게 된다. 즉 바둑은 일상의 무료함을 달래기 위한 놀이이지
만, 천황은 온나니노미야와 가오루를 맺어주기 위한 도구로 이용했다
는 것을 알 수 있다.

우키후네와 소장 비구니의 대국

「하시히메橋姬」권에는 우지宇治로 은퇴한 하치노미야가 불도수행을 하는 여가를 틈타 어린 딸들과 갖가지 놀이를 하는 가운데 바둑을 둔다. 즉 하치노미야는 두 딸 오이기미와 나카노키미에게 여성으로서 갖추어야 할 필수 교양으로 칠현금을 배우게 하고, 바둑을 두고, 편 잇기 등을 익히게 했다. 또한 하치노미야는 오이기미에게 비파를, 나카노키미에게 쟁을 가르쳤고, 두 딸은 습자, 와카, 음악에 조예가 깊고 성격도 신중하고 기품과 사려분별이 있는 미모로 자란다. 특히 하치노미야가 딸들에게 바둑을 가르쳤다는 것은, 「아오이」권에서 히카루겐지가 와카무라사키에게 바둑을 가르친 것을 상기시킨다.

「시이가모토椎本」권에는 니오노미야匂宮가 하세데라初瀬寺에 참배하고 돌아오는 길에 우지 산장에 들린다. 니오노미야는 마중 나온 가오루 등의 귀족들과 함께 바둑, 쌍륙, 돌 맞추기 등의 놀이와 관현의 음악을 연주하며 즐긴다는 대목이 나온다. 이들 일행이 노는 유희는 겐지가 스마에서 여가를 보낼 때의 놀이와 거의 대동소이한데, 하치노미야는 이미 출가한 몸이지만 함께 관현의 음악을 연주하며 젊은이들과 함께 어울린다. 즉 헤이안 시대의 바둑은 모든 귀족 남녀가 다 함께 즐길 수 있는 대표적인 놀이 문화였다는 것을 알 수 있다.

하치노미야가 죽은 후, 니오노미야는 가오루의 주선으로 나카노키미와 결혼한다. 한편 우키후네는 하치노미야와 주조노키미中將君와의 사이에 태어나지만, 시녀였던 어머니의 신분으로 인해 딸로서 인정받지 못하고 쫓겨났다. 이후 어머니가 히타치 지방 차관常陸介의 후처로 재혼하자, 우키후네는 아즈마東國에서 성장한다. 가오루는 연모하던 오이기미가 죽은 후, 나카노키미의 소개로 우키후네의 존재를 알게 된다. 가오루는 우지에서 우연히 오이기미와 꼭 닮은 우키후네를 엿보고 감동한다. 그러나 주조노키미는 딸 우키후네를 도읍으로 데려가 배다른 언니인 나카노키미에게 맡긴다. 이 때 니오노미야가 우연히 우키후네를 엿보고 열정적인 구애를 하자, 우키후네는 가오루와의 삼각관계로 인해 고뇌가 깊어진다. 「데나라이手習」권에서 우키후네는 가오루와 니오노미야 사이에서 갈등하다 결국 우지 강에 투신자살을 시도한다. 그런데 요카와 승도横川僧都 일행에게 구출된 우키후네는 승도와 동생 비구니妹尼 일행을 따라 오노小野의 산장으로 들어가 간호를 받은 후, 무료한 매일을 습자 연습과 바둑을 두며 지낸다.

다음은 「데나라이」권에서 소장 비구니少將尼가 우키후네의 울적함을 달래주기 위해 바둑을 두자고 제의하는 대목이다.

> 〈소장 비구니〉 "제가 괴로울 정도로 수심에 잠겨 계시는군요. 바둑을 두십시다"라고 한다. 〈우키후네〉 "너무 서툴러서요"라고는 했지만, 두어볼까 하는 생각이 있는 듯하여, 소장 비구니는 바둑판을 가져오게 한다. 아무래도 본인이 이길 것으로 생각하여 선수를 두게 했는데, 당해낼 수가 없자 이번에는 자신이 선수를 두었다. 〈소장 비구니〉 "동생 비구니가 빨리 돌아오시면 좋을 텐데. 이 바둑을 보여드려야지. 그 분은 정말 바둑을 잘 둡니다.……"

동생 비구니가 하쓰세 참배를 위해 떠난 뒤라 집안에 사람도 적고 무척이나 '무료한 가운데', 소장 비구니는 우키후네를 위로하기 위해 바둑을 두자고 제의한 것이다. 우키후네도 수긍을 하여 바둑을 두게 되었다. 그런데 소장 비구니는 자신의 바둑이 훨씬 더 강할 것으로 생각했는데 예상치 않게 우키후네가 한 수 위인 것을 알고 놀라며, 이를 동생 비구니에게 보여주고 싶어 한다. 소장 비구니는 자칭 기성이라고 하는 승도보다도 더 잘 둘 것 같다고 칭찬하며 우키후네의 기분을 반전시키려 노력한다. 그러나 우키후네는 바둑에 대한 자신의 실력이 드러난 것을 오히려 후회하고 기분이 좋지 않다고 하며 자리에 누워 울적한 기분을 털어내지 못한다.

다음은 출가한 우키후네가 무료한 가운데 오노의 동생 비구니와 바둑을 두는 대목이다.

> 그래서 몇 달이나 계속해서 수심에 잠겨 있었는데, 바라던 바대로 출가를 하신 후에는, 조금 밝은 기분이 되어 동생 비구니와 덧없는 농담도 하고, 바둑을 두기도 하며 매일 매일을 지내신다. 근행도 열심히 하고, 법화경은 물론 그 외의 경전 등도 정말 정성껏 독송하신다. 그렇지만 눈이 깊이 쌓여 인적도 끊기는 시기이니 어떻게 기분을 풀길이 없었다.

우키후네는 동생 비구니의 사위인 중장으로부터 구혼을 받지만 동요하지 않고 독경을 하며 수행을 하다가 요카와의 승도에게 부탁하여 출가한다. 출가한 우키후네는 동생 비구니와 농담도 하며, 바둑을 두기도 한다는 것이다. 앞에서 소장 비구니가 이야기한 것처럼 우키후네와 동생 비구니의 바둑은 좋은 적수였을 것이나 구체적인 대국의 양상이나 승부는 묘사되지 않고 사실관계만 전하고 있다.

나가며

바둑의 발명과 전승, 여가를 즐기는 대표적인 놀이로 정착하게 된 배경을 살펴보고 『겐지 이야기』에서 바둑을 두는 주인공들의 인간관계를 살펴보았다. 특히 우쓰세미와 노키바노오기, 다마카즈라의 딸 오이기미와 나카노키미, 금상과 가오루, 우키후네와 소장 비구니 등, 바둑을 두는 등장인물이 어떠한 인간관계를 형성하게 되는가를 규명해 보았다. 『겐지 이야기』에서 바둑은 실내에서 무료함을 달래기 위해 두는 경우도 있지만 주제의 전개나 인물조형을 위해 설정된 경우가 많았다.

우선 우쓰세미와 노키바노오기의 대국은 우쓰세미가 이기는데, 겐지의 엿보기를 통해 사랑의 인간관계가 맺어지기 위한 설정으로 볼 수 있다. 다마카즈라의 딸 오이기미와 나카노키미의 대국은 나카노키미가 이기며, 장인 소장의 엿보기를 통해 자매의 인물조형이 이루어진다. 금상은 의도적으로 가오루에게 바둑을 져주고 내기로 건 온나니노미야를 가오루와 결혼시킨다. 우키후네와 소장 비구니의 대국에서는 우키후네가 기성의 실력도 능가할 정도로 뛰어나다는 점을 역설하고 있다. 즉 「에아와세」권에서 소치노미야가 글씨와 바둑은 신기하게도 천부적인 재능을 타고난다고 한 것처럼, 우키후네는 바둑에 관한 재능을 타고난 인물로 묘사된다.

헤이안 시대의 문헌에 바둑은 기본적으로 무료한 가운데 여가를 보내기 위한 놀이라는 점을 기술하고 있다. 그러나 『겐지 이야기』에 나타난 바둑은 단순한 오락의 차원을 넘어서 그것이 행해지는 장소와 인간관계를 통해 허구의 주제를 제어하는 복선이 된다. 남녀노소를 막론하고 바둑의 승부와 마주한 두 사람의 인간관계, 또 이를 지켜보거나 엿보는 사람의 심리가 장편 모노가타리의 주제를 형성한다는 것을 확인할 수 있었다.

▌이 글은 김종덕「『源氏物語』에 나타난 바둑을 통한 인간관계」(『외국문학연구』
제49호, 한국외대 외국문학연구소, 2013)를 참고하여 풀어쓴 것이다.

참고문헌

中野幸一 校注訳(2004)『うつほ物語』1(新編日本古典文学全集, 小学館)
松井健児(2003)『源氏物語の生活世界』翰林書房
阿部秋生 他校注(1999)『源氏物語』①~⑥(新編日本古典文学全集, 小学館)
山中裕・鈴木一雄(1992)『平安時代の信仰と生活』至文堂
佐久節 校注(1978)『白楽天全詩集』第二巻(續國譯漢文大成, 日本圖書センター)

놀이로 읽는
일본문화

우아한 유희, 위험한 욕망의 게임

김 유 천

● ● ● ●

들어가며

일본에서 오늘날 '스고로쿠' 즉 쌍륙双六이라고 하면 우리나라 주사위놀이판처럼 주사위를 던져서 종이그림에 그려진 칸을 따라 말을 움직여 먼저 골에 도달한 사람이 이기는 게임을 말한다. 이 종이그림으로 된 쌍륙이 등장한 것은 에도江戸 시대(1603~1868년)부터인데, 그 이전의 쌍륙은 종이그림이 아닌 나무판 위에 칸을 그려놓고 주사위를 던져 말을 움직여 노는 일종의 반상유희盤上遊戱였다. 이를 구별하여 현재의 것을 그림 쌍륙絵双六이라 하고 지금은 사라진 나무판으로 된 것을 반쌍

【그림 1】 쌍륙 도구〈菊折枝葵紋蒔絵双六盤, 德川美術館蔵〉(切畑健 他(1992)『王朝のあそび』紫紅社)

륙盤双六이라고 부른다.

　쌍륙은 우리나라에서도 대한제국 말기까지 널리 행해진 전통놀이였다. 편을 갈라 말판에 말을 여러 개 올려놓고 주사위 두 개를 던져 나온 수만큼 말을 움직여 모든 말이 먼저 나가는 쪽이 이기는 놀이이다. 서역에서 중국으로 전래되어 삼국시대에 우리나라로 들어와 백제에서 유행하였고 고려시대, 조선시대에 널리 성행하였다고 한다.

　일본의 쌍륙은 백제를 통해 전해졌다고 하는데 이후 대표적인 실내유희로 정착하여 일본 고전문학 속에도 종종 등장하게 된다. 쌍륙은 승부에 집착하는 놀이인 만큼 문학작품 속에는 쌍륙을 둘러싼 다채로운 인간 드라마와 흥미진진한 에피소드가 펼쳐지고 있다. 이 글에서는 중세까지의 고전작품을 대상으로 그 속에 등장하는 쌍륙에 얽힌 이야기들을 소개하면서 이를 통해 일본의 문화와 문학 세계를 즐겁게 들여다보는 시간을 가져보려 한다.

고대사회의 쌍륙, 유희와 도박 사이

일본에서 쌍륙은 일찍부터 바둑과 함께 대표적인 반상유희로서 성행하였다. 쌍륙은 바둑처럼 두 사람이 쌍륙판을 가운데 두고 승부를 겨룬다. 쌍륙판은 바둑판처럼 나무로 되어있으며 중앙에 주사위를 놓는 분리 공간이 있고 그 좌우 양쪽에 12개로 구분된 칸들이 그어져 있다. 이 12개의 칸에 각각 15개의 흑이나 백의 자기 말을 배치해놓고 번갈아 2개의 주사위를 통에 넣고 흔들어 나온 눈만큼 말을 움직여 적진에 모든 말은 다 넣으면 이기게 된다.

오늘날의 보드게임의 원조격이라 할 수 있는데 쌍륙을 할 때는 종종 금품이나 물건을 걸고 내기를 했다. 그리고 그로 인해 쌍륙은 점차 사행심을 부추기는 도박의 성격을 띠게 되었다. 바둑과 달리 주사위의 특성상 승패가 우연성에 의해 좌우되는 쌍륙은 오락에서 자칫 도박성을 드러내며 사람들의 어두운 욕망을 자극했던 것이다. 실제로 일찍부터 쌍륙은 도박으로서 많은 폐단을 일으켜 큰 사회문제가 되었다.

일본의 역사서인 『니혼쇼키日本書紀』689년 기록에는 "쌍륙을 금단한다禁斷双六"는 기술이 보이며 당시에 종종 쌍륙 금지령이 내려졌다고 보인다. 『양로율령養老律令』 등 법령에도 도박을 금지하는 조항이 있는데 그 도박 중 하나로 쌍륙을 뽑고 있다. 또 같은 법령에는 상중喪中에 금지된 놀이로 쌍륙을 들고 있다. 쌍륙의 유희로서의 인기는 그 도박성과 깊이 관련되어 있었으며 종종 큰 폐단을 낳았음을 알 수 있다.

일본의 고대 시집인 『만요슈万葉集』에도 쌍륙이 등장한다. 이 시집은 '와카和歌'라고 하는 일본의 전통시를 모아놓은 것인데 나라奈良 시대(710~794년) 말에 만들어졌으며 그보다 훨씬 오래된 시들도 수록되어 있다. 쌍륙을 읊은 시는 다음과 같다. 제목은 '쌍륙의 주사위'이며 내용은 "사람은 눈이 두 개 인데 주사위의 눈은 1과 2의 두개뿐만 아니라 5, 6 3, 심지어는 4 즉 죽음까지도 있네, 쌍륙의 주사위에는"라는 시이다. 쌍륙의 주사위의 눈은 1의 뒷면이 6, 2의 뒷면이 5, 3의 뒷면이 4인 경우가 일반적이라고 한다. 이 시에서는 주사위의 눈을 사람의 눈과 비교하여 유머러스하게 읊고 있다. 특히 숫자 4에 같은 소리인 '죽을 사死'의 의미를 담아서 주사위에도 사람과 마찬가지로 죽음이라는 것이 있다면서 웃음을 유발하고 있다. 이 시는 언어유희적으로 쌍륙이 갖는 유희성에 착안한 것인데, 쌍륙이 나라 시대 이전부터 이미 일상적으로 친숙한 놀이로 널리 성행하고 있었음을 보여준다.

헤이안 귀족사회 속 쌍륙

헤이안平安 시대(794~1192년)에 들어서는 여러 기록물이나 문학작품 속에 쌍륙이 활발하게 모습을 드러내게 된다. 헤이안 시대의 문학작품에는 황족이나 최상류의 귀족들을 비롯해서 일반귀족, 귀족들의 시중을 드는 시녀들과 신분이 낮은 무사나 일반평민에 이르기까지 다양한 신분계층의 남녀가 쌍륙을 즐기는 모습이 그려지고 있다.

헤이안 중기의 수필집 『마쿠라노소시枕草子』에서는 일상의 무료함을 달래주는 것의 필두로 바둑과 쌍륙을 꼽고 있다. 바둑과 쌍륙은 당대의 사람들에게 있어서 무료함을 달래는 가장 인기 있고 보편적인 유희였던 것이다. 그러기에 이 수필에서는 반대로 보기에 심심하고 답답한 것은 주사위 눈이 잘 나오지 않아 말이 꼼짝 못하고 있는 쌍륙을 구경하는 일이라고 말하기도 한다. 말이 제대로 움직이지 못하는 정체된 게임을 보는 것은 분명 지루한 일임에 틀림없다.

헤이안 후기의 고소설 『요루노네자메夜の寝覚』에서는 귀족을 시중드는 시녀들이 모여 바둑이나 쌍륙을 즐기는 모습이 나온다. 시녀들은 그림을 그리거나 이야기 작품을 옮겨 적거나 꽃을 장식하거나 시를 읊거나 편지를 쓰거나 하면서 여가시간을 보내고 있다. 쌍륙도 시녀들이 즐기는 대표적인 오락 중의 하나이다.

헤이안 후기의 역사소설 『에이가 이야기栄花物語』에는 쌍륙이 후궁 여성들의 유희로 등장한다. 무라카미村上 천황은 후궁들에 대해 배려심이 깊은 자상한 인물이다. 무료함을 달래야하는 근신기간에는 왕자가 없는 후궁들이 적적해 할까봐 그녀들을 불러 바둑이나 쌍륙을 즐기도록 하였다. 그러한 배려 덕에 후궁들 사이가 원만하고 평온하였다고 한다. 또 다른 장면에서는 동궁과 후궁이 바둑과 쌍륙을 즐기는 다정한 모습이 그려져 있다. 동궁은 13세, 후궁은 15세의 풋풋한 나이이다. 쌍륙은 최상류의 황족들도 즐기는 놀이이며 인간관계의 윤활유 역할을 하기도 하고 남녀 간의 다정한 관계를 인상지우는 역할을 하기도 한다.

쌍륙은 각종 근신기간의 무료함을 달래기 위한 단골 놀이로 등장한다. 『에이가 이야기』에서도 후지와라 가네이에藤原兼家의 두 딸이 경신庚申의 근신을 하게 되자 그녀들의 형제들이 찾아와 근신기간을 무사히 넘기기 위해 밤을 새우면서 바둑이나 쌍륙 등의 승부를 즐겼다고 나와 있다. 특히 이들 형제 중 이 작품의 중심인물인 미치나가道長는 쌍륙의 대단한 애호가로 알려져 있다. 경신 근신의 밤은 삼시三P라는 벌레가 몸에서 빠져나오기를 빌며 밤을 새워야 했는데 이 때 잠을 자지 않기 위해 시를 짓거나 관현의 음악을 연주하거나 여러 유희를 하며 밤을 새웠다고 한다. 내기가 걸려있는 게임을 하면 밤을 샐 수 있는 것은 어디나 마찬가지인 모양이다. 이와 같이 쌍륙은 바둑과 함께 귀족사회에서 신분계층의 고하를 막론하고 널리 즐겼던 실내놀이였던 것이다.

그러한 일상적인 놀이도구였지만 때로는 쌍륙은 호화로운 선물로 등장하기도 한다. 헤이안 중기의 고소설 『우쓰호 이야기ぅつほ物語』에서는 새해를 맞이해서 동궁비가 된 아테미야ぁて宮에게 여러 인물들이 선물을 보내는 가운데 그녀를 사모했던 나카타다仲忠가 바둑판과 함께 금은보석으로 호화롭게 꾸민 쌍륙판을 보내어 감탄을 자아냈다는 기술이 보인다. 호화로운 선물로서의 쌍륙판은 보내는 이의 호의와 성의를 인상지우고 그 존재감을 각인시키는 역할을 하고 있다.

쌍륙 내기의 현장

헤이안 중기의 『가게로 일기蜻蛉日記』에는 쌍륙을 하는데 단오절 축제를 구경하는 관람석을 걸고 내기를 했다는 기술이 보인다. 『가게로 일기』의 작가는 당대의 권세가 후지와라 가네이에藤原兼家의 아내이다. 단, 정부인이 아니라 여러 부인들 중의 한 사람으로 남편과의 애정문제로 고민하는 여성이다. 그녀는 올해 성대하게 열린다고 화제인 단오절 축제를 꼭 보고 싶었지만 관람석을 구할 수 없었다. 마침 남편인 가네이

에가 쌍륙을 하자고 하자 축제 관람석을 걸고 내기를 하여 이겨 기뻐한
다는 내용이다.

여기에는 단오절 축제의 관람석이라는 내기의 구체적인 내용이 기
술되어 있어 흥미롭다. 주인공은 남편과의 내기에 이겨 그토록 원하던
축제 구경 티켓을 손에 넣을 수 있어 행복감에 젖어있다. 쌍륙 내기를
통해서 부부가 상대편의 관심을 유발하고 부부관계가 친밀해지고 있
다는 점이 중요할 것이다. 쌍륙이라는 놀이, 그리고 내기이기 때문에
더욱 열정적으로 몰입하게 된다는 특성이 부부관계의 친밀함에 도움
을 주고 있다. 우리도 일상 속에서 서로간의 관계가 소원해지면 가벼운
내기를 하여 관계 회복을 꾀해보는 것도 괜찮을 것이다.

『마쿠라노소시』에는 남자들이 모여 치열한 쌍륙 승부를 벌이는 박
진감 넘치는 현장이 매우 사실적으로 기술되어 있다. 그다지 신분이
높지 않은 남자들이 쌍륙을 하루 종일 하고도 모자라 밤이 되자 등불
을 밝히고 쌍륙에 열중하고 있다. 상대편이 주사위 통을 흔들 차례가
되면 반대편 사람이 주사위를 상대가 들고 있는 주사위 통 안에 넣어
주게 되는데, 이 때 상대편에게 적은 수가 나오도록 양손으로 주사위
를 비비면서 주문에 외우며 저주를 걸게 된다. 여기에서도 그런 신경
전이 벌어지게 된다. 상대편이 주사위에 주문을 걸면서 자신이 들고
있는 통에 쉽게 주사위를 넣어주지 않자, 아무리 주문을 걸어도 소용
없다고 응수하는 남자의 자신만만한 모습이 인상적으로 그려져 있다.
『가게로 일기』의 부부간에도 실은 그러한 치열한 신경전이 오고갔는
지도 모른다.

쌍륙과 개성적인 캐릭터

문학작품 속의 쌍륙은 독특한 개성을 지닌 인물들과 함께 등장하기도 한다. 예를 들면 『우쓰호 이야기』에 나오는 간즈케노미야上野宮가 그렇다. 황족이지만 편굴한 성격의 기인奇人인 그는 아테미야에 대한 구혼이 뜻대로 되지 않자 그녀를 강제로 훔쳐오려고 황당한 계략을 꾸미며 사람들을 모은다. 이 장면에 쌍륙이 나온다. 그가 모은 사람들은 음양사, 무당, 도시의 불량배 등으로 그중에 도박꾼도 끼어있었는데, 이들을 쌍륙을 전문으로 하는 패거리라고 부르고 있다. 쌍륙은 일반인들이 즐기는 유희였지만 전문적인 도박꾼들이 하는 도박의 대명사이기도 하였다. 그 도박꾼들은 체제 밖의 무법자와 같은 존재였다. 간즈케노미야라는 황족이면서도 반귀족적反貴族的인 기인을 그리는데 도박으로서의 쌍륙의 부정적인 이미지가 효과적으로 활용되고 있는 것이다.

헤이안 시대의 대표적인 소설 『겐지 이야기源氏物語』에도 쌍륙이 매우 인상적으로 등장하는 장면이 있다. 내대신內大臣의 딸 오미노키미近江君가 시녀를 상대로 쌍륙에 열을 올리는 장면이다. 오미노키미는 상대 시녀가 흔드는 주사위의 눈이 적게 나오기를 빌며 "적은 눈 나와라, 적은 눈 나와라"라며 따발총처럼 빠른 말투로 애타게 주문을 걸고 있다. 그 모습은 상류귀족 아가씨라고는 생각할 수 없을 정도로 경박하고 우스꽝스럽다. 상대 시녀도 지지 않고 "복수할 거에요, 복수할 거에요"라며 주사위 통을 들고 주문을 걸며 응수하고 있는데 그 또한 웃음을 자아낸다. 오미노키미는 쌍륙과 특히 관련이 깊은 인물이다. 훗날 전해지는 이야기로는 그녀가 쌍륙을 할 때면 행운의 인물로 세간에 알려진 여성의 이름을 주문처럼 외우며 주사위 눈이 잘 나오도록 빌곤 했다고 한다. 쌍륙을 할 때 상대편의 주사위 눈이 적게 나오도록 주문을 거는 것은 앞서 『마쿠라노소시』에서도 나왔다. 그러한 모습은 귀족여성으로서 대단히 품위가 없고 경박스러운 행위임에 틀림이 없다. 오미노키미는 비상식적이고 주변의 웃음을 사는 광대와 같은 인물로 등장한다. 그럼으로써 그녀와 관계되는 인물들의 모순을 비추어내는 역할을 하게 된다. 이 장면은 그녀의 광대로서의 모습을 부각시키기 위한 전형적인 장면이며 쌍륙은 그 무대도구로 사용되고 있는 것이다.

쌍륙과 정치권력 드라마

『에이가 이야기』와 마찬가지로 후지와라 가문의 영화를 그린 『오카가미大鏡』에는 쌍륙이 정치권력과 관련해서 등장한다. 무라카미 천황 때 제1왕자는 후지와라 모토가타藤原元方의 외손자였다. 모토가타는 당연히 제1왕자가 즉위할 것이라 믿고 있었다. 그런데 권세가인 후지와라 모로스케藤原師輔의 딸 안시安子가 회임을 하게 된다. 안시가 왕자를 낳게 되면 그 왕자가 동궁의 자리에 오를 것이 확실하였다. 모토가타는 안시에게서 공주가 태어날 것을 간절히 기원했다. 어느 날 밤 고위의 귀족들이 모여 밤을 새워가며 쌍륙 놀이를 하고 있을 때 모로스케가 장난삼아 "회임 중의 아이가 왕자라면 둘 다 6이 나와라"라고 말하며 주사위를 던지자 주사위 두 개 모두 6이 나왔다. 주위 사람들은 모두 환호하며 감탄했고 모로스케 본인도 크게 기뻐하며 득의양양해했다. 이를 본 모토가타는 몹시 마음이 불편했고 얼굴이 새파래졌다. 결국 안시에게서 왕자가 태어나 동궁 자리에 오르게 되었고 모토가타는 그 충격으로 죽게 된다. 그 후 모토가타는 그 원한 때문에 성불하지 못하고 원령이 되어 나타나 "그날 밤 바로 모로스케의 인형을 만들어 가슴에 못을 박아 저주했노라"라고 말했다고 한다. 이 이야기에서는 쌍륙이 왕위계승과 관련된 운명을 예언하는 역할을 하고 있으며 매우 흥미진진한 정치권력 드라마로 꾸며져 있다.

『오카가미』의 또 다른 이야기에서도 쌍륙이 정치적인 문맥 속에서 등장한다. 후지와라 미치나가는 조카인 고레치카伊周 측에서 불온한 움직임이 있다는 이야기를 듣고 있었는데, 마침 고레치카가 안부차 찾아왔다. 미치나가는 고레치카에게 쌍륙을 하자고 제안한다. 소심한 고레치카는 자신이 당대 최고의 권력가 미치나가에 대해 흑심을 품고 있다는 소문이 돌자 내심 안절부절못하고 있었다. 미치나가는 그런 조카의 긴장을 풀어주려고 오랜만에 쌍륙을 하자고 다정하게 말했던 것이다. 주위에서는 분명 미치나가가 고레치카에 대해 냉정하게 대할 것이라고 예상했는데 그 예상이 빗나간 것이다. 미치나가의 정치가로서의 그릇의 크기를 짐작할 수 있는 대목이다. 두 사람은 쌍륙에 푹 빠져 상의를 벗어 어깨를 내놓은 채 밤을 새워 쌍륙을 계속했다고 한다. 서로 비싼 물건을 걸고 주고니 받거니 하다가 결국에는 항상 그렇듯이 고레치카가 내기에 지고 집에 돌아갔다고 한다. 이 이야기에서는 쌍륙 승부를 통해 미치나가와 고레치카의 권력관계를 효과적으로 보여주고 있다. 승패를 가리는 놀이라는 쌍륙의 특성을 활용해 미치나가의 정치적 우위와 고레치카의 열세를 인상적으로 그려내고 있는 것이다.

쌍륙과 무사들의 세계, 그리고 살인사건

헤이안 말의 설화집 『곤자쿠 이야기집今昔物語集』에도 쌍륙에 얽힌 흥미로운 이야기가 수록되어 있다. 이 작품의 경우 귀족뿐만 아니라 무사나 서민 등 다양한 계층의 인물들이 등장하게 되는데 그러느니만큼 귀족사회에서 볼 수 없었던 쌍륙을 둘러싼 적나라한 모습이 그려지기도 한다.

옛날에 도읍에 어떤 하급무사가 있었는데 특별히 할 일도 없어서 남들이 하는 기요미즈데라淸水寺 참배를 따라하다 무려 2천 번이나 참배를 하게 되었다. 그러던 어느 날 동료 무사와 쌍륙 내기를 하다 크게 져 빚을 지고 말았다. 그런데 상대에게 줄 만한 금품이나 물건도 없었다. 그래서 기요미즈데라에 2천 번 참배한 공덕을 양도하여 빚을 갚겠다고 말도 안 되는 제안을 하자 의외로 상대가 그것을 받아들여 결국 그 공덕을 건네주게 되었다. 그 일이 있은 후 얼마 되지 않아 공덕을 건네준 무사는 뜻하지 않은 사건에 연루되어 투옥되고 한편 공덕의 힘을 믿고 공덕을 양도받은 무사는 갑자기 운이 열려 큰 부자가 되었다고 한다. 이 이야기에서는 아무리 황당한 경우라 할지라도 불교의 공덕을 경시한 자에게 불행이 닥치고 불교의 공덕을 믿는 자에게는 복이 온다는 교훈을 담고 있다. 쌍륙 내기에서 불교의 공덕을 주고받았다는 점이 흥미로우며 불교설화답기도 하다.

또 『곤자쿠 이야기집』에는 쌍륙 내기가 과열되어 살인사건까지 일어나는 살벌한 이야기도 등장한다. 옛날에 규슈九州 지방에 사는 어떤 무사가 동서 관계인 남자 집에서 함께 쌍륙을 하게 되었다. 무사는 거친 성격의 무술이 뛰어난 자였고 동서 관계인 남자는 평범한 일반인이었다. 쌍륙에는 말다툼이 있기 마련인데, 아니나 다를까 쌍륙이 과열되자 결국 둘 사이에 격한 몸싸움이 벌어지게 된다. 무사 쪽 남자가 동서인 남자의 상투를 쥐어 잡고 칼로 찔러 죽이려 하자 이 집 시녀들이 달려와 떡을 치는 절굿공이로 무사를 찍어 결국 무사는 죽고 말았다고 한다.

비슷한 이야기가 또 실려 있다. 이번에도 용맹하고 무술 실력이 뛰어난 무사가 등장한다. 어느 날 이 무사가 동료들과 쌍륙을 하고 있는데 초라하게 생긴 작은 몸집의 남자가 열심히 구경하고 있었다. 무사가 고전하여 난감해하고 있을 때 이 남자가 이렇게 하면 어떨까하고 훈수를 두자, 무사는 불같이 화를 내고는 주사위통으로 남자의 눈가를 세게 내려찍었다. 남자는 눈물을 흘리며 자리에서 일어서나 했더니 무사의 얼굴을 주먹으로 올려쳐 쓰러뜨리고는 무사가 차고 있었던 칼을 빼서 무사를 찌르고는 유유히 사라졌다. 무사는 결국 죽고 말았다. 이 경우는 쌍륙을 하고 있는 당사자끼리 싸움이 붙은 것이 아니라 옆에서 구경하고 있었던 제3자의 쓸데없는 훈수가 비극의 도화선의 되고만 셈이다. 우리도 내기에서 함부로 훈수를 두다간 큰 봉변을 당할 수 있다는 것을 너무나 잘 알고 있다.

이와 같이 쌍륙은 도박의 성격을 띠고 있었기 때문에 과열되기 쉬웠고 자칫 살상사건으로 번져 비극적인 결과를 낳기도 하는 위험한 유희였던 것이다. 특히 다혈질인 무사들의 세계에서는 위험하기 짝이 없는 놀이였던 것이다.

【그림 2】『하세오조시』작품 내 쌍륙
대결 장면〈長谷雄草子, 永
青文庫〉(切畑健 外(1992)
『王朝のあそび』紫紅社)

도박의 결정판, 마물과의 쌍륙 내기

쌍륙에 얽힌 대단히 유명한 이야기로『하세오조시長谷雄草子』를 빼놓을
수 없다. 이 작품은 헤이안 시대의 뛰어난 문인으로 알려진 기 하세오紀長
谷雄의 전설을 그림첩인 에마키繪卷로 만든 것이다. 하세오는 어느 날 정
체를 알 수 없는 남자와 만나 주작문朱雀門 누각 위에서 쌍륙 내기를 하게
된다. 남자는 이 세상에 둘로 없는 미녀를 걸고 하세오는 자신의 전재산
을 걸게 된다. 승부가 과열됨에 따라 남자는 무시무시한 마물魔物의 정체
를 드러내며 안간힘을 쓰지만 끝내 하세오가 이기고 만다. 그림은 하세
오가 정체를 드러낸 마물과 마주하며 주사위 통을 힘차게 내려치는 긴
박한 장면을 그린 것이다. 승부에서 진 남자는 절세미녀를 데리고 와서
충고하기를 여자를 품으려면 반드시 100일을 기다려야 한다고 말한다.
그러나 하세오는 끝내 유혹을 이기지 못해 80일째 되는 날 여자를 품자
여자는 순식간에 물이 되어 사라져버렸다고 한다. 남자는 주작문에 사는
마물이고 미녀는 죽은 사람의 좋은 부분만을 골라 모아 만든 이른바 인
조인간으로 100일이 지나면 진짜 인간이 될 참이었다고 한다.

쌍륙이 얼마나 재미있고 중독성이 강하면 인간이 아닌 마물까지도 이에 푹 빠졌을까? 이 이야기는 쌍륙이 갖는 도박으로서의 성격을 아주 잘 보여주고 있다고 할 수 있다. 영화를 보면 자신의 전재산, 때로는 목숨까지 내걸고 일생일대의 승부를 하는 겜블러들의 모습을 보게 되는데, 하세오의 경우도 마찬가지다. 그의 모습에는 그야말로 파멸도 마다하지 않는 광기가 서려있다. 광기어린 집념에 사로잡힌 인간의 모습은 바로 무시무시한 마물의 모습이기도 한 것이다.

게임 용어의 유래

중세(1192~1603년) 무사들의 이야기를 다룬 군기물軍記物 『헤이지 이야기平治物語』에는 쌍륙의 주사위 눈의 호칭에 관한 흥미로운 일화가 나온다. 귀족들이 모여 쌍륙에 대해 이야기를 나누고 있었다. 두 개의 주사위를 던졌을 때 같은 수가 나올 경우 1과 1이면 '중일重一', 2와 2면 '중이重二'라고 부르는데, 3과 3이면 '주삼朱三', 4와 4이면 '주사朱四'라고 다르게 부르게 된다. 이에 대해 다들 궁금해 하자 당대 제일의 만물박사 신제이信西가 불려와 그 연유에 대해 설명하게 된다. 옛날에는 3과 3이 나오면 '중삼重三', 4와 4이면 '중사重四'라고 '중重'자를 붙여 똑 같이 불렀다고 한다. 그런데 당나라의 현종 황제와 양귀비가 쌍륙 놀이를 하고 있을 때 황제가 중삼을 내고 싶어서 "내 뜻대로 나와 준다면 5품의 지위를 주겠노라"라고 하며 주사위를 던지자 3과 3이 나왔다. 이어서 양귀비도 중사를 내고 싶어서 "내 뜻대로 나와 준다면 똑같이 5품의 지위를 주기로 하죠"라 말하자 4와 4가 나왔다. 그래서 5품의 관복 색깔인 주색朱色으로 3과 4의 주사위 눈을 칠하고 중삼과 중사를 주삼, 주사라고 부르게 되었다는 이야기이다.

같은 중세의 군기물『헤이케 이야기平家物語』에도 쌍륙에 관한 기술이 보인다. 시라카와 상황白河上皇이 말하기를 "가모 강賀茂川의 강물, 쌍륙의 주사위 눈, 히에이 산比叡山의 승병僧兵, 이 세 가지야말로 내 뜻대로 안 되는 것이다"라고 말했다는 일화이다. '가모 강의 강물'이란 범람하기로 유명한 가모 강의 수해를 말하며, '쌍륙의 주사위 눈'이란 주사위 눈은 사람의 의지대로 나오기는 어렵다는 뜻이며, '히에이 산의 승병'이란 히에이 산 엔랴쿠지延曆寺 승병들이 도읍에 무리지어 몰려와 집단시위를 거듭했던 것으로 이에 골머리를 앓고 있었음을 말한다. 시라카와 상황은 이 세 가지는 아무리해도 어떻게 할 수 없는 것이라고 투정했다고 한다. 이것이 "천하삼불여의天下三不如意"라는 말로 널리 알려지게 되었다. 즉 쌍륙의 주사위는 사람의 힘으로는 도저히 어떻게 할 수 없는 것, 운에 맡길 수밖에 없는 것의 비유로 쓰이고 있는 것이다.

쌍륙과 교훈

중세의 유명한 수필집『쓰레즈레구사徒然草』에도 쌍륙에 대한 언급이 보인다. 쌍륙의 고수라는 사람에게 그 요령을 물어보니 "쌍륙을 할 때는 이기려고 생각하면서 하면 안 된다. 지지 말아야지라고 생각하면서 해야 한다. 어떤 수를 쓰면 빨리 지게 될까를 생각해 보고 한 수라도 늦게 지는 수를 쓰는 것이 좋다"라고 말했다고 한다. 그 말을 듣고 작자는 쌍륙의 도道를 잘 알고 있는 사람의 가르침이며, 내 자신을 바로 하고 나라를 잘 운영하는 길 또한 이와 마찬가지라고 평을 한다. 상대를 이기기에 앞서 먼저 자신을 바로잡아야 한다. 그것은 바로 수신치국修身治國이라는 정치의 길과도 통한다는 것이다. 하찮은 쌍륙도 정치의 길과도 통하는 진리를 담고 있다는 교훈적인 언설이다. 모든 놀이에는 인생의 진리와 교훈이 담겨져 있다고 할 수 있다. 우리가 여러 오락을 즐기면서 종종 공감하는 점이다.

그런데 이 작가는 쌍륙을 하는 것은 대단히 나쁜 짓이라는 '쌍륙 죄악론'을 펼치기도 한다. "바둑과 쌍륙에 빠져 밤낮을 지내는 사람은 사중四重 오역五逆의 대죄보다 더 나쁜 짓을 하고 있는 것이다"라는 어떤 성인聖人의 말이 지금도 잊혀지지 않고 정말 옳은 생각이라고 여겨진다는 것이다. 사중은 불교에서 살생殺生, 도둑질偸盗, 음란함邪淫, 망어妄語의 네 가지 규율을 깨는 중죄를 말한다. 또한 오역이란 모친을 살해하는 것, 부친을 살해하는 것, 아라한阿羅漢 즉 최고의 수행을 쌓은 성자聖者를 살해하는 것, 승가의 화합을 깨는 것, 부처님 몸에 피를 내는 것을 말한다. 이러한 작가의 생각은 어찌 보면 대단히 과장된 것이라고도 할 수 있으나, 쌍륙을 통해 욕망과 집착, 번뇌의 세계에 빠져들기 쉬운 인간의 나약함을 경계하고 있다는 상징적인 의의를 읽어낼 수 있다. 쌍륙의 세계에서도 배울 점이 많지만, 그것과 쌍륙에 빠져들어 정신을 못 차리는 것과는 전혀 다른 문제라는 것이다.

나가며

일본 고전문학 속에 나타난 쌍륙을 고대에서 중세에 걸쳐 살펴보았다. 쌍륙은 우아한 유희이자 갖가지 욕망을 가득 담은 위험한 게임이며 고전문학의 세계를 흥미롭고 풍요롭게 만드는 도구로서 역할을 담당하고 있다. 쌍륙이 갖는 도박성이 인간의 본성을 드러내게 하여 때로는 희극적으로 때로는 비극적으로 인상적인 인간 드라마를 연출한다. 쌍륙에 함축된 인간의 욕망이 다채로운 상상력을 불러일으키며 고전의 문학세계를 엮어내는 생성력으로 작용하고 있는 것이다.

▌ 이 글은 김유천 「일본고전문학과 双六」(한국일어일문학회 2017년 하계국제학술대회 학술발표, 2017년 6월 10일, 가천대학교)을 참고하여 풀어쓴 것이다.

참고문헌

『한국민족문화대백과사전』 https://encykorea.aks.ac.kr/Contents/Index
增川宏一(2012)『日本遊戯史—古代から現代までの遊びと社会—』平凡社
小町谷照彦 編(2004)『源氏物語を読むための基礎百科』学燈社
切畑健 外(1992)『王朝のあそび』紫紅社
川名淳子(1992)「源氏物語の遊戯」(『源氏物語講座』7, 勉誠社)
小町谷照彦(1989)「囲碁・双六」(『国文学』34巻10号, 學燈社)
三谷栄一(1985)「平安貴族の娯楽」『平安貴族の生活』有精堂

놀이로 읽는
일본문화

무엇이든 겨뤄보자

문 인 숙

· · · ·

모노아와세物合는 좌우로 팀을 나눠서 어떤 사물에 관해 우열을 가리는 겨루기 놀이의 총칭으로, 헤이안 시대平安時代(794~1192년)의 귀족들은 상상을 초월한 다양한 분야에서 모노아와세를 즐겼다. 단오에 창포 뿌리를 겨루는 네아와세根合, 꽃의 아름다움을 겨루는 하나아와세花合, 조개껍질을 겨루는 가이아와세貝合, 둥근 부채 위에 쓴 노래나 그림 혹은 부채 그 자체의 우수함을 겨루는 오기아와세扇合, 앞마당의 초목을 겨루는 센자이아와세前栽合와 같이 사물의 아름다움을 겨루는 놀이가 주류를 이뤘다. 이 외에도 투계를 벌이는 도리아와세鷄合와 투견을 하는 이누아와세犬合, 작은 새의 울음소리나 깃털 색깔 등으로 우열을 가리는 새 품평회 같은 고도리아와세小鳥合, 벌레들의 생김새와 울음소리를 겨루는 무시아와세蟲合와 같이 동물의 우열을 가리는 모노아와세도 있다. 더 나아가 좋은 그림을 겨루는 에아와세繪合나 시와 노래를 겨루는 우타아와세歌合, 이야기를 겨루는 모노가타리아와세物語合, 향을 만들어 우열을 가리는 다키모노아와세薰物合와 고아와세香合, 비파 솜씨를 겨루는 비와아와세琵琶合 등 예술적 문학적 창작물의 우열을 가리는 모노아와세 등 그 종류가 광범위하고 다양하다.

그래서 헤이안 시대의 유명한 여류 작가인 세이쇼나곤淸少納言은 일본 최초의 수필 『마쿠라노소시枕草子』에서 "겨루기 같은 승패를 겨루는 놀이에서 이기는 것이 어찌 기쁘지 않겠는가"라며 겨루기를 통해 맛보는 희열을 '기쁜 일'의 하나로 꼽을 만큼 깊은 흥미를 보이고 있다. 그러나 모노아와세의 재미는 단순히 겨루기라는 승부에서 이기는 것에 그치는 것이 아니라, 한껏 멋을 부리고 모인 여러 사람들과의 문화적 교류, 어떤 사물에 대한 깊은 조예를 드러내는 심판의 교양과 감동, 또 진 팀이 이긴 팀을 위해 향응을 제공하는 연회와 뒤풀이가 한데 어우러진 종합적인 조화미에 있었다고 본다. 그러므로 모노아와세는 대결 물품에 담겨있는 정수를 말하지 않고도 그 자리에 모인 모든 사람들이 공감할 수 있는 문화적 공감능력을 통해서 승부를 가리는 귀족들의 우아한 문화의 장이었다고 볼 수 있다.

귀족들이 다양하게 즐겼던 모노아와세 놀이 방법은 먼저 팀을 좌우로 나눈다. 대개는 각 팀의 스폰서가 되는 귀족이 일가친척이나 가신 중에서 그 방면에 뛰어난 재능을 가진 사람을 선수로 선발했다. 왼쪽 팀의 팀 컬러는 보통 보라색부터 주황색까지의 붉은색 계통으로 통일해서 복장을 입고, 오른쪽 팀의 팀 컬러는 노란색부터 청자색까지의 푸른색 계통으로 통일해 대결을 펼쳤다. 큰 대결의 경우는 경기 진행 요원이라고 할 수 있는 시녀들의 복장과 대결 물품을 싸는 용지까지도 각 팀의 팀 컬러로 모두 통일했다.

심판관 선정은 예나 지금이나 가장 신경 쓰이는 부분으로, 그 계통에 안목이 있는 심미안은 물론이고, 판정내용을 작성할 때 필요한 서도書道나 문장과 시가詩歌 능력이 출중한 노련한 사람을 선발했다. 그 밖에 여러 차례의 경기를 치러야 했기 때문에 한회 당 각 팀의 승패를 기록하는 스코어보드 기록원이 있었다. 또 양 팀에서는 팀 대표로 경기 해설과 진행을 담당하는 각 팀의 수장과 응원을 하는 사람도 선출했다. 그다음 각 팀은 미션으로 제시된 물품을 여러 차례 심판에게 판정받아 승패를 가린 후 승률을 따져 최종 승패 판정을 내리게 된다. 모노아와세는 비교적 단순한 놀이지만, "상대가 설욕을 벼르며, 아무런 내색 없이 이쪽을 방심하게 만드는 것은 더 재미있다"고 말한 세이쇼나곤의 술회처럼, 다음번 모노아와세를 대비해서 서로를 의식하며 기량을 쌓아가는 과정을 즐기는 당시 귀족들의 관심사였다.

이 글에서는 모노아와세라는 귀족들의 다양한 겨루기 놀이의 종류를 살펴보고, 일본문학 속 귀족들은 창포 뿌리를 겨루는 네아와세, 향기를 겨루는 다키모노아와세, 투계를 벌이는 도리아와세 등을 어떻게 향유했는지 살펴보고자 한다.

창포 뿌리의 미학

헤이안 시대의 단오 날에는 뿌리 겨루기인 '네아와세'를 위해 창포를 땅 속 뿌리까지 모두 뽑았다. 네아와세에서는 창포 뿌리가 멋지거나 길수록 많은 사람들에게 사랑을 받았고 이것은 승리를 위한 필수조건이었다. 창포 뿌리 겨루기가 끝나면 두 팀이 번갈아가며 창포와 관련된 와카和歌를 읊어 겨루기를 하고 마지막은 대개 관현악 연주를 하며 여흥을 즐기는데, 이러한 풍습의 흔적은 단오를 읊은 풍물시나 모노가타리物語에서 자주 볼 수 있다.

창포 뿌리 겨루기의 기원은 헤이안 시대의 5월5일 단오절에 녹용이나 약초를 캐서 경합을 벌이며 노는 풍습에서 유래했는데, 이 날 채취한 약초의 효험이 1년 중 가장 좋다고 해서 단오절을 '약일藥日'이라고도 불렀다.

단오에는 부정을 없애고 나쁜 기운을 피하기 위해 갖가지 향료와 약초를 둥근 공 모양으로 만들어서 비단주머니에 넣고, 오색실에 창포와 쑥을 곁들여 함께 묶은 구스다마藥玉를 만들어 무병장수를 기원하는 의미로 선물하기도 했고, 약초를 문 앞에 달아놓고 독 기운을 쫓는 액막이로 사용하기도 했다.

그중에 창포는 예부터 그 뿌리를 귀하게 여겨서, 중국에서는 특히 한 치 길이에 아홉 마디가 있는 것을 상품으로 여겼다고 한다. 일본 궁에서 행해진 '네아와세'에서도, 창포 뿌리 길이로 승패를 가렸다는 점에서 길이가 길수록 으뜸으로 여겼음을 알 수 있다. 또 고대 일본에서는 5월 5일에 창포로 처마나 지붕을 이는 풍습이 있었는데, 그 이유를『간소사단閑窓瑣談』에서는 다음과 같이 말하고 있다. "처마를 창포로 이는 이유는 무엇 때문인가? 이 날부터 한 여름으로 접어들면서 독충이 많이 생겨나고 집에 벌레가 들어오기 때문에 이를 막기 위해 처마에 창포를 꽂는데, 이보다 더 좋은 것은 없다"고 예찬할 정도로 살충제나 방충망이 없던 시

【그림 1】 꽃창포(송기엽(2002)『봄·여름·가을·겨울 야생화일기』진선)

대에 창포의 방충효과가 탁월했음을 알 수 있다. 많은 문학 작품에는 5월 4일 밤에 처마에 창포와 쑥을 꽂는 장면이 등장하는데, 이는 5월 5일의 수초水草가 독을 막아주는 효능이 많다고 믿었기 때문이다.

자연과 인생의 갖가지 사상을 풍부한 학식으로 자유분방하게 서술한 가마쿠라 시대鎌倉時代(1192~1333년)의 수필『쓰레즈레쿠사徒然草』에서는 "5월에 창포로 지붕을 이을 무렵과 모내기철에 문을 쪼는 듯한 뜸부기 소리는 왠지 허전하게 들린다."고 말해, 사악한 기운을 쫓기 위해 음력 5월에 창포로 지붕을 이는 것이 일상사가 되었음을 엿볼 수 있다. 이 풍습은 에도 시대江戸時代(1603~1867년) 기행문『오쿠노호소미치奥の細道』에서 작가가 센다이仙台에 도착한 날이 창포로 지붕을 이는 날이었다고 언급하는 점에서도 5월에 창포로 지붕을 이는 것이 5월의 세시풍습으로 자리 잡았음을 짐작할 수 있다.

헤이안 시대 후기 단편『쓰쓰미추나곤 이야기堤中納言物語』중「사랑을 이루지 못하는 권중납언逢坂越えぬ權中納言」편에 창포 뿌리를 겨루는 귀족들의 우아한 놀이세계가 비교적 상세히 묘사되어 있다.

궁중의 관현악 연주에 초대받은 귀공자 중납언中納言은 5월 5일 중궁이 개최하는 창포 뿌리 겨루기에 참가 제의를 받게 된다. 왼쪽 팀에 합

【그림 2】『이세 이야기』속의 귀족들과 창포(秋山虔(2013)
『理解しやすい古文』文英堂)

류한 그는 "창포 뿌리 겨루기의 창포도 모르는 저를 받아주신다면 기
꺼이 참가하겠다"며 굉장히 겸손한 자세를 취하지만, 그의 라이벌 삼
위 중장三位の中將은 "그건 식은 죽 먹기죠. 전력을 다해 최선을 다하겠
소"라고 응수하며 오른 쪽 팀에 가세한다. 두 사람 모두 궁에서 열리는
네아와세에 참가제의를 받은 것만으로도 당대 최고의 귀공자 반열에
오른 인물들임을 알 수 있지만, 네아와세를 앞둔 두 사람의 태도는 겸
손과 지나친 자신감이라는 상반된 대비를 이루며 시합을 맞이한다.

좌우 양 팀의 당상관이 심혈을 기울여 내놓은 창포 뿌리의 모양은,
어느 것 하나 모난 데 없는 훌륭한 것들이지만, 그중에서도 왼쪽 팀의
것은 길이뿐만이 아니라 우아한 운치마저 감돌아 중납언의 고심한 흔
적이 엿보인다. 차례차례 창포 뿌리를 견줘가며 승패를 가리던 중에 도
저히 승부가 나지 않아 무승부가 될 것 같았지만, 왼쪽 팀이 마지막에
내놓은 창포 뿌리는 뭐라 형언하기 힘든 기품이 묻어났다. 삼위중장은
아연실색하며 멍하니 바라만 보고, 왼쪽 팀은 자신들의 승리를 예측한

듯이 기뻐하는 모습을 보인다.

이처럼 길이는 물론이고 우아함과 풍류가 깃든 창포 뿌리로 좌중을 사로잡은 중납언의 활약에 힘입어 왼쪽 팀이 승리한다. 이것은 단순한 네아와세 승리뿐만이 아니라 용모, 인격, 교양, 풍류를 즐기는 여유로움 등 모든 것을 압도하는 훌륭한 귀공자의 탄생을 알리기 위한 문학적 장치로 네아와세라는 유희가 설정되어 있다고 볼 수 있다.

네아와세가 끝나면 겨루기를 주최한 천황과 중궁의 장수와 번영을 기원하는 증표로 양 팔을 옆으로 뻗은 길이의 천배가 넘을 긴 창포 뿌리를 뽑아왔다며 창포 뿌리를 주제로 한 와카를 서로 주고받는다. 그리고 다음에는 여흥의 클라이맥스와 같은 무대 관현악 합주가 시작된다. 비파, 피리, 거문고 등 최고의 실력자들이 한자리에 모여 펼치는 협연에 음악적 소양을 갖춘 중납언이 참여하자 천황을 비롯한 장내 모든 참가자들은 천상의 화음에 감탄하며 감상한다. 모든 놀이가 끝나자 천황은 오늘 대회에서 가장 긴 왼쪽 팀의 창포 뿌리를 '긴 뿌리의 증표'로 가져가며 겨루기는 끝을 맺는다.

이와 같이 단오의 풍속으로 창포를 다양하게 이용하게 되면서 헤이안 시대에는 창포 뿌리의 아름다움과 길이를 겨루고, 서로 와카를 읊으며 교양을 겨루는 '네아와세'가 헤이안 시대 귀족들의 놀이세계를 구축하게 된다.

이러한 창포는 선약仙藥이라는 의미와 함께, 상무尚武와 똑같은 '쇼부'로 발음되면서 가마쿠라 시대의 무사에게도 많은 사랑을 받는다. 또 창포 잎이 검처럼 가늘고 긴 뾰족한 모양을 하고 있어서 단오는 남자의 명절처럼 여겨지면서 사내아이가 건강하게 성장하는 것을 기원하게 된 것이 오늘날의 5월 5일 어린이날의 시초가 되었다고 볼 수 있다.

에도 시대가 되면 '네아와세'는 서민들 사이에서도 인기를 모으지만, 귀족들의 놀이에서 함께 곁들어지는 와카를 읊는 우타아와세는 거의 생략되고, 서로 둥근 부채 위에 창포 뿌리를 올려놓고 뿌리의 길고 짧음에 따라 승패를 결정짓는 형식으로 간소화된다.

귀족 문화의 정수, 향 겨루기

『니혼쇼키日本書紀』의 기록에 의하면 향이 일본에 처음 소개된 것은 스이코 천황推古天皇(592~628년) 때이다. 아와지 섬에 길이 2미터 정도의 나무가 떠내려 왔는데, 이것이 침향沈香이란 사실을 모르고 땔감으로 태웠더니 그윽한 향이 주위에 가득 퍼졌다고 한다. 향이 너무 좋아 조정에 헌상했는데, 이것이 바로 오늘날 일본 미술공예품을 소장하고 있는 쇼소인正倉院에서 보물로 보존하고 있는 천하제일의 명향이라는 란자타이蘭奢待다.

일본 향 문화는 고대 인도에서 중국을 거쳐 불교와 함께 유입되어 향을 피운 것에서 유래한다. 헤이안 시대에는 불전에 향을 피우는 종교의례에서 벗어나 실내에 향을 피워 방 안 가득 향을 감돌게 하거나 옷에 향을 배게 해서 우아한 분위기를 연출하는 생활문화 속의 향으로 성격이 바뀌면서 향을 감상하며 향을 겨루는 다키모노아와세薰物合라 불리는 궁중유희를 즐기게 되었다. 여러 가지 향료를 어떻게 배합하느냐에 따라 나만의 독특한 향을 만들고 그것을 서로 경쟁하며 즐기는 귀족 문화의 정수라고 할 수 있는 가장 우아한 놀이라고 생각된다.

　남녀가 직접 대면할 수 없었던 시대에 향은 단순히 향 그 자체에 머물지 않고, 자기자신의 표현이 되기도 하고, 사람의 존재를 알리는 수단이 되기도 하며, 더 나아가 그 사람이 누구인지 알 수 있는 단서가 되기도 했다.

　일본어에는 사람이 지나간 뒤 좋은 향기가 머물도록 의복에 향기를 담아 둔다는 의미의 '오이카제요이追風用意'라는 말이 있는데, 당시 헤이안 귀족들은 자신을 표현하는 수단으로 이렇듯 향기를 옷에 배게 하는 방법을 이용했다.

　그렇기 때문에 당시 귀족들은 가장 나다운 독특한 향을 얻기 위해 다양한 향을 조합해서 의복에 배게 했다. 이러한 나만의 향을 공기 중에 감도는 바람결에 전해서 한밤에도 자신의 방문을 알리기도 하고, 여성은 바람결에 전해 온 향기를 통해 연인의 방문을 미리 알게 되는 메신저 역할을 했다.

　이처럼 헤이안 시대의 향을 즐기는 방법에는 옷에 향을 입혀서 자신의 존재를 나타내는 구노에 향薫衣香과 일상생활에서 실내에 좋은 향이 감돌게 하는 소라다키모노空薫物가 있는데, 이를 귀족들이 '놀이'로 즐기며 다키모노아와세를 여는 모습이 『겐지 이야기源氏物語』의 「우메가에梅枝」권에 상세하게 묘사되어 있다.

　겐지는 황태자비로 입궁하는 딸의 혼수품에 향료를 넣기 위해 향을 겨루는 다키모노아와세를 준비한다. 정월 말 한가한 무렵의 겐지는 아사가오朝顔를 비롯해 봄, 여름, 가을, 겨울로 공간을 나눈 저택인 로쿠조인六条院에 사는 부인들에게 두 가지의 향료를 조합해 새로운 향을 만들 것을 부탁했다. 그리고 봄비 내리는 음력 2월 10일 아사가오가 만든 향이 제일 먼저 도착하며 향 겨루기가 시작된다. 겐지는 로쿠조인의 여인

63

들에게 비가 내려 습한 저녁 무렵이 향 겨루기에 제격이라며 조합한 향료를 제출하도록 재촉한다. 사실 음력 2월은 향긋한 매화 향이 가득한 시절이라 향을 겨루는 다키모노아와세는 이 계절에 가장 잘 어울리는 시의적절한 놀이라고 볼 수 있다. 게다가 봄비가 내려 공기가 촉촉할 때 향이 잘 피어오르고, 향을 감상하기에도 더할 나위없는 환경이라는 점을 고려하면 최상의 우아함을 추구하는 조화로운 분위기를 느낄 수 있다.

가장 먼저 향을 보내온 아사가오의 '구로보黑方'는 향이 그윽하고 차분한 느낌이 각별하고, 겐지가 조합한 '지주侍從'는 매우 우아하고 부드러운 향기가 난다는 평을 듣는다. 로쿠조인의 봄 저택에 거처하고 있는 무라사키노우에紫の上가 조합한 '매화향'은 화사하면서도 현대적인 향으로 조금은 강렬한 향이 나도록 한 것이 굉장히 좋은 향을 풍긴다며, "마침 이 맘 때의 봄바람에 향을 피우기에는 이 보다 더 좋은 향은 없을 것"이라는 칭찬을 듣는다. 로쿠조인의 여름 저택에 기거하는 하나치루사토花散里는 다른 분들이 치열하게 경합을 벌이니 굳이 자신마저 여러 개를 내놓을 것까지 없다며 청량감이 물씬 배어나는 '연꽃향' 한 종류만을 조합했다. 그런데 묘하게도 색다른 취향의 은은한 향기가 나서 그윽하게 마음에 스며드는 듯하다는 평을 듣는다.

아사가오	구로보 (겨울 향)
겐지	지주 (가을 향)
무라사키노우에	매화향 (봄 향)
하나치루사토	연꽃향 (여름 향)

이와 같이 향료는 각각의 계절에 어울리는 향이 정해져 있기 때문에 로쿠조인의 여인들은 자신이 거처하고 있는 저택의 계절과 같은 계절의 향료를 조합했다. 이는 색과 마찬가지로 향에도 계절이 있고 그것을 이해하는 감성과 지성이 요구되는 헤이안 시대의 귀족문화는 상당히 섬세하고 우아했음을 보여준다. 또한 황족 출신인 아사가오와 겐지가 비밀리 전해진 당나라의 옛 방식으로 향을 조합하는 장면은 당시에는 향에 계절감뿐만이 아니라 신분과 지위에 걸맞는 향과 조제법이 있었다는 사실을 말해준다.

하지만 로쿠조인의 겨울 저택에 사는 아카시노키미明石の君는 아사가오가 겨울 향을 조합했기 때문에, 정해진 방식대로 조향하기 보다는 궁리 끝에 옷에 향을 배도록 하는 '구노에 향'을 조향했다. 비법 중 비법으로 향의 명인이 음미하며 만들어 멀리 백보 밖에서도 향이 난다는 '백보향'에서 영감을 얻어, 세상에 더할 나위 없는 우아한 향을 만들었는데 그 취향이 매우 고상하고 뛰어나다고 평가받는다. 당대 최고의 풍류가로 명성이 자자한 호타루노미야螢宮가 판정을 맡았지만, 결국 향을 겨루는 다키모노아와세에 제출된 모든 향이 우열을 가리기 어려울 정도로 훌륭하다는 평가를 받으며 승부를 가리지 못한다.

이러한 향 조제법은 궁리와 궁리 끝에 비밀리에 만들어져서 집안 대대로 이어져 오는 것이 보통이다. 궁중에서 향을 보관할 때 개울가에 묻어두는 것을 보고, 겐지도 로쿠조인의 서쪽 냇가에 묻어뒀다 꺼내오는 장면이 있다. 이처럼 당시에는 향료와 향목을 묻는 시기와 기간, 묻는 방향과 위치에 따라서도 향기의 깊이가 달라진다고 여겨서 향료에 따른 보관법도 아무도 모르게 전승되었다고 한다.

이와 같이 향은 그 조제법이 비법으로 전해져 내려오지만, 만드는 이에 따라 그의 개성이 담겨지기 때문에 같은 향이라도 누가 만들었나에 따라 향의 깊이와 정취가 달라지는 고도의 문화이다. 그렇기 때문에 향은 헤이안 시대 귀족들의 지성과 감성의 융합체이며 자신의 미의식과 교양의 표현이기도 하고, 귀중한 향료와 비법을 구할 수 있는 높은 신분임을 나타내는 기호로 작용되기도 했다. 따라서 이전 시대의 불전에 바치는 공향 개념과는 크게 달라진 다키모노아와세는 헤이안 시대의 문화현상으로 헤이안 귀족을 상징하는 문화의 한 축을 이루게되었다.

헤이안 시대에 귀족들이 좋아하는 향을 만들며 자유롭게 즐겼던 다키모노아와세가 있었다면, 중세시대에는 좋은 향을 겨루는 고아와세香合로 발전했다.

『사미다레 일기五月雨日記』에 의하면 1478년 가을에 다키모노아와세를 열었고, 이듬해 1479년 봄에는 고아와세를 열었다고 기록하고 있다. 이 무렵이 여러 가지 향을 조합해서 향을 만들며 즐기던 헤이안 시대의 '다키모노아와세'에서, 가지고 있는 향목을 피워서 우열을 가리는 좀 더 간소해진 놀이형태인 '고아와세'로 변화하는 과도기임을 알 수 있다.

고아와세는 함께 자리한 사람들이 계절이나 그 자리에 어울리는 향목을 차례로 피우고, 그 향과의 인연과 특징을 일컫는 향명香銘을 와카로 읊고 글을 지으며 즐기게 되었다.

'로쿠반 고아와세六番香合'는 6명이 각각 두 종류의 향을 가져와 좌우 세 사람씩 나눠서, 왼쪽 팀부터 향을 피워서 오른쪽 팀에게 향기를 맡게 한다. 대체로 심사는 향명이 얼마나 좋은지, 또 향기가 얼마나 좋고 어느 정도 지속되는지 그리고 와카 등의 문학적 소양에 관해서도 평가했다.

그런데 작가는 "향으로 이겨도 향명에서 지면 지는 것이고, 향에서 져도 향명에서 이기면 이긴다"고 해서 당시에는 향보다는 향에 와카에서 따온 이름을 붙이는 '향명'이 승부의 관건이 되어, 향과 문학의 융합을 통해 승부를 내는 형태로 변형되었다.

그리고 무로마치 시대室町時代(1333~1603년)에 일본의 삼대 예도芸道로써 차를 마시는 다도, 꽃꽂이를 하는 화도華道와 함께 향도香道가 확립됐다. 이 시대에 성립한 오이에류御家流와 시노류志野流 두 파가 오늘날까지 계승되고 있다.

이외에도 향을 맡아 무슨 향인지를 구분하는 것으로 겨루기를 하는 구미코組香가 있는데, 대표적인 것이 바로 겐지향源氏香이다. 에도 중기 교호享保(1716~1735년)무렵 성립된 겐지향은 향도를 즐기는 방법의 하나로, 이름 그대로 『겐지 이야기』를 향과 결합시킨 놀이이다.

겐지향은 5종류의 향목을 각각 5개씩 총 25개를 준비한다. 25개를 섞어서 그중 임의로 5개를 꺼내 향을 피워서 손님에게 향로를 순서대로 돌려 향을 맡기를 5번 반복한다. 손님은 5개의 향이 같고 다름을 종이에 표시하는데, 이것이 바로 겐지향도源氏香の図이다.

겐지향도는 기본적으로 세로 5줄의 선이 그어 있는 형태로 구성되어 있다. 각 선은 오른쪽부터 제1향, 제2향…제5향까지의 순서를 말한다. 겐지향은 5개의 향을 맡은 후 같은 향이라고 생각하면 선의 윗부분을 가로 선으로 연결하는 것으로 겐지 향도가 표현된다. 예를 들면 첫 번째 향과 두 번째 향이 같고 나머지가 다 다른 향이면 3권 「우쓰세미空蝉」, 두 번째 향과 다섯 번째 향이 같고 나머지가 모두 다른 향이라면 30권 「후지바카마藤袴」이다.

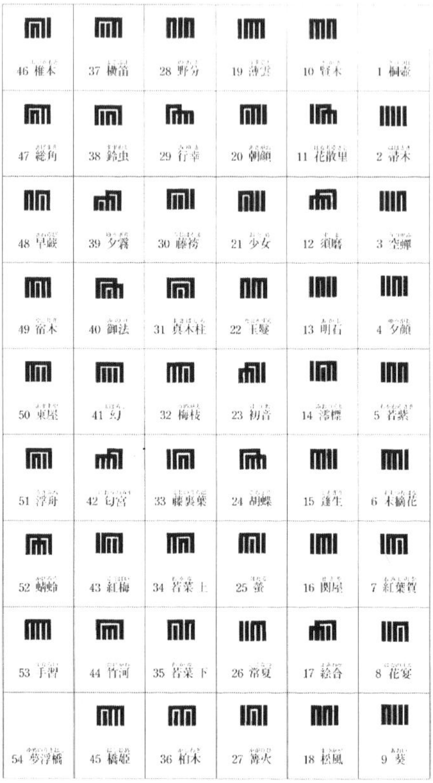

【그림 3】 겐지향도(德川美術館開館
七○周年記念 秋季特別展
(2005)『絵画でつづる源
氏物語』德川美術館)

　이처럼 겐지향에는 전부 52종류의 연결방법이 있는데,『겐지 이야기』
54권 중 첫 권인「기리쓰보桐壺」권과 마지막 권인「유메노우키하시夢浮
橋」권을 제외한 52권의 권 명을 일일이 그림으로 표현했다. 이 대응관
계를 그림으로 나타낸 것이 겐지향도이다. 손님은 이 겐지향도를 보면
서 자신이 그린 그림과 대조해서 확인한 후『겐지 이야기』에 해당하는
권 명을 답하는 방식이다.
　겐지향도는 예술성이 높아서인지 기모노着物나 띠帯, 가문家紋으로도

자주 사용되며 화과자和菓子에도 이 모양을 본 뜬 것이 있을 정도로 현대에도 다양하게 활용되고 있다.

역사를 바꾼 투계

수탉을 서로 싸우게 하는 투계를 일본에서는 도리아와세鷄合라고 하는데, 닭다리에 소형 날붙이를 묶고 싸움을 시키는 경우도 있었다.

중국에서는 주나라 때부터 투계가 있었고, 일설에는 당의 현종이 을유년乙酉年 닭띠 해에 태어났기 때문에 청명절에 투계를 벌였다는 유래가 있다. 이후 현종은 투계를 한 후 왕위에 일찍 오른 인연으로 치계방治鷄坊을 두어서 닭을 키워 투계를 개최했다는 점에서 상류계급의 유희의 하나였음을 알 수 있다.

일본에서 투계가 언제부터 실시되었는지 정확한 기원은 알 수 없지만, 가장 오래된 기록은 8세기에 편찬된 『니혼쇼키日本書紀』로, 유라쿠천황雄略天皇 7년(463년)에 모반을 일으키려고 음모를 꾸민 사키쓰야前津屋가 자기 집에서 도리아와세를 벌인 기록이 있다.

사키쓰야는 작은 소녀를 천황이라고 하고, 큰 여자를 자신이라며 서로 싸움을 시켰지만, 작은 소녀가 이기자 칼을 빼서 죽였다. 이번엔 작은 수탉을 천황이라며 닭의 털을 뽑고 날개를 잘랐으며, 큰 수탉은 자신이라며 싸움에 유리한 방울과 날카로운 금속 며느리발톱을 붙여서 싸우게 했지만, 털이 다 뽑힌 닭이 이기자 또 칼을 빼 죽였다.

당시는 일의 성사여부와 길흉을 사냥에서 잡은 사냥감으로 점을 치

69

는 수렵祈狩을 하거나, 동물을 통해 미리 점을 치는 의식이 있었는데, 모반에 실패한다는 투계의 나쁜 점괘대로 천황은 이 소식을 듣고 군사를 보내 사키쓰야와 그 일족을 몰살시켰다.

이와 같이 중국문화의 전래와 함께 나라 시대奈良時代(710~794년) 이전부터 투계가 행해졌다는 것을 알 수 있다. 하지만 본격적으로 유희의 형태로 유행을 한 것은 헤이안 시대로, 모노아와세의 한 종류인 도리아와세라는 놀이의 유형으로써 음력 3월 3일에 궁중 귀족들이 즐기는 놀이로 발전되었다고 볼 수 있다.

그런데 이러한 도리아와세에 의해서 일본 역사가 바뀌었다고 할 만한 중요한 사건이 일어난다. 『헤이케 이야기平家物語』의 클라이맥스는 단노우라壇の浦 전투에서 겐지源氏에게 패망한 헤이케平家의 상징인 안토쿠 천황安德天皇(1180~1185년)이 바다에 몸을 던지는 장면이다. 야시마屋島에서 헤이케를 이긴 겐지는, 도망치는 헤이케를 뒤쫓아 단노우라까지 공격해 온다. 그 때 양쪽에서 지원요청을 받은 구마노熊野의 별당 단조湛增는 겐지와 헤이케 중 어느 쪽에 붙어야할지 몰라서 기원을 드렸더니, "흰 깃발에 붙으라"는 신탁을 받는다.

하지만 이 결과를 못미더워한 단조는 겐지를 상징하는 흰 닭 7마리와 헤이케를 상징하는 붉은 닭 7마리를, 2마리씩 내보내서 싸움을 시켰다. 그런데 이상하게도 붉은 닭은 한 마리도 이기지 못하고 모두 져서 도망가 버려서 결국 단조는 겐지 쪽에 붙기로 결심했다.

신탁과 도리아와세 결과에 따라 결국 구마노의 별당은 겐지쪽으로 가세하게 되었고, 겐지 군의 기세가 크게 늘어 선단船団의 규모도 헤이케를 능가하게 되었다. 싸움 초반에는 우수한 수군을 보유한 헤이케가 우세했지만, 군세가 역전되어 패색이 짙어지자 헤이케의 무장들은 바

【그림 4】 구마노의 별당 단조가 투계를 벌이는 모습(市
古貞次 校注(1994) 『平物家語2』(新編日本古
典文学全集 46, 小学館)

다에 몸을 던졌고, 안토쿠 천황도 천황을 상징하는 삼종 신기三種神器와
함께 바다에 몸을 던지며 헤이케는 멸망하게 된다. 이처럼 헤이케의 멸
망 뒤에는 겐지의 승리에 공헌한 별당 단조의 도리아와세 점괘가 있었
다고 할 수 있다. 그래서 현재 와카야마 현和歌山県에 위치한 투계 신사鬪
鶏神社는 단노우라 전투에서 겐지를 승리로 이끈 도리아와세 전설에서
그 이름이 유래되었기 때문에 지금도 경내 한 쪽에 투계 모습을 재현해
놓았다.

　투계는 원래 일정한 날을 정해서 했던 유희는 아니었지만, 헤이안 시
대 이후 3월 3일의 연중행사가 되어 모노아와세의 일종으로 유행하게
되었다. 도라이와세는 궁중뿐만 아니라 귀족의 사저에서도 벌어졌으
며, 가마쿠라 시대의 설화집 『고콘초몬주古今著聞集』에서는 주로 가무와
주연酒宴 위주로 진행되어 투계라기보다는 닭싸움을 보고 관전평을 논
하는 품평회 정도의 수준에 머물렀다.

　하지만 다른 모노아와세의 대부분은 사물의 우열을 겨루고 또 그
사물에 관해 와카를 읊는 특별한 소양을 요구하는데 반해서, 도리아

와세는 단순히 투계 관람만으로 승부를 가렸기 때문에 무사를 비롯한 서민들도 이 문화를 즐기는데 아무런 장애가 없었다. 이러한 문화적 접근성의 용이함은 지위고하를 막론하고 널리 사랑받는 배경의 한 원인이 되기도 했지만 한편으로는 점점 도박성이 강해지는 폐단을 낳기도 했다.

에도 시대에는 투계용 닭을 중국과 태국에서 수입하면서 투계는 더욱 활기를 띠게 되었다. 그러나 투계가 서민들 사이에서 도박의 성격으로 변질되면서 막부는 폐해를 방지하기 위해 몇 번의 금지령을 내렸고, 메이지 시대明治時代(1868-1912년)에도 법적으로 금지했지만 그 명맥은 계속 유지되어 지금도 몇 몇 지역에서 관광지의 볼거리나 전통문화 행사로 행해지고 있다.

그 밖에 동물 겨루기 중 많이 했던 경기가 투견인데, 중세 시대에는 투견을 이누쿠이犬くい나 이누아와세犬合라고도 불렀다.

오락으로써의 투견은 고대부터 여러 지역에서 행해왔다. 투견에 사용되는 개는 흔히 도사견이라고 부르는 도사土佐지역의 도사투견이 대표적이지만, 옛날부터 아키타견秋田犬 등의 대형 사냥개도 경기에 참가하곤 했다.

일본에서는 고치高知 현이나 아키타秋田 현에서 투견을 벌였는데 지금도 고치 현의 명물로 자리 잡고 있으며 도사투견센터에서는 도사견들의 투견을 직접 관람할 수 있고 다양한 도사견 기념품들도 즐비해서 지역의 최대 명물로 소개되고 있다.

이상과 같이 30여종이 넘는 다양한 사물 겨루기 중에서 창포 뿌리를 겨루는 네아와세, 향을 겨루는 다키모노아와세, 투계를 벌이는 도리아와세를 중심으로 살펴보았다.

그 결과 모노아와세는 적대적으로 맞서는 대결문화가 아니라, 자신의 실력과 기량을 상대와 겨뤄서 승부를 가리는 '겨루기 문화'라는 점에서 일본인 특유의 관념과 정서를 나타내는 문화 상징체계라고 볼 수 있다. 그러므로 헤이안 시대에 유희문화로 발전한 모노아와세는 어느 한 시대의 일시적 유행에 머무르지 않고 시대를 뛰어넘어 대중문화로 범위를 확대해가며 다양한 겨루기가 성행하면서 점차 사회적 폐해로 대두되는 양상을 보이기 시작한다.

『쓰레즈레쿠사』130단에서는 모노아와세와 같은 승부를 겨루는 놀이의 폐해를 다음과 같이 지적하고 있다.

"여러 가지 놀이 중에서도 승부를 겨루는 것을 좋아하는 사람은, 이겨서 만족감을 느끼려는 것이며, 자신의 기예가 뛰어나다는 것을 즐기는 것이다. 그래서 졌을 때 기분이 좋지 않다는 것도 잘 알고 있다. 다른 사람을 기분 나쁘게 해서 자신의 위안으로 삼는 것은 인간의 도리에 어긋나는 짓이다. 그렇기 때문에 술자리에서 재미삼아 시작한 놀이가 오랜 원한으로 남는 예도 많다. 이것이 다 승부 겨루기를 좋아하는 폐해"라고 지적하며, 남보다 뛰어나고 싶으면 학문을 하라고 권하고 있다. 선행을 자랑하지 않고 친구와 다투면 안된다는 것을 알아야하기 때문이라는 것을 학문의 권장이유로 들고 있다.

이처럼 다양한 겨루기가 귀족에서 무사, 서민으로 확대되면서 승부에서 패했을 때의 인간본성에 따른 원망과 원한이 사회적으로 물의를 빚는 지경에 이르렀다고 본다.

이러한 점을 고려해 보면 일본인들은 어떤 것은 겨루고 어떤 것은 겨루지 않았다는 특별한 원칙 없이 때에 따라 뭐든지 겨루기를 했다는 점에서 겨루기 놀이인 사물 겨루기에 놀이 이상의 매력을 느낀 것은 분명

73

해 보인다. 따라서 모노아와세는 오랜 동안 일본인의 정신세계에 축적되어온 분석적인 심미안을 통해서 이루어진 문화세계라고 볼 수 있을 것이다.

참고문헌

三谷栄一 外 校注(2000)『落窪物語·堤中納言物語』(新編日本古典文學全集 17, 小學館)
山口佳紀 外 校注(1997)『古事記』(新編日本古典文學全集 1, 小學館)
松尾 聡 外 校注(1997)『枕草子』(新編日本古典文學全集 18, 小學館)
神田秀夫 外 校注(1997)『方丈記·徒然草』(新編日本古典文學全集 44, 小學館)
阿部秋生 外 校注(1996)『源氏物語①~⑥』(新編日本古典文學全集 20-25, 小學館)
小島憲之 外 校注(1994)『日本書紀①~③』(新編日本古典文學全集 2-4, 小學館)
          (1994)『万葉集①~④』(新編日本古典文學全集 6-9, 小學館)
市古貞次 校注(1994)『平家物語①~②』(新編日本古典文學全集 45-46, 小學館)
日本風俗史學會編(1980)『日本風俗史事典』弘文堂

미의 앙상블, 격정의 한판 승부

윤 승 민

● ● ● ●

　설달그믐날 일본인들은 지난해를 넘기고 새해를 맞이한다는 의미로 '도시코시소바^{年越しそば}'라고 불리는 메밀국수를 먹고 제야의 종소리를 들으며 새해를 맞이한다. 이와 더불어 많은 집에서 우리나라의 국영방송에 해당되는 NHK에서 방송되는 홍백가합전^{紅白歌合戰}을 보면서 한해를 마무리 하고 있다. 홍백가합전은 우리나라에서도 유명한데 한류가 일본을 휩쓸던 2000년대 초반, 보아, 소녀시대, 동방신기 등이 출연했고, 2017년에는 트와이스가 출연하여 화제를 모았다.

　홍백가합전은 그 해에 활약했던 가수들 중 가장 왕성한 활동을 했던 인기 가수들을 한자리에 모아 출연진을 남녀로 나누어 각각 백팀과 홍

팀으로 칭하고 이들이 대항전 형식으로 노래를 부르며 득점한 점수를 합하여 총점이 많은 팀에게 우승이 돌아가는, 말하자면 팀별 노래대결이다. 1953년부터 현재의 홍백가합전이란 이름으로 TV로 중계되었으며 최전성기 때는 시청률이 무려 80%가 넘은 명실상부 일본을 대표하는 연말 프로그램이다. 현재는 과거와 같은 인기는 아니지만 그래도 매해 평균 40% 정도의 시청률을 기록하며 일본인들의 연말을 책임지고 있다.

여기서 가합이라는 말은 원래 일본어로 '우타아와세'라고 읽으며 우리말로 번역하면 노래 겨루기쯤으로 해석할 수 있는데 이 가합, 즉 우타아와세의 본래 의미는 실은 이 글에서 이야기하고자 하는 '와카和歌 겨루기'를 뜻한다. 매년 연말 성대히 펼쳐지는 홍백가합전의 기원은 지금부터 천여 년 전인 헤이안平安 시대로 거슬러 올라갈 수 있다. 여기서는 와카 겨루기가 어떠한 놀이이며 이 와카 겨루기와 일본인의 미의식과의 관계 등을 당시 유명했던 여러 겨루기 기록 및 이와 관련된 에피소드를 통해 살펴보고자 한다. 그 옛날 누구보다 아름다운 와카를 만들기 위해 고심하고, 또한 격정적으로 본 무대에서 자신의 능력을 모두 발산한 당시 가인들의 현란했던 한판 승부의 세계, 우아한 왕조 미의식의 결정체의 현장으로 우리 함께 시간여행을 떠나보도록 하자.

와카와 와카 겨루기

와카 겨루기에 대해 본격적으로 설명하기에 앞서 우선 와카란 무엇인가를 다룰 필요가 있겠다.

누구나 자신의 감정을 표현하는데 있어 다양한 방법을 사용한다. 현대인들은 주로 페이스북이나 인스타그램 등 SNS를 이용하여 자신의 생각이나 느낌을 남에게 알리는 경우가 많은데 그 옛날 이러한 수단이 없던 시절에는 과연 어떤 식으로 자신의 심정을 표출했을까? 글을 쓰거나 혹은 그림을 그리거나 하면서 그 감정을 나타내기도 했지만 동서고금을 막론하고 가장 근본적인 방법은 소리를 통해서일 것이다. 옛 일본인들도 마찬가지로 이러한 소리를 통해 자신의 감정을 밖으로 표출했는데, 이러한 소리가 시간이 지남에 따라 노래로 발전했다. 고대 일본인들이 집단적으로 모여 '우타가키歌垣'라 불리는 행사에서 노래를 통해 구애나 구혼을 하며, 혹은 풍작을 신께 기원했다는 점은 여러 기록을 통해 알려지고 있다. 이러한 집단에서 부른 공동체적 노래가 시간이 흘러 일본인들이 점점 개인의 세계를 추구함에 따라 개인적인 감정을 표현하기에 이르고, 개인 서정시가 창작되게 된다.

이런들 어떠하리 저런들 어떠하리

만수산 드렁칡이 얽혀진 듯 어떠하리

우리도 이같이 얽혀 백년까지 누리고저　　　　　　　　　　　(하여가)

이 몸이 죽고 죽어 일백 번 고쳐 죽어,

백골이 진토되어 넋이라도 있고 없고,

님 향한 일편단심이야 가실 줄이 있으랴　　　　　　　　　　(단심가)

　학교 수업이나 방송 등을 통해 위와 같은 옛 노래를 들어본 적이 있을 것이다. 이는 각각 '하여가', '단심가'라는 제목으로 불리며 조선 3

대 임금 태종이 된 이방원과 고려시대 말기 정몽주가 부른 노래로 익히 들어 알고 있는 유명한 노래이다. 3·4·3·4 / 3·4·3·4 / 3·5·4·3으로 진행되는 이 형식의 노래가 우리나라의 고유의 대표 정형시 '시조時調'인데 와카는 바로 이에 해당되는 일본의 대표적 정형시라 할 수 있다.

즉 일본인들이 자신들의 정서를 일본의 풍토에 맞게 읊은 일본 고유의 노래. 중국의 한시漢詩에 대응하여 일본 첫 통일 정권인 야마토大和의 노래라는 의미로 음수율 5·7·5·7·7의 총 31자로 구성된 짧은 정형시가 바로 와카다.

와카에는 물론 약간씩 상이한 형식들도 있지만 일반적으로 5·7·5·7·7을 와카의 대표 음수율로 삼고 있다. 이 음수율이 언제부터 일본인의 정서 속에 각인되어 정착되었는지는 불분명하지만 이 5·7·5·7·7이 일본인들의 심정을 표현하기에 적합한 리듬이라 여겨져 오랜 기간 사랑받아 천년 넘게 지속되어 왔다는 점은 대단히 중요하다. 와카는 그 본질은 변하지 않지만 각 시대 정신에 맞게 그 내용과 모습을 바꾸어 오면서 일본 역사를 관통할 정도의 끈질긴 생명력을 보여주며 현재에 이르고 있다. 지금은 단가短歌라는 이름으로 불리며 여전히 많은 사람들이 이 형식의 노래를 즐겨 읊고 또 감상하고 있다.

와카는 특히 헤이안 시대(794~1192년)에 전성기를 이루었다. 헤이안 시대 초기 당시 집권층 및 귀족들은 당나라 문화를 세계 최고의 문화로 인식하여 중국 당나라 문화를 의욕적으로 섭취했다. 동아시아 문화권에 속했던 일본 입장에서 볼 때 당시 중국은 최선진국이었고 이 선진 문물을 흡수하기 위해 견당사遣唐使라 불리는 사신을 당나라에 파견하는 등 각고의 노력을 다했다. 이에 헤이안 초기 100여 년은 일본 사회에 당나라 문화의 영향이 짙게 배인 시기로 문학사적 입장에서 보면 한문학, 한시문이 융성하던 시기였다. 그러나 어느 정도 시간이 흐르고 일본인들이 자국 문화에 자부심과 긍지를 느끼게 되면서 더 이상 당나라 문화에 종속되지 않는 독자적인 자국 문화를 구축하려 했다. 이러한 흐름과 함께 이 시기에 일본 고유의 문자인 가나仮名 문자가 발명된다. 이로 인해 일본인들이 자신들의 감정을 자신들의 글자로 더욱 솔직하게 표현할 수 있게 되고, 결국 한시문 대신 일본 고유의 장르인 와카가 이 시기에 비약적인 발전을 이루게 된다.

와카는 일본인이 자연이나 인간의 심정을 이해하고 해석하기 위한 장치로 사용했다. 즉 고대 일본인들은 와카를 통해 사랑의 감정, 이별의 슬픔, 자연이 주는 아름다움, 인생사에 대한 고뇌 및 다짐 등 모든 감정을 자유자재로 표현하였다. 떠오르는 자신의 생각을 솔직하고 신속하게 나타낼 수 있게 된 것이다. 이런 의미로 와카가 오늘날의 SNS에 해당된다고 앞에서 이야기했는데 어느 정도 수긍이 가리라 생각된다.

와카가 유행함에 따라 어디든 와카가 울려 퍼지게 되자 당시 헤이안 귀족들은 단순히 노래를 읊는 것에 그치지 않고 더욱 세련되고 다이나믹하게 즐길 수 있는 재미있는 게임을 고안하게 된다. 이것이 바로 이 글에서 이야기하고자 하는 와카 겨루기다.

와카 겨루기란 가인을 좌, 우 두 팀으로 나누고 서로 한 수 씩 와카를 읊은 후 각각 노래에 대해 승패를 정하고 어느 팀이 더 많은 승리를 거두어 최종적으로 이기는지 우열을 가리는 놀이다. 처음에는 단순한 궁정의 유희로 출발했으나 점차 문학적인 행사로 발전했고, 각 와카에 대한 평가를 내린 판정문은 이후 와카의 이론으로 발전하였다. 즉 단순한 재미만을 위한 오락적 사교 행사가 아닌 문학사적 입장에서 볼 때 와카 발전에 크게 이바지한 대단히 의의 깊은 경연이었다 할 수 있다.

기록으로 남아 있는 현존하는 가장 오래된 와카 겨루기는 885년에 개최된 '자이민부쿄케 와카 겨루기在民部卿家歌合'이다. 물론 그 이전에도 와카 겨루기가 시행되었다고는 추측되지만 정확한 기록으로 남아 있는 것은 이것이 최초이다. 두견새와 사랑, 두 개의 테마로 이루어진 간단한 겨루기였지만 와카 겨루기의 기본적 구성과 필요한 요소들을 모두 담고 있다. 이러한 와카 겨루기의 기원을 살펴보면 실은 훨씬 더 옛날로 거슬러 올라간다. 고대 일본인들은 겨루기 시합을 즐겨했다. 어디 일본인뿐이랴. 타인과 비교해 자신이 가지고 있는 것이 더 뛰어나다 자랑하고자 하는 마음, 그리고 남을 이기고자 하는 승부욕은 인류 공통적이기는 하나 고대 일본인들은 모든 사물에 대해 겨루기 승부를 좋아했다. 일찍부터 소싸움, 개싸움, 닭싸움 등 동물의 우위를 겨루는 시합 등도 많이 시행되었고 그 뿐 아니라 화초 겨루기, 조가비 겨루기, 향 겨루기 등 갖가지 사물 겨루기도 널리 행해졌다. 그리고 당시 불교 국가였던 고대 일본에서 불교 경전을 서로 의논하거나 토론하는 '논의論議'라는 제도가 성행했는데 헤이안 귀족들이 법회 등에 참석하면서 항상 이 논의에 깊은 관심을 가지고 지켜보았던 것 같다. 이러한 원초적인 겨루기 형태에 불교의 논의 등의 방법을 사물 겨루기에 도입하고, 사물 겨루기에 곁들어 흥을 돋우기 위해 노래를 읊고 감상하던 중, 점차 노래에 대해서도 우열을 가리기 시작하여 이후 노래 자체만의 승부내기 시합인 와카 겨루기로 발전한 것으로 보인다. 헤이안 시대에 시작된 와카 겨루기는 약 천 여년에 걸쳐 에도 시대까지 시행되었다.

이러한 유구한 역사와 전통을 지닌 와카 겨루기의 구성 요소 및 놀이 방법에 대해 좀 더 구체적으로 살펴보겠다. 와카 겨루기의 가장 큰 특징 중 하나가 시합과 관련해 '다이題'라 불리는 테마가 주어진다는 점이다.

가인들은 각 테마와 가장 잘 어울리는 와카를 지었는데 테마의 경우 시합 당일 주어지는 경우도 있었고 사전에 제시되는 경우도 있었다. 와카 겨루기는 가인들만의 전유물이 아니다. 가인들을 두 팀으로 나누었듯 귀족들과 당시 궁정에서 근무하던 여성 관인들인 '뇨보女房'들도 팀을 나누어 와카 겨루기에 참가했다. 이들은 자신이 속한 팀의 가인들이 제출한 와카를 칭찬하고, 상대팀의 지적에 대해서는 있는 힘껏 변호하는 등 오늘날의 열성 팬클럽과 같은 역할도 했다. 가인들이 지은 와카는 곡조에 맞춰 읊게 되는데 이를 전문적으로 담당하는 사람까지 있었다.

이러한 과정을 거친 후 드디어 와카에 대해 판정을 내리는데, 이 판정은 승부의 세계인 와카 겨루기에서 빠트릴 수 없는 무엇보다 중요한 작업이었다. 승패를 가르기가 매우 어려운 와카인 만큼 좌, 우팀 당사자는 물론 참관인을 포함하여 누구나 납득할만한 객관적이고 정당한 판정을 내려야 했다. 이에 '한자判者'라 불리는 판정관은 주로 와카의 세계에서 지도자적 입장에 있는 사람이나 신분이 높은 사람이 담당하였다. 승勝과 부負로 우열을 가리는데 도저히 승부를 낼 수 없는 경우 비김을 선포하는 경우도 있었다. 또한 와카에 대한 판정을 내릴 때는 어떤 연유로 그러한 판단을 했는지 그 이유를 반드시 밝혔다. 이 판정문을 '한지判詞'라고 하는데 노래의 표현, 기교, 전체적 구성, 창작태도, 예술성 등 다양한 관점에서 매우 상세히 기술하고 있으며 판정문이 와카 겨루기에서 중요한 의미를 가지게 됨에 따라 점차 겨루기 당일 우선 노래의 우열만을 정한 후, 판정자가 시간을 두고 심혈을 기울여 이를 작성하게 된다. 판정자 입장에서도 와카에 대한 본인의 지식과 미적 감각이 여과 없이 드러나게 되므로 자신의 명예와도 직결되는 중요한 문제였다. 이렇듯 와카 겨루기에서 당대 지도자급 가인이 판정관을 맡아 와카

【그림 1】 와카 겨루기(内田保男 他(2000)『社会人のための国語百科』大修館書店)

에 대한 자신의 생각을 기탄없이 판정문을 통해 토로하게 되고 겨루기가 회를 거듭할수록 최고 명인들의 와카에 대한 견해가 축적되어 점차 와카 전반에 걸친 이론으로 발전하게 되었다.

와카 겨루기는 초기에는 천황 및 황족이 중심이 되어 궁전 내부에서 개최되는 경우가 많았으나 점차 귀족들의 저택에서도 와카 겨루기가 시행되고 승부가 결정된 후 승자가 승리를 축하하는 향응 연회를 베풀기도 했다. 와카 겨루기가 발달하게 된 것은 헤이안 귀족의 생활과도 밀접한 관계가 있다. 눈이 팽팽 돌 정도로 바쁘게 돌아가는 현대 사회와는 달리 헤이안 귀족들은 유유자적한 생활을 즐겨했다. 헤이안 시대의 율령 시행 세칙을 기술한 『엔기시키延喜式』에 의하면 헤이안 귀족들의 평균 근무 시간은 하루 3시간 반에서 4시간 반 정도라고 한다. 특히 상류 귀족들은 궁중의 정사가 끝나면 남는게 시간밖에 없었기 때문에

이 무료한 시간을 달래기 위해 여러 가지 미적, 향략적 유흥 본위의 생활을 하게 된다. 음악, 가무, 훈향 등 다양한 요소들을 노래, 관현 연주와 함께 하며 시간을 보내게 된다. 이러한 기반 하에 와카 겨루기는 탄생하게 되는데 이런 의미로 와카 겨루기는 천황을 비롯한 상류 귀족들의 여흥을 위한 시간이기도 했다.

와카 겨루기라 하면 일반적으로 와카를 짓는 가인들이 주인공이라 생각하겠지만 아이러니하게도 와카를 읊는 작가들은 실제로는 조연의 위치에 머무르는 경우가 많았다. 와카 겨루기가 천황 주재 하에 궁에서 이루어지는 경우가 많은데 이 경우 천황이 직접 관람하는 청량전清涼殿 전상殿上에 오를 수 있는 것은 신분이 높은 귀족 극히 일부뿐이었다. 상류귀족이 가인으로 참가하는 경우도 물론 있지만 대부분의 가인들은 와카 겨루기가 열리고 있는 청량전에는 올라갈 수도 없는 신분 낮은 관인인 경우가 많았다. 와카는 가인들이 만들지만 실제로 그것을 즐기고 향유하는 것은 천황을 비롯한 신분 높은 귀족들이라는 모순이 발생한다. 또한 와카 겨루기는 오로지 가인들만이 스포트라이트를 받는 구조가 아니었다. 다시 말해 와카 겨루기에서는 단순히 노래 자체에만 주목하는 것이 아니라 그 자리를 장식하는 도구, 공예품, 향, 연주자들의 음악, 춤꾼들의 춤, 그리고 참가자들의 용모, 의상, 행동까지가 모두 행사의 중요한 구성요소가 된다. 노래 이외에 다양한 요소들이 복합적으로 융합되어 상승 작용을 일으켜 하나의 완성된 결정체를 이루는 것이다. 이런 이유로 와카 겨루기는 왕조문화의 미의식의 정수를 한자리에 모아 놓은 종합 예술 축제라 부를 수 있겠다.

와카 겨루기의 규범, 덴토쿠 4년 궁정 와카 겨루기

와카 겨루기가 가장 성대하게 실시된 것은 헤이안 시대부터 가마쿠라 시대鎌倉時代(1192~1333년) 전반까지였다. 헤이안 시대에만 무려 400번 이상의 와카 겨루기가 개최되었다. 이렇게 많은 와카 겨루기 시합 중 가장 대표적인 와카 겨루기 몇 개를 소개하고자 하는데 그중에서도 가장 화려하고 상징성 높은 것은 무라카미 천황村上天皇 시절, 당시 연호로 덴토쿠天德 4년, 지금 서기로 환산하면 960년에 개최된 '덴토쿠 4년 궁정 와카 겨루기天德四年内裏歌合'이다. 이 행사는 간단하게 '덴토쿠 와카 겨루기'라 말해도 통할 정도니 얼마나 유명했는지 짐작할 수 있을 것이다. 공적 행사로서의 의식 및 진행 방법 등이 이 와카 겨루기를 통해 완성되어 이후 개최되는 와카 겨루기의 규범이 될 정도로 아주 중요하고 의의 깊은 행사였다. 이에 천 여년의 와카 겨루기 사상 가장 중요한 와카 겨루기였다는 평가도 많다.

이 와카 겨루기가 실시된 것은 헤이안 시대 많은 천황의 치세 중 가장 태평성대 중 하나였다고 평가받는 무라카미 천황 재위 시절이다. 날짜는 3월 30일, 당시 일본 사회는 음력을 기준으로 했으므로 3월 30일이면 봄의 마지막 날인 셈이다. 다음날인 4월 1일부터는 계절적으로 여름. 천황을 비롯한 당시 헤이안 귀족들이 모여 가는 봄을 아쉬워하며 성대하게 이 행사를 열었다. 여러 기록에 의하면 이 와카 겨루기는 전년도에 이미 기획이 이루어졌고 구체적인 준비는 당해 2월부터 시작되었다고 전해진다. 와카 겨루기는 승부이므로 우선 서로 겨룰 좌, 우팀을 나누고, 여기에 이들을 서포트할 응원단도 준비했다. 3월 1일에 사전에 테마를 정해 양 팀에 알려줘서 와카를 준비하게 했다. 당시 발표된 테마로는 12개. 구체적으로 살펴보면 안개, 꾀꼬리, 버드나무, 벚꽃, 늦봄, 두견새, 초여름, 여름 풀, 사랑 등, 가는 봄을 아쉬워하고 여름을 맞이하기에 적합한 제목이었다. 노래를 읊은 가인은 왼쪽 팀이 7명, 오른쪽 팀이 6명으로 일견 불공평한 것처럼 보이지만 이는 제출된 와카 수준에 따라 선발된 결과였다. 이 와카 겨루기에 참가하려고 많은 가인들이 응모했지만 떨어진 작품이나 작가도 적지 않았을 것이다.

참가한 가인들의 면면을 보면 미나모토 시타고源順, 후지와라 아사타다藤原朝忠, 미부 다다미壬生忠見, 다이라 가네모리平兼盛, 나카쓰카사中務 등 모두 그 시대를 대표하는 유명한 가인들이다. 총 20번의 승부가 이루어졌는데 이렇듯 명망 있고 프라이드 높은 당대 최고 가인들이 한 자리에 모였던 만큼 불꽃 튀는 승부가 펼쳐지리라 누구나 예상했을 것이며 관람자들도 손에 땀을 쥐고 지켜보았을 것이다.

판정관은 후에 최고 관직인 태정대신까지 오르는, 당시 좌대신 후지와라 사네요리藤原実頼였다. 출신 및 신분은 판정관으로서 충분히 자격이 있지만 가인으로서 특별히 뛰어난 재능을 가진 인물이라고는 보기 어렵다. 하지만 궁중 행사로서의 와카 겨루기가 잘 마무리되도록 전체적으로 신중을 기해 온당한 판정을 내렸다. 판정관 보좌로는 다이고 천황醍醐天皇의 아들로 대납언大納言 직책을 수행했던 미나모토 다카아키라源高明가 담당했다. 또한 좌, 우팀을 응원하기 위해 뇨보들도 모였는데 이들은 각각 왼쪽이 붉은색, 오른쪽이 청색을 베이스로 한 의상으로 한껏 멋을 부려 치장하고 자신의 속한 팀을 열과 성을 다해 응원했다.

당일 와카 겨루기는 다음과 같이 진행되었다. 오후 3시 넘어 시작된 덴토쿠 4년 궁중 와카 겨루기는 노래를 한 수 발표한 후에는 음악연주와 가무를 즐기거나, 또한 술잔을 나누면서 이야기꽃을 피우는 등 편안한 분위기 속에 진행되어 다음날 동틀 무렵까지 계속되었다. 앞에서도 언급했듯이 와카 겨루기가 기본적으로 우아한 왕조의 연회였다는 점을 이와 같은 사실로도 알 수 있다. 하지만 그렇다고 해서 와카를 대충 읊고 감상했던 것은 아니다. 선택된 와카 40수는 모두 뛰어난 것뿐이었다. 그중에서도 20번째 마지막 대결에 등장한 와카 두 수는 그야말로 우열을 가리기 어려운 수작이었다.

20번　　　좌左　　　미부 다다미
마음에 품은 그 누군가 있다고 알아버렸네
아무도 알 수 없게 품었던 사랑인데

　　　　　우右 승勝　　　다이라 가네모리
감추려 해도 얼굴에 드러나네 임 향한 마음
연모하는 임 있냐고 남들이 물어보네

　치열한 경쟁을 벌였던 이 와카 겨루기도 이제 마지막 한 판만을 남겨놓았다. 지금까지 전적은 10승 4패 5무승부로 왼쪽 팀이 단연 우세한 성적을 거두고 있었다. 이 여세를 몰아 마지막 승부까지 이기고 싶은 왼쪽 팀. 더 이상 밀릴 수 없다고 비장한 각오를 하며 마지막 판이라도 승리하고픈 오른쪽 팀. 두 팀의 열정과 승부욕이 최후의 불꽃을 피우며 맞붙고 있다. 마지막 테마는 사랑이며 가인은 미부 다다미와 다이라 가네모리였다. 두 사람 모두 헤이안 시대 와카의 명인 36명을 뽑은 '삼십육가선'에 선정될 정도로 뛰어난 실력의 소유자였다. 마지막 이 승부는 두 사람의 명예와도 직결된 물러설 수 없는 한판이었다.

애당초 문학인 와카의 우열을 가린다고 하는 것 자체가 어리석은 일일지도 모른다. 설령 우열을 정한다고 하더라도 그것은 각자의 주관의 문제라고 반론이 제기된다면 달리 할 말이 없을지는 모르나, 하지만 또 그 어려운 일을 해내는 것이 바로 와카 겨루기다. 덴토쿠 와카 겨루기의 피날레를 장식한 두 노래에 대해 판정관이었던 사네요리는 난처한 상황에 처했다. 사네요리가 봤을 때 두 수 모두 너무나 뛰어난 와카라 생각되었기에 본인의 능력으로는 도저히 판정이 불가능하다며 처음에는 승패 정하는 것을 포기하려 했다. 하지만 무라카미 천황은 이렇게 발뺌하는 사네요리를 용납하지 않았다. 정확하게 판정을 내리라 재촉까지 하는 것이 아닌가. 곤란해진 판정관 사네요리는 옆에 있던 보좌역 미나모토 다카아키라에게 판정을 양보했지만 다카아키라는 황송해하며 답을 하지 못한다. 참가자 및 응원단들은 자신의 팀이 읊은 와카들을 열창하며 자신들의 승리를 어필하고 있었다. 이러지도 저러지도 못한 사네요리는 결국 천황의 의향을 물어보지만 무라카미 천황은 아무 말도 하지 않고 단지 침묵을 지킬 뿐이었다. 하지만 잠깐 동안 나지막히 가네요리의 노래를 흥얼거렸다. 이를 들은 다카아키라는 즉시 사네요리에게 이 사실을 알린다. 아무래도 천황의 생각이 오른쪽 팀에 있는 듯 하다며 넌지시 알려주자 드디어 판정관 사네요리는 오른쪽 편 가네모리의 승리를 선언한다.

사실 이 두 와카는 현재까지도 어느 노래가 더 뛰어난가 하는 논쟁이 끊이지 않는다. 덴토쿠 와카 겨루기 이후에도 이러한 논쟁은 계속되어 오히려 패한 다다미의 노래를 높이 평가하는 의견이 일찍부터 존재했다. 가네모리의 노래가 기교적으로 뛰어난 데 비해 다다미의 노래는 솔직한 감정을 읊고 있어서 그런 평가가 있는 것 같다. 하지만 승리는 승리. 지금까지 열세였던 오른쪽 팀이 마지막에 보기 좋게 왼쪽 팀을 꺾고 최후의 일격을 가해 지금까지 압도적으로 지고 있던 울분을 어느 정도 해소할 수 있었다. 기쁨의 환호성을 지르는 오른쪽 팀을 무라카미 천황은 어떤 기분으로 바라봤을까? 실은 와카 겨루기도 어느덧 그 끝을 향해 달려가는 시점에서 계속 열세였던 오른쪽 팀에게 마지막 한 번쯤은 기쁜 소식을 안겨주고자 한 천황의 배려가 이런 결과를 가져오지 않았을까하는 짐작도 해본다. 성군 무라카미 천황의 치세에 어울리는 훈훈한 에피소드로 역사상 가장 성대했던 와카 겨루기는 마무리되었다.

　이 두 노래 승부에 대한 평가는 아직까지 설왕설래하고 있지만 헤이안 시대 와카의 높은 수준을 보여준 노래 자체에 대한 평가는 예로부터 지금까지 변함이 없다. 이 두 노래는 사랑을 주제로 하고 있지만 두 와카 모두 사랑하는 마음이 드러나는 것을 꺼리는 마음을 노래하고 있다. 좁은 헤이안 귀족 사회에서 소문이나 타인의 눈은 사랑이 결실을 맺는 데 있어 커다란 장애거리였다. 이 두 노래는 비밀을 끝까지 지켜가며 사랑을 키우고자 하는 작자의 마음이 그대로 투영되어 있고 표현이나 기교, 미적 감각에서도 읊은 이의 개성이 확연히 드러나 있어 실로 우열을 가리는 것이 불가능할 정도다. 이후 끊임없이 많은 이들에게 사랑을 받았던 두 와카는 덴토쿠 4년 와카 겨루기로부터 약 50년 정도 후에 만들어진 세 번째 칙찬 가집『슈이와카슈拾遺和歌集』에 당당히 선택된다. 그리고 두 수가 나란히 배열되어 있는데 이는 덴토쿠 와카 겨루기에서 비록 승부를 다투는 사이였지만 같은 테마 하에 함께 읊어져 더욱 그 아름다움과 감동이 배가된 미의 앙상블 효과를 높이 평가한 결과라 생각된다. 두 와카는 와카 겨루기라고 하는 장 안에서 비교됨에 따라 각각의 경우보다 시너지 효과를 발휘하여 훨씬 더 그 빛을 발한 것이다. 가마쿠라 시대 최고의 와카 작자 후지와라 데이카藤原定家 역시 자신이 좋아하는 가인 백 명의 노래를 한 수씩 모은 노래집『햐쿠닌잇슈百人一首』에 두 수를 같이 선택했는데 이는 물론 서로 경쟁한 덴토쿠 와카 겨루기를 기념하려 한 의도도 있었겠지만 마찬가지로 두 와카가 서로 조화를 이루며 울려 퍼지는 하모니와 앙상블에 매료되었기 때문일 것이다.

한편 와카 겨루기는 왕조 미의식의 종합 경연장이라고 앞에서 언급했는데 와카는 물론 다른 여러 요소들도 그 자리를 빛내기 위한 매개체로서 비중 있는 역할을 담당했다. 그중 특히 '스하마州浜'라 불리던 공예품에 주목할 필요가 있다. 이는 해변을 본뜬 모양을 한 받침대로 그 위를 갖가지 사물이나 인물로 장식해 미니어처 정원처럼 만든다. 덴토쿠 와카 겨루기 당시 오른쪽 팀이 진상한 '스하마'에는 향목香木으로 산을 만들고 거울을 놓아 수면 역할을 하게 한 다음, 은으로 만든 거북이 두 마리를 장식했다. 거북이 등 안쪽에는 작은 색지를 넣었는데 바로 그 종이에 와카 겨루기 시합에서 가장 중요한 핵심, 바로 각 가인의 와카를 썼다고 한다. 이 뿐 아니라 곳곳에 심혈을 기울여 다양한 볼거리를 제공했다. 예를 들어 당일 테마의 하나였던 '벚꽃' 노래를 적은 종이의 경우, 실제로 벚꽃 줄기와 같이 묶기도 하고, '두견새'를 테마로 한 와카의 경우에는 두견새 모양의 조형물을 만들고 노래를 적은 종이를 그 부리에 꽂아 놓는 등 갖가지 기교를 선보여 더욱 흥을 돋우었다. 현재 '스하마' 실물이나 도면 등이 남아있지 않아 그 아름다움을 직접 눈으로 볼 수는 없지만 다행히 옛 기록에 '스하마'에 대해 상세히 적어놓은 부분이 있어 당시의 세련된 미적 감각을 조금이나마 음미할 수 있다. 덴토쿠 4년 와카 겨루기 기록에 보면 당일 오후 일찍부터 와카 겨루기 준비를 했지만 왼쪽 팀의 '스하마' 도착이 늦어진 탓에 경연은 해질 무렵에 시작되었다고 전해진다. 또 와카 겨루기에 참석하지 않았던 중궁 안시安子에게 다음날 좌, 우 양쪽 모두 '스하마'를 보냈지만 안시는 오른쪽 팀 '스하마'만 마음에 들어해 자신의 거처에 두도록 했다고 한다. 오른쪽 팀의 '스하마'가 얼마나 특별했는지, 또한 와카 겨루기에서 '스하마'가 차지하는 비중이 얼마나 큰지 이러한 예로 알 수 있을 것이다.

덴토쿠 4년 궁정 와카 겨루기는 헤이안 시대 귀족문화의 미의 정수를 한 곳에 모아 다양한 형태로 존재하던 와카 겨루기의 일반적인 규범을 만들어 후대까지 큰 영향을 미친, 와카 역사에 있어 빼놓을 수 없는 대단히 의미 깊은 경연이었다. 이후 와카 겨루기가 이러한 전통을 이어받아 어떻게 변화되고 발전했는지 다음 장에서 구체적으로 살펴보도록 하겠다.

가론의 확립, 롯퍄쿠반 와카 겨루기

와카 겨루기도 시대와 함께 변해간다. 천황을 중심으로 한 상류 귀족의 연회적 성격이 강했던 헤이안 시대의 와카 겨루기에서 점점 그 규모가 대규모화되고 또한 중류 귀족 및 승려들이 모임을 주최했다. 궁정 의식과는 다른 새로운 모습의 와카 겨루기가 그 면모를 드러내기 시작했다.

가마쿠라 시대의 대표적인 와카 겨루기로는 '롯퍄쿠반 와카 겨루기 六白番歌合'를 들 수 있다. 1193년에 개최된 이 겨루기는 26세의 젊은 후

지와라 요시쓰네藤原良経가 주최했다. 와카, 서도, 한시 등에 능통한 교양
인이었던 요시쓰네이긴 하나 이 겨루기를 실시한 것은 당시 최고 권력
가 구조 집안九条家을 등에 업고 본인 집안의 위세를 과시하기 위한 것이
었다. 명칭이 '롯퍄쿠반 와카 겨루기'인 것은 이름 그대로 와카 대결을
600번 실시했다는 의미다. 테마는 사계절과 사랑 등의 총 100개인데
단순히 봄, 여름, 가을, 겨울의 사계와 사랑이 아니라 그 내용이 아주 세
분화 되어 있는 것이 특징이다. 사계절 50개, 사랑의 주제가 50개 제시
되었으며 가인들은 그 미묘한 감정의 변화를 나름의 개성을 살려 형형
색색의 노래들로 연출했다. 가인은 총 12명이며 이들이 각각 100개의
주제를 읊었으므로 전체 노래는 1200수로 과연 역대 최대급의 와카 겨
루기였다. 이전의 와카 겨루기에서 보인 유희적 성격을 불식하고 와카
그 자체의 우열을 본격적으로 겨루는 불꽃 튀는 진검승부의 한 마당이
펼쳐진 것이다.

또한 이전보다 더욱 판정문이 중시되어 판정관의 영향력이 커진 것
도 중요한 변화다. 판정문이 단순한 승부의 결과만을 기록하는 것이 아
니라 가인들에게 상당한 영향력을 미치게 되고 와카의 방향과 트렌드
를 크게 좌우하게 되었다. 이 와카 겨루기는 특히 판정에 대한 격렬한
논쟁으로 유명한데 그 전모를 살펴보면 다음과 같다.

롯퍄쿠반 와카 겨루기의 판정가는 당대 가단의 최고 권위자인 후지
와라 슌제이藤原俊成였다. 이 와카 겨루기는 일 년 전인 1192년에 기획되
어 겨루기 당일 와카를 읊고 거기에 대해 각 참가자들이 서로 논평을
한 후 다음날 판정관에게 보냈고, 판정관인 슌제이가 와카 승부를 결정
한 후 이에 대한 판정문을 작성하는 방식으로 진행되었다. 그중 '메마
른 들판枯野'을 주제로 한 슌제이의 판정은 다음과 같다.

　　　좌 승　　　　후지와라 요시쓰네
가을 초원의 그 기억을 지금도 남기고 싶네
시들어 변해버린 들판을 보노라니

　　　우　　　　　후지와라 다카노부
서리로 물든 들녘의 그 정취를 모르는 자는
그 가을 풍경에는 마음을 주었을까

　　왼쪽 팀 작가는 이 와카 겨루기의 주최자이기도 한 후지와라 요시쓰
네. 그리고 오른쪽 팀의 경우 젊은 시절부터 가인으로 명망이 높았던
50대의 노련한 후지와라 다카노부藤原隆信였다. 좌, 우팀 당사자들은 서
로 요시쓰네의 노래에 대해서는 '초원草の原'이라는 표현은 들어본 적이
없다고 비난했고 다카노부 와카에 대해서는 너무 올드하다고 혹평했
다. 이 논쟁에 대해 슌제이는 요시쓰네의 와카를 극찬한 후, 상대 진영
이 지적한 '초원'이라는 표현은 들어본 적이 없다는 내용에 대해『겐지
이야기源氏物語』「하나노엔花の宴」권에 해당 표현이 나온다고 설명한 후
그 유명한 "겐지 이야기를 읽지 않고 와카를 읊는다는 것은 지극히 유
감이다"라는 말은 남긴다.『겐지 이야기』「하나노엔」권에서 주인공 히
카루 겐지光源氏는 정적의 딸 오보로즈키요朧月夜와 우연한 만남 후 하룻
밤을 함께 보내게 되는데 여성의 이름을 묻는 겐지에게 오보로즈키요
는 자신의 이름을 말하지 않고 "불행한 이 몸 세상에서 이대로 사라진
다면 그대는 저 초원을 찾아와 주시려나"라는 와카를 남긴다. 후지와
라 슌제이는『겐지 이야기』중「하나노엔」권이 가장 요염하다고 평가
했는데 금단의 사랑, 파멸을 두려워 않고 사랑에 몸을 던지는 인간의

【그림 2】 후지와라 슌제이(좌) 후지와라 데이카(중) 지엔(우)(内田保男 他(2000)『社会人の
ための国語百科』大修館書店)

무모함을 높이 평가한 때문이라 생각한다. 이 '요염함艶'은 요시쓰네의
와카에 대해 슌제이가 내린 평가이기도 하다. 최고의 찬사를 그의 와카
에게 보낸 것이다.

또한 슌제이는 자신의 아들 후지와라 데이카와 주최자 요시쓰네의
숙부이자 가마쿠라 시대에 만들어진 칙찬 가집『신코킨와카슈新古今和
歌集』에 두 번째로 많은 노래를 싣고 있는 지엔慈円의 와카 대결에 대해
서도 판정을 내린다. '동틀 녘의 사랑暁の恋'이란 테마로 두 사람은 맞
붙었는데 상대 진영은 데이카가 부른 노래에 대해 잠깐 들어서는 그
의미가 무엇인지 알 수 없다고 신랄한 비평을 가한다. 실은 데이카는
이 시기에 새로운 표현을 의욕적으로 추구한 나머지 너무 난해하여 이
해하기 어렵다는 비난을 여러 방면에서 듣고 있었다. 지엔의 와카에
대해서는 특정 표현이 이 노래에 사용되기에는 부적절하다는 지적이
있었다. 두 노래에 대해 슌제이는 지엔의 와카를 더 훌륭하다고 평가
하고 승리를 안긴다. 상대 진영에서 문제시한 특정 단어에 대해 확실
히 그 표현은 적절하다고 생각되지는 않는다며 비판을 인정은 하지만
그 외 다른 부분은 매우 뛰어나다며 지엔의 노래를 높이 평가했다. 한
편 데이카의 노래에 대해서는『고킨와카슈』가나 서문에서 육가선六歌

仙의 한명인 기센 법사喜撰法師를 비평한 "표현이 확실하지 않고 노래 한 수의 처음과 끝이 명료하지 않다"라는 문장을 인용하여 이번 겨루기에서 부른 데이카 노래도 이와 같은 느낌이라며 평가한다. 무슨 노래인지 알기 어렵다는 상대 팀의 비난을 인정할 수밖에 없었지만 조금이나마 나쁜 인상을 회피하고 싶어 와카의 대표 명인 육가선을 인용했다고 생각되는데 노래에 대한 시시비비는 분명히 하되 아들을 생각하는 아버지로서의 인간미도 이러한 평가를 통해 엿볼 수 있다.

　이렇듯 슌제이는 각 와카에 대해 객관적인 평가를 내리고 작자의 의도를 명확히 파악한 후 노래의 장단점을 판정문에서 시의적절히 제시함으로 와카에 대한 이해도를 한 단계 더 높일 수 있는 계기를 마련했다. 수많은 와카 겨루기를 통해 이러한 과정이 반복되면서 판정문은 와카 이론으로 발전하게 되는데 가마쿠라 시대를 걸쳐 와카 겨루기 판정문은 와카 전반에 걸친 가론으로 확립되어 갔다. 그 전기를 마련한 것이 바로 지금 소개한 롯퍄쿠반 와카 겨루기이다.

　또한 가마쿠라 시대에는 고토바 상황後鳥羽院이 주최한 '센고햐쿠반 와카 겨루기千五百番歌合'도 유명한데 이는 100개의 테마를 30명의 가인이 읊은 것으로 총 와카는 3000수, 이에 와카 대결은 1500번 이루어진 사상 최대의 와카 겨루기다. 『신코킨와카슈』는 이 와카 겨루기에서 읊어진 노래를 90수나 싣고 있다. 롯퍄쿠반 와카 겨루기와 더불어 센고햐쿠반 와카 겨루기는 『신코킨와카슈』를 편찬하는 중요 자료로 활용되었다. 중세 시대에는 천황으로부터 칙찬집 제작 칙명이 하사되면 노래 선정을 위해 일부러 와카 겨루기를 개최했다는 이야기가 있을 정도로 와카 겨루기는 와카가 예술 작품으로 한 단계 더 발전하는 과정에서 중대한 역할을 담당하였다.

패배의 충격, 죽음과 맞바꾼 자존심

가인 및 관련자들이 와카 겨루기를 얼마나 중시했는가 하는 점은 후일담 형식으로 여러 기록에서 언급하고 있는 사실로도 알 수 있다. 본인의 가인으로서의 명예를 위해서도 자신이 속한 팀을 위해서도 와카 겨루기는 결코 물러설 수 없는 시합이었고, 일대일이라는 대결 시스템으로 인해 가인들은 매순간 순간 긴장의 끈을 놓지 않고 불꽃 튀는 접전을 벌였다. 이러한 격정의 한판 승부인 탓에 이기고 지는 것은 가인들의 자존심과도 직결되는 문제로 대결에서 진 가인은 상당히 충격을 받고 속앓이를 했던 것으로 보인다. 하긴 누군들 대결에서 져서 기분 좋은 사람이 있을까마는.

와카 겨루기 대결 승패결과가 가인들의 자존심 싸움으로 번지는 경우도 많았다. 롯퍄쿠반 와카 겨루기 당시 자쿠렌寂蓮과 겐쇼顕昭는 한 치도 물러서지 않는 격렬한 논쟁을 거듭했는데 이 때 자쿠렌은 불교에서 사용하는 양끝이 뾰족한 쇠로 된 지팡이인 금강저를 휘두르고, 겐쇼는 뱀이 머리를 꼿꼿이 세우는 것 같은 자세로 매일 매일 노래에 대해 논쟁을 했다고 한다. 이를 두고 당시 와카 겨루기에 참가했던 뇨보들이 둘을 '금강저·뱀대가리'라 별명을 붙였다는 일화가 전해진다. 특히 겐쇼는 슌제이의 판정도 자신의 생각과 다르면 납득하지 못하고 이에 불복하여 재심을 청구했다고 한다.

와카 겨루기와 관련된 가장 유명한 일화는 미부 다다미의 이야기일 듯하다. 다다미의 와카에 대해서는 이미 덴토쿠 4년 궁정 와카 겨루기 부분에서 노래의 의미와 당일 상황을 구체적으로 설명했는데 이에 대한 후일담이 중세를 대표하는 설화집 『샤세키슈沙石集』에 '노래 때문에 목숨을 잃는 일'이라는 타이틀로 기록되어 있다.

> 덴토쿠 와카 겨루기 때, 가네모리, 다다미 모두 근위부近衛府 관인 신분으로 좌우편으로 대결했다. 첫사랑이라는 제목을 받아 다다미는 유명한 노래를 읊었다라고 생각하고 "가네모리라도 어떻게 이렇게까지 뛰어난 노래를 만들 수 있을까"라고 생각했다. …… 판정관들은 양쪽 모두 뛰어난 와카라 판정하기 어려워 천황의 의향을 살피니, 천황께서 다다미 노래를 2,3번 흥얼거렸다. 다음으로 가네모리 노래를 계속 반복해서 읊으셔서 천황의 뜻이 왼쪽편에 있다고 여겨 가네모리가 승리를 얻었다.
>
> 다다미는 매우 낙담하여 마음이 답답함을 느껴 먹지 못하는 병에 걸렸다. 회복의 기미가 없다는 소리를 듣고 가네모리가 방문하니 "특별한 병도 아닙니다. 와카 겨루기 때, 뛰어난 노래를 읊었다고 생각했는데 귀공이 지은 '연모하는 님있냐고 남들이 물어보네'라는 노래에 놀란 다음부터 가슴이 답답해져 이렇게 병이 무거워 졌습니다"라고 말하고는 결국 죽고 말았다. 집착이야말로 좋지 않은 것이지만 무언가에 열중하여 늘 마음 깊이 담는 습관은 감탄할만하다. 두 노래 다 뛰어난 와카이므로 『슈이와카슈』에 선택되었을 것이다.

천황의 명령으로 간행되는 칙찬 가집의 경우, 권두가卷頭歌로 천황이나 황족의 와카를 실어 의례적 의의를 높이는 경우가 일반적이다. 그런데 위 일화에도 언급된 『슈이와카슈』는 미부 다다미의 노래를 와카집의 얼굴이라 할 수 있는 첫 번째 노래로 싣고 있다. 그만큼 다다미의 와카 실력을 높이 평가했음을 알 수 있다. 그런 다다미인 만큼 자신의 노래에 대한 자부심도 대단했을 것이다. 덴토쿠 4년 와카 겨루기 대결에

【그림 3】 미부 다다미(内田保男 他(2000)『社会人の
ための国語百科』大修館書店)

서 두 사람이 읊은 노래의 수준은 우열을 가리기 힘들만큼 수작이었던
것은 명백한 사실이며, 앞에서도 언급한 것 같이 무라카미 천황의 배려
가 승부에 많은 영향을 끼친 것도 부정할 수 없다. 본인 스스로 이보다
더 뛰어난 와카를 짓기는 어려울 것이라고 자신의 노래에 대해 상당한
자신감과 자부심을 가지고 있던 다다미가 가네모리에게 지고난 후 받
은 충격과 상심은 이루 말할 수 없을 것이다. 무너진 자존심, 그것이 결
국 다다미를 죽음에 이르게 한 것이다.

와카 대결에서 졌다는 이유만으로 식음을 전폐하고 결국 생을 마감
하게 되는 비극적인 위 이야기는, 실은 다다미가 죽은 연도는 정확하지
않지만 가집에는 나이 들어 늙은 자신의 처지를 읊은 노래도 존재하므
로 아마 사실이 아니라고 생각된다. 하지만 위와 같은 내용으로 각색되
어 후세에 널리 회자된 것은 와카 겨루기 대결 승리에 목숨을 걸 만큼
의 가치를 느끼고 자신의 모든 것을 불살라 최고의 와카를 남기고자 혼
신의 힘을 다한 다다미를 비롯한 당시 가인들의 심정을 후대 사람들이
공감하고 이해한 결과가 아닐까.

패배의 충격으로 목숨까지 잃었다는 한 가인의 이야기는 와카에 대

한 그들의 애착과 와카 겨루기 대결 승부가 가인들에게 얼마나 중요한
의미를 지니고 있는지를 다시 한 번 우리들에게 상기시켜준다.

와카 겨루기의 의의

　와카 겨루기는 단지 가인 두 명이 짝을 지어 와카 두 수를 서로 읊고
노래 대결을 벌인다고 완성되는 것은 아니다. 와카는 물론 화려한 궁정
문화의 각 요소들이 어우러져, 천황을 정점으로 하는 왕조미의 정수를
보여주는 총경연장이자 우아하고 세련된 헤이안 시대 미학의 결정체
로 재탄생한다. 주어진 테마를 통해 세상에 선보이는 새로운 와카는 작
자의 자존심의 산물인 동시에 두 수가 한 자리에서 같이 읊어지는 행위
를 통해 앙상블을 이루면서 더욱 아름다움이 배가되는 상승효과를 가
져왔다. 격정의 한판 승부의 세계에서 보여지는 이러한 가인들의 열정
과 승부욕 덕분에 이 대결을 통해 점점 더 뛰어난 노래가 세상에 배출
되었고, 특히 새롭게 칙찬 가집을 편찬할 때, 와카 겨루기에서 발표된
빼어난 노래를 가집에 실을 와카 선택의 주요 자료로 삼는 등 이 행사
는 와카 전반에 걸쳐 질적 수준 향상과 발전의 토대가 되었다.
　또한 와카 대결의 우열을 결정한 판정문은 와카를 이론적으로 한 단
계 더 심화시켜 가론 확립의 기틀을 마련했다. 이 때, 단순히 판정문을
통한 판정관의 일방적 결과의 전달이 아닌, 가인 및 참가자들의 격렬한
논쟁 과정을 거쳐 가인들이 교류하고 의견을 교환함으로서 창작의욕
고취와 나아가 와카의 예술성을 극대화하는 기능도 담당했다. 하지만

영화의 정점이 있으면 내리막도 있는 법. 와카 겨루기는 헤이안 시대부터 가마쿠라 시대까지 최전성기를 맞이했지만 점차 관습화되고 권위화되면서 남북조 시대 이후 쇠퇴해 간다. 에도 시대까지 명맥을 유지하고는 있었지만 화려했던 그 옛날의 영화에 비교하자면 단지 여흥을 즐기는 행사로 전락하는 등, 문학사적 입장에서도 큰 영향력 및 의의를 발견하기는 어렵다.

그러나 편을 나누고 노래를 즐기며 승부를 겨루는 습관은 이 글의 첫 부분에도 언급했듯이 홍백가합전 등의 형태를 통해 여전히 일본인의 생활 속에서 함께 숨쉬며 공유되고 있다. 와카를 사랑하고 와카를 통해 세상을 표현했던 일본인들의 감성과 전통이 와카 겨루기라는 놀이문화를 통해 오늘날까지 다양한 모습으로 향유되고 있으며 이것이 바로 일본문화의 저력이라 할 수 있겠다.

참고문헌

渡部泰明(2009)『和歌とは何か』岩波書店
谷知子(2006)『和歌文学の基礎知識』角川書店
久松潛一 編(1979)『増補新版 日本文学史 中古』至文堂

놀이로 읽는
일본문화

놀이로 읽는
일본문화
그림과 이야기
겨루기

그림과 문학, 놀이 속에서 빛나다

김 영 심

• • • •

에아와세絵合란 헤이안 시대때부터 궁중이나 귀족가에서 즐긴 그림 겨루기 놀이이다. 좌우로 팀을 나누어 그림을 제시하면 내용, 화풍, 도상, 장식 면에서 우수한 쪽이 이기는 놀이이다. 그림은 모노가타리, 일기, 와카 등 주로 문학작품에 그림을 그려 넣은 모노가타리에物語絵, 닛키에日記絵, 우타에歌絵부터 궁중 연례 행사도나 사계절화, 산수화까지 다양했다. 그런데 이 그림 시합 놀이는 단순히 잘 그린 그림 한 장 제시하는 것으로 끝나는 게임이 아니다. 그 그림에 대해 화론画論을 펼쳐야 하고 문학작품에 관한 것이라면 문학평론도 해야 하며 장식에도 신경을 써야하니 그야말로 예술적, 문학적, 심미안적 식견을 총동원해야하는 대단히 수준높은 지적 게임이다. 이러한 지적 게임은 여러 변형을 낳았는데 그중의 하나가 창작한 모노가타리를 겨루는 모노가타리아와세物語合이다.

일본고전문학에서 이 에아와세를 처음으로 그리고 있는 것은 『겐지 이야기』의 「에아와세絵合」권이다. 권명을 아예 「에아와세」로 설정해 놓은 것으로도 알 수 있듯이 에아와세를 세밀히 묘사하고 있다. 그리고 모노가타리아와세하면 '로쿠조 재원 와카 겨루기六条斎院歌合'가 꼽히는데 이 또한 모노가타리아와세의 진면목을 알 수 있는 대표적인 작품이다. 『겐지 이야기』의 「에아와세」권을 시작으로 몇몇의 작품을 소개하면서 에아와세와 모노가타리아와세 놀이의 세계를 엿보기로 하겠다.

『겐지 이야기』 속의 에아와세

때는 레이제이冷泉 천황이 재위하던 시절, 13세로 그림을 아주 좋아하던 어린 군주에게는 이미 당대의 권세가 권중납언의 딸인 고키덴 여어弘徽殿女御(이하 고키덴)가 입궐해 있었다. 그런데 또 한축의 최고 권세가인 히카루겐지도 우메쓰보 여어梅壺女御(이하 우메쓰보)를 입궐시켰다. 천황은 어여쁜데다 자신처럼 그림을 좋아하고 잘 그리는 우메쓰보를 가까이 하게 된다. 그러자 행여 자신의 딸에게서 천황이 멀어질까 걱정이 된 권중납언이 그림을 제작하여 천황의 환심을 사려했고 이에 질세라 히카루겐지도 그림을 모아들였다. 겐지 쪽은 유명하고 유서 깊은 옛날이야기가 담겨 있는 그림을 모아들였다. 한편 권중납언 쪽은 현재 재미있다고 평판이 자자한 새로운 이야기만 골라 그림을 그려넣게 하였다.

후궁들과 그녀들을 모시던 뇨보女房들도 모이기만 하면 그림 얘기를 했다. 하물며 그림에 조예가 깊은 천황의 어마마마도 간혹 입궁을 하면 근행보다는 그림을 감상하곤 하였다. 그러다 아예 좌우로 편을 갈라 시합을 시켜 보기도 했다. 양 진영에서 첫 그림으로 펼쳐보인 것은 모노가타리에이다. 좌 진영 우메쓰보 쪽에서는 고세 오미E勢相覽가 그림을 그리고 당대 최고의 문필가인 기 쓰라유키紀貫之가 옮겨쓴 『다케토리 이야기竹取物語』였는데 고풍스러운 엷은 먹빛 종이에 중국산 비단으로 뒤를 대고 붉은 빛이 도는 보라색 표지에 자단나무로 축을 만든 일견 아주 평범해 보이는 것이었다. 반면 우 진영 고키덴 쪽에서는 그림은 아스카베 쓰네노리飛鳥部常則가 그리고 오노 미치카제小野道風가 옮겨쓴 『우쓰호 이야기うつほ物語』를 하얀 종이에 파란 표지를 대고 축은 노란색 옥을 써서 세련된 느낌을 주게 완성시켜 내놓았다. 이 그림과 함께 각 진영에서 문학에 조예가 깊은 뇨보가 나와 의견을 설파했다. 뇨보들은 자신들이 모시던 후궁에게 문학을 가르쳐 줄 만큼 문학적 소양이 높은 고위의 여관女官들인데 그중에서도 가장 실력이 있는 사람이 나왔으니 한마디 한마디에 자신감이 서려있다. 먼저 좌 진영에서 『다케토리 이야기』에 대해 말한다.

> "이는 가냘픈 대가 마디마디 이어지는 것처럼 대대로 내려오는 옛이야기로 아주 재미있다고 할 수 있는 대목은 없지만 가구야히메가 세상에 물들지 않고 저 높은 달나라로 되돌아가는 길을 선택한 것은 참으로 고상하고 훌륭한 것. 과연 신께서 사시던 시대에나 있을 법한 일이지 지금처럼 현대를 사는 교양없는 아녀자들은 봐도 이해하지 못할 겁니다"

103

그러자 우 진영에서 응수한다.

"가구야히메가 승천한 저 하늘 너머 세상은 누구도 갈 수 없는 곳이니 그곳이 얼마나 굉장한 곳인가는 알길이 없습니다. 하지만 가구야히메가 이 세상에서는 기껏해야 대나무 속에서 태어날 운명을 지녔으니 그리 높은 신분은 아니었을 것 같습니다. 몸에서 발하는 그 빛으로 자신을 주워 길러준 양부모님 집안에 광명을 가져다 주긴 했으나 궁중에 들어가 천황의 망극한 빛을 받는 황후의 자리에는 오르지 못했지요"

라며 『다케토리 이야기』의 주인공 가구야히메를 깎아 내린다. 이어 우 진영은 이 이야기의 남자 주인공들이 가구야히메와 결혼하기 위해 스스로 위신 떨어지는 짓을 한 것을 들춰내며 그것을 그림의 결점으로 한데 묶어 폄하해 버린다. 그러면서 자신들이 들고나온 『우쓰호 이야기』가 담긴 그림에 대해서는 자신만만하게 무결점의 그림이라 주장한다.

도시카게는 거친 파도에 밀려 먼 이국땅에 표류하게 되었는데 이국의 조정과 우리나라에서 유례를 찾아보기 힘들 정도로 음악의 재능을 후세에 떨쳤습니다. 그러한 사람을 그린 점이 흥미롭지 않습니까? 그림 역시 모노가타리의 내용에 맞게 중국풍과 일본풍을 섞어 그렸으니 이 이상 멋진 그림은 없다고 봅니다

제법 논리적이고 설득력있는 그림 설명에 『다케토리 이야기』 그림을 낸 좌 진영은 반론을 제기하지 못하고 만다. 그 다음 작으로 각각 『이세 이야기伊勢物語』와 『정삼위 이야기正三位物語』를 내놓고 뜨겁게 논쟁을 벌였으나 판정이 나지 않았다.

어느날 입궁한 히카루겐지는 그림을 앞에 놓고 좌우로 나뉘어 열을 올리며 언쟁을 벌이는 여인네들을 흥미롭게 보다 이내 이 그림 겨루기 놀이를 천황 앞에서 해보자고 제안했다. 권중납언은 바로 승낙한다. 그런데 권중납언은 워낙 지기 싫어하고 승부욕이 강해 소장품만으로 겨루자는 겐지와의 약속을 지키지 않고 비밀리에 화가를 집으로 불러들여 새 그림을 그리게 하였다. 그림 겨루기에 대한 소문이 궁궐과 왕족 사이에 파다하게 퍼지자 너나 할 것 없이 자신이 편들고 싶어 하는 진영에 그림을 갖다 주기도 했다. 그런 그림들 중에는 선대 천황이 직접 그린 그림에서부터 궁중 연례 행사도나 산수화에 이르기까지 아주 다양하였다.

드디어 그림 겨루기 날이 왔다. 갑작스럽게 정해진 놀이 행사지만 경연장은 아주 멋지게 꾸며졌다. 천황을 앞에 두고 좌 진영은 남쪽에 우 진영은 북쪽에 그림을 펼쳐놓았다. 대신들은 후량전의 툇마루에 모여 앉아 각기 좌우를 응원하였다. 좌 진영은 보라색 중국비단을 깔고 그 위에 그림이 담긴 자단나무 상자를 올려 놓았다. 빨간 색 겉옷에 연분홍 한삼을 걸치고 속홑옷으로는 연보라 색을 입은 여동을 여섯 명이나 대동시키니 더 멋스러운 분위기를 자아냈다. 우 진영은 우아한 다리 모양을 한 상 위에 파란색 고려 비단을 깔고 그 위에 침나무 상자를 올려놓았다. 여동은 파란 색 겉옷에 연두색 한삼, 속홑옷은 살구색으로 입혀 등장시켰다. 양 진영의 여동들이 그림이 든 상자를 들고 천황 앞으로 조심히 줄맞추어 걸어 나갔다.

천황이 좌우의 감독격인 겐지와 권중납언을 앞으로 나오라 했다. 그리고 대신들을 둘러보시더니 마침 다재다능하고 풍류를 아는데다 그림까지 좋아하는 겐지의 아우가 눈에 띄니 불러내어 심판자 역할을 명하였다. 첫 그림으로 사계절화가 등장하였다. 하나같이 더 이상 잘 그

105

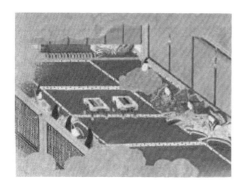

【그림 1】 궁중에서 벌어진 에아와세. 좌우 진영의 중앙에 경쟁시킬 그림이 놓여 있다. 『逸翁美術館(2012) 源氏物語–遊興の世界–』思文閣)

릴 수 없을 정도로 훌륭한 그림들이었다. 좌 진영은 옛 명인들이 그린 그윽한 고화를 내세웠고 우 진영에서는 화려한 붓놀림의 재미있는 그림을 내놓았다. 덧붙이는 그림설명도 그럴 듯하여 그림의 고수인 심판자도 좀처럼 판정하기가 곤란하였다. 이 그림 저 그림 내놓다 승부가 가려지지 않은 채 밤이 되었다.

이제 마지막 그림만 남았다. 좌우 진영 모두 마지막까지 숨겨놓은 비장의 그림 한 장씩을 내놓았다. 좌 진영의 겐지가 그림을 내놓자 주위가 술렁댔다. 그 그림은 겐지가 유배지에서 직접 그렸던 그림이었다. 그림의 명수인 겐지가 고독하고 쓸쓸한 유배지에서 그린 이 그림은 이 시합 놀이에 참가한 모든 이들의 심금을 울렸다. 냉정해야할 심판관조차 그 그림을 보고 감동하여 눈물까지 흘리고 말았다. 도읍의 번화한 경치와는 달리 적막하기 그지없는 시골의 해변과 갯바위의 풍경이 꼼꼼하고 세밀하게 그려져 있었고 그림 한켠에 흘림체로 그때의 심경을 써 놓은 글과 가슴 저미는 와카도 들어가 있는 그런 그림이었다. 당대 최고의 직업 화가들에게 특별히 주문해서 만든 권중납언 쪽의 그림이 제아무리 훌륭하다 한들 그림 잘 그리기로 소문난 겐지가 그린 그림.

그것도 누구나가 안타깝게 여겼던 유배 생활을 그린 그림을 능가할 것인가? 대세는 좌 진영 쪽으로 기울어졌고 승리는 겐지 쪽으로 굳혔다.

밤이 더욱 더 깊어지자 겐지는 악기를 가져오라 하여 자신은 칠현금을 권중납언과 심판관인 아우는 육금현과 쟁을 그리고 소장명부는 비파를 맡아 합주를 시작했다. 그윽한 풍악 소리와 함께 날이 밝아오면서 사람들의 모습과 궁궐 정원의 꽃들이 하나씩 자태를 드러내었고 새들도 낭랑히 지저귀는 멋진 아침을 맞이하면서 에아와세는 그 막을 내리게 된다. 참으로 여유롭고도 멋스럽게 풍류를 즐겼던 헤이안 귀족의 모습이 아닐 수 없다.

『겐지 이야기』가 그리는 이 에아와세는 무라카미村上천황 때인 덴토쿠天德4년(960년) 3월에 열린 '덴토쿠 궁중 와카 겨루기天德內裏歌合'를 모델로 하고 있다. 이 와카 겨루기는 후세 와카 겨루기의 규범이 될 정도의 성대한 의식이었다. 이 대회는 무라카미 조정의 문화 융성을 상징하는 것으로 여겨졌다.『겐지 이야기』는 히카루겐지가 실제 권력을 쥐고 있던 레이제이 천황의 시대가 성조聖朝임을 그리기 위해 '덴토쿠 궁중 와카 겨루기'를 차용하고 있는 것이다. 물론 와카가 아닌 모노가타리의 그림과 모노가타리 비평 등을 넣는 식으로 매우 화려하고도 새롭게 말이다.

우타에아와세의 풍경

『겐지 이야기』가 모노가타리의 세계에서 벌어지는 그림 겨루기를 화려하고도 섬세하게 그려내고 있다면 역사적 사실에 기반해 실제로 벌어진 에아와세 놀이를 소개한 작품은 『고콘초몬주古今著聞集』이다. 『고콘초몬주』는 가마쿠라 시대인 13세기 전반에 다치바나 나리스에橘成季가 고금의 설화를 모아 편찬한 것으로 『곤자쿠 이야기집今昔物語集』 『우지슈이 이야기宇治拾遺物語』와 함께 일본 3대 설화집으로 불리운다. 20권 30편 726화에 이르는 방대한 양 가운데 권 제11 「화도畫圖 제16」에 궁정에서 펼쳐진 '레이케이덴 여어 와카 겨루기麗景殿女御歌合'를 소개하고 있는데 이때는 그림 겨루기와 와카 겨루기를 겸한 것이었다.

> 에쇼永承5년(1050년) 4월 26일에 레이케이덴 여어가 에아와세를 벌이시다. 음력 3월 10일 경부터 그 지시가 있었거늘 "봄날을 이렇게 무료하게 보내느니 어디 시합 놀이를 어전에서 한번 펼쳐봄이 어떻고. 예전에 했던 꽃 겨루기花合는 꽃이 다 시들어 그 향기가 그리울 지경이고 풀 겨루기草合 또한 그 뿌리를 다시 갖고 가 어딘가에 심었으니 섭하기 그지없구나. 『가림歌林』은 커녕 『만요슈萬葉集』에도 마음이 안 가는구나. 『고킨와카슈古今和歌集』나 『고센와카슈後撰和歌集』 같은 것은 몇 번 읽어도 질리지 않고 단풍색 비단처럼 마음 속 깊이 젖어드니 좌우로 편을 갈라 시가의 정취와 지은 이의 마음을 그림으로 그려 어디 한번 겨누어 보자. 옛 시가의 고풍스러움에 가벼운 느낌이 드는 요즘 말이 어우러진다면 이 또한 남다른 맛이 어찌 아니 나겠느냐"라며 세 개의 가제歌題를 던지셨다.

레이케이덴 여어(1016~1095년)는 후지와라 엔시藤原延子로 고스자쿠後朱雀 천황의 부인을 말한다. 중궁 다음 서열로 천황을 가까이에서 모실 수 있었던 여어 시절에 에아와세를 벌였는데 위의 인용문으로도 알 수 있듯이 이때의 에아와세는 와카에 그림을 곁들인 우타에歌繪를 제시해야 했던 우타에아와세歌繪合이다. 『겐지 이야기』에서는 주로 모노가카

리와 관련된 그림을 제시하며 그에 관한 논평을 잘해야 했다면 우타에
아와세는 제목에 맞게 와카도 잘 지어야 하고 시심詩心과 지은 이의 마
음을 그림으로 잘 그려야 하기에 이 또한 문학적 실력과 예술적 심미안
을 한껏 쏟아 부어야 하는 극치의 고난도 놀이라 할 수 있다.

> 가제歌題는 '학鶴, 우노하나卯花(풀꽃), 달月'이다. 요즘같은 봄에 학보다는 두
> 견새가 제격이련만 이미 후지와라 요리미치藤原頼通 관백関白 나리 댁에서 와
> 카 겨루기로 썼던 제목이라 학으로 바뀌었다. 사가미相模, 이세 대보伊勢大輔,
> 사에몬 명부左衛門命婦가 와카를 짓기로 했다. 뇨보女房 스무 명은 열명씩 나
> 뉘어 그림 잘그리는 사람을 물어물어 찾아내어 그림을 그리게 하였다.

　준비가 끝나고 에아와세가 있는 날이 되자 귀족들이 하나 둘 어전으
로 모여들기 시작했다. 궁궐의 침전寢殿에서 벌어졌는데 이 침전 바깥
복도마루 동서쪽에 대신들이 자리를 잡았다. 침전 안쪽 발이 드리워진
곳에 여인들이 북면을 향해 좌우로 진영을 잡았다. 좌 진영은 연분홍
겉옷에 녹청색 속홑옷을 받혀 입었고 우 진영은 연보라 겉옷에 초록빛
속홑옷을 겹쳐 입어 봄의 계절감을 물씬 풍기었다. 좌 진영은 고금의
그림 7첩과 새로이 그린 시화詩畵 책자 1첩을 금줄이 엮여있는 봉투에
넣은 뒤 갖가지 옥을 색감좋게 실에 꿴 것으로 둘둘 말아 속이 비치는
은銀 상자에 넣어 내보였다. 우 진영은 은 상자를 제구 위에 올려놓은
뒤 그림책 6첩과 새로이 그린 시화 책자 1첩을 넣었는데 책 표지의 그
림도 여러모로 신경을 썼다.
　『겐지 이야기』의 「에아와세」에서 묘사한 것처럼 이 우타에아와세도
노곤한 봄날에 생기를 불러일으키기 위해 기획된 놀이답게 화려하게

109

【그림 2】 와카 겨루기에서 쓰일 그림 상자
『逸翁美術館(2012) 源氏物語–
遊興の世界–』思文閣)

치러져 궁내를 들뜨게 했다. 날이 저물어 어둑해질 때까지 여러 수의 와카가 오갔으나 승패가 나지 않았다. 작가는 이를 두고 오히려 긴장감이 돌아 흥미진진해지는 분위기라고 평했다. 이 설화에서는 마지막까지 어느 편이 승리했는지는 전하지 않고 있다. 『겐지 이야기』에 비해 그 서술된 양은 적으나 헤이안 궁궐 안에서의 에아와세 놀이의 풍경을 엿볼 수 있는 귀중한 작품이다.

그림 속 여인을 사모한 황자

『겐지 이야기』와 『고콘초몬주』를 통해 에아와세의 방식이 가늠되었다면 이번에는 이 에아와세가 문학적 장치로 활용되어 운명적 인생을 걷게 된 어느 황자의 이야기를 소개해 본다. 바로 『다이헤이키太平記』의 이치노미야―宮 이야기이다. 이 이야기를 이해하기 위해서는 배경 설명이 필요하다. 『겐지 이야기』(11세기)로부터 약 300여년 흐른 남북조 시대에 완성된 『다이헤이키』(14세기)는 고다이고後醍醐 천황의 즉위부터 가마쿠라 막부鎌倉幕府의 멸망, 겐무 신정建武新政과 남북조 분열까지의 약 50년간을 다룬 40권의 역사 군담 소설이다.

이 대하드라마의 주인공인 고다이고 천황은 고우다後宇多 천황의 제2황자로 태어나 29세에 즉위하여 천황이 되었는데 머리가 좋고 통솔력이 있어 조정의 귀족들은 막부로부터 조정 권력을 되찾을 군주라며 기대를 걸었다. 이에 부응할세라 기회를 노리던 천황은 귀족들과 함께 막부를 부술 계획을 세웠으나 실패하였다. 그로부터 7년 후인 1331년에 천황은 다시 한번 귀족들과 막부타도를 계획하였으나 또 다시 실패하고 만다. '겐코의 난元弘の乱'이다. 나라奈良에 있는 가사키 산笠置山으로 도망가 숨었으나 20만군이나 투입된 막부군에 붙잡혀 오키 섬隱岐島으로 유배당하게 된다. 그 후 섬을 빠져나온 천황은 나와 나가토시名和長年, 구스노키 마사시게楠木正成 등과 세 번째 막부 타도에 나선다. 이때 막부 쪽의 아시카가 다카우지足利尊氏, 닛타 요시사다新田義貞 등이 막부를 배신하고 천황 편에 서서 친정인 막부를 공격했다. 결국 막부는 타도되었고 그 이듬해 천황은 겐무 신정을 시작했다.

쇼군의 정치에서 천황 중심의 정치, 그리고 귀족과 사원의 이익을 우선시한 정치에 무사들의 불만이 쌓여져 갔다. 참다못한 아시카가가 천황에게 등을 돌리고 반란을 일으키자 열세에 몰린 천황은 교토의 히에이 산比叡山으로 피신하게 된다. 하지만 오래 버티지 못하고 항복을 선언하고 교토로 돌아오게 된다. 이때 아시카가는 고묘光明 천황을 옹립하였다. 북조의 탄생이다(1336년). 교토에 감금되었던 천황은 나라의 요시노吉野로 도망쳐 그곳에서 남조를 수립하였다. 남북조 시대의 시작이다. 천황은 북조와 이후에 탄생한 무로마치 막부에 대항하였으나 교토로 복귀하고자 했던 꿈을 이루지 못한 채 52세의 일기로 요시노에서 병사하고 만다.

『다이헤이키』는 이렇듯 쇼군에 맞서 천황 정치를 이루려다 실패한 고다이고 천황의 일대기가 중심에 놓여있는 작품이기에 천황 주위에 있다 비극적 생을 살다간 이들의 이야기도 많다. 그중의 한 사람이 지금 주목하고자 하는 이치노미야 황자이다. 이 황자는 '겐코의 난' 때 천황과 함께 가사키 산으로 피신하였으나 막부군에게 포획되어 오키 섬으로 유배되었고 거기서 탈출하여 규슈를 거쳐 교토로 귀환했다. 아시카가가 반역하였을 때에는 닛타와 함께 토벌에 나섰다. 격전을 벌이다 에치젠越前의 가나가사키 성金ヶ崎城까지 밀려 그곳에서 사력을 다해 싸웠으나 더 이상 버티지 못하고 그를 따르던 장수들과 함께 자결하고 만다. 자결한 황자의 목만이 교토로 되돌아 왔고 막부는 이 황자의 목을 젠린지禪林寺로 보내 장례를 치루게 했다.

28세에 세상을 하직하고만 비운의 황자 이치노미야는 후궁의 몸에서 태어났으나 어려서부터 총명하고 용모가 뛰어나 주위로부터 황위를 이어받을 황태자로 촉망받았었다. 그러나 막부의 농단에 의해 황태자 자리는 사촌형에게 넘겨졌다. 그 때문에 황자를 섬겼던 가신들의 낙담은 컸고 황자도 세상사에 절망을 느끼고 매일 매일을 시가짓는 일로 소일하였다. 시절마다 열리는 궁정 행사에도 일체 나가지 않고 그저 화조풍월花鳥風月로 마음을 달랬다. 그러던 중 어느 좌대신 집에서 에아와세가 벌어지니 함께 가자는 친구의 권유로 궁을 나서 놀이에 참석하였다. 『다이헤이키』의 제18권 「이치노미야 미야스도코로의 일」에서는 황자의 에아와세 참석과 그 후의 일을 자세히 그리고 있다. 그 대략적 내용은 다음과 같다.

좌대신 집에 가보니 젊은 귀공자들과 전상인殿上人들이 모여 에아와세를 즐기고 있었는데 동인洞院(가마쿠라에서 무로마치 시대에 걸쳐 존속한 귀족가문) 좌대장이 내민 그림에 『겐지 이야기』의 하치노미야八の宮의 딸이 그려져 있었다. 기둥에 살짝 가리워진 모습으로 비파를 뜯고 있는데 그때 구름에 가리워져 있던 달이 모습을 드러내자 비파 술대를 치켜 올리고 하늘을 바라보는 그 얼굴이 참으로 기품 있게 그려져 있었다. 황자는 그 그림에 푹 빠져 곁에 놓고 위안을 삼으려 보고 또 보았으나 좀체 마음의 상념이 걷히지 않았다. 한나라 무제가 먼저 죽은 이부인을 그리워한 나머지 '혼을 불러내는 반귀향返魂香'을 피워 그 연기 속에 나타난 이부인李夫人의 모습을 그려놓고 보고 또 보았으나 큰 위로가 되지 못했던 것을 떠올리며 황자 또한 한낱 그림 속 여인을 사모하게 된 자신을 원망했다.

며칠이고 그림 속 여인만 바라보고 있는 황자에게 어느 날 친구가 다가와 바람도 쐴 겸 가모 신사下鴨神社로 참배나 가자고 했다. 참배에서 돌아오는 길에 비를 만난 황자는 악기소리에 끌려 어느 초가집 처마 밑으로 들어가 비 그치기를 기다리게 된다. 그때 그 집안에서 비파 뜯는 소리가 나 들여다보니 황자가 그다지도 사모하던 그림 속 여인과 쏙 빼닮은 여인이 있는 것이 아닌가! 운명처럼 황자의 눈앞에 나타난 아름다운 여인. 그러나 그 여인은 이미 혼약한 몸이었다. 그것도 모른 채 황자는 그 여인에게 수없이 많은 편지를 보냈다. 그러다 그녀가 자신의 편지를 받고 괴로워한다는 사실을 알게 되자 황자는 자신이 물러나고자 결심

113

한다. 그 때 낭보가 날아온다. 이 사실을 안 혼약자가 여인을 황자에게 양보한다는 것이었다.

두 사람은 마침내 부부의 연을 맺었고 살아 있는 동안에도 사이좋게 지내고 죽어서도 한 무덤에 묻히자며 사랑을 맹세했다. 그로부터 10여 년 후 겐코의 난이 일어나 황자는 유배를 가게 되었고 여인(황자와 결혼 후 미야스도코로라 불림)은 도읍에 홀로 남아 눈물로 지새웠다. 유배지에서 부인을 걱정한 황자는 심복을 보내어 부인을 유배지로 모셔 오라 명하였다. 돌아온 심복으로부터 황폐해진 집에서 홀로 지내는 부인을 찾아내어 데려오던 도중 적군에게 부인을 빼앗겼다는 말을 듣자 황자는 부인이 분명코 죽임을 당했을 거라 믿고 침통해한다. 막부가 망해 도읍으로 온 황자는 귀환의 기쁨보다는 부인을 잃은 슬픔이 더 컸다. 비탄에 젖어 있을 때 부인이 아직 살아 있다는 소문을 들었고 이내 두 사람은 감격스럽게 재회하게 된다. 그러나 죽어서도 한 무덤에 묻히자는 언약은 황자가 가나가사키 성에서 자결함으로써 지켜지지 못하고 만다.

『다이헤이키』의 제18권 「이치노미야 미야스도코로의 일」은 자결한 황자의 목을 놓고 장례를 치르게 되는 와중에 미야스도코로가 비통해하는 장면에서 시작되어 에아와세가 있던 과거로 되돌아가 그 후 펼쳐지는 두 사람의 사랑과 이별을 반추하는 형식으로 이어진다. 역사적 사실과 인물을 다룬 『다이헤이키』에서 황자와 미야스도코로의 운명적 연결고리로 작용하고 있는 에아와세가 얼마만큼의 역사적 사실성을 확보하고 있는지는 알 수 없으나 그것이 사실이건 허구이건 간에 인간의 정서와 깊게 연관된 놀이임은 확실하다. 준비하는 설레임, 경쟁작에 대한 긴장감, 진행자들의 성장盛裝을 보는 즐거움, 관현악과 같은 여흥이 주는 행복감, 실력을 인정받은 성취감은 물론이고 길게 남은 그날의 여운이 운명적인 사랑으로까지 이어지는 황자의 이야기처럼 에아와세는 감각적인 유희임과 동시에 감성적인 유희이기도 했던 것이다.

모노가타리아와세

이처럼 문학과 그림을 혼재시킨 에아와세 놀이를 하다 헤이안 말기로 넘어갈 즈음 오롯이 문학실력만을 겨눈 강도 높은 시합이 있었다. 바로 『루이주우타아와세類聚歌合』에 수록되어 그 존재가 알려진 「로쿠조 재원 와카 겨루기六条斎院歌合」이다. 정확히는 덴기天喜3년(1055년) 5월 3일 경신날 밤에 로쿠조 재원께서 모노가타리라는 제목으로 아홉 번에 걸쳐 와카 18수를 겨누게 한 와카 겨루기이다. 제목은 와카 겨루기이나 실제로는 창작한 모노가타리를 겨룬 뒤 그 다음에 그 모노가타리의 주인공이 부른 와카나 모노가타리의 주제를 담은 와카를 번갈아 읊어 우위를 가렸기에 모노가타리아와세와 와카 겨루기를 혼합시킨 시합이었다.

이러한 기발하고도 수준 높은 시합을 열게 한 로쿠조 재원은 가모 재원賀茂斎院이었던 바이시 내친왕禖子内親王이다. 그녀는 고스자쿠 천황의 제4황녀로 태어났으나 어려서 부모를 여의고 양조부인 후지와라 요리미치藤原頼通의 보호 아래 컸다. 8세 되던 해에 가모 신사의 재원이 되어 신을 모시는 금기禁忌의 공간에서 봉직하였다. 20세 즈음에 병을 앓아 재원에서 물러나 로쿠조에서 살다 58세로 세상을 뜬다. 그래서 후대에 로쿠조 재원이라는 이름을 얻게 된 것이다. 어려서부터 와카를 아주 좋

115

아하여 재임 기간 동안 무려 25번의 와카 겨루기를 치뤘다. 「로쿠조 재원 와카 겨루기」는 그녀가 재원에서 물러나기 2~3년 전에 시행된 것으로 후대의 『에이가 이야기榮花物語』와 『고슈이슈 後拾遺集』는 다음과 같이 전한다.

> 선제先帝는 고스자쿠인後朱雀院이시다. 그 분의 따님이신 다카쿠라덴노 온나시노미야高倉殿女四宮께서는 재원이셨다. 어려서부터 와카를 아주 잘 지으셨다. 뫼시던 뇨보女房들도 와카 겨루기를 자주 하며 조석으로 즐기곤 하였다. 어느 날 모노가타리아와세를 하자며 새로이 지은 모노가타리를 갖고 좌우로 나뉘어 스무 명 정도가 겨루기를 하니 가히 볼만했다.
>
> (『에이가 이야기』「게부리노아토」권)

> 5월 5일에 로쿠조 전재원六条前斎院 어소御所에서 모노가타리아와세가 벌어졌는데 소변小弁의 모노가타리 제출이 늦어지다. 이에 반대쪽에서 먼저 내겠다 하자 전 태정대신前太政大臣 후지와라 요리미치께서 소변의 글솜씨가 빼어나다 들었으니 좀 기다려보자며 막으시자 『이와가키연못의 중장岩垣沼の中将』이라는 모노가타리를 낸 뒤 와카를 읊었다.   (『고슈이슈』권15 잡1. 875)

인용문의 전승처럼 평소에 즐기던 와카 겨루기를 조금 색다르게 치러보자는 취지에서 모노가타리를 한편씩 짓고 그 안의 와카를 하나 골라 겨누게 되었던 것이다. 바이시 내친왕 즉 로쿠조 재원이 거처했던 사이인斎院에서, 그리고 궁중의 고위 궁녀인 뇨보 중에서 문학에 남다른 소질이 있는 20명이 시합 명단에 올려졌다. 바이시 내친왕의 바로 손윗 언니인 유시祐子 내친왕을 모시면서 문학적 실력을 인정받고 있는 소변, 이즈미시키부和泉式部의 딸이자 여류가인歌人으로도 유명한 고시키부小式部, 바이시 내친왕의 뇨보이자 『사고로모 이야기狭衣物語』의 작자인 센지宣旨 등이다. 그녀들에게는 약 5개월간의 모노가타리 창작 시간이 주어졌는데 중도 탈락자가 발생하여 최종적으로 18명이 시합에 나가게 된다.

개최일인 5월 5일 단오에 맞춰 뇨보들은 모노가타리의 내용, 등장인물, 주인공 이름, 그 안에 들어갈 와카를 구상하고 집필하는 데 전력을 기울였다. 그런데 시합이 임박해지자 당초 개최일보다 이틀 빠른 3일로 앞당겨졌다. 3일은 '경신庚申' 날로 당시 사람들은 이날 밤에 자면 사람이 태어날 때부터 몸에 지니고 있는 삼시三尸라는 벌레가 몸 밖으로 나와 그 인간의 죄를 천제天帝에게 고하여 수명을 단축시킨다는 속신이 있었다. 그래서 당시 궁정과 귀족가에서는 놀이나 시합을 경신 날에 맞춰서 밤을 지새우는 일이 많았다.

5월 3일. 18명의 출전자들이 18편의 작품을 들고 모여들었다. 18편이나 되기에 설사 그것이 단편이라 할지라도 모든 작품을 그 자리에서 통독하여 우열을 가리는 것은 듣는 이도 지켜보는 이도 심판하는 이도 곤혹일 것이다. 그래서 분량과 글씨체, 표지, 제본 형태 등을 검토한 뒤 이야기 속의 와카를 겨루면서 모노가타리의 완성도를 가늠했을 것이라는 게 일반적인 추측이다.

소변과 고시키부를 비롯해 당시 내로라하는 뇨보들이 창작한 모노가타리는 『사랑하는 여인을 얻지 못하는 권중납언逢坂越えぬ権中納言』, 『안개에 가로막힌 나카쓰카사미야霞隔つる中務宮』, 『수초를 즐기시는 권대납언玉藻に遊ぶ権大納言』, 『이와가키 연못의 중장岩垣沼の中将』, 『창포도 모르는 대장あやめも知らぬ大将』, 『창포만 아끼시는 권소장菖蒲かたひく権少将』, 『창포

117

를 원망하는 중납언菖蒲うらやむ中納言』, 『파도넘실대는 갯벌의 시종波越す磯の侍従』, 『파도여 어디로라며 한탄하는 대장浪いづかたにと嘆く大将』, 『부디 마음에라며 한탄하는 남자なにぞ心にと嘆く男君』, 『오카야마 산을 찾아가는 민부경をかの山たづぬる民部郷』, 『요도사와의 물淀の沢水』, 『말하지 않는 이의いわぬに人の』 등이다. 시합날이 5월5일 단오날 즈음이어서인지 제목에 '창포'가 들어가는 것이 많고 남자 주인공 이름을 넣은 작품이 많은 것도 눈에 띈다.

과연 어떤 내용의 작품들이었을까? 모두 산일散逸되고 이즈미시키부의 딸인 고시키부가 쓴 『사랑하는 여인을 얻지 못하는 권중납언』만이 유일하게 오늘날까지 전해지고 있다. 일본 최초의 단편모노가타리 모음집인 『쓰쓰미추나곤 이야기』에 실린 덕이다. 내용은 수려한 용모와 재능을 겸비한 주인공 권중납언이 단오절 식물뿌리 겨루기에서 멋진 창포를 구해와 이쪽 편이 이기는 데 일조를 하여 뭇여성들의 마음을 사로잡지만 정작 짝사랑하는 여인에게는 마음을 얻지 못해 괴로워한다는 이야기이다.

그 밖의 몇 작품은 후대의 여러 와카집에 실린 와카와 노래 머리말로 추측되는 정도이다. 가령 『안개에 가로막힌 나카쓰카사미야』는 주인공 좌대장左大将이 피리의 명수로 알려진 나카쓰카사 집에 피리를 배우러 찾아 갔는데 그 집 딸을 보고 반하여 사랑에 빠지게 된다. 그러나 때마침 천황이 자신을 사위로 삼고 싶어 한다는 얘기를 듣고 고민에 빠진다는 스토리이다. 그리고 『수초를 즐기시는 권대납언』은 주인공 권대납언을 둘러싸고 벌어지는 여러 여성들과의 연애가 주된 내용이다.

한국어 번역 『쓰쓰미추나곤 이야기』에 실린 『사랑하는 여인을 얻지 못하는 권중납언』의 경우 6~7장밖에 되지 않아 한글로 천천히 낭독할 경우 30여분 정도 걸리는 짧은 작품이다. 아마도 이날 모노가타리아와 세에 출품된 다른 작품들도 이와 비슷한 분량이었을 것이다. 내용 또한 『고슈이슈』에 수록되어있는 와카로 보건대 위의 세 작품처럼 『겐지 이야기』를 모방한 사랑 이야기가 대부분이다. 흥미로운 것은 사랑은 사랑이되 『사랑하는 여인을 얻지 못하는 권중납언』이나 『안개에 가로막힌 나카쓰카사미야』처럼 사랑에 우는 남성의 이야기가 많다는 점이다. 그도 그럴 것이 이 시합이 벌어진 재원은 미혼의 황녀가 신을 위해 일생을 바치며 사는 금기의 공간이기에 『겐지 이야기』의 히카루겐지와 같은 호색적 인물보다는 종교적 가치관과 현실 사이에서 방황하며 사랑의 고통까지 껴안고 사는 가오루같은 남성이 주인공으로 더 적합했을 것이기 때문이다.

앞에서도 말했듯이 이 시합을 뒤에서 후원한 사람은 로쿠조 재원의 양조부이자 관백関白인 후지와라 요리미치이다. 요리미치는 부친 후지와라 미치나가藤原道長로부터 섭정권을 이어받아 천황 다음 서열로 정무를 총괄하였으나 문학에도 관심이 많았다. 부친 미치나가가 무라사키시키부紫式部의 『겐지 이야기』에 지대한 관심을 가졌던 것처럼 이날의 모노가타리아와세에 재정적 지원은 물론이고 작품에도 큰 관심을 가졌다. 그 사실은 그가 닌나仁和(885~889년) 연간부터 덴기天喜4년(1056년)에 이르는 170년간 46번에 걸쳐 벌여진 와카 겨루기를 모두 모아 편찬케 하여 『루이주우타아와세』라는 책을 남겼는데 이 책에 양손녀가 벌인 「로쿠조 재원 와카 겨루기」의 와카를 모두 실은 것에서도 알 수 있다. 중궁과 재원을 모시던 노보들이 모노가타리를 짓고 그 안의 와카를 겨누는 가운데 한편에서는 그것을 모두 기록하여 후대에 남긴 이날의 시합은 그야말로 일본 헤이안 시대의 높은 문화력을 보여주기에 충분하다.

119

「로쿠조 재원 와카 겨루기」를 통해 알 수 있는 또 하나의 사실은 신을 모시는 공간인 재원이 문학살롱 역할도 했다는 점이다. 재원은 가모 신사에서 약간 떨어진 곳에 위치했다. 헤이안 궁정으로부터도 약간 떨어져 있었지만 완전히 교외는 아니었다. 따라서 당시의 궁정 문화가 시차 없이 전해졌다. 초대 재원은 사가嵯峨 천황의 황녀로 시문에 재능을 보였던 우치코有智子 내친왕을 시작으로 재원제도가 없어지는 가마쿠라 초기까지 35대를 이어나간다. 그중 여성 한시漢詩 작가였던 우치코, 무라사키시키부가 경쟁의식을 지녔을 만큼 문학실력가 뇨보들을 다수 거느렸던 센시選子, 모노가타리아와세를 연 바이시, 『긴요와카슈金葉和歌集』에 들어가는 가인을 다수 배출하여 가단歌壇의 오너와도 같은 역할을 했던 레이시令子, 가인으로서 『신코킨와카슈新古今和歌集』에 그 작품을 많이 싣고 있는 시키시式子 내친왕처럼 가인 혹은 문화적 활동으로 이름을 날린 재원이 많았다. 특히 센시와 바이시 내친왕 때는 와카나 모노가타리를 많이 생산해내어 재원이 궁정과 나란히 하나의 문학권, 문학살롱을 형성하며 헤이안 여류문학을 주도했다. 「로쿠조 재원 와카 겨루기」는 모노가타리아와세라는 놀이에 대한 기록뿐만 아니라 헤이안 여류문학의 동향을 알려주는 기록이기도 한 것이다.

예술과 문학을 사랑한 놀이

이상과 같이 에아와세와 모노가타리아와세의 모습을 전하는 대표적인 작품들을 소개해 보았다. 『겐지 이야기』의 에아와세는 무라카미 천황 때 이루어진 와카 겨루기를 차용하되 모노가타리 비평과 에아와세를 혼재하는 방식으로 창조되었고 로쿠조 재원의 모노가타리아와세는 『겐지 이야기』의 방식을 모방한 듯 모노가타리아와세와 와카 겨루기를 혼재시키고 있다. 『고콘초몬주』가 전하는 레이케이덴 여어의 에아와세도 그림 겨루기와 와카 겨루기를 겸하고 있다. 이처럼 에아와세와 모노가타리아와세는 고정된 방식으로 존재하는 것이 아니라 새로운 버전을 시도해가며 즐겼던 놀이였다. 그리고 단순히 그림과 모노가타리만을 비교하는 차원을 넘어 놀이 주체들의 예술적, 문학적 실력, 더 나아가 패션 감각까지 경쟁한 대단히 격조 높은 놀이였다. 그야말로 문화가 발달하고 평안한 세월이 아니면 이루어지기 힘든 놀이이다. 반대로 말하자면 에아와세나 모노가타리아와세와 같은 놀이가 발달했다는 것은 문학과 예술을 사랑하고 즐기며 창조할 수 있는 집단지성이 존재했다는 것을 의미한다.

관백이라는 최고의 권력자의 막강한 후원, 궁중과 재원이 형성한 문학살롱, 그림과 문학과 음악이 기본 교양이었던 시대, 특출난 문학실력으로 놀이의 수준을 올려놓은 뇨보들, 모노가타리라는 장르의 유행 등이 한데 어우러져 탄생한 이 놀이들은 그래서 일본 헤이안 시대부터 가마쿠라 시대의 궁중과 귀족문화, 뇨보라는 여류 작가들의 활약상, 의복과 장식, 문학과 회화의 교류, 『겐지 이야기』의 존재감, 산일 모노가타리 등의 일면을 엿볼 수 있는 중요한 단서가 아닐 수 없다. 그리고 그것을 사실적으로 기록하거나 문학적 소재로 삼은 위의 작품들 또한 일본의 집단지성을 느낄 수 있는 귀중한 문화적 자료라 할 수 있겠다.

실내놀이

참고문헌

유인숙 외 3인 옮김(2008) 『쓰쓰미추나곤 모노가타리』 도서출판 문
히나타 가즈마사 지음, 남이숙 옮김(2006) 『겐지모노가타리의 세계』 小花
神野藤昭夫(2008) 「物語文化山脈の輝き―天喜三年斎院歌合「題物語」の復元」(『知
　　られざる王朝物語の発見』, 笠間書房)
清水好子 他(1992) 「生活の中の遊び」(『源氏物語手鏡』, 新潮選書)
樋口芳麻呂(1982) 「散逸物語資料の研究」(『平安·鎌倉散逸物語の研究』, ひたく書房)
久松潜一 他(1979) 「和歌と歌謡(三 歌合)」(『増補新版 日本文学史 中古』, 至文堂)

일본 카드 게임의 원조

홍 성 목

● ◉ ● ◉

카드 게임이란

오늘날 우리에게 가장 익숙한 실내용 놀이기구라 하면 바둑과 장기와 더불어 서양의 트럼프 카드와 동양의 화투를 떠올릴 것이다. 트럼프 카드의 정식 명칭은 '플레잉 카드'로 플레잉 카드의 으뜸 패가 트럼프 카드이나 잘못 전해져 트럼프로 정착된 것이다. 트럼프 카드는 52장의 카드와 1~2장의 조커(joker)가 1세트로 되어 있다. 52장의 카드에는 스페이드(spade:♠)·하트(heart:♥)·다이아몬드(diamond:◆)·클럽(club:♣)의 4가지 중 한 마크가 붙어 있다. 이 마크를 트럼프 용어로는 수츠(suits)라고 한다. 각 수츠에는 A(ace), K(king), Q(queen), J(jack), 10, 9, 8, 7, 6, 5, 4, 3, 2의 13매가 있으므로 4개의 수츠를 합하면 52장이 된다. 15세기 무렵에 현재의 트럼프 카드 모습이 확립되고 오늘날까지 널리 사용되는 원카드, 포커, 홀라 등 다양한 게임 방식이 정해져 동서양을 막론하고 널리 보급되어 사용되고 있다.

화투는 짝을 맞추어 끝수를 다투는 놀이용 딱지로, 일본의 카드놀이인 하나후다花札가 조선 시대 후기인 19세기 무렵 한반도로 전해진 것이다. 이것을 일제 강점기에 닌텐도가 전파시켰다는 설이 있으나 정확하지는 않고, 쓰시마 섬의 상인들이 한국에 왕래하면서 퍼뜨린 것으로 여겨진다. 초기의 화투는 일본 하나후다와 유사하였으나 화투패의 그림의 왜색이 짙다는 이유로 1950년대를 기점으로 한국 정서에 맞게 변형되었다. 화투는 한국에 들어온 후 급속히 전파되어 오늘날 가장 대중적인 실내 놀이기구가 되었다.

화투의 원형인 일본의 전통 카드 게임인 하나후다가 시작된 시기는 16세기 후반으로 알려져 있다. 당시 일본은 포르투갈과의 무역이 성행하던 시절이어서 포르투갈 선교사를 통해 트럼프가 전해지게 되어 이것이 가루타의 일종인 덴쇼가루타天正カルタ로 불리게 된다. 가루타는 카드를 뜻하는 포르투갈어 카르타carta에서 유래하였으며 훗날 여기에 한자를 도입하여 歌留多, 加留多 등의 한자 표기로 가루타라 불리게 되었다. 가루타를 이용한 놀이는 에도 막부에서 1791년 도박성 문제로 인하여 금지령을 내리게 되고, 이에 이를 다른 그림을 그려서 대체하는 새로운 가루타를 만들면서 금지령을 피해간 것이 하나후다의 원형이다.

하나후다는 일본에서 거의 사라졌지만 현재 프로야구 선수나 J리그 축구선수와 같은 스포츠계 카드 게임과, 포켓몬스터와 유희왕, 무시킹, 요괴워치, 건담 등과 같은 애니메이션이나 게임 캐릭터와 같은 특정한 그림을 카드에 인쇄하여 이를 가지고 서로 겨루는 카드 게임이 크게 유행하고 있다. 놀이 방법은 크게 두 가지로 나뉘는데 먼저 판매되는 카드 종류별 생산량에 기인하여 카드를 각각 레전드 유니크 레어 노멀 등으로 등급을 나누어 카드의 희귀도를 겨루는 방식이다. 이는 희귀한 카드일수록 입수하기가 어려우므로 유저들 간의 트레이딩(교환)을 통하여 거래가 활발히 이루어지는 측면에서 트레이딩 카드 게임이라고도 불린다. 또 하나는 정해진 카드 매수에 수치(공격력과 방어력 등)를 부여하여 겨루는 방식으로 말하자면 하나후다의 발전형이라 할 수 있는 놀이 방법이다.

일본의 카드 게임은 어린이층뿐만 아니라 전 연령층을 대상으로 큰 인기를 얻고 있으며 특히 포켓몬스터와 유희왕, 요괴워치 카드 게임은 미국과 한국은 물론이고 세계 카드 게임 시장에 항상 상위에 랭크되어 있을 정도이다. 이렇듯 전 세계에 큰 인기를 누리고 있는 일본 카드 게임은 어디에서 시작된 것일까.

일본 헤이안 시대(794~1192년)에 궁중에서 행해졌던 조가비 겨루기貝合わせ라는 놀이가 있다. 조가비 겨루기는 귀족들의 놀이문화로 초기에는 서로 여러 종류의 조개껍데기를 번갈아 내 놓으며 조개 모양의 아름다움과 진기함을 겨루는 방식, 즉 희귀도를 겨루는 방식이었다. 그런데 12세기 무렵부터 정해진 매수의 조개껍데기를 둘로 나누어 한쪽에는 『겐지 이야기』나 『이세 이야기』와 같은 유명한 이야기에 등장하는 와카를 적고, 다른 한쪽에는 그에 상응하는 장면의 그림을 그려 서로 짝을 맞추는 조가비 맞추기貝覆い로 바뀌게 된다. 정해진 수에 그림을

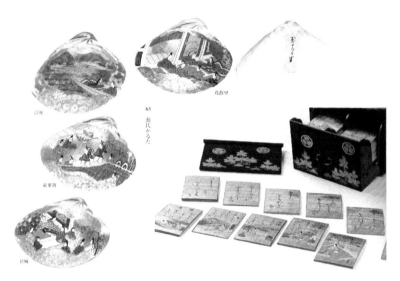

【그림 1】 조가비 겨루기와 겐지 가루타(徳川美術館開館七〇周年記念 秋季特別展(2005)『絵画でつづる源氏物語』徳川美術館)

넣는 하나후다와 가장 비슷한 놀이 방법이라 하겠다. 현재 일본 카드게임의 방식이 헤이안 시대부터 전해져 내려온 전통적 놀이 방법을 계승한 것임을 짐작할 수 있다.

이러한 조가비 겨루기와 조가비 맞추기 게임은 귀족의 놀이 문화로 전승되어 오다가 에도 시대에 이르러 서민들 사이에서 나무로 만든 얇은 판에 와카와 그림을 그려 겨루는 가루타 놀이로 발전하게 된다. 목판 기술의 발달과 포르투갈의 카드 놀이인 가루타의 유입으로 인하여 구하기 어렵고 비싼 조개껍데기 보다는 나무를 통하여 싸게 제작이 가능하게 되었고, 실내에서 간단히 즐길 수 있다는 점, 와카, 에마키,『햐쿠닌잇슈百人一首』등 귀족 문화를 접할 수 있다는 점이 유행의 원인이 되었다.

그렇다면 헤이안 시대에 시작된 귀족들의 놀이인 조가비 겨루기와 조가비 맞추기는 일본 문학 속에서 어떤 모습으로 그려져 있고 어떤 모습으로 오늘날까지 발전해 왔을까.

헤이안 시대 키다리 아저씨와 조가비 겨루비

먼저 조가비 겨루기가 가장 잘 나타나 있는 작품으로는 헤이안 시대 후기 무렵에 성립된 것으로 추정되는 『쓰쓰미추나곤 이야기堤中納言物語』가 있다. 『쓰쓰미추나곤 이야기』는 일본 최초의 단편 이야기 모음집으로 다수의 작가에 의해 창작된 것으로 알려져 있다. 「벚꽃을 꺾는 소장少将」, 「벌레를 좋아하는 아가씨」, 「조가비 겨루기」, 「그을음」 등 10편의 신선한 소재와 다양한 묘사, 탁월한 구성, 개성 있는 기법을 자랑하는 작품집으로서 독특하고 해학적인 이야기들은 헤이안 시대 일본 사람들의 무한한 상상의 공간을 잘 보여주고 있다 하겠다.

어느 9월 하순, 장인 소장蔵人少将(이후 소장이라 칭함)이 하인 한 명을 데리고 달빛에 이끌려 안개 낀 길을 걷고 있었다. 도중에 귀여운 소녀 네댓 명이 종종걸음으로 드나들고, 하인들이 훌륭하게 장식된 상자나 기품 있는 편지지를 소매 위에 받쳐 들고 드나드는 집이 있었다. 소장은 궁금한 마음에 보는 이가 없는 틈을 타 살짝 안으로 들어갔다. 무성한 억새풀 속에 숨어 있는데 예쁜 연보라색 옷에 홍매화색 겉옷을 겹쳐 입은 여자 아이가 건너편에서 달려왔다. 여덟, 아홉 살은 되었을까? 조그마한 조개를 유리 항아리에 담아들고 부산하게 움직이는 모습이 귀

127

여위 쳐다보았다. 여자 아이에게 들킨 소장이 "무슨 일로 그렇게 바쁘냐? 나만 믿어준다면 아가씨께 큰 도움을 드릴 수 있을 텐데"라고 하니 여자 아이가 말하기를 "우리 아가씨와 의붓어머니의 따님께서 멋진 조개를 모으는 경합을 하신다기에 몇 달 전부터 열심히 모으고 있어요. 저쪽 편은 궁중의 높은 분께 부탁드리며 열심히 찾고 있어요. 하지만 우리 아가씨가 의지할 곳이라고는 남동생 한 분밖에 없으세요. 어찌하면 좋을지 몰라 언니 되시는 분께 지금 사람을 보내시려 해요" 그렇다면 "격자 틈으로라도 너희 아가씨 모습을 볼 수 없겠느냐? 아가씨를 이기게 하는 것도 지게 하는 것도 다 내 마음에 달려 있다. 어떠냐?" 그러자 소녀는 소장을 여닫이문에 숨겨주었다. 헤이안 시대 여성은 집 밖으로 마음대로 나와 돌아다닐 수 없었기 때문에 귀족 남자들은 여성의 집으로 가 담을 넘어나 벽, 문틈 사이로 여성의 모습을 엿보며 용모, 자태, 행동 등을 보는 것이 일반적이었다. 소장 또한 아가씨의 모습이 궁금했으므로 이런 제안을 한 것이다.

틈새로 내다보니 아직 어려보이는 열 네댓 살 정도 여자 아이 열 두세 명과 좀 전의 소녀와 비슷한 또래의 아이들이 모두 작은 상자나 뚜껑에 조개를 담아들고 야단법석을 떨고 있었다. 그 와중에 안채의 발과 휘장이 조금 들어 올려 지자 아가씨의 모습이 보였다. 많아야 열세 살 정도로 보였고 앞머리 모양새를 비롯하여 이 세상 사람처럼 보이지 않을 만큼 아름다웠다. 보라색 겉옷에 자청색 옷을 겹쳐 입고 턱을 괸 채 수심에 잠겨 있었다.

"무슨 일일까?" 소장이 안타까운 마음에 바라보고 있으니 열 살쯤 되어 보이는 남자 아이가 나타났다. 비슷한 또래의 하인이 벼루 상자보다 약간 작지만 아름다운 자단 나무 상자를 들고 따라 들어왔다. 남자

아이는 상자 안의 멋진 조개를 보여주면서 "갈 데는 다 가 봤어요. 승향전承香殿 마마께도 찾아가 여쭈었더니 이런 것을 구해주셨어요. 지주노기미侍從の君가 그러던데 저쪽은 후지쓰보藤壺 마마에게 굉장히 많이 받아왔데요. 저쪽은 여기저기 찾아다니며 아주 열심인 것 같던데 우리는 어떻게 하실 생각이신지 내내 걱정하면서 왔습니다"

"괜히 말을 꺼냈어. 설마 이렇게까지 되리라고는 생각지 못했는데. 저쪽은 야단법석을 떨며 조개를 모으고 있나 보네" "어휴, 그럼요. 저쪽 어머니는 내대신 부인께도 사람을 보내 부탁하셨다고 하시던데요. 이번 일만 해도 그렇지, 어머니만 살아 계셨어도 이렇게 비참하지는 않았을 텐데" 그러자 여자 아이 하나가 달려와 "아가씨! 저쪽 아가씨가 오고 계세요. 조개를 빨리 감추세요" 조개를 모두 장롱 속에 감추고 아무 일 없다는 듯이 앉아 있으니 배다른 언니가 찾아 왔다. 이쪽 아가씨보다 조금 더 나이가 들어 보이고 용모도 훨씬 못해 보였다. "동생이 모아 온 조개는 어디 있어? 처음에 찾으러 다니지 말자고 했잖아? 나는 그 말에 속아서 손톱만큼도 찾지 않는데, 어휴, 분해. 괜찮은 거 있으면 좀 나누어 줘" 잘난 체하며 말하는 모습이 너무나 얄미워서 소장은 어떻게든 이쪽 아가씨를 이기게 해 주고 싶었다. "우리도 밖에까지 나가서 조개를 구하지 않았어요. 무슨 그런 말씀을." 가만히 앉아 대답하는 그 모습이 가련하고 아름다웠다. 저쪽 아가씨는 주위를 휙 둘러보고 돌아갔다. 아까 그 어린 소녀는 비슷한 또래의 소녀 서너 명을 데리고 소장이 숨어 있는 근처로 와서 소원을 빌었다. "우리 어머니가 항상 찾으시는 관세음보살님. 부디 우리 아가씨가 이기게 해 주세요." 소장이 작은 목소리로 와카和歌를 읊었다.

조개가 없다고 왜 한탄하시나요. 하얀 파도가 해변에 밀려오듯이 당신편이
될께요

그러자 어린 소녀들은 관세음보살님이 우리 소원을 들어줄 것이라
여기며 매우 기뻐하였다. 저녁 안개가 낄 무렵 몰래 그 집에서 나온 소
장은 세 칸으로 나뉜 멋진 바다 모양 장식대에 훌륭한 작은 상자를 놓
고 그 안에 여러 조개를 가득 담게 하였다. 장식대 위에는 금은으로 만
든 대합과 조개껍질을 빼곡히 깔아 놓은 후 와카를 곁들였다.

하얀 파도에 그 마음 주시려고 다가오시면
헛되지 아니하게 도와 드리겠어요

아직 어두운 새벽녘에 장식대를 하인에게 들게 하여 주위를 돌고 있
자니 어제 본 소녀가 달려 왔다. "자, 이것을 받아라. 내가 너를 속이겠
느냐. 이 상자를 누가 주었는지 알리지 말고 몰래 다른 것과 함께 놓아
두어라. 그리고 오늘 경합하는 모습을 볼 수 있게 해 다오" "어제 계셨
던 문에 계시면 아무 일 없을 거예요" 소녀는 너무나 기뻐하며 안으로
들어갔다. 소장은 하인에게 바다 모양 장식대를 남쪽 난간에 두도록 하
고 어제 그 곳으로 가서 숨었다. 틈새 사이로 살짝 들여다보니 소녀들
이 장식대를 발견하고는 "이상한 일도 다 있네" "도대체 누굴까?" "아,
생각났다. 어제 빌었던 관세음보살님이 하셨을 거야" "자비롭기도 하
셔라"라며 기뻐하였다.

주인공인 장인 소장은 이복형제와 조개 경합을 벌이게 된 아가씨를
위해 멋진 조개를 구해다 준다. 조가비 겨루기가 시작하기 직전에 이

이야기는 끝이 난다. 조가비 겨루기의 모습이나 승패, 그리고 이후의 소장과 아가씨의 만남과 전개 등은 모두 생략하여 독자의 상상에 맡기고 있는데 소장이 도와준 아가씨가 승리하였음을 짐작할 수 있다. 이 이야기는 미국의 여류작가 J.웹스터의 아동문학 작품으로 1912년 출판된『키다리 아저씨』와 일본의『유리가면』을 떠올리게 한다.『키다리 아저씨』는 제루샤 애벗이라는 고아 소녀가 한 후원자의 도움을 받아 대학에 진학하게 된다는 이야기로 지금까지도 여러 가지 버전으로 출판되어 독자에게 많은 사랑을 받고 있는 작품이다.『유리가면』은 주인공 기타지마 마야가 정체모를 후원자인 하야미 마스미의 도움으로 성장해 가는 이야기로 일본에서 단행본 발행 누계 5000만부 이상으로 가장 많이 팔린 순정만화 작품으로 폭넓은 독자층을 가지고 있으며 순정만화임에도 불구하고 남성 팬도 두텁다. 1976년부터 37년째 장기 연재 중인 작품으로 국내에도 상당한 매니아층을 확보하고 있다. 정체모를 구원자에게 도움을 받아 역경을 극복하는 스토리는 시대와 지역을 막론하고 독자에게 상쾌함과 함께 자신의 경우를 투영해보는 상상력을 부여해 주는 것이 아닐까.

조가비 겨루기에서 조가비 맞추기로 ─
어린이 놀이에서 어른 놀이로

헤이안 시대에 유행했던 조가비 겨루기 놀이는 헤이안 말기에서 중세 시대로 넘어갈 무렵에 이르러 조개의 한쪽에『겐지 이야기』나『이

세 이야기』와 같은 유명한 작품의 그림을 가져와 그리고, 다른 한 쪽에 그림에 관련된 와카를 적어 서로 대응하는 조개를 찾아 맞추는 방식으로 발전하게 된다. 이러한 놀이가 최초로 수록된 작품이 헤이안 시대 말기 사이교西行 법사가 지은 『산카슈山家集』이다. 『산카슈』에 수록된 와카 1569수 중에서 1189에서 1197까지의 9수가 니조 천황 재위 중인 1162년 3월 3일, 니조 천황의 황후인 후지와라 이쿠코가 개최한 조가비 겨루기를 위해 사람들이 오사카 주변 해안으로 가서 조개를 찾아 모으는 모습을 읊은 작품이다.

> 1189　바람 안 불고 파도 잔잔한 해변 사람들 모여
>
> 　　　　조가비 겨루기 위해 조개 줍고 있구나
>
> 1190　나나와가타難波潟 썰물 시간이 되면 모래사장에
>
> 　　　　함께 조개를 주우러 가자
>
> 1191　바람이 불면 밀려오는 흰 파도 보고 있으니
>
> 　　　　꽃 조개도 밀려오는 미시마에三島江 해변
>
> 1192　파도 밀려와 옷 뒤를 적시는 고로모 해변
>
> 　　　　바람이 진주조개 해변으로 보내주네
>
> 1193　파도가 치는 해변의 백합조개를 발을 내리듯
>
> 　　　　바람이 보내주네 서둘러 주워야지

그런데 『산카슈』에는 『쓰쓰미추나곤 이야기』 속의 조가비 겨루기 놀이 방법인 진귀한 조개를 서로 겨루는 것이 아닌 다른 방법의 조가비 겨루기를 읊은 와카가 한 수 보인다. 다음 1386번 와카를 살펴보면

처음 알았네 조가비 겨루기 도읍에서는

후타미 대합으로 껍질 맞추며 노네

이 와카의 앞부분에 다음과 같은 이야기가 적혀 있다. 이세 후타미 해변에 범상치 않은 신분으로 보이는 여자 아이들이 찾아와 무언가 사정이 있는 것처럼 대합조개를 모으고 있는 것을 보고, "바닷가에서 생활을 하는 사람이라면 몰라도 높은 신분에 걸맞지 않은 행동을 하는구나"며 미심쩍게 보고 있으니 "도읍에서는 대합을 사용한 조개껍질 맞추기 놀이가 있어 그 때문에 줍고 있다"라고 듣고 읊은 노래이다.

즉 조개의 진귀함을 겨루는 방식이 아니라 조개껍질을 나누어 서로 짝을 맞추는 놀이로 변하였다는 것을 알 수 있다. 이처럼 조가비 겨루기는 놀이 방법이 변하면서 놀이 명칭 또한 조가비 맞추기로 바뀌게 된다. 조가비 맞추기라는 명칭이 가장 먼저 보이는 작품이 일본 헤이안 시대 말기에서 중세시대에 걸쳐 무사들의 활약담을 묘사한 작품인 군기軍記 이야기의 걸작인 『헤이케 이야기平家物語』의 이본인 『겐페이조스이키源平盛衰記』이다.

5월 20일, 교토의 서쪽 하치조 거리를 보니 수를 헤아릴 수 없을 정도의 마차가 있었다. 장인이 무슨 일인가 하고 묻자 안내인이 답하기를, "다이라 기요모리 공께서 후쿠하라로 내려가시는 도중에 머무르시는 곳에 귀공자들께서 오셔서 조가비 맞추기 승부를 벌이신다고 합니다."

당시의 최고 권력자였던 다이라 기요모리平淸盛는 현재 효고兵庫 현 고베神戸 시에 도읍을 새로 건설할 계획을 세우는데 이를 후쿠하라 경福原京

133

이라 하였다. 새로운 도읍이 세워지는 곳으로 시찰을 떠나던 기요모리가 머무르는 곳에 귀족들이 찾아와서 조가비 맞추기 승부를 벌인 것이다. 이는 헤이안 시대 말기에 이르러 귀족들이 즐겨하는 놀이가 조가비 맞추기였다는 것을 짐작케 한다. 이처럼 조가비 겨루기에서 조가비 맞추기로 명칭이 바뀌고 놀이를 즐기는 사람들도 아이들에서 천황가와 귀족, 무사들로 변하여 놀이 규모도 커지게 된다. 또한 점차 서로 상품을 걸고 승부를 겨루게 되는데 가마쿠라 시대의 세속설화집인『고콘초몬주古今著聞集』에 다음과 같은 일화가 전해진다.

> 고호리카와後堀河 상황께서 황위를 물려주고 나신 후 내대신 집으로 가셔서 계시던 중, 1233년 봄에 소헤기몬인藻璧門院과 함께 그림을 걸고 조가비 맞추기 놀이를 여셨다. …… 승부에 진 쪽이『겐지 이야기』의 그림 10권을 내놓았다고 한다.

이와 같이 조가비 겨루기가 주로 귀족집안 어린이들의 놀이였다면 조가비 맞추기는 성인 귀족과 무사들이 주로 즐기는 어른들의 놀이로 정착되어간다. 서로 상품을 걸게 됨으로써 놀이에 대한 열중도와 승부욕도 높아졌으리라 짐작된다. 또한 조가비 맞추기가 귀족, 무사 사이에서 널리 향유되기 시작한 무로마치 시대 말기 무렵부터는 조가비 맞추기용 조개를 넣는 조개함이 여자가 시집갈 때 혼수품의 하나로 정착된다. 무로마치 시대 야마시로 지방의 수호山城守護였던 이세 사다미쓰伊勢貞陸가 저술한『요메이리키嫁入記』에는 혼수품 중 조개함에 관하여 넓이는 9촌3, 높이는 9촌 이상, 모양은 8각형, 뚜껑을 반드시 만들 것, 조개는 360개 등 높이, 형태, 구조, 개수에 대한 자세한 사항이 기록되어 있

【그림 2】 조가비 맞추기용 조개(安西剛 編
(1998) 『源氏物語 苦悩に充ち
た愛の遍歴』学習研究社)

다. 조가비 맞추기가 놀이 문화의 한 축으로 자리 잡아 널리 유행하였
음을 알 수 있다.

　세이쇼나곤清少納言의 『마쿠라노소시枕草子』, 가모 조메이鴨長明의 『호조
키方丈記』와 더불어 일본 삼대 수필의 하나로 평가받는 작품인 『쓰레즈
레구사徒然草』에도 조가비 맞추기에 관한 기술이 나온다. 『쓰레즈레구
사』는 겐코兼好 법사가 쓴 수필로 작품 전반에 걸쳐 불교의 무상관이 흐
르고 있으며 집착의 덧없음을 경계하고 검약과 무소유의 홀가분함을
예찬하고 있고, 이러한 사상적 내용뿐만 아니라 여러 신변잡기와 자연
론, 인간론 등 실로 다양하고 폭 넓은 내용을 담고 있어 읽는 독자에게
재미와 지혜를 전해주고 있는 작품인데 171단에서는 조가비 맞추기 놀

이를 통해 세상을 살아가는 이치를 논하고 있다.

> 조가비 맞추기를 하는 사람은 흔히 자기 앞에 있는 조개껍질을 두고 다른 곳
> 을 보며 남의 소매 밑이나 무릎 아래까지 눈길을 준다. 그러는 동안 자기 앞
> 에 있는 조개껍질을 다른 사람이 찾아 버린다. 조가비 맞추기 놀이의 달인을
> 관찰해 보면 굳이 멀리 있는 조개까지 집으려 하지 않고 가까운 곳에 있는
> 것만 뒤집는 것처럼 보인다, 하지만 결과적으로는 상대보다 많이 찾아서 이
> 긴다. 무슨 일이든 먼 곳에 있는 것을 추구해서는 안 된다. 가까운 곳부터 바
> 로잡아야 한다. 송나라 조변은 "지금 당장 좋은 일을 실행하고 먼 미래는 묻
> 지 말라."고 했다. 세상을 다스리는 도리도 이와 같을 것이다.

일본 카드 게임의 원조

조가비 겨루기가 진귀한 조개를 모아서 서로 편을 나누어 조개의 진
귀함을 겨루는 놀이라면 조가비 맞추기는 대합과 같은 큰 조개를 360
개 마련하여 이를 각각 둘로 나누어 섞은 후 딱 맞는 짝을 찾아내는 놀
이였다. 이후 조가비 맞추기가 놀이의 중심이 되어 가면서 조개의 한쪽
에 『겐지 이야기』나 『이세 이야기』와 같은 유명한 작품의 그림을 그리
고, 다른 한 쪽에 그림에 관련된 이야기를 적어 서로 맞추는 방식으로
발전하게 된다. 시대가 흘러감에 따라 『햐쿠닌잇슈』가 유행을 하자 조
개에 『햐쿠닌잇슈』를 상하로 나누어 한쪽에 상구인 5·7·5적고 다른 한
쪽에 하구인 7·7을 적어 이를 맞추는 놀이가 유행하였다. 이윽고 에도

시대에 들어와 제지 기술의 발전과 함께 조개껍질에서 종이로 바뀌어 갔고 이것이 일본의 전통 카드놀이인 가루타로 발전하게 된다. 앞서 언급했듯이 가루타는 후에 하나후다 즉 화투로 발전하게 되면서 일본 카드 게임의 기틀을 마련하게 된다.

전후 하나후다는 일본에서 거의 자취를 감추게 되었지만 가루타와 함께 여러 카드 게임들이 등장하게 된다. 일본 프로야구 선수를 시작으로 발전한 카드 게임은 울트라맨, 가면 라이더, 건담ガンダム, 드래곤 볼 등 인기 특촬물, 만화, 애니메이션 시리즈를 도입하면서 폭발적으로 성장하게 된다. 게임 방법 또한 트럼프, 화투와 같은 방식을 시작으로 카드를 페어로 맞추는 그림 맞추기 게임인 신경쇠약 게임, 트레이딩 카드 게임으로 발전하면서 현재는 스마트폰이나 태블릿 PC용으로 개발된 모바일 카드 게임이 큰 인기를 끌고 있다.

특히 모바일 카드 게임은 일명 카드 배틀 게임이라 불리며 '카드의 수집과 육성' 및 '다른 플레이어와의 전투'에 특화된 게임이다. 게임 제작사들은 길거리에서도 손쉽게 즐길 수 있도록 게임의 규칙을 최대한 간소화하고, 그 대신 버튼만 누르면 끊임없이 전투를 할 수 있는 게임을 구상했다. 그것이 바로 카드 배틀 게임의 시작으로, 이런 방식의 카드 배틀 게임인 '바하무트 : 배틀 오브 레전드', '확산성 밀리언 아서', '쉐도우 버스' 등은 일본에서 선풍적인 인기를 끌며 국내에서도 많은 유저를 확보하였다.

그러나 이러한 모바일 카드 배틀 게임은 전통적인 카드 게임들과 비교하면 형태가 지나치게 단순하고 개발사가 참신한 게임 시스템 개발에 주력하기 보다는 카드의 일러스트를 자극적, 선정적으로 설정하여 유저를 확보하려는 경향이 나타나기 때문에 많은 비판을 받기도 한다.

137

또한 희귀도가 높은 카드를 뽑거나 육성하기 위해서는 지나친 과금을 요구하는 등 부작용이 나타났기 때문에 이와 관련된 규제 움직임이 일기도 했다.

게임 즉 놀이는 긍정적인 측면과 부정적인 측면이 모두 포함되어 있다. 특히 카드 게임은 화투나 트럼프처럼 도박성이 강한 놀이로 인식이 되기 십상이고 모바일 카드 게임의 과금 문제 등 부정적인 면이 부각되기 쉽다. 하지만 카드 게임은 '다른 사람과의 승부'라는 측면에서 승부욕과 함께 승부에 이기기 위한 시행착오를 겪으면서 스스로를 발전시킬 수 있고, 가루타와 같은 전통 놀이를 즐기고 계승한다는 측면에서 놀이의 한 축으로 자리 잡아 계속 발전해 나갈 것이다. 조가비 겨루기를 시작으로 끊임없이 발전해 온 일본 카드 게임이 미래에 어떤 방식으로 우리에게 선보일지 기대되는 바이다.

참고문헌

요시다 겐코 저, 김충영·엄인경 공역(2010)『쓰레즈레구사』도서출판 문.
유인숙·박연정·박은희·신재인 옮김(2008)『쓰쓰미추나곤 모노가타리』도서출판 문
酒井欣(1983)『日本遊戯史』第一書房
後藤重郎(1982)『山家集』(新潮日本古典文学集成, 新潮社)

실외놀이

놀이로 읽는
일 본 문 화

예술로 승화되는 공차기

김 태 영

● ● ● ●

들어가며

한국은 2002년에 열린 역사적인 한일 월드컵 대회에서 참가국 중 4위라는 좋은 성적을 거두면서 축구의 위상이 높아졌고 응원전 열기로 온 나라가 붉은색 물결로 넘실거렸다. 또한 전 세계인들의 마음속에도 축구 강국 한국이라는 이미지를 심는 데 크게 기여하기도 했다. 이 해에 한국과 일본의 월드컵 공동개최를 기념하여 일본의 사이타마 현립박물관에서는 특별전 'KEMARI - 蹴鞠 - The Ancient Football Game of Japan'이라는 제목으로 일본의 스포츠의 원점이라고도 할 수 있는

141

게마리(蹴鞠, 일본어에서 '게루蹴る'는 찬다는 뜻이고 '마리鞠'는 공을 의미한다. 이 글에서는 '공차기 놀이'로 옮기는데 편의상 '게마리'라는 일본어 용어도 병용하기로 한다)에 초점을 맞추어 일본의 전통문화를 소개하는 전시회가 열리기도 했다. 일본 문화 속에서 축구의 기원을 찾는다면 바로 이 게마리를 들 수 있을 것이다. 이 글에서는 고대 이래 일본인들이 즐겨온 공차기 놀이에 대해 자세히 알아보고, 실제 문학 작품과 역사서 속에서 그 놀이 모습이 어떻게 그려지고 있는지 살펴보기로 한다.

공차기 놀이의 개관

공차기 놀이는 궁정 귀족들이 주로 즐기던 놀이로, 사슴 가죽으로 만든 공을 한 사람이 발등으로 차올리면 그것이 지면에 떨어지지 않도록 여러 사람이 즐기던 유희였다. 공차기 놀이를 벌이는 장소를 마리바鞠場 또는 마리니와鞠庭라고 부르는데, 이것은 궁정이나 신사와 절 혹은 귀족들의 사저에 위치한 남쪽 정원에 설치되는 경우가 많았다. 넓이는 사방 약 17미터에서 약 27미터에 이르는 정방형으로, 중앙에서 사방 약 7~9미터 위치에 높이 약 4.5미터의 가카리노키繋の木라 불리는 나무를 심었다. '가카루懸る'는 걸리다, 매달리다 라는 뜻으로 공은 이 나무에 걸려서 다른 방향으로 튀거나 예상하지 못한 궤적을 그리게 된다. 즉 놀이 장소에 나무를 심는 것은 공차기 놀이를 더욱 재미있게 하기 위한 하나의 장치였다고 할 수 있다. 놀이에 사용된 공은 사슴 가죽으로 만

들었으며 표면에 백색 안료로 코팅을 하여 매끄럽게 다듬었다. 무게는 약 100그램 정도로 아주 가벼웠다.

무로마치 시대에 쓰여진 축국서蹴鞠書인 『유테이히쇼遊庭秘抄』에서는 "초봄에는 놀이에 쓰는 공을 크게 만들고 점차 공에 발이 익숙해지면 작게 만든다. 재봉을 할 때에는 바늘땀이 다섯 개 보이도록 만든다. 시토즈(일종의 버선) 가죽과 같은 색깔의 가죽을 얇게 잘라서 힘주어 펴서 제일 위에 있는 구멍에 실을 통과시켜서 가운데 구멍으로 가죽을 꺼내어 가죽 끝을 묶는다"라며 공 재봉 방법까지 상세히 소개하고 있다. 에도 시대 중기의 서적인 『안자이즈이히쓰安斎随筆』에서는 "중국의 공은 안에 모발을 넣어서 부풀린 것이다. 우리나라의 공은 안에 아무것도 넣지 않는다"고 하여 중국 공과의 차이에 대해서도 기술하고 있다.

실제로 놀이를 할 때에는 네 그루 나무의 양 옆에 마리아시鞠足라 불리는 참가자가 한 명씩 서서 총 8명이 놀이를 하게 된다. 참가자는 다른 사람이 찬 공을 땅에 떨어뜨리지 않으면서 차올린 후, 다른 참가자에게 공을 보내는데, 이 과정이 반복되면서 장시간 동안 많은 횟수를 차올리는 것이 목표였다. 즉 이기고 지는 것을 겨루는 것이 목적이 아니었다는 것이다. 마리아시는 다른 사람한테 온 공을 받는데 한 번, 자신에게 온 공을 차올리는 데 한 번, 다음 사람에게 공을 보내는 데 또 한 번 차게 됨으로써 기본적으로 세 번을 차게 된다. 받은 공을 차올릴 때에는 나무와 같은 높이로 수직으로 차올리는 것을 바람직하다고 보았다.

공차기 기술로는 노비아시延足, 가에리아시帰足, 미니소마리傍身鞠라고 불리는 이른바 산쿄쿠三曲가 있었는데, 가마쿠라 초기 가인歌人이자 공차기 명수로 알려진 아스카이 마사쓰네飛鳥井雅経(1170~1221년)가 저술한 『게마리랴쿠키蹴鞠略記』에 이 세 기술에 대한 설명이 나와 있다. 이에 따르면 노비아시란 자신의 위치에서 멀리 떨어진 곳에 떨어지는 공을 쫓아가서 몸을 던지듯이 하면서 무릎을 꿇고 지면에 닿을 듯 말 듯 차올리는 기술을 말한다. 가에리아시란 자신의 바로 뒤에 올라온 공을 어깨로 받아 몸 뒤쪽에서 흘러내리게 하여 곧바로 뒤로 돌아 떨어져 내리는 공을 차올리는 기술을 의미한다. 미니소마리란 자신의 몸에 걸린 공을 가슴, 배, 발 순으로 몸에 붙게 받아서 가죽신 위에 올라온 공을 차올리는 기술을 가리키는 명칭이다. 이 미니소마리 기술은 산쿄쿠 중에서도 특히 중시되었다. 이러한 기술에 대한 설명을 통해 유추할 수 있듯이 공차기 놀이에서는 단순히 많은 횟수를 차올리는 것이 목적이 아니라 '얼마나 아름답게 공을 차올리는지' 여부가 중요한 평가 기준이 되었다는 사실을 알 수 있다. 이는 헤이안 말기를 지나 원정기院政期라는 게마리 융성기를 거치면서 공차기가 와카와 함께 예도芸道의 하나로서 중시되게 되는 발전 과정과도 무관하지 않다고 생각된다.

　헤이안 말기에서 가마쿠라 시대에 많이 만들어진 축국전서蹴鞠伝書 중에는 이상적인 공차기를 위한 바람직한 신체에 대해 기술하고 있는 부분들이 많이 보인다. 후지와라 요리스케藤原頼輔(1112~1186년)가 저술한 『게마리코덴슈蹴鞠口伝集』 상권에서는 공차기 명수는 몸이 부드러워야 한다는 가모 나리히라賀茂成平의 설을 소개하면서 허리가 딱딱한 사람은 미니소마리 기술을 제대로 소화해내지 못한다는 점과 준비 자세인 아시부미足踏·허리의 상태·몸가짐 이 세 가지가 공차기에서 중요하다는 겐큐源九의 설을 인용하고 있다. 가마쿠라 말기 가인이자 앞서 소개한 아스카이 마사쓰네의 손자인 아스카이 마사아리飛鳥井雅有(1241~1301년)가 집필한 『나이게산지쇼内外三時抄』에서는 초급, 중급, 상급의 3단계 구성을 통해 공차기에 적합한 바람직한 신체에 대해 기술하고 있는데

【그림 1】 공차기 놀이(渡辺融·桑原浩然(1994)『蹴鞠の研究—公家鞠の成立—』東京大学出版会)

이에 따르면, 서 있을 때의 자세가 중요하며 몸은 머리에서 발끝까지 일직선이 되도록 하는 것이 바람직하다. 허리에서 위쪽은 부드럽게, 허리에서 아래쪽은 꼿꼿하고 강한 상태를 유지한다. 특히 허리를 안정된 상태로 유지하는 것이 중요한데, 배에 힘을 주지 않고 허리를 구부리거나 엉덩이를 내밀거나 하는 자세는 '나쁜 버릇'이므로 특히 주의해야 한다는 것이다.

일본 문헌 중 공차기 놀이에 대한 기술은 『니혼쇼키日本書紀』 고교쿠 천황皇極天皇 3년(644년) 때 나카노오에 황자中大兄皇子와 나카토미 가마타리中臣鎌足 등이 호코지法興寺에서 거행한 공차기 놀이에 대한 것이 최초이다. 『니혼쇼키』에 따르면 소가씨에 의한 전횡에 분개하던 나카토미 가마타리는 이를 타도하고자 비밀리에 거사를 벌일 왕가의 인물을 찾

145

고 있었다. 호코지에서 거행된 공차기 놀이에 참가한 가마타리는 공을 차던 중에 벗겨진 나카노오에 황자의 가죽신을 주워 바치게 되는데, 이를 통해 두 사람의 친교가 시작되었고 두 사람은 다이카 개신大化改新이라는 쿠데타를 감행하기에 이른다. 이 이야기를 윤색한 『곤자쿠 이야기집今昔物語集』 권22 「대직관大織冠, 처음으로 후지와라 성을 하사받은 이야기」에서는 나카노오에 황자가 양보한 황후와 가마타리 사이에서 후지와라 후히토藤原不比等가 탄생했다고 기술하고 있다. 이들 이야기에서는 공차기 놀이가 이루어지는 장소가 단순한 놀이의 장으로서가 아니라 후지와라 씨의 권력 장악의 계기로 작용하는 모습을 보여주고 있다. 이후 후지와라 씨는 천황가와 혈연관계를 통한 강력한 군신관계를 맺게 되는데, 그 처음 시작을 상징적으로 보여주는 이 전승에서 공차기 놀이가 중요한 역할을 하고 있다는 점은 흥미롭다. 궁정 귀족들이 즐겼던 공차기는 놀이로서의 기능을 넘어서 권력을 재편하고 창출하는 장場으로서도 작용 가능한 요소를 내부적으로 지니고 있었던 것이다.

역사적 사실

10세기 전반기에 편찬된 사전인 『와묘루이주쇼倭名類聚抄』에서는 공차기 놀이가 중국에서 시작되었다고 보고 있으며, 『유테이히쇼』에서도 마찬가지로 중국에서 전래된 것으로 기록하고 있다. 중국의 공차기 놀이는 경기 방법에 따라 ① 전한 시대(B.C 202~8)에 시작되어 당나라 시대(618~907년) 초엽까지 행해지던 대항전 방식과, ② 후한 시대(25~

221년) 중엽부터 시작되어 비교적 경기競技적 양상이 적게 나타나고 궁정 귀족들 1~9명이 참가하던 방식, ③ 당나라 시대 초엽에 시작되어 북송 시대(960~1127년)에 이르러 쇠퇴한 방식으로 2개의 골대를 경기장 양쪽 끝에 설치하여 잘 튀는 공으로 즐기던, 현대의 축구 경기와 가장 가까운 형태, ④ 북송 시대 말엽부터 청나라 시대(1616~1911년) 중기까지 행해지던 형태로 1개의 골대를 경기장 중앙에 설치하여 2개 팀이 골대 양쪽에 서서 공을 차던 방식, 이 네 가지 종류의 공차기 놀이가 성행하였는데, 이 중 ②의 1~9명이 참가하여 궁정 귀족들이 즐기던 형태가 일본에 전해진 것으로 보인다.

　헤이안 시대 궁정 귀족들이 공차기 놀이를 즐겼던 사실은 궁정 관료들의 한문 일기 등에 그 기록을 찾아볼 수 있다. 『세이큐키西宮記』에 따르면 다이고 천황醍醐天皇 때인 905년, 무라카미 천황村上天皇 때인 949년, 953년에 각각 궁중에 천황이 앉아있는 전상에 오르는 것이 허락된 관료를 의미하는 전상인殿上人들을 불러 공차기 놀이를 거행하였다는 기술이 보이는데, 이 때 공을 땅에 떨어뜨리지 않고 차올린 횟수가 각각 206회, 207회, 520회에 달하여 천황으로부터 옷감 등을 하사받았다고 나와 있다. 이 기록들은 '임시 연유臨時宴遊'라는 항목에 수록되어 있다는 점에서, 공차기 놀이가 때에 맞추어 비교적 자유롭게 이루어졌음을 알 수 있다. 주최자인 천황은 귀족들의 공차기 놀이를 관람할 수 있는 위치에 있었고, 참가자인 남성 관료들로서는 천황과의 사적인 관계를 맺을 수도 있는 정치적인 기회이기도 했다. 『겐지 이야기源氏物語』가 쓰여진 시기이기도 한 헤이안 중기에도 공차기 놀이가 활발하게 행해졌다. 『쇼유키小右記』에 따르면 산조 천황三条天皇 때인 1013년 2월 중궁의 처소에서 향연이 이루어졌을 때, 천황이 계시는 어전 앞에서 공차기 놀

147

【그림 2】『겐지 이야기』「와카나 상」권 공차기를 하고 있는 귀공자들(德川美術館開館七○周年記念 秋季特別展(2005)『絵画でつづる源氏物語』德川美術館)

이가 거행되었다는 기록이 나온다. 『리호오키吏部王記』에는 943년 5월에 스자쿠 천황朱雀天皇이 궁중에 공차기에 능한 20여 명을 불러들여 이들이 에보시烏帽子 모자를 쓰고 운메이덴温明殿 남쪽에서 공차기 놀이를 하는 모습을 천황이 지켜보셨다는 기록이 나온다. 이와 같은 기록을 통해서도 공차기 놀이가 궁중 행사로서 거행되었다는 사실을 알 수 있다. 이후 공차기 놀이는 천황을 대신해 상황이나 법황이 그 거처에서 통치하는 원정기에 최전성기를 구가하게 된다.

『아즈마카가미吾妻鏡』1201년 7월에는 가마쿠라 막부 제 2대 쇼군인 미나모토 요리이에源頼家에 관한 흥미로운 기술이 보인다. 쇼군 요리이에는 이전부터 공차기 놀이에 깊은 관심을 보였지만 그 비결을 몰라 교토에 있는 공차기 명인을 가마쿠라에 보내달라는 요청을 보내는데 고토바 상황後鳥羽上皇은 이를 수락한다. 그로부터 2개월 후인 1201년 9월, 요리이에가 요청한 공차기 명인이 가마쿠라에 도착한다. 요리이에는 중양절인 9월 9일에 이 명인을 불러 국화를 띄운 술잔과 은검을 건네며 오랫동안 지도해줄 것을 요청한다. 그리고는 연일 공차기 놀이가 이어진다. 『아즈마카가미』에 "정무를 내던지고 매일같이 공차기를 하며 지내시는 까닭에 사람들이 모두 이 놀이에 모여든다."라고 하는 기술이 보일 정도이다. 같은 해 10월에는 집권 호조 야스토키北条泰時가 천변재해와 기근 등으로 온 나라가 어지러운 때 교토에서 사람을 불러들여 매일같이 공차기를 즐기느라 정무를 방치하고 있는 요리이에를 강하게 비판한다. 비난이 쇄도하는 상황에서도 요리이에의 공차기 사랑은 계속되어, 10월 21일에는 공을 땅에 떨어뜨리지 않고 차올린 횟수가 무려 950회라는 경이적인 기록까지 보인다. 광적이라고까지 할 만한 요리이에의 공차기 사랑에 호조 마사코北条政子가 제동을 건다. 중신의 상중임에도 신하들과 공차기 놀이를 하고 있는 요리이에를 강하게 질책한 것이다. 요리이에도 이때는 공차기 놀이 참가를 중지했다고 한다. 요리이에는 2년 후인 1204년, 23세의 젊은 나이에 세상을 떠난다. 광적이던 궁중의 공차기 놀이 행사도 그의 죽음으로 없어지게 되었다. 궁중 행사로서의 공차기 놀이는 중지되었지만 요리이에의 교토 문화에 대한 동경은 이후 정권의 집권자들에게도 큰 영향을 미치게 되었다.

모노가타리 문학 작품 속에서

모든 지도자들이 궁정의 전통 문화인 공차기 놀이를 즐겼던 것은 아니었다. 가마쿠라 시대 하나조노 천황花園天皇은 게마리는 천박스럽고 천자天子가 즐기는 놀이가 아니라는 이유로 공차기 놀이를 즐기지 않는다고 말하고 있다. 『마쿠라노소시枕草子』 「놀이」 단에 "놀이는 활 놀이. 바둑. 채신은 안 서지만 공놀이도 재미있다"라는 서술이 보인다. 활 놀이에 사용되는 활은 실내 유희용으로 작게 제작되는 활을 말한다. 공놀이는 공을 차는 동안에 옷차림이 흐트러지는 것을 가리켜 흥미롭다고 표현하고 있다. 공놀이가 천박하고 임금이 즐기는 예능이 아니라고 하는 인식은 『마쿠라노소시』의 한 대목처럼 공놀이를 하는 동안 옷차림이 흐트러진다는 점과도 관련이 있었을 것이다. 그러나 『마쿠라노소시』의 구절을 통해 생각해보면 헤이안 귀족들 사이에서는 공놀이가 활 놀이나 바둑 등과 함께 활발히 행해졌다는 것을 유추해 볼 수 있다.

『겐지 이야기』에서는 3월의 어느 날 로쿠조인六条院 동남쪽 침전 앞에서 귀족 청년들이 공차기 놀이를 하는 장면이 매우 인상적으로 그려지고 있다. 이 공차기 놀이를 계기로 주요 등장인물인 가시와기柏木가 사모하던 온나산노미야女三宮를 엿보게 되고, 이 일이 두 사람의 밀통으로까지 이어지는 결정적인 계기가 된다. 공차기 놀이에서 주요 등장인물인 가시와기와 유기리夕霧는 놀이에 참여하는 입장으로, 주인공인 히카루겐지는 놀이를 관람하는 입장으로 그려지는데, 놀이 중간에 가시와기 등이 온나산노미야를 '보는' 시선의 변화가 이루어지면서 이후의 사건 전개의 중대한 계기로 작용하고 있다. 그렇다면 모노가타리 작품 속에서 공차기 놀이는 구체적으로 어떻게 그려지고 있을까.

헤이안 중기에 쓰여진 『우쓰호 이야기ぅつほ物語』에도 공차기 놀이를 하는 장면이 등장한다. 6월 하순, 우대신 후지와라 가네마사藤原兼雅의 기획으로 그의 소유인 가쓰라 강桂川 근처 별장에 초대된 여러 귀족 청년들이 공차기 놀이를 벌이는 것이다. 공차기 놀이는 중앙에서 사방 7~9미터 지점에 나무가 심어진 장소에서 하게 된다고 앞서 설명했다. 이 때 북동 지점에는 벚나무, 남동 지점에는 버드나무, 북서 지점과 남동 지점에는 각각 소나무와 단풍나무를 심는 것을 기본으로 한다. 『우쓰호 이야기』 공차기 장면에서도 귀족들이 별장에 심어진 나무를 보고 "공차기 놀이를 하기에는 안성맞춤인 장소로군"이라고 하면서 저녁 때까지 놀이에 열중하는 것으로 그려지고 있다. 또한 주인공 나카타다仲忠가 공차기 실력이 출중할 뿐만 아니라 몸동작 또한 훌륭하였다고 나와 있다. 공차기 놀이 장면에 이어지는 부분에는 나카타다가 부인인 온나이치노미야女一宮의 동생인 온나니노미야女二宮를 엿보는 장면이 그려지고 있다.

『겐지 이야기』에도 한 장면, 공차기 놀이를 묘사하는 장면이 나온다. 날씨가 화창한 3월 어느 날, 호타루노미야螢宮와 가시와기가 히카루겐지의 로쿠조인을 방문한다. 마침 동북쪽 침전 앞에서는 유기리가 많은 사람들을 모아 공차기 놀이를 시키고, 자신은 놀이를 관람하고 있었다. 겐지가 "공차기는 소란스러운 놀이지만 기량의 차가 뚜렷하고 활기도 있으니 이쪽에서 하는 것이 어떠한가" 하고 한 마디 하자 모두가 동남쪽 침전 앞에 있는 공차기 놀이를 하기 좋은 풍취 있는 장소에 모였다. 가시와기와 유기리는 처음에는 무리에 끼지 않았지만 비록 고위 관직이긴 하지만 아직 젊은데 어찌하여 체면을 벗어던지지 못하는가라는 히카루겐지 말에 놀이에 참여하게 된다.

공차기 놀이를 할 때에는 몸을 민첩하게 움직이는 것이 중요한데, 이

점 때문에 공차기가 몸을 사용하는 일이 많은, 궁중에서도 신분이 낮은 신하들의 문화였다고 하는 지적이 있다. 그러나 공차기 놀이에 본래 이와 같은 성질이 있었다고 해서 오로지 신분이 낮은 사람들만이 공차기 놀이를 즐겼다고 하는 것을 의미하지는 않는다고 본다. 천황이나 중궁 앞에서 거행되는 공차기 놀이의 경우, 참가자들의 중심은 전상인들이었다. 또한 천황이 주재하지 않는 경우에도 귀족들 스스로 모임을 통해 공차기 놀이를 즐겼다는 사실을 여러 기록들을 통해 알 수 있기 때문이다. 『겐지 이야기』의 경우에도 근위부 대장近衛大将인 유기리가 참가하고 있는 것에서도 알 수 있듯이, 여기에서 중요한 것은 참가자의 신분의 높고 낮음이 아니라, 공차기 놀이를 통해 히카루겐지와의 사이에 새로운 관계, 즉 공차기 놀이를 보는 자와 그 모습이 보여지는 자가 형성되었다는 사실일 것이다. 히카루겐지가 있는 동남쪽 침전 앞과 유기리와 가시와기가 공을 차고 있는 계단 밑 정원이라는 공간이, 그들 사이의 잠재된 신분 관계를 구체적으로 표상하고 있다고도 볼 수 있다.

가시와기는 계단 아래에서 공을 차는 여러 귀족 청년들 중에서도 몸동작이 훌륭하고 특히 그의 발놀림을 따를 자가 없었다. 침전 계단으로 늘어진 벚나무 가지 아래에서 공차기에 열중하던 가시와기와 유기리는 벚꽃의 휘어진 가지를 꺾어 계단 중간쯤에 앉는다. 그리고는 침전 서쪽에 있는 겐지의 정처 온나산노미야의 처소 쪽을 바라보는데, 이 때 조그마한 고양이의 몸에 매달린 줄이 휘장 줄에 걸리게 되고, 고양이가 도망치려고 움직이자 휘장이 말려 올라가면서 그 안에 있던 온나산노미야의 모습이 보이게 된다. 공에 맞아 꽃이 떨어지는 것도 아랑곳하지 않고 공차기에 열심인 귀족 청년들의 모습을 구경하느라 정신이 없는 시녀들은 안이 다 보이는 것도 금방 알아차리지 못한다. 오래전부터 온나산노미야를 사모하고 있었던 가시와기는 많은 시녀들 가운데 온나산노미야라는 것을 분명하게 알아볼 수 있는 옷차림과 그 자태를 마음에 깊이 새기게 되고, 이 일이 이후에 가시와기와 온나산노미야의 밀통 사건이 벌어지는 데 큰 영향을 미치게 된다.

『겐지 이야기』이후에 성립된 작품으로『겐지 이야기』로부터 많은 영향을 받았다고 알려진『사고로모 이야기狹衣物語』에도 공차기 놀이 장면이 나온다. 3월 초순, 가모 신사賀茂神社에 봉사하는 재원齋院인 겐지노미야源氏の宮는 신사 뜰에 벚꽃이 만개한 것을 보고 "계절이 바뀌는지도 모르는 비쭈기나무 가지를 꺾으며 멀리서나마 고향에 핀 벚꽃을 떠올리네"라는 노래를 비쭈기나무 가지와 함께 출산을 위해 호리카와 저택에 내려와 있는 사가 상황嵯峨院의 부인인 온나이치노미야에게 보내 호리카와 저택의 벚꽃은 어떠한지 묻는다. 때마침 온나이치노미야의 상태를 살피러 찾아온 사고로모 대장狹衣大將은 겐지노미야로부터 온 편지를 보고 이 기회에 꼭 겐지노미야를 만나봐야겠다는 생각에 뜰에 핀 벚꽃 가지를 꺾어 가모 신사로 향한다. 그리고 겐지노미야를 만나지만 어쩐지 차가운 태도에 머쓱해지자 자리를 떠나 재원의 시녀인 소장少將과 말장난을 한다. 이 때 밖에서 소리가 들려서 보니 재원의 사무를 총괄하는 별당別當직의 권대납언權大納言, 그 동생인 재상 중장宰相中將, 그리고 지위가 이보다 낮은 젊은 귀족들이 공을 들고 찾아온 것이었다.

사고로모 대장이 "꽃을 가차없이 떨어뜨리는 공차기 놀이는 정취가 없어 보이기도 하지만. 만족스럽고 멋있는 놀이이기도 하지요"라고 말하자, 청년들은 신발 매무새를 가다듬는 등 공을 찰 만반의 준비를 하고 사람들을 데리고 온다. 공차기 놀이를 보려고 발 근처로 나온 시녀들이 발 아래로 갖가지 색상의 소맷자락을 내어 놓은 모습이 아름답고 정취 있게 보인다. 기량이 두드러지는 사람은 재상 중장이었다. 중장은 사고로모가 공차기를 권하자 "나잇값을 못하고 젊은 사람들이 하는 놀이를요"라고 하면서 거절하지만, 막상 공차기를 시작하자 발군의 기량으로 다른 사람들보다 여러 번 공을 차올렸다. 보고 있던 사고로모가 흥에 겨워 자신 또한 내려가서 공을 차고 싶은 기분이 든다고 하자 발안에 있던 시녀들은, "성실한 남자인 유기리 대장도 참여했었는데요." 라고 하면서 사고로모에게도 공차기에 참여할 것을 권한다. 그러자 사고로모는 "그 성실한 남자라는 한심한 이름이야말로 나에게 안성맞춤이긴 하지만, 유기리 대장과 비교당하는 건 싫으니까"라고 하면서 웃으시는데, 그 모습이 꽃보다도 아름다웠다고 한다. 벚꽃이 떨어지는 것을 보면서 한시의 시구를 읊으며 난간에 기대어 있는 사고로모의 모습은 『겐지 이야기』에서 가시와기가 "부는 바람도 꽃을 비껴가면 좋으련만"이라고 하던 그 모습을 떠올리게 하면서도, 이 사고로모 대장의 모습 또한 참으로 훌륭해서 자꾸만 바라보게 된다고 기술되어 있다.

이상에서 성실한 남자인 유기리를 예로 들며 공차기 놀이에 참여할 것을 권하는 시녀들의 말과 사고로모가 이에 대응하는 장면은 명백하게 『겐지 이야기』를 의식한 대목으로 볼 수 있다. 또한 『겐지 이야기』 「다케가와竹河」권에서 가오루가 사람들이 자신을 성실한 남자라 부르는 것이 참으로 한심스럽다고 생각하는 대목과 표현까지도 위 장면과 상당히 유사하기 때문이다. 가시와기가 "부는 바람도 꽃을 비껴가면 좋으련만"이라고 읊조린 「와카나 상若菜上」권에 나오는 대목을 그대로 인용한 부분은 등장인물들이 『겐지 이야기』의 로쿠조인 공차기 놀이 장면을 이미 알고 있다는 것을 전제로 하면서 『겐지 이야기』와의 유사점과 차이점을 가지고 장면을 구성하는 방법을 『사고로모 이야기』가

【그림 3】『겐지 이야기』「와카나 상」
권 공차기를 보고 있는 온
나산노미야(秋山虔·小町
谷照彦 編(1997)『源氏
物語図典』小学館)

취하고 있다는 것을 보여준다. 화려한 아름다움을 지닌 벚꽃과 그 벚꽃
잎이 공에 맞아 흩날리는 3월의 어느 날을 두 작품 모두 배경으로 삼고
있는데, 전체적인 분위기 또한 상당히 유사하다는 점에서 흥미롭다.

와카 작품에 나타난 공차기 놀이

모노가타리 작품 속에 그려진 공차기 놀이 장면에 대해 살펴보았는
데, 여기에서는 일본의 전통적인 노래인 와카 속에서 공차기 놀이가 어
떻게 다루어지고 있는지 알아보기로 하자. 와카에서는 984~986년 경
성립된『다이사이인사키노교슈大斎院前御集』작품 중 노래 머리말에 해당
되는 고토바가키詞書 부분에 "6일 낮에 공이 나뭇가지 끝까지 올라가는

것을 보고"라고 쓰인 것이 최초 예이다. 노래 속에서 공차기 놀이를 읊은 예로는 1113년 이전에 쓰여진 『스오나이시슈周防内侍集』에 보이는 "평화로운 궁중에서는 꽃도 떨어지지 않고 봄이 그대로 멈춘 듯 하구나"라는 노래가 있다. 이 노래는 멈춘다는 뜻의 '도마리泊まり'에 공을 의미하는 '마리鞠', '되었구나'라는 뜻의 '나리니케루なりにける'와 '공을 차다'라는 뜻의 '게루蹴る'를 잘 조합했는데 관련성 있는 말을 써서 뜻을 부각시키는 엔고縁語 기법으로 읊은 노래이다.

1135년경에 성립된 『나리타다케고도햐쿠슈為忠家後度百首』에서는 '공차기 놀이蹴鞠'를 제목으로 하여 읊은 와카들이 여덟 수 보인다. 이 중 특징적인 노래를 소개하면, 목공권두木工権頭 나리타다為忠의 687번 노래의 경우, 여덟 수 중 유일하게 여름 노래로서 "밑가지까지 우거진 정원의 나무 내려오는 공이 보이지 않는구나"라고 읊었는데, 여름에 풀잎이 무성한 나무 밑에서 공을 차면 잎이 떨어진 나무 밑에서 찰 때보다 공이 떨어지는 위치를 파악하기가 어렵다는 점에 착안한 노래이다. 후지와라 지카타다藤原親隆 작 688번 노래의 경우에는 "사람들은 모두 나무 없는 정원에 공 차러 나가네 불러줄 이 없는 이 몸은 어찌 할꼬"라고 읊었는데, 니와마리庭鞠 즉 나무가 없는 정원에서 공을 차면 가지에 공이 걸리지 않는다는 데에서 일본어 동사 '가카루かかる'는 '걸리다'라는 뜻 외에도 '어떤 사람에 의해 힘입다'라는 뜻도 있다는 점에 착안하여 기교적으로 읊은 노래이다.

가가 수령관加賀守 후지와라 아키히로藤原顕広가 읊은 689번 노래는 "봄은 바람이야말로 꺼려지는 존재로구나 공놀이도 꽃구경도"라고 하면서 꽃을 떨어뜨리는 바람 부는 날씨는 공놀이를 하기에도 적당하지 않기 때문에 꺼려진다고 하는 내용을 노래했다. 바람이 불지 않아도 공

차기 열기에 꽃잎이 흩날리는 모습을 포착한 노래도 있다. 후지와라 나카마사藤原仲正의 690번 노래는 "하루 종일 공을 차니 꽃가지 인사하네 꽃잎과 하나 된 봄날의 공차기 놀이"라 읊었는데, 이 노래에서 보이는 '꽃가지에 친숙해지다枝なれて', '꽃과 어우러지다花にむつるる'와 같은 표현은 와카에서는 나비나 작은 새가 등장하는 노래에서 쓰이는 표현들이다. 나카마사는 이러한 와카 표현을 원용하여 『겐지 이야기』에서 벚나무 아래 펼쳐지던 공차기 놀이 장면을 연상시키는 노래를 완성한 것이다. '공차기 놀이'를 제목으로 한 『나리타다케고도햐쿠슈』의 여덟 수의 노래는 벚꽃 등 봄의 이미지를 연출하는 가어歌語를 사용하여 적극적으로 공차기 놀이를 와카 세계 내부로 끌어들이려 했다는 점에서 의의가 있다고 하겠다.

세이지正治 2년(1200년) 겨울, 고토바 상황이 자신을 포함한 11명의 가인들에게 와카를 읊게 하여 엮은 가집 『세이지고도햐쿠슈正治後度百首』 중 '연회'를 제목으로 한 노래 55수 중 공차기 놀이를 주제로 읊은 노래가 세 편 존재한다. 이 중 가모 조메이鴨長明가 읊은 688번 노래에서는 "해 저물 무렵 차고 남은 공을 소맷자락에 다함께 돌아오는 길 여운이 남는구나"라고 읊었는데, 이것은 어두워져서 더 이상 공차기를 계속하기 어려워졌을 때 공을 지면에 떨어뜨리지 않고 연장자인 참가자가 공을 소매에 받으면서 놀이를 끝내는 것을 가리킨다. 여기에서는 '~를 하고 남은 것'이라는 의미의 일본어 '아마리あまり'와 공을 의미하는 '마리'가 발음이 유사하다는 것을 이용해서 노래를 읊고 있다.

조메이의 노래처럼 '아마리'와 '마리'가 발음이 유사함을 이용해서 기교적으로 읊은 노래들이 『벤노나이시 일기弁内侍日記』에 나온다. 1250년 3월 29일에 레이제이 대납언冷泉大納言 사이온지 긴스케西園寺公相, 마데

노코지 대납언万里小路大納言, 사이온지 긴모토西園寺公基, 권대납언権大納言 도인 사네오洞院実雄 등이 참여한 공차기 놀이 장면에서, 오엽송 가지에 공이 달려 있는 것을 고사가 상황後嵯峨院이 보시고 "부는 바람이 잠잠해지듯 평온한 우리 주군의 천 년도 계속될 이 치세를, 바로 오늘 이 공을 차서 헤아려보는 것입니다"라는 노래를 읊자 변내시井内侍가 답가로 "천 년이 지나도 끝이 없을 태평성대는 오늘 주신 공으로 아무리 헤아려도 끝이 없을 것입니다"라고 읊었다. 이 노래에서는 천 년이 지나도 계속 이어진다는 뜻으로 고사가 상황의 '지요千代'라는 표현을 '지요노아마리千代のあまり'라고 바꾸어 읊었으며, '아마리'와 '마리'라는 두 가지 뜻을 기교적 기법을 통해 나타내고 있다.

이처럼 공차기 놀이를 읊은 와카에는 공차기 장소에 심어진 나무를 읊음으로써 직접적 또는 간접적으로 공차기 놀이를 와카 세계로 끌어들이거나, 꽃이 공에 맞아 떨어지는 것을 아쉬워하는 노래, '아마리'와 '마리'를 가케코토바 기법으로 읊은 노래들이 많다는 것을 알 수 있다. 또한 직찬 가집 중에서는 1151년 선집된 『시카와카슈詞花和歌集』에 처음으로 '마리'라는 단어가 보이는데, 니조오키사이노미야二条太皇大后를 모시던 셋쓰摂津가 읊은 이 노래에서는 직접적으로 공차기 놀이를 와카 속에서 읊고 있지는 않지만 "레이시 내친왕令子内親王께서 가모 신사의 재원으로 계실 때 사람들이 모여 공차기 놀이를 하는데, 벼루 상자의 뚜껑에 눈을 담아서 드리면서 종이에 쓴 노래"라고 나와 있는 머리말을 통해 보듯, 공차기 놀이가 계기가 되어 와카를 읊고 있다는 것을 알 수 있다.

가마쿠라 초기 가인이자 『신코킨와카슈新古今和歌集』의 선자撰者 중 한 사람이기도 한 아스카이 마사쓰네飛鳥井雅経는 공차기 명수로 또한 유명했는데, 『신코킨와카슈』권 16에 수록된 그의 노래에는 공차기 놀이 장소로 쓰이던 사이쇼지最勝寺의 이름 높은 벚나무를 그리워하는 마음이 나타나 있다. 고토바가키에는 "사이쇼지의 벚나무는 공차기 놀이 장소로 오랫동안 쓰여 왔는데 나무가 오래되어 바람에 쓰러지자 다른 나무를 옮겨 심는다 하여 가서 보니, 수많은 세월 지난봄에도 그 밑에서 공차기를 하던 기억을 떠올리며 읊은 노래"라고 되어 있다. 마사쓰네의 아들인 아스카이 노리사다飛鳥井教定의 노래 중에도 마사쓰네의『신코킨와카슈』수록가를 의식한 것으로 보이는, 마사쓰네가 옮겨 심은 벚나무를 떠올리며 읊은 노래가 있는데, 이 노래는『쇼쿠고센슈續後撰集』에 수록되어 있다. 가마쿠라 시대부터 무로마치 시대 초기에 걸친 십삼대집十三代集 시대에는 가단의 중심적 존재였던 와카 사범 가문인 미코히다리 가문御子左家이 와카 뿐만 아니라 공차기 놀이 또한 예도로서 중시하면서, 와카와 공차기 놀이를 동시에 존숭한다는 의미의 '가키쿠료도歌鞠両道'가 중시되었는데, 이것은 와카뿐만 아니라 공차기 놀이의 보급 및 발전에도 큰 영향을 미쳤다. 공차기 놀이 장소로 쓰인 나무를 와카의 소재로 삼는 것은 저자들의 공차기에 대한 관심을 보여주는 것이며, 와카와 공차기라는 '두 가지 예도'를 중시하는 자세를 반영하는 것이라고 생각된다. 또한 아스카이 마사쓰네와 노리사다의 경우처럼 대를 이어 칙찬 가집에 공차기 놀이를 읊은 노래가 수록되었다는 사실은, 아스카이 가문이 칙찬집의 선자인 미코히다리 가문 사람들에게도 두 가지 예도를 중시하는 가문으로 인식되고 있었다는 사실을 보여주는 것이기도 하다. 공차기 놀이를 와카 못지않게 중시한 아스카이 가문의 경향을 잘 보여주는 와카집이 바로 아스카이 마사야스飛鳥井雅康가 쓴『게마리햐쿠슈蹴鞠百首』이다. 1506년 성립된 이 작품에서는 공차기

159

놀이의 작법 및 고실에 관한 규정 등을 와카의 형태로 알기 쉽게 나타내고 있다.

국성 후지와라 나리미치

와카의 예도와 공차기의 예도를 융화시키려 했던 아스카이 가문의 가인들에 대해 알아보았는데, 두 가지 예도를 절충시키는 가장 단적인 방법으로서 나리미치 영공成通影供이 있었다. 영공이란 원래 신불이나 고인의 초상 앞에 제물을 차려놓고 제사를 지내는 것을 의미하는데, 여기에서 말하는 나리미치 영공이란, 원정기의 전설적인 공차기 명인으로 유명한 후지와라 나리미치藤原成通(1097~1159?)가 천 일 연속으로 공차기를 완성한 날 밤에 나타난 공의 정령들과 나리미치와의 면담 장면을 그린 그림을 걸어 놓고 와카를 바치며 공차기 실력 향상을 기원하는 의식을 말한다. 와카에서는 가성歌聖으로 칭송받는 가인 가키노모토 히토마로柿本人麻呂를 기리며 와카를 바치고 제사를 지내는 히토마로 영공人麻影供이라는 의식이 헤이안 말기부터 있었는데, 이를 모방하여 아스카이 마사야스가 창시했다고 알려져 있다. 후지와라 나리미치에 대해서는 그의 일기이자 축국전서인『나리미치 경 구전일기成通卿口伝日記』가 남아 있고 중세 설화집인『고콘초몬주古今著聞集』와『짓킨쇼十訓抄』등에도 그의 초인적인 공차기 능력을 엿볼 수 있는 일화들이 실려 있다.『나리미치 경 구전일기』와『고콘초몬주』에서는 나리미치가 공의 정령을 만난 이야기를 다음과 같이 소개하고 있다.

천 일간의 공차기 수행을 마치고 천 일째 되는 날, 옷차림을 단정히 하고 300번 공을 찬 다음 떨어지기 전에 공을 받아 선반 두 개 중 하나 에는 공을 놓고 다른 하나에는 공물과 종이 등을 바쳤다. 그런 다음 공 쪽을 향해 절을 한 다름 공놀이에 참가한 사람들 모두 자리에 앉아 향 연을 가졌다. 밤이 되어 나리미치가 이 일을 기록하려고 등불을 가까 이 하고 먹을 가는데 선반에 놓아 둔 공이 또르르 굴러 떨어지는 것이 었다. 이상하게 여겨 보니, 사람 얼굴에 몸통과 손발은 원숭이 형상을 한 세네 살 정도의 어린아이 세 명이 공을 들고 서 있었다. 놀란 나리 미치가 "누구냐."라고 물었더니 "공의 정령입니다."하고 대답하며 정 령들이 말하길, "대감만큼 공차기를 좋아하는 사람은 지금까지 보지 못했습니다. 대감께서는 천 일 동안 수행하시고 저희를 위해 많은 것 을 주셨지요. 그 감사 인사를 드리고 공차기에 대한 이야기도 드리려 고 찾아왔습니다. 저희들의 이름을 알려 드리지요."라고 하면서 눈썹 에 난 털을 쓸어 올렸더니 한 아이의 이마에는 슌요카春楊花, 또 한 아이 의 이름에는 게안린夏安林, 다른 아이의 이마에는 슈온秋園이라는 황금 색 글자가 있었다. 더욱 놀란 나리미치가 공차기는 항상 있는 것이 아 닌데 공차기가 없을 때는 어디서 지내느냐고 묻자 "공차기가 있을 때 는 공을 따라 다닙니다. 없을 때는 버드나무가 우거진 숲이나 깨끗한 곳에 있는 나무에 삽니다. 공차기를 즐기는 곳에서는 나라가 번창하고 훌륭한 사람이 관리가 되며, 복이 있고 장수하고 병든 자가 없으며, 후 세를 기약할 수 있을 것입니다"라고 대답했다. 이에 나리미치가 "나라 가 번창하고 관위가 올라가며 장수하고 복이 있다는 말은 그럴 듯합니 다, 그렇지만 후세에까지 복이 있다는 말은 지나친 듯합니다"고 반문 하자 정령은 "사람이 하루 동안 셀 수도 없이 많은 욕념들을 가지는 것

161

은 죄인데, 공차기에 열중하는 사람은 공을 차는 장소에 서면 오로지 공을 어떻게 찰 것인지만 생각하고 다른 일은 전혀 생각하지 않으므로, 저절로 후세에 좋은 결과로 이어지고 그 공덕이 쌓이게 되므로 더욱 좋은 결과를 가져오는 것입니다"라고 설명하였다. 정령들은 또한 공차기를 할 때 자신들의 이름을 불러주면 공을 잘 찰 수 있도록 도와주겠다고 말했고 이를 들은 나리미치가 생각해보니, 공을 차려고 할 때 '야쿠와', '아리', '요우' 같은 소리를 내면서 공이 자기 쪽으로 오기를 청하는 것은 이 정령들 이름에서 온 말이라는 것을 알게 되었다는 이야기가 바로 그것이다.

『고콘초몬주』에서는 나리미치에 관한 다른 유명한 일화들도 소개하고 있다. 어느 날 나리미치가 전상간殿上間 남쪽에 있는 신하들의 대기소에 있는 큰 탁자 위에서 공을 찬 적이 있었는데, 이 때 탁자 위에서 걸어다니는 발소리가 들리지 않았다고 한다. 그리고 신하 7~8명을 앉게 하고 이들의 어깨를 밟으며 지나가면서 공을 찼는데, 이 중에 법사 한 명이 있어서 일부러 머리를 밟고 지나갔다고 한다. 한 번 왕복을 하고 나서 "어떻습니까?"라고 물었더니 사람들은 마치 독수리가 손에 앉은 것 같았다고 하였다. 머리를 밟힌 법사는 마치 삿갓을 쓴 것 같은 느낌이었다고 말했다고 한다. 또한 나리미치가 아버지인 무네미치藤原宗通경을 따라 기요미즈데라清水寺에 기도를 하러 갔을 때 절의 관음당 앞 무대 난간 위를 공을 차면서 왕복한 적이 있었다고 한다. 또한 구마노熊野에 참배를 하러 갔을 때에는 뒤쪽으로 참배를 한 후 뒤쪽으로 공을 차면서 200번이나 땅에 떨어뜨리지 않았다고 한다.

이처럼 기상천외한 공차기 능력을 갖춘 희대의 명인 나리미치였기에 가성 히토마로에 비견되는 국성鞠聖으로서 후대에까지 이름을 남길 수 있었던 것이다. 설화집에 수록된 그에 관한 일화들을 통해 공차기에 임하는 그의 진지한 자세와 열의를 엿볼 수 있다. 나리미치의 스승은 가모 나리히라였는데, 그의 제자가 된 나리미치가 어느날 스승에게 "어느 정도 연습하면 스승님처럼 공을 잘 차게 됩니까?"하고 물었다. 그러자 나리히라는 "하루도 빼놓지 말고 백일을 연습하여라."고 대답했다. 이를 들은 나리미치는 3년 동안 하루도 빼놓지 않고 천 일 동안 연습에 매진한 결과 누구도 따라오지 못하는 공차기 명인이 되었다고 한다. 이토록 진지한 자세를 지니고 있었기에 후세 사람들이 더욱 더 매력을 느끼고 공차기를 할 때 빼놓을 수 없는 인물로 기억하게 되는 것이다. 게마리라고 불리는 일본의 공차기 놀이는 1867년 메이지 유신 이후 한때 명맥이 끊어지기도 했으나, 현재에는 1903년에 결성된 교토 게마리보존회京都蹴鞠保存会가 그 전통을 이어가고 있다.

참고문헌

中野幸一 校注(2002)『うつほ物語③』(新編日本古典文学全集 16, 小学館)

小町谷照彦 他 校注(2001)『狭衣物語②』(新編日本古典文学全集 30, 小学館)

阿部秋生 他 校注(1996)『源氏物語④~⑤』(新編日本古典文学全集 23-24, 小学館)

佐々木孝浩(1994)「蹴聖藤原成通影供と飛鳥井家の歌鞠二道」(『国文学研究資料館紀要』20号, 国文学研究資料館)

松井健児(1994)「『源氏物語』の蹴鞠の庭─六条院東南の町の空間と柏木─」(『論集平安文学』1, 勉誠出版)

渡辺融・桑原浩然(1994)『蹴鞠の研究─公家鞠の成立─』東京大学出版会

桑原浩然 他(1992)『蹴鞠技術変遷の研究』東京大学資料編纂所

西尾光一 他 校注(1986)『古今著聞集下』(『新潮日本古典集成』新潮社)

놀이로 읽는
일본문화

활 속에 숨겨진 이야기

고 선 윤

● ● ● ●

"놀이라면 활쏘기小弓, 바둑. 볼품이 없기는 하지만 공놀이도 재밌다." 이것은 세이쇼나곤清少納言의 『마쿠라노소시枕草子』에 나오는 글이다. 놀이도 여러 종류가 있는데, 여기서 말하는 놀이는 승부를 가리는 놀이인 것 같다. 여하튼 그 첫째로 활쏘기를 꼽았다. 활쏘기 중에서도 특별히 '소궁'은 작은 활을 과녁에 맞히는 놀이다. 8~12세기에 귀족들이 즐긴 활쏘기인데, 무관들이 솜씨를 뽐내는 그런 규모가 아니라 저택의 마당에서 즐길 수 있는 정도의 놀이다. 왼쪽 무릎을 세우고 그 위에 오른쪽 팔꿈치를 올려서 쏜다. 과녁에 맞는 것도 중요하지만 화살을 활시위에 대고 활을 당기는 예의범절과 그 자태를 더 중요하게 생각했다. 고귀한 신분의 여자들은 발을 사이에 두고 구경만 했겠지만, 풋풋한 남정네들이 활시위를 당길 때마다 두근거리는 가슴으로 보는 즐거움은 놀이 중 으뜸이라고 세이쇼나곤은 말한다.

헤이안 시대平安時代(794~1192년)는 후지와라 씨藤原氏 가문에 의한 섭관정치가 판을 치던 시대다. 이들은 천황가와 혼인관계를 통해서 정치적 권력을 장악했다. 후지와라 씨는 자신의 딸을 입궐시킬 때 지식과 재능이 뛰어난 여성을 발탁해서 함께 출사하게 했는데, 세이쇼나곤도 그 한 사람이었다. 『마쿠라노소시』는 화려한 궁중생활, 자연과 인간에 대한 감상 등을 자유롭게 표현한 수필집이다. 300여개의 단으로 구성되어 있는데, '산은' '새는' '귀여운 것은'이라고 시작해서 자신의 생각과 미의식을 나열하는 장단이 있다. 흔히 유취적類聚的 장단이라고 하는데, 위의 글은 여기에 수록되어 있다.

『마쿠라노소시』에는 이런 구절도 있다.

> 어린 아이가 조잡하게 생긴 활과 막대기 같은 것을 가지고 노는 모습이 참으로 귀엽다. 우차를 세우고 안으로 데리고 들어와 보고 싶을 정도다.

그녀가 입가에 미소를 띠고 대여섯 살 난 어린 남자아이를 바라보는 모습이 상상된다. 세이쇼나곤이 으뜸으로 꼽은 놀이 '활쏘기'가 일본인들에게는 어떤 것이었는지 다양한 작품을 통해서 찾아보겠다.

겐지가 즐긴 활쏘기 판

활쏘기 '소궁'에 관한 이야기는 세이쇼나곤의 라이벌이라고 일컬어 지는 무라사키시키부紫式部의 『겐지 이야기源氏物語』에서도 심심치 않게 보인다.

화창한 3월 어느 날, 겐지는 공적으로나 사적으로나 평온무사해서 무료한 시간을 보내고 있는데, 호타루 병부경과 가시와기가 그가 있는 로쿠조인六条院을 찾아왔다. 무엇을 하며 시간을 보낼까 생각하다가, "언제나처럼 활쏘기라도 하면 구경할 터인데"라고 했지만, 안타깝 게도 활쏘기를 할 만한 젊은이들은 이미 떠나고 없었다. 그래서 공차기 를 하게 된다. 이야기의 흐름 상 이날의 공차기는 뜻밖의 이야기를 낳 는 불씨가 되는데 이 이야기는 여기서 접어두고, 여하튼 헤이안 시대의 귀족들 사이에서 소궁을 비롯한 활쏘기는 흔한 놀이였던 것이 분명하 다는 사실만 확인한다.

그런데 무료한 일상 속에서 언제나처럼 즐기는 활쏘기가 있는가 하 면, 특별히 자리를 마련해서 활쏘기를 즐기는 장면도 있다.

같은 해 삼월 그믐날, 많은 사람들이 로쿠조인을 찾았다. 2월에 궁중 에서 활쏘기 시합 '노리유미賭弓'가 예정되어 있었지만 중지되는 바람 에 안타깝게 생각하고 있던 차, 로쿠조인에서 행사를 한다고 하니 많은 사람들이 모여들었다. 겐지는 소궁 시합을 열겠다고 했고, 걸으면서 활 을 쏘는 재주에 능한 명수도 있어서 그들을 불러 시합에 임하도록 했 다. 활을 쏘는 사람들은 조를 나누어서 승부를 겨루었다. 날이 기울어 저녁바람에 꽃잎이 흩날리는 벚나무 아래에서 사람들은 술에 취해 그 자리를 떠나지 못한다. 겐지가 "버들잎을 쏘아 백발백중이었던 초나라의 명사수만 나와 솜씨를 겨루는 것은 별 재미가 없으니, 평범한 재주를 지닌 사수들도 경쟁을 하는 것이 좋겠다”는 말을 하자, 많은 사람들이 마당으로 내려왔다. 이렇게 활쏘기는 시합을 한다고 해도 승부만을 위한 것이 아니었다. 활쏘기를 통해서 만나고 그 분위기를 즐기는 풍류를 엿볼 수 있다.

여기서 ‘노리유미’에 대해서 살펴보고자 한다. 9세기말 궁에서 일하는 사람들에게 행사의 일정을 알리고 준비시키기 위해서 마련한 『연중행사 어장자문年中行事御障子文』에 따르면, 일본고대의 연중행사 중 활을 이용한 의식은 1월 17일 ‘샤라이射禮’, 1월 18일 ‘노리유미’, 5월 5일 단오절, 10월 5일 ‘이바하지메射場始’ 네 가지가 있다. 노리유미는 샤라이 다음날 벌인 궁중의 연중행사이다. 활터에 등장한 천황 앞에서 좌근위左近衛·우근위右近衛·좌병위左兵衛·우병위右兵衛가 승부를 겨루었다. 이긴 쪽은 풍악을 울리고 춤을 추었으며, 천황이 내리는 가죽이나 천 등의 상을 받았다. 진 쪽은 벌주를 마셨다. 이날 이긴 쪽 대장은 자축 잔치를 베풀었다. 노리유미는 2월이나 3월에 임시로 행사를 하는 경우도 많았다. “2월에 궁중에서 활쏘기 시합 노리유미가 예정되었다”는 것은 임시 행사를 예정했었다는 뜻이겠다.

궁에서 활쏘기를 했다는 최초의 기록은 『니혼쇼키日本書紀』세이네이 천황清寧天皇 때인 483년 9월 1일 기록에 “천황은 활터에 있었다. 관료와 해외 사자에게 활을 쏘게 했다. 선물을 하사했다. 여러 물건이 있었다”는 기록이 있다. 892년에 완성한 역사서 『루이주코쿠시類聚國史』에서도 이것을 최초의 기록으로 보고 있다. 이후 행사를 정월에 하게 된 것은 고토쿠 천황孝德天皇 3년의 일이다. 역시 『니혼쇼키』에 “즉위 3년(647년) 봄 정월 15일 조정에서 활쏘기를 했다. 이날 고려, 신라는 모두 사자를

【그림 1】 활쏘기 시합(有働義彦 編
(1988)『実用特選シリーズ
見ながら読む無常の世界
平家物語』学習研究社)

파견해서 공물을 바쳤다."는 기록이 있다. 그리고 조정의 의식으로 정
비된 것은 675년의 일이다. 『니혼쇼키』 덴무 천황天武天皇 4년 1월 17일
기록에 "신하와 관료들은 서문 마당에서 활을 쏘는 행사를 가졌다. 이
날 야마토는 신기한 닭을, 동국에서는 흰 매를, 오미노쿠니에서는 흰
돌개를 헌상했다"는 기록이 있다.

샤라이는 원래 정월 중순 커다란 과녁에 맞추는 의식으로 '대사大射'
라고 했는데, 이후 절도를 중시한다는 뜻에서 '샤라이'가 되었다. 우수
한 자는 녹을 받고 연회에도 초대받았다. 노리유미 전야제 같은 행사
였다는 기록도 있지만 정확하지 않다. 이바하지메는 궁 활터에서 행하
는 궁술의식이다. 이 의식은 다음해 샤라이, 노미유리를 위한 시작의
의미를 가진다. 천황이 관람했는데, 62대 무라카미 천황村上天皇은 직접
활을 쏘았다는 기록도 있다.

후지와라 씨 집안의 활쏘기 승부수

그래도 막상 활을 잡은 사람의 입장에서는 승부수를 노릴 수밖에 없는 것이 또 하나의 재미가 아니겠는가. 『오카가미大鏡』에 「남원南院에서의 활쏘기」라는 유명한 이야기가 있다. 이 이야기는 후지와라 미치나가藤原道長가 아직 관백關白이 되기 전의 이야기이다. 관백이란 천황을 대신해서 정무를 총괄하는 관직인데, 천황이 어리거나 병약하여 직접 정치에 관여할 수 없을 때 설치하는 섭정과 달리, 성인이 된 천황을 돕기 위해서 설치한 것이다. 그러니 실질적으로 귀족의 최고위 관직이다.

헤이안 시대 후기, 무사계급이 등장하자 귀족들은 과거의 영광을 그리워하면서 전시대를 회고하거나 비판하는 역사의식을 가졌다. 이에 역사 이야기가 유행했고 『오카가미』는 『에이가 이야기栄花物語』, 『이마카가미今鏡』와 더불어 그 대표적 작품이다. 55대 몬토쿠 천황文德天皇에서 68대 고이치죠 천황後一条天皇까지의 170여년 14대에 걸친 이야기를 기록한 것인데 후지와라 미치나가를 중심으로 후지와라 일족의 영화에 관한 이야기가 내용의 중심이다.

이야기는 다음과 같다. 당시 관백이었던 후지와라 미치타카藤原道隆의 아들 고레치카伊周가 아버지의 집 남쪽에 있는 건물 '남원'에 사람을 모아서 활쏘기 시합을 했는데, 고레치카가 과녁에 맞춘 화살이 미치나가의 것보다 2개 부족해서 졌다. 이에 아버지 미치타카와 그 주변의 사람들이 시합을 2번 더 연장 할 것을 제안한다. 고레치카를 이기게 하기 위한 속셈이 보이는 것으로, 미치나가는 화가 났지만 받아들인다.

미치나가는 다시 활시위를 당기면서 다음과 같이 말했습니다.

"미치나가의 집에서 장차 천황이나 황후가 되는 자가 나온다면, 화살이여 명중하라."

과녁은 한가운데를 명중한 것이 아니겠습니까. 이어서 고레치카가 활을 당기는데, 기가 눌려 손이 떨렸기 때문인지 화살은 과녁 근처에도 가지 못하고 전혀 다른 방향으로 날아갔습니다. 미치타카의 얼굴은 파랗게 변했습니다.

미치나가는 다시

"내가 섭정이나 관백의 자리에 오르는 것이 당연한 일이라면, 화살이여 명중하라."

라는 말을 하고 쏘자, 화살은 처음의 것과 마찬가지로 과녁이 망가질 정도의 힘으로 명중했습니다.

이에 고레치카가 놀라서 머뭇거리자 미치타카가 "그만 멈추어라. 멈추어라."고 말렸으며 분위기는 썰렁해졌다는 이야기다. 이 글은 일본 고등학교 교과서에 자주 채택되는 것으로, 학생들은 이 글을 통해서 고어를 공부한다. 그리고 헤이안 시대를 이해한다. 사실 이 이야기를 좀 더 명확하게 읽기 위해서는 후지와라 씨 집안에 대한 지식이 필요하다. 앞에서도 언급한 바와 같이 9세기 중엽, 후지와라 씨는 황족과의 정략결혼을 통해서 자신의 세력을 강하게 구축하였고, 정치를 독점해서 막강한 세력가로 한 시대를 움직였다. 이 글의 주인공 미치나가는 미치타카의 동생이다. 그러니 고레치카는 미치나가의 조카다. 미치나가가 966년생이고 고레치카가 974년생이니 8살 차이 나는 조카다. 후지와라 가네이에藤原兼家 사후 장남이었던 미치타카가 섭정이 되고 그 후광으로 고레치카는 급속한 출세를 한다. 나이는 어려도 숙부인 미치나가보다 더 높은 자리에 있었던 것이다.

171

그러니 「남원에서의 활쏘기」에서는 시작 부분에 "1년 정도 고레치카보다 출세가 늦어져서 미치나가는 마음이 편안하지 않았는데, 하늘은 이것을 어떻게 보았을까. 그러나 미치나가는 이런 상황에서도 전혀 비굴하거나 좌절하지 않았다. 조정에서의 행사나 의식만은 고레치카 밑에서 신분에 맞게 임했지만, 사적으로는 무엇 하나 양보하는 일이 없었다."는 기술이 있다.

그리고 후반부에서 지금 바로 실현되는 일은 아니지만 미치나가의 태도나 말이 너무나 강력해서 고레치카가 주눅이 든 것 같다는 글을 남긴다. 사실 미치타카 사후, 조카 고레치카와의 정쟁政爭에서 승리한 미치나가는 딸들을 입궁시키고 천황의 외할아버지로서 막강한 권력의 주인이 된다. 활을 당기면서 "미치나가의 집에서 장차 천황이나 황후가 되는 자가 나온다면", "내가 섭정이나 관백의 자리에 오르는 것이 당연한 일이라면"이라고 했던 말이 그대로 실현된 셈이다.

이렇게 활쏘기는 야망을 가진 남자들의 세계에서는 하나의 양보도 용납되지 않는 승부의 세계이기도 했던 것이다.

미치쓰나의 활쏘기는 어머니의 자부심

『가게로 일기蜻蛉日記』는 최초의 여성 일기문학으로, 작자는 후지와라 미치쓰나藤原道綱의 어머니다. 자기 이름조차 지니지 못한 중류 귀족의 딸인지라 문학사에서는 '미치쓰나의 어머니'로 일컬어진다. 섭정 태정대신, 이른바 당시 최고의 권력자의 지위에 오른 후지와라 가네이에가 남편이다. 이 책은 남편 가네이에의 구혼으로 시작해서 외아들 미치쓰나가 성인이 되는 모습을 볼 때까지 약 22년에 걸친 인생사를 그리고 있다. 굳이 설명한다면 미치쓰나는 앞에서 등장한 미치타카, 미치나가의 이복형제이다.

미치쓰나의 어머니 35세가 되는 해, 남편 가네이에는 호화스러운 새 집을 짓고 내일 가니 오늘 가니 난리를 부리는데, 정작 작가인 미치쓰나의 어머니는 데리고 가지 않기로 한 것 같다. 『오카가미』를 비롯한 옛 기록에 따르면, 미치쓰나의 어머니는 헤이안 시대 유명한 가인을 일컫는 '36가선歌仙' 중 한 사람으로 미모와 재능을 겸비한 자긍심이 강한 여성이었다. 그러나 가네이에를 독점하고 정처가 되겠다는 신분상승 욕구가 좌절되면서 슬픔과 괴로움을 글로 표출했다.

헤이안 시대 혼인관습으로 보아 정처는 먼저 결혼한다고 되는 것이 아니다. 남성이 여러 여자의 집을 방문해서 결혼생활을 하다가 최종적으로 그의 의지에 따라 정했다. 이후 한집에 살게 된다. 정처가 되는 데는 배후 세력, 이른바 친정의 힘, 남편의 애정, 자식 등이 고려되었는데, 이 중에서도 천황에게 시집을 보낼 딸의 존재가 큰 몫을 담당했다. 미치쓰나의 어머니가 19살에 결혼할 때 가네이에에게는 장남 미치타카의 어머니 도키히메時姬가 있었다. 도키히메 역시 비슷한 중류 귀족의 딸이라 결혼 당시에는 크게 문제가 되지 않았다. 그런데 훗날 그녀는 3남2녀를 두었고 그 두 딸이 각각 천황의 비가 되었으며 차기 천황이 될 자식을 낳았다. 도키히메의 아들들도 미치쓰나보다 높은 관직에 올랐다. 같은 어머니를 둔 여자 형제의 도움도 컸을 것이다. 여하튼 도키히메는 황후의 어머니이자 천황의 외조모가 될 사람으로 미치쓰나 어머니와는 신분이 크게 달라졌다.

173

정처가 되어 남편이 새로 지은 집으로 들어가고 싶었던 미치쓰나 어머니의 꿈은 여기서 완전히 무너졌다. 『가게로 일기』 상권 발문에 "세월은 흘러가는데도 생각대로 되지 않는 내 신세를 한탄하고만 있다"는 구절이 있는데 바로 그녀의 심정을 대변한다. 이 시점에서 그녀는 "다른 부인들과의 다툼에도 넌더리가 나서 오히려 마음이 편하다"는 기술을 하고, 궁에서 있을 활쏘기 시합 이야기를 시작한다.

3월 중순에 있을 궁에서의 활쏘기 시합이란, 천황이 나와서 구경하는 '노리유미'를 말한다. 앞에서 언급한 바와 같이 연중행사로 대개 1월 18일에 열리는데, 여기서는 3월이라고 하니 임시 행사인 것 같다. 미치쓰나도 후발대로 선발되어 출장하게 되었다. 그리고 이기는 편에서는 다 함께 춤을 선보여야 한다면서 매일 풍악을 울리고 춤 연습에 매진했다. 또한 활쏘기 연습장에서도 좋은 성적을 거두었는지 경품을 가지고 오니 작가는 뿌듯한 마음으로 자식을 바라본다. 준비를 하는 가운데 남편 가네이에도 아들에게 지극한 관심을 가지고 이것저것 챙기니, 작가는 "평소 소홀했던 남편의 마음 씀씀이에 만족하지 못했던 나도 기쁘고 뿌듯하다"는 글을 남긴다.

드디어 행사 당일 이른 아침, 미치쓰나의 어머니는 춤출 때 입을 의복 등을 챙겨서 보낸 다음 좋은 결과가 있기를 바라면서 기다린다. 후발대는 어차피 이기지 못한다는 등, 사수를 잘못 뽑았다는 등 이런저런 소리에 걱정만 하다가 밤이 되었다. 달이 밝아 격자문도 내리지 않고 기도를 하고 있는데, 아랫것들이 들어오면서 지금 몇 번까지 쏘았다느니, 미치쓰나의 상대는 누구니, 신중하게 잘 하고 있다느니 하는 이야기를 해서 들으니 기쁜 마음이다. 그리고 "패배가 확실하다고 생각했던 후발대였는데, 미치쓰나가 쏜 활 덕분에 무승부가 되었습니다"는 말을 듣는다. 무승부가 되어서 선발대의 아이가 먼저 춤을 추고 이어서 미치쓰나도 춤을 추었는데 평판이 좋았는지 주상으로부터 옷을 하사받았다고 한다.

남편은 궁에서 나올 때 상대편 아이까지 태워서 집으로 왔다. 오늘 있었던 일을 소상히 이야기하면서 아들이 자신의 체면을 세워주었고 이뿐 아니라 윗사람들이 눈물을 흘리면서 대견해했다며 눈시울을 붉혔다. 활쏘기 선생까지 불러서 여러가지 상을 내리니, 미치쓰나의 어머니는 남편 따라 새집으로 이사도 못하는 처량한 신세라는 것도 잊고 기쁘기 이를 데 없다. 그날은 물론이고 그 다음 이삼일 동안 많은 사람들이 직접 찾아와서 "젊은 도련님의 경사스러운 일에 인사를 드립니다"라고 하니 믿을 수 없을 정도로 기쁘다는 글을 남긴다.

일기는 원래 남성 귀족관료가 하루하루의 공적인 사실을 한문으로 기록한 비망록이다. 그런데 9세기 가나 문자가 발명되면서, 여성이 가나 문자로 자신의 삶을 회상하고 풀어쓴 글이 나오기 시작했다. 이것을 일본문학사에서는 특별히 '일기문학'이라고 한다. 『가게로 일기』는 여성 최초의 일기문학이다. 당시 유행했던 모노가타리의 허구성이 아니라 '일기' 양식을 통해서 사실적 이야기를 적어보겠다는 작자의 의도가 "세상에 나와 있는 이야기책들을 보니 현실성 없이 꾸며낸 이야기조차 있더라. 그래서 남들과 다르게 살아온 삶을 일기로 써보면 오히려 색다른 것으로 읽을 거 같다. 신분이 높은 사람들의 결혼생활이 어떠냐고 묻는 사람이 있다면 그에 대한 대답의 한 예가 될 것이다"라는 서문에 드러난다.

결혼한 해인 954년부터 968년까지 15년간을 기록한 상권에서는 구혼·결혼·출산을 회상하고, 969년에서 971년까지 3년간을 그린 중권에서는 남편과의 관계가 소홀해지면서 작가의 고뇌와 갈등을 담고 있다. 972년에서 974년까지의 하권에는 완전하지는 않지만 남편에 대한 집착을 버리고 체념을 통해 마음의 안정을 얻으려는 모습이 그려져 있다. 위에서 소개한 글은 남편과의 관계가 소홀해진, 그렇다고 아직은 체념하고 살 수 있는 단계가 아니었던 35세의 이야기다. 남편의 소홀함을 자식을 통해서 채우는 모습에 여느 집 아낙네와 같다는 생각을 하면서 읽었는데, 여기서 아들의 훌륭함은 궁중에서의 활쏘기 대회로 설명된다. 작가가 직접 구경을 한 것이 아니라 활쏘기 행사 자체에 대한 묘사는 없다. 아들 뒤에서 그가 준비하는 과정을 대견하게 바라보는 것만으로도 행복하고, 또 그 결과에 마냥 기뻐하는 미치쓰나 어머니의 모습이 감동 깊게 그려져 있다.

궁에서의 활쏘기 시합은 어린 남자아이에게 있어서 자신을 뽐낼 수 있는 자리임에는 분명했던 것 같다. 천황으로부터 옷을 하사받았다고 하니 그것 역시 영광이었을 것이다. 작가만이 아니라 남편도 좋아서 눈시울을 붉힐 정도였으니, 이것으로 궁에서의 활쏘기가 얼마나 귀한 행사였는지 가히 짐작할 수 있다. 작가는 이렇게 불행과 행복을 말한다. 당대 최고의 자리에 있는 남편으로부터 멀어짐, 그리고 자식을 통한 만족감. 이런 것들을 바로 활쏘기 행사를 통해서 그리고 있다.

황금화살의 힘

『후도키風土記』는 각 지방에서 산물, 지질, 지형의 유래 전승 등을 중앙정부에 보고한 것으로 한문체를 주로 쓰고 있으나 설화 부분에서는 국문체를 섞어 기술하고 있다. 특히 지명의 유래를 설명하는 전설을 담고 있어서 민중문학으로 흥미를 끄는 설화들이 있다. 현재 완전한 형태로 현존하는 것은 『이즈모노쿠니후도키出雲國風土記』뿐이다. 여기에 활쏘기와 관련된 재미난 이야기가 있다.

기사카히메枳佐加比売命가 사타노오카미佐太大神를 낳을 무렵, 활과 살을 잃어버렸다. 그녀는 천지개벽 시의 조화 삼신 중 하나인 가미무스비神魂命의 딸이다.

> "내 아들이 용감한 무사의 영력을 가진 신 마스라카미의 자식이라면 없어진 활과 살을 찾게 해주소서."라고 빌었다. 그러자 뿔로 만든 활과 살이 물에 떠내려 왔다. 기사카히메는 "이것은 아니다."면서 던져 버리니 이번에는 황금의 활과 살이 떠내려왔다. 그래서 "어두운 동굴이다."라고 외치면서 황금 활을 쏘았다. 그래서 기사카히메의 신령이 여기에 임했다.

화살이 통과한 구멍에서 빛이 들어왔다. 이 땅을 가카加加라고 한다. '가카'는 화를 쏜 동쪽 구멍에서 빛이 들어오니 빛이 난다는 뜻의 "가카야쿠"라고 외쳤기 때문이라는 이야기가 전해진다. 이후 가카加賀로 개명되었다고 하는데, 지금의 시마네 현島根県에 존재한다.

고대 시대, 활은 귀중한 무기였다. 그중에서도 황금의 활, 이른바 금속 화살은 어두운 동굴을 뚫고나갈 정도의 힘을 상징한다. 철기란 영력을 가진 귀중한 보물이었음을 엿보게 한다. 철로 만든 화살에 대한 찬사와 믿음은 다른 곳에서도 찾아볼 수 있다.

19대 인교 천황允恭天皇이 죽은 후, 황태자 가루노오미코輕太子가 황위를 이어야했다. 그런데 같은 어머니를 둔 가루노오이라쓰메輕大郎女와의 밀통한 사실이 있어서 사람들의 마음은 동생 아나호노미코穴穗御子를 원했다. 그래서 둘은 전쟁을 위한 무기를 만들기 시작했다. 형은 철이 아닌 가벼운 동으로 화살을 만들고 이를 '가루야輕箭'라고 하고, 동생은 철을 가지고 만들어 이것을 '아나호야穴穗箭'라고 했다. 『고지키古事記』에 "이때 동생이 만든 화살은 지금의 것과 같다."는 기록이 있는데, 동을 재질로 한 옛 기술에서 철을 가지고 보다 강력한 권력자로 거듭나는 것을 이렇게 표현한 것 같다.

시마네현의 시마네 반도에는 커다란 동굴이 두 개 있는데, 신쿠케도新潛戸와 구쿠케도旧潛戸이다. 오랜 세월에 걸쳐 만들어진 해식동굴의 빼어난 경승지는 천연기념물로 지정되었다. 신쿠케도의 '신'은 '신=新=神'의 의미를 가지며 사타노오카미 탄생신화를 머금고 있음을 암시한다. 지금도 이 동굴을 지날 때는 반드시 큰소리를 지른다. 만약 몰래 지나려고 하면 신이 나타나 바람을 일으키고 배를 전복시킨다고 전해지기 때문이다. 신쿠케도는 높이 40m, 길이 200m, 세 개의 입구를 가진 큰 동굴이다. 기사카히메가 쏜 황금 화살은 구멍을 뚫고 날아가 바다 건너편에 있는 섬에 구멍을 뚫었다. 청년이 된 사타노오카미가 이 구멍을 과녁삼아 활쏘기를 했다고 해서, 섬의 이름이 '마토지마的島'다. '과녁의 섬'이라는 뜻이다. 하지가 되면 마토지마에서 떠오르는 아침햇살이 일직선으로 동굴 안을 비추니, 이것이 바로 황금 화살 그 자체다. 어디까지가 신화이고 어디까지가 현실인지 황홀한 그림이 그려진다.

【그림 2】 전장에서의 활쏘기(有働義彦 編(1988)『実用特選シリーズ 見ながら読む無常の世界
平家物語』学習研究社)

신들의 이야기에 등장하는 활

이렇게 신들의 이야기는 재미나다. 이들 이야기 속에서 활과 관련된
좀 더 많은 일화를 찾아보고자 한다. 이를 통해 일본에 뿌리 내린 활쏘
기를 접할 수 있을 거라 생각한다. 황실의 계통과 역대 천황의 사적을
정비해서 천황통치의 정당성을 여러 씨족에게 알리기 위해서 편찬한
것이 『고지키』이다. 712년에 완성되었는데, 고대의 신화 전설이 지극
히 인간적이고 사실적으로 묘사되어 있어서 고대 일본인의 상상력을
엿볼 수 있다. 여기서 활과 관련된 이야기들을 찾아보겠다.

훗날 오쿠니누시大国主라 불리는 오나무치大穴牟遲神에게는 많은 형들
이 있었다. 그들이 모두 야가미히메八上比売를 처로 맞이하고 싶어서 구
혼을 하러 가는데, 도중에 토끼를 만나고 그 도움으로 오나무치가 형들

179

을 제치고 결혼에 성공한다. 그래서 형들로부터 죽음을 당한다. 어머니의 도움으로 소생하지만, 이런 일이 반복되자 형들을 피해서 조상신인 스사노오須佐之男가 살고 있는 지하 세계로 간다.

그를 본 스사노오의 딸 스세리히메須勢理毘売가 첫눈에 반하자, 스사노오는 그에게 몇 가지 시련을 주고 시험한다. 하루는 소리 나는 화살 '나리가부라鳴鏑'를 들판에 쏘고 주워오라고 한 다음, 그 들판에 불을 놓았다. 이것은 실제로 사물을 뚫고 나가지는 못하는 것으로, 쏘면 공기에 부딪쳐 소리가 나게 만든 화살이다. 이에 오나무치는 죽음을 각오하고 있었는데 쥐가 나타나 숨을 곳을 알려주고 나리가부라도 찾아주었다. 고마운 쥐의 도움으로 나리가부라를 들고 스사노오 앞에 나타난 오나무치. 그러나 이런 일이 반복되자 급기야 스사노오가 안심하고 잠을 자고 있을 때 그의 머리카락을 잡아서 기둥에 묶고 500명이 겨우 들 수 있는 큰 바위로 문을 막은 다음 스세리히메를 업고 활 '이쿠유미生弓矢'와 칼 '이쿠타치生太刀', 그리고 거문고 '아메노노리고토天詔琴'를 들고 도망 나온다. 그런데 이때 거문고가 나무에 부딪혀서 대지가 흔들리는 큰 소리가 났다.

스사노오는 이 소리에 깼지만 기둥에 묶인 머리카락을 푸는 사이에 둘은 멀리 도망갔고 이를 쫓아가던 스사노오는 멀리 있는 오나무치에게 "그 칼과 활을 가지고 너의 형들을 없애고 '오쿠니누시'가 되어라. 내 딸을 정실로 맞아드리고 높은 궁을 짓고 살아라."고 말한다. 여기서 오나무치는 비로소 오쿠니누시라는 이름을 얻는데 이는 스사노오가 오쿠니누시에게 정권을 이양한 것과 같은 의미도 있다. 『고지키』에는 오나무치가 스사노오의 6대 자손이라고 하고, 『니혼쇼키』에서는 자식이라고도 5대 자손이라고도 하는데, 여하튼 사위에게 물려준 것임에는 틀림이 없고 이로서 오나무치는 국토개척의 일을 맡게 된다.

스사노오에 대한 이야기를 덧붙이자면 스사노오는 천상계의 통치를 맡은 태양신 아마테라스오미카미天照大神의 동생이다. 그는 바다의 남신인데, 너무 난동을 부려서 천상계에서 추방을 당한다. 쫓겨난 스사노오는 이즈모 지방에 도착해서 괴물을 퇴치했다. 이때 괴물의 꼬리에서 나온 칼을 천상의 아마테라스에게 바쳤는데, 이것이 삼종신기의 하나인 검, 바로 '구사나기노쓰루기草薙剣'이다. 이런 영웅담은 철기를 다루는 민을 평정한 상징이라고 보기도 한다. 그가 강림했다고 보는 이즈모, 지금의 시마네현 동쪽지역은 제철제강이 융성한 곳이다. 위에서 소개한 황금의 활 무대이기도 하다.

스사노오가 오쿠니누시에게 양위하는 과정에서 등장하는 활, 검, 거문고는 일종의 삼종신기와 같은 것으로 권력 이양의 의미를 가진다. 직접 받은 것이 아니라 그냥 들고 나온 것이지만, 스사노오는 "칼과 활을 가지고 오쿠니누시가 되어라"는 명을 내린다. 오나무치를 시험하기 위해서 사용한 나리가부라는 사냥을 할 때도 몸통을 관통하지 않고 기절시켜 잡는 화살이다. 그러니 나리가부라는 스사노오의 오쿠니누시에 대한 배려로 읽을 수 있다.

가부라사키의 이야기는 진무 천황神武天皇이 동쪽지방을 정벌하러 나갔을 때에도 있다. 그가 우다宇陀 지역에 도달해서 이 지방을 다스리고 있는 형제 에우카시兄宇迦斯와 오토우카시弟宇迦斯에게 삼족오 야타가라스八咫烏를 보내 "나를 따르겠느냐"고 물었다. 그럴 마음이 없던 형은 소리 나는 활 나리카부라를 쏘아 야타가라스를 쫓아 보냈다. 이 활이 떨어진 땅을 '가부라사키리訶夫羅前'라고 한다. 이 사건 이후 형제는 편이 나뉘어 서로 다른 운명의 길을 걷게 된다.

181

　　다시 오쿠니누시의 이야기를 해야겠다. 아마테라스오미카미의 손자 니니기노미코토瓊瓊杵尊가 삼종신기(천황위의 상징으로 전해지는 3가지 보물인 거울, 검, 곡옥)를 가지고 천상의 다카마노하라高天原에서 지상 세계로 내려왔다는 천손강림신화 이전에 지상 세계를 평정하기 위해서 내려온 신이 있었다.

　　오쿠니누시는 결혼을 해서 많은 신들을 낳았다. 그런데 지상에서는 여러 신들이 싸우고 소란스러워서 천상의 신들이 회의를 한 결과, 아마테라스의 아들 아메노호히天穂日命를 내려 보냈다. 그런데 『고지키』나 『니혼쇼키』에 따르면, 아메노호히는 오쿠니누시와 한편이 되어서 천상의 말을 듣지 않고 3년이 지나도 돌아오지 않았다. 천상에서는 다시 아메노와카히코天若日子를 내려 보냈는데, 이번에는 오쿠니누시의 딸인 시타테루히메下照姫命를 아내로 삼고 8년이 지나도 돌아오지 않았다. 천상계의 신들이 그 이유를 알아보기 위해서 나키메鳴女라는 꿩을 보냈다. 그런데 아메노사쿠메天探女라는 무녀가 "꿩의 울음소리가 매우 불길하니 죽여라"고 해서, 하늘에서 가져온 활과 화살을 가지고 꿩을 쏘아 죽였다. 그러자 이 화살이 꿩의 가슴을 뚫고 하늘까지 날아가 천상계의 다카기노카미高木神 앞에 떨어졌다. 그는 "아메노와카히코가 사심이 있다면 이 화살을 맞아라"고 하고, 화살이 날아들어 온 그 구멍을 통해서 다시 지상 세계로 되던졌다. 결국 잠을 자던 아메노와카히코는 가슴에 화살을 맞고 죽게 된다. 이때 사용된 활과 화살이 바로 '아마노마카코유미天之麻迦過古弓'와 '아메노하하야天之波波矢'이며 이는 천상계에서 내려올 때, 훗날 천손강림신화의 주인공 니니기노미코토의 외조부인 다카기노카미가 하사한 것이다.

　　이후 다케미카즈치노카미建御雷神를 지상의 이즈모 지방에 보내서 오

쿠니누시를 만나게 했다. "그들이 지배하는 지상세계는 천상의 신들의 자식이 다스리기로 되어 있는 나라이다"는 말을 하자, 오쿠니누시와 그 아들은 이것을 인정하고, 천상계 신의 자손의 명에 따라 지상 세계를 바치겠다고 약속한다. 이후 누가 지상세계를 통치할 것인가 의논한 결과, 니니기노미코토에게 삼종신기를 하사하고 하늘에서 내려 보냈다. 이것이 천손강림인데, 오쿠니누시는 국토를 헌상했다고 해서 국토를 양보한 신 '구니유즈리노카미国譲りの神'라고도 불린다. 오쿠니누시는 스사노오로부터 권력을 이양 받아 국토를 개척하는 일을 맡았던 신이기도 하고, 또한 국토를 천상의 신에게 양보한 신이기도 하다.

이 과정에서도 활과 화살은 중요한 매개체로서 등장한다. 오쿠니누시의 사위가 하늘의 명을 어기고 죽음을 당하는 이야기의 중심에는 활과 화살이 있다. 이 죽음으로 니니기노미코토가 강림하게 되고, 오쿠니누시는 국토를 양보하기에 이른다. 이른바 오쿠니누시의 권력이양에도 국토 양보에도 활과 화살은 등장한다. 이렇게 『고지키』에는 그 외에도 활과 화살이 다양한 모습으로 등장하는데, 앞에서 살펴본 바와 같이 신화인지라 어떤 상징으로서의 역할이 크다

진무 천황이 황후가 될 처녀를 찾고 있을 때, 신하인 오쿠메노미코토大久米命가 "신의 딸이라고 하는 좋은 처자가 있습니다"라고 말한다. 그가 이렇게 말한 것은 다음과 같은 연유이다. 처자의 어머니 세야다타라히메勢夜陀多良比売는 너무나 아름다워 오모노누시카미大物主神가 한눈에 반해버렸다. 그래서 그는 빨간 화살 '니누히라丹塗矢'로 변신해 세야다타라히메가 강에서 오줌을 눌 때 강물의 흐름을 따라가서 일부러 그녀의 음부를 찔렀다. 그녀는 너무나 놀라고 당황했지만, 그 화살을 잘 씻어서 자신의 방으로 가지고 왔다. 그러자 화살은 멋진 남자로 변했다.

183

이렇게 해서 오모노누시카미는 세야다타라히메와 결혼을 하게 되고 이 둘 사이에 태어난 아이 이름이 이스케요리히메伊須気余理比売이며 바로 오쿠메노미코토가 말한 신의 딸이라고 불린 여인이다. 이 이야기를 들은 진무 천황은 이스케요리히메를 찾아가 결혼에 성공한다. 여기서 2대 스이제이 천황綏靖天皇이 탄생한다. 화살 니누히라는 성교를 상징하는데 오모노누시의 결혼, 진무 천황의 황후 선택에 있어서도 이와 같이 화살은 중요한 역할을 한다.

결혼과 관련된 또 다른 이야기가 오진 천황應神天皇 때도 있다. 많은 신들이 이즈시오토메노카미伊豆志袁登売神를 부인으로 맞이하고 싶어 했지만 불가능했다. 아키야마노시타히오토코秋山之下氷壮夫와 하루야마노카스미오토코春山之霞壮夫 형제도 마찬가지였는데, 형은 포기를 하고, 동생은 어머니께 도움을 청했다. 어머니는 등나무로 옷을 만들고 활을 만들어서 가지고 가게 했다. 그러자 하룻밤 사이에 등나무에서 꽃이 피었다. 하루야마노카스미오토코는 활을 변소 앞에 세워두었다. 여자는 변소에 갔다나오는 길에 활에 핀 등꽃을 신기하게 생각하고 꺾어서 집으로 돌아갔는데 이때 하루야마노카스미오토코가 그녀를 따라 들어가 사랑을 나누고 아이를 출산하게 된다. 여기서도 활은 결혼을 성사시키는 매개체로 등장한다.

나가며

무용총의 수렵도에는 달리는 말 위에서 몸을 돌리고 도망가는 짐승

【그림 3】활을 든 무사(有働義彦 編(1988) 『実用
特選シリーズ 見ながら読む無常の世界
平家物語』学習研究社)

을 향해서 활시위를 당기는 그림이 있다. 지금이라도 튀어나올 것 같은
박력 넘치는 그림 앞에서 예술의 시작은 여기에 있다고 생각할 정도이
다. 인류는 농경이 시작되기 전 사냥과 채집으로 생명을 유지했었다.
그러니 사냥은 생존의 수단이자 삶 그 자체였으며, 활은 사냥의 무기로
널리 사용되었다. 활은 수만 년 전인 후기 구석기 시대에 처음 등장했
다. 활의 등장은 먼 거리에서 동물을 쏘고 피할 수 있게 했으므로, 인류
는 맹수와의 싸움에서 결정적인 우위를 갖게 되었다. 그런데 일본 고전
속에서는 사냥터 현장에서의 피비린내 나는 그림보다는 놀이로, 좀 더
나아가서는 심신을 단련하는 용도에서 벗어나지 못한 것 같다. 이것은
필자의 편협한 공부 탓인지도 모른다.

　그나저나 재미난 사실은 지금도 일본에서는 옛 활쏘기를 재현하는
행사가 신사 중심으로 여기저기서 개최되고 있다. 특히 달리는 말에서
쏘는 유적마流鏑馬 행사는 사람들을 흥분시킨다. 가마쿠라에 위치한 쓰

185

루오카하치만궁鶴岡八幡宮에서는 삿갓을 쓰고 옛 복장을 한 사수가 마장馬場에서 말을 달리며 세 곳의 표적을 쏜다. 가을 수확 제사 때 무예의 발전을 기원하며 벌린 행사인데, 지금도 계승되고 있다. 신사에서의 행사인지라 시작되기 전 유적마의 사수는 신직神職으로부터 3개의 화살을 받고, 신주神酒를 마신다.

아사쿠사浅草 유적마도 유명하다. 에도 시대(1603~1867년) 때에는 정월 5일에 '귀鬼'라고 적힌 과녁이나 도깨비 가면 모양의 과녁을 향해서 활을 쏘았다. 귀신퇴치, 액막이, 무병무재 더 나아가 풍작과 장사가 번창할 것을 기원했는지도 모른다. 지바千葉 소재의 깃포하치만 신사吉保八幡神社는 행사 7일 전부터 신사에 머물면서 주색을 금하고 언행을 삼가며 몸을 깨끗이 해야 하는 엄한 결재潔齋로 유명하다. 이바라기현茨城県 가시마 신궁鹿島神宮에서는 헤이안 시대의 복장을 한 9명의 사수가 달리는 말 위에서 과녁을 향해 활을 쏘고, 박력 넘치는 광경을 많은 사람들이 즐긴다. 각 지역의 신사에서는 마쓰리의 하나로 이런 행사를 거행하고 있다.

이날 여태껏 활이라고 잡아본 적이 없지만, '활쏘기'라고 하면 기억나는 이야기가 있다. 어떤 사람이 활쏘기를 배우는데 2개의 화살을 잡고 과녁을 향하자, 스승이 "초심자는 2개의 화살을 잡아서는 안 된다. 두 번째의 화살을 믿고, 처음 쏠 때 마음이 느슨해지기 때문이다. 이 하나의 화살로 결판을 내야 한다고 생각하라"는 말을 한다.

가마쿠라 시대(1180~1333년)에서 남북조로 이어지는 격동기를 산겐코兼好 법사의 수필집『쓰레즈레구사徒然草』에 나오는 이야기다. 중세는 전란을 피해서 은둔하거나 출가하는 지식인이 많았고, 이들은 현세를 무상하게 생각하며 글을 남겼다.『쓰레즈레구사』는 인생에 대한 깊은 성찰을 담고 자연에 대한 여정의 미의식을 강조하는 작품으로 은자문학을 대표하는 것인데, '딱히 할 일이 없어서'로 시작해서 243단까지 이어지는 글이다. 그런데 이것을 특별히 찾아서 읽은 것은 아니다. 우연히 교과서에서 이 하나의 글을 접했다. 그래서 더 크게 기억하는 지도 모른다. 겐코는 활쏘기 이야기를 한 다음, 수행자가 다음에 더 잘하겠다는 마음을 가지면서 이 순간 게으름이 숨어있다는 사실을 인식하지 못한다. '어찌 지금 이 순간 바로 실행하는 일이 어려운가'라고 끝맺는다. 이 글을 소개하면서 활쏘기에 대한 이야기를 마무리하겠다.

참고문헌

미치쓰나의 어머니 지음, 이미숙 주해(2011) 『가게로 일기』 한길사
무라사키시키부 지음, 김난주 옮김(2007) 『겐지 이야기』 한길사
嵐山光三郎(1992) 『徒然草』 講談社
上垣外憲(1986) 『天孫降臨の道』 筑波書房
田辺聖子(1986) 『田辺聖子の古事記』 集英社
橘健二校注(1974) 『大鏡』, 日本古典全集20 小學館

놀이로 읽는
일본문화

벚꽃나무 아래에서 맞이하는
비일상적 시공간

신 은 아

● ● ● ●

　매년 봄 일본 방송에서는 사쿠라 전선桜前線이라는 특이한 예보를 한다. 이는 각 지역의 벚꽃이 피는 시기를 예측하는, 이른바 벚꽃 개화 예보라 할 수 있는데, 일본인들은 이에 맞춰 각자 벚꽃 명소를 찾아가 활짝 핀 벚꽃나무 아래에서 음식과 술을 즐기며 하루를 보낸다. 이러한 놀이를 '하나미花見'라 부르는데 봄이 되면 일본 곳곳에서 쉽게 볼 수 있는 풍경이다. 우리나라 말로 '꽃을 본다'란 뜻인 '하나미'는 일본에서는 전 국민적 오락으로, 해외에서도 일본문화를 대표하는 풍습으로 잘 알려져 있다.

19세기 말에 일본을 찾은 미국인 기행작가 엘리자 씨드모어Eliza Ruhamah Scidmore(1856-1928)는 그녀의 저서 『씨드모어의 일본기행』에서 당시 일본인들이 모여 하나미를 즐기는 모습을 "이 나라의 군중들은 몇 천 명이 모여도 폭탄을 던지거나 빵이나 자산 분배 때문에 폭동을 일으키는 일은 없습니다. 그저 한결같이 벚꽃을 사랑하고 찬미하고 노래로 표현할 뿐입니다"라고 유머러스하게 표현하고 있다. 그녀에게는 많은 군중들이 모여서 벚꽃을 보며 같이 즐기는 하나미도, 그리고 벚꽃에 대한 일본인들의 특별한 사랑도 신기하게 느껴진 것이다.

일본인에게 벚꽃은 다른 꽃들과 비교할 수 없는 일본, 일본인을 상징하는 특별한 꽃이며, 그 벚꽃을 보며 즐기는 하나미도 오랜 전부터 전해져 온 전통적인 풍습이라고 할 수 있다. 그렇다면 이 하나미라는 벚꽃놀이는 언제부터 시작했으며, 일본 문학 속에서는 어떻게 그려지고, 또한 어떠한 의미를 가지고 있을까? 하나미의 변천사와 문학작품 속에 그려지는 하나미 장면을 함께 살펴보면서 알아보도록 하자.

종교적 행사에서 귀족들의 우아한 연회로

일본에서 벚꽃을 '사쿠라'라고 하는데, 이 단어의 어원에 대해서는 많은 설이 있다. 대체로 꽃이 피다라는 의미의 '사쿠咲く' 또는 가르다라는 뜻의 '사쿠割く'와 같은 동사와 연결해서 생각하는 설이 많으나, 현재 많은 학자들이 주장하고 가장 일반적으로 널리 알려진 설은 '농신이 깃드는 자리'라는 뜻인 '사·쿠라'라는 설이다. '사'는 곡령, '쿠라'는 신이

【그림 1】 벚꽃 놀이를 즐기는 어린이(東京国立博物館編(2009)
『皇室の名宝－日本美の華』読売新聞)

진좌하는 자리인 신좌神座를 뜻한다. 고대로부터 농경생활을 했던 일본
인은 긴 겨울이 끝나고 봄이 찾아와 모내기철이 되기 전, 산에 피는 화
려한 벚꽃을 보고 농신이 찾아왔다고 생각했다는 것이다. 그러면서 하
나미의 기원에 대해서도 만개한 벚꽃을 보며 그 해 벼농사의 풍년을 상
상하면서 즐기는 일종의 축복의 잔치, 또는 농신에게 풍년을 기원하며
벚꽃 아래 음식과 술을 올리는 행사 등, 그 주장에 다소 차이는 있으나
대체로 하나미의 기원을 종교적 행사로 보고 있는 듯 하다. 즉 하나미
는 단순히 벚꽃을 보며 즐기는 것이 아니라 일본의 농경사회와 연결되
어 벚꽃을 신격화하는 종교적 행사로 농민들 사이에서 시작됐다는 것
이 일반적인 견해라고 할 수 있다.

한편 귀족들에게 꽃이라고 하면 나라 시대奈良時代(710~794년)까지만 해도 벚꽃이 아니라 매화꽃이었다. 당시 중국문화를 하나의 교양으로 생각하고 많은 영향을 받았던 상류 귀족들이나 지식인들에게는 중국 문학에서 많이 다루어지고 있는 매화가 감상의 대상이었다. 그러나 이후 견당사遣唐使제도 폐지와 함께 중국문화의 영향이 약해지면서 귀족이나 지식인 사이에서도 매화꽃 감상보다 벚꽃 감상이 일반화 되어갔다. 이는 일본의 대표적 시가집인『만요슈万葉集』과『고킨와카슈古今和歌集』에 수록된 노래를 봐도 알 수 있다. 나라 시대에 편찬된 일본 최초 시가집인『만요슈』에는 매화를 읊은 노래가 120수 남짓 수록되어 있고, 벚꽃을 읊은 노래는 43수에 불과하다. 그러나 헤이안 시대平安時代(794~1192년)에 편찬된『고킨와카슈』에는 매화는 18수, 그리고 벚꽃은 70수로, 매화에 관한 노래보다 벚꽃에 관한 노래가 압도적으로 많아진다. 이처럼 헤이안 시대에 들어와서 상류귀족이나 지식인들이 꽃이라 하면 벚꽃을 떠올리며 이를 감상하고 노래를 읊었던 것을 알 수 있다.

그렇다면 귀족들이 하나미를 즐긴 것은 언제부터일까? 일본 최초의 공식적인 하나미는 사가 천황嵯峨天皇(786~842년)이 궁중에서 열었다고 하는 '꽃 연회花宴'이다. 헤이안 시대 초기에 편찬된 역사서『니혼고키日本後記』에는 812년에 "사가 천황이 남궁 정원에서 꽃을 감상하면서 문인들에게 시를 읊도록 명하고 상으로 풀솜을 하사하였다. 이것이 꽃 연회의 시초이다"라고 기록되어 있는데, 여기서 꽃은 벚꽃을 말하며 이것이 하나미(벚꽃놀이)의 관한 최초의 기록으로 알려져 있다. 매화꽃을 중시했던 이전의 천황들과 달리 사가 천황은 지누시 신사地主神社라는 곳을 방문했을 때 신사에 피어 있는 벚꽃의 아름다움에 매료되어

궁으로 돌아가는 길에 발길을 세 번이나 돌렸다고 한다. 그 이후 지누시 신사는 천황에게 매년 벚꽃을 헌상하였는데, 그 벚꽃을 궁에 심어 연회를 열었던 것이다. 그리고 831년부터는 아예 이 벚꽃 연회가 천황 주최의 궁중 정례행사가 되었다고 한다. 주로 궁중에서 벚꽃 연회가 열렸지만, 때로는 천왕이 귀족들의 저택에서 벚꽃 연회를 열었다는 기록도 있다.

이러한 천황 주최의 벚꽃 연회가 어떻게 진행되었는지 살펴보면, 우선 천황은 건물 남쪽 방 마루에 나와 앉고 황족이나 귀족들은 그 앞 툇마루에 앉으며, 문인들은 벚꽃 나무 아래 자리를 한다. 그 후 천황은 읊어야 할 시 주제를 주고 주제에 맞춰서 참석자들이 시를 지어서 천황에게 올린다. 그 시에 대해 천황이 하사품을 내리고 다 같이 음악과 춤을 감상하며 즐긴다. 여기서 주목할 만한 부분은 단지 벚꽃놀이를 즐기는 것뿐 아니라 참석자들이 돌아가면서 시를 지었다는 사실이다. 헤이안 시대 후기에 편찬된 역사서『니혼키랴쿠日本紀略』에는 우다 천왕宇多天皇이 궁중에서 벚꽃 연회를 열어 문인들에게 시 주제를 주고 시를 읊도록 했는데, 그중 세 명이 급제했다고 기록되어 있다. 즉 천황이 주최하는 벚꽃 연회에는 시작詩作 경연대회와 같은 역할도 했던 것을 알 수 있다.

이렇게 궁중에서 시작된 벚꽃 연회는 귀족들 사이에서도 유행하기 시작했다. 귀족들은 자신의 저택 정원에 매화꽃이 아닌 벚꽃을 심어 감상하기 시작했고, 봄이 되면 매년 저택에서 벚꽃 연회를 열어 서로 시를 읊으며 즐겼다. 당시에 쓰인 일본 최초의 정원서庭園書인『작정서作庭書』에 '정원에는 벚꽃 나무를 심어야 한다'라고 소개되고 있는 것을 봐도 당시 귀족들의 벚꽃에 대한 관심과 애정을 알 수 있다.

그렇다면 늘 궁중이나 저택에서만 벚꽃 연회를 즐겼던 것일까? 헤이안 시대 작품 『이세 이야기伊勢物語』82단에서는 궁중이나 상류귀족의 저택인 아닌 자연 속에서 펼쳐지는 벚꽃놀이 모습이 그려져 있다.

> 옛날, 고레타카 친황惟喬親王이라는 황자가 계셨다. 야마사키山崎 건너편 미나세水無瀬라는 곳에 별궁이 있었는데, 매년 벚꽃이 한창일 때는 그 별궁으로 행차하셨다. …… 매사냥은 그리 열심히 하지 않고 오로지 술을 마시며 노래를 읊는 일에 열중했다. 지금 사냥을 하는 가타노交野 지방에 있는 나기사노 별궁의 벚꽃은 특히 풍취가 있었다. 그 벚꽃나무 아래서 말에서 내려 벚꽃을 꺾어 머리 장식으로 꽂고, 상, 중, 하 계급의 모든 사람들이 서로 노래를 읊었다. 그중에서 우두머리였던 사람이 이렇게 읊었다.
> "만약 이 세상에 벚꽃이 전혀 없었더라면 봄을 맞는 마음은 평화로웠을 텐데"
> 또 다른 사람이
> "떨어지기에 벚꽃은 더욱더 아름답지요 괴로운 세상 무엇이 오래 머무를까요"
> 라고 읊었다.

예년과 같이 벚꽃이 한창인 봄에 황자는 매사냥을 핑계로 외출하여 사냥은 하지 않고 그저 벚꽃 아래에서 술을 마시며, 윗사람들도 아랫사람들도 서로 격식 없이 노래를 읊고 있다. 이 장면에서 황족이나 귀족들이 궁중이나 자신의 저택에서 우아하게 연회를 즐기는 것만이 아니라 밖으로 나가서 자유롭게 벚꽃놀이를 즐겼다는 사실도 알 수 있으며, 장소가 달라져도 귀족들의 벚꽃놀이에는 노래를 읊는 것이 빠지지 않는다는 사실도 확인할 수 있다. 즉 귀족들의 벚꽃 연회는 단지 벚꽃을 감상하며 즐기는 연회가 아니라 노래를 만들어내는 '문학'의 장으로서의 역할을 하고 있는 것이다.

이와 같이 고대 농민사이에서 종교적 행사의 의미를 지녔던 하나미는 헤이안 시대에 들어와 벚꽃 아래에서 펼쳐지는 귀족들의 우아한 연회로 변모했으며, 이와 함께 노래를 읊는 '문학'의 장으로서의 기능도 하고 있다.

노래로 벚꽃을 읊다

상류귀족들의 벚꽃놀이가 연회를 즐기며 노래를 읊는 문학의 장이 되면서 벚꽃은 최고의 노래 주제가 되었다. 앞서 소개한 바와 같이 나라 시대에 편찬된 일본 최초의 시가집인 『만요슈』에는 매화를 읊은 노래들이 훨씬 많았으나 헤이안 시대에 편찬된 『고킨와카슈』에서는 어느 꽃보다 벚꽃에 관한 노래가 압도적으로 많아진다. 그 이후 가마쿠라 시대에 편찬된 『신코킨와카슈新古今和歌集』에도 벚꽃은 최고의 노래 주제가 되고 있다. 그러나 시대에 따라 노래 속 벚꽃의 이미지는 달라진다. 『만요슈』에서는 주로 활짝 핀 아름다운 벚꽃을 사랑하는 여인에 빗대어 읊은 노래가 많으며 벚꽃의 아름다움을 솔직하게 표현하고 있다. 그러나 『고킨와카슈』이후에는 주로 활짝 핀 벚꽃이 지는 것에 대한 아쉬움을 표현하는 노래들이 많아진다. 이는 직접적으로 노래를 읊은 『만요슈』시대의 방법이 헤이안 시대가 되어 완곡하게 표현하는 방법으로 바뀌면서 금세 져버리는 벚꽃에 아쉬움을 나타냄으로 역으로 만개의 벗꽃의 아름다움을 강조하고 있다고 할 수 있다. 그러나 한편으로는 벗꽃을 보는 관점이 달라졌다고도 하겠다.『만요슈』시대에는 벗꽃은 산에 야생한 꽃으로 멀리서 활짝 핀 벗꽃을 감상하면서 그 아름다음을 느꼈을 것이다. 하지만 헤이안 시대에 들어 귀족들은 자신의 저택에 벗꽃나무를 심어 이를 감상하면서 활짝 핀 벗꽃이 금세 져버린 모습을 가까이에서 바라보게 되었다. 그러니 그렇게도 아름답게 활짝 피었던 벗꽃이 금세 져버리는 것에 대해 아쉬움과 동시에 허무함과 무상함을 느끼게 됐을 것이다. 실제로『고킨와카슈』와『신코킨와카슈』에는 벗꽃의 아름다음을 표현하는 노래도 많지만, 대체로 지는 벗꽃을 사람의 인생, 특히 그 무상함에 빗대어 표현하는 노래들이 눈에 많이 띈다.

> 아쉬움 없이 지기에 아름다운 벗꽃이네
> 오래 살면 이 세상 근심만 남기에
>
> 덧없이 그렇게 보낸 세월을 세어보니
> 벗꽃 생각에 빠졌던 봄을 지내왔구나
>
> 세상 무상을 달리 말하지 않으리 벗꽃처럼
> 피었다가 지네 덧없는 이 세상

　첫 번째 노래는『고킨와카슈』에 수록된 노래로 아무런 미련도 없이 깨끗이 져버리는 것이 벗꽃의 가장 아름다운 점이라고 하면서 그렇지 못한 우리의 인생과 대비하고 있다. 두 번째, 세 번째 노래는『신코킨와카슈』에 수록된 노래이다. 두 번째 노래는 자신의 인생의 덧없음을, 세 번째 노래는 세상의 무상함을 한창 피었다가 금세 져버리는 벚꽃에 빗대어 읊고 있다.

또한 앞서 소개한 『이세 이야기』 82단 "떨어지기에 벚꽃은 더욱더 아름답지요 괴로운 세상 무엇이 오래 머무를까요"라는 노래 역시 마찬가지로 인생의 무상함을 벚꽃으로 표현하고 있다.

이와 같이 상류 귀족들은 벚꽃이 피고 지는 것을 가까이에서 보면서 벚꽃에 그 아름다움뿐만 아니라 인생의 희로애락을, 그리고 인생의 무상함을 느끼고 그것을 노래로 표현하였다.

『겐지 이야기』 속 벚꽃놀이와 벚꽃

아마 고전문학작품 중에서 상류귀족들의 벚꽃 연회를 가장 자세히 그려내고 있는 작품은 일본 최고의 산문소설로 널리 알려진 『겐지 이야기源氏物語』일 것이다. 『겐지 이야기』 「하나노엔花宴」권에는 기리쓰보桐壷 천황이 궁중에서 주최한 벚꽃 연회 모습이 상세히 그려지고 있다.

2월 20일경에 정궁인 자신전紫宸殿에서 벚꽃 연회를 여셨다. 중궁와 동궁의 자리는 옥좌의 좌우에 마련되었다. 활짝 갠 날씨여서 하늘도 새들 목소리도 그저 기분 좋게 느껴졌다. 친황들과 당사관을 위시하여 시문에 관계하는 관인들은 다들 운자를 받아서 시를 지었다. …… 한시문에 유능한 사람들이 유독 많은 시대였으므로 이 명예로운 마당에 나오는 것도 쑥스럽고 …… 무악舞楽은 더할 나위 없이 훌륭하게 준비하셨다.

【그림 2】 벚꽃 연회가 열린 자신전 전경
(風俗博物館編(1999)『源氏物
語 六條院の生活』青幻舍)

　화창한 봄날에 자신전 앞 활짝 핀 벚꽃 아래에서 천황을 비롯한 황족
들과 귀족들이 시를 읊고 음악과 춤을 감상하는 성대한 벚꽃 연회 모습
은 기리쓰보 천황이 다스리는 시대의 영화를 느끼게 해준다. 실체 역사
적으로도 이상적인 시대라고 불리는 천황시대에는 궁중 벚꽃 연회가
많이 열렸다고 한다. 또한 이 장면에서 주목해야 할 점은 천황과 동궁
을 비롯해 한시문에 재능이 뛰어난 문인들이 많은 시대라고 묘사되고
있다는 점이다. 한시문에 뛰어난 사람이 많다는 것은 성대聖代, 즉 훌륭
한 왕이 다스리는 시대라는 것을 상징한다고 한다. 다시 말하자면 이
벚꽃 연회는 기리쓰보 천황 시대가 이상적인 시대였다는 것, 그리고 기
리쓰보 천황이 성주聖主라는 것을 상징하고 있다고 할 수 있다.
　『겐지 이야기』에는 또 하나 벚꽃놀이 장면이 등장한다. 「고초胡蝶」권
에서 나오는 주인공 히카루겐지光源氏의 저택인 로쿠조인六条院에서 열린
뱃놀이가 그렇다.

3월 20일이 지났을 무렵, 로쿠조인의 남쪽 저택의 뜰 앞은 예년보다도 아름
다워 그 아름다움은 극에 달아 있었다. 다른 처소 여인들은 "저쪽은 아직도
한창때가 지나지 않는가"라고 신기하게 생각하며 서로 이야기하였다. ……
겐지는 미리부터 당나라풍唐風 배를 만들어 놓았는데, 급히 장식을 마무리하
고 처음으로 연못에 띄웠다. 그 날은 악인樂人들을 부르시고 뱃놀이를 벌렸
다. 친황들이나 당사관들이 많이 모였다. …… 다른 곳에서는 이미 한창때를
지난 벚꽃도 여기서는 한창이다.

연못에 배를 띄우고 그 위에서 아악雅樂을 즐기며 벚꽃을 감상하고
시를 읊는 모습은 그야말로 호화롭고 화려한 연회의 보습을 보여주고
있다. 특히 "다른 곳에서는 이미 한창때를 지난 벚꽃도 여기서는 한창
이다"라는 표현들은 이 로쿠조인이 이상적인 장소라는 것을 암시하고
있으며, 동시에 그 곳의 주인인 겐지의 이상성을 강조하고 있다고 할
수 있을 것이다. 또한 연못에 화려한 당나라풍의 배를 띄워 호화롭게
진행되는 연회는 그것을 주최하는 겐지의 영화와 권력을 상징하고 있
기도 하다.

이와 같이 『겐지 이야기』에서 그려지는 화려한 벚꽃 연회 장면은 그
것을 주최하는 인물의 이상성과 영화, 권력의 상징으로 기능하고 있는
것을 알 수 있다.

그렇다면 『겐지 이야기』속에서 벚꽃은 어떤 이미지로 그려지고 있
을까? 『겐지 이야기』에서도 역시 꽃 중에서는 벚꽃이 가장 많이 등장
한다. 그리고 작품 속에서 벚꽃은 이야기 전개의 중요한 역할을 하고
있다.

우선 여성을 벚꽃으로 비유하는 장면이 나온다. 특히 주인공 겐지가

가장 사랑하는 무라사키노우에紫の上의 아름다움은 겐지와 그의 아들인 유기리夕霧에 의해 벚꽃으로 비유되고 있다. 또한 나중에 겐지의 정처가 되는 온나산노미야女三宮도 그녀를 연모하는 가시와기柏木로부터 벚꽃에 비유되고 있다. 즉 벚꽃이 여성의 아름다움을 비유하고 있다는 것을 알 수 있다. 벚꽃이 여성의 아름다움의 상징이 된 것은 아마 고노하나노사쿠야히메라는 여신부터일 것이다. 일본최초의 역사서이자 신화를 담은『고지키古事記』에 등장하는 이 여신은 '고노하나노(꽃이)' '사쿠야(핀다)'라는 이름으로 인해 벚꽃으로 상징되는 여신으로 알려지고 있다. 그 아름다움에 니니기노미코토라는 천황의 조상인 남신이 한눈에 반해 청혼하지만, 그녀의 아버지는 그가 그녀의 언니와도 결혼을 하길 원했다. 그러나 언니의 외모가 마음에 들지 않았던 니니기노미코토는 사쿠야히메하고만 혼인을 한다. 이에 그녀의 아버지는 그에게 두 딸과 동시에 결혼할 것을 권한 이유를 말하는데, 그 이유는 언니는 영원한 생명을, 사쿠야히메는 활짝 핀 벚꽃과 같은 영화를 주기 때문이었다. 그러나 사쿠야히메하고만 결혼을 했기 때문에 니니기노미코토의 생명은 영원하지 못하고 꽃처럼 짧을 것이라는 내용이다. 이는 천황이 신들처럼 영원한 생명을 갖지 못하고 수명이 짧은 유래를 나타내는 신화인데, 이 주인공인 사쿠야히메는 말하자면 아름다움과 단명短命을 동시에 안겨주는 여신인 셈이다. 바꿔 말하자면 벚꽃이 아름다운 여인, 그리고 단명을 상징하고 있다고 할 수 있다. 이처럼 아름다운 여성을 벚꽃에 비유하는 것은『겐지 이야기』이전에도 많이 보인다. 그러나『겐지 이야기』에서는 단순히 벚꽃이 여성의 아름다움을 나타내는 것에 그치지 않고 벚꽃에 비유되는 인물들의 작품 속 역할까지도 상징하고 있다.

아름다움이 벚꽃에 비유되는 무라사키노우에를 겐지가 처음 만나게 된 곳도 벚꽃이 활짝 핀 산 속으로 설정되어 있다. 그 곳에서 겐지가 우연히 그녀를 엿보게 되면서 자신의 저택으로 데리고 와 평생을 사랑하며 함께 살게 되는데, 그녀는 로쿠조인에 옮기고 나서 그 안에 봄의 저택이라고 불리는 벚꽃나무가 가득한 남쪽 저택의 주인이 된다. 이처럼 무라사키노우에는 작품 속에서 늘 벚꽃의 이미지로 묘사되고 있다. 『고킨와카슈』이후 꽃의 왕이 된 벚꽃에 그녀를 비유하고 있다는 것은 단지 그녀가 로쿠조인의 봄의 저택의 주인일 뿐만 아니라 로쿠조인 전체의 여주인이라는 것을 상징하고 있다. 또한 뒤늦게 겐지와 혼인을 하고 황녀라는 신분의 고귀함으로 겐지의 정처가 되는 온나산노미야도 벚꽃에 비유가 되는데, 이는 로쿠조인의 여주인이 둘이 생기게 되는 것을 나타내고 있으며 이로 인해 영화의 극치를 상징하는 겐지의 로쿠조인에 비극이 일어날 것을 암시하고 있다. 그리고 그 비극을 부르는 장면에도 벚꽃이 배경이 되고 있다.

> 유기리와 가시와기도 모두 마당에 내려가서 말할 수 없이 아름다운 벚꽃그늘 속을 공차기를 하며 뛰어 다니고 있었다. 유기리는 편안한 자세로 눈처럼 떨어지는 벚꽃을 흘긋 올려다보고는, 휘어진 가지를 조금 꺾고서 후련하고 편한 자세로 계단에 앉았다. 가시와기도 따라서 그 옆에 앉으며 말했다. "꽃이 몹시 흐트러지게 지는군요. 벚꽃을 피하여 바람이 불면 좋을련만." 그리고 온나산노미야 처소쪽을 곁눈질로 보았다. …… 휘장대 조금 뒤편에 평복 차림으로 서 있는 여인이 있었다.

이 장면은 벚꽃 날리는 로쿠조인에서 공차기놀이를 하다가 가시와기

201

【그림 3】『겐지 이야기』「하나노엔」권의 히카루겐지와 오보로즈키요(安西剛 編(1998)『源氏物語 苦悩に充ちた愛の遍歴』学習研究社)

가 온나산노미야를 우연히 엿보게 되는 장면인데, 이로 인해 가시와기는 더욱 그녀에 대한 마음이 커져가고 억누르지 못하게 되어 결국 밀통密通을 저지르게 된다. 이 장면에서 배경 풍경에 눈처럼 휘날리는 벚꽃이 설정되어 있다. 이는 벚꽃에 금기된 사랑의 이미지를 부여하고 있다고 할 수 있다. 「하나노엔」권에서도 이것을 확인할 수 있다. 「하나노엔」권은 앞서 소개한 바와 같이 화려한 벚꽃 연회가 그려진 권이다. 즉 배경 풍경자체가 벚꽃인 셈인데, 이 「하나노엔」권에도 금기된 사랑이 그려지고 있다.

겐지의 아버지인 기리쓰보 천황의 중궁인 후지쓰보藤壺는 겐지와 밀통을 저지른 여성이다. 그 죄에 마음이 무거우면서도 벚꽃 연회에서 아름답고 훌륭한 가무를 선보인 겐지의 모습을 보며 그 모습을 벚꽃으로 비유하고 있다. 그리고 남몰래 감동하며 자꾸 마음이 끌리는 자신을 한심하게 생각하면서 반성을 한다. 겐지도 연회가 끝나고 술에 취해 그녀를 만나기 위해 배회하지만 결국 만나지 못한다. 이 두 사람의 서로 품어서는 안 되는 금기된 사랑이 벚꽃 연회를 배경으로 그려지고 있는 것이다. 이 「하나노엔」권에는 겐지와 후지쓰보의 사랑만이 아니라, 또 하나의 금기된 사랑이 등장한다. 바로 우대신의 딸 오보로즈키요朧月夜와 겐지의 사랑이다. 벚꽃 연회가 끝나고 연모하는 후지쓰보를 찾아 헤매다 우연히 오보로즈키요와 만나게 된 겐지는 상대가 누군지도 모른 채 하루 밤을 보내게 된다. 그러나 그녀는 사실 겐지의 의복형인 동궁에 입궐할 예정인 여인이었다. 두 사람의 관계는 있어서는 안 되는 일이였고, 이로 인해 겐지는 스스로 유배와 마찬가지인 지방에서의 칩거를 결심하게 된다.

이와 같이 벚꽃 연회를 배경으로 겐지와 후지쓰보, 겐지와 오보로즈키요라는 금기된 사랑이 이중으로 설정되어 있다. 가시와기와 온나산노미야의 밀통의 계기가 된 가시와기가 온나산노미야를 엿보는 장면도 벚꽃 휘날리는 날을 배경으로 하고 있다는 점을 생각하면 금기된 사랑과 벚꽃은 강한 연관성을 가지고 있다는 것을 확인할 수 있다. 즉 『겐지 이야기』에서는 벚꽃에 금기된 사랑의 이미지를 부여하면서 작품 전개에 중요한 역할을 하고 있다고 할 수 있겠다.

귀족들의 우아한 연회에서 서민적 오락으로

헤이안 상류귀족들의 벚꽃놀이는 성대한 연회였으며 또한 노래를

203

읊는 문학의 장이기도 했다. 그렇게 귀족들만의 우아한 벚꽃놀이는 가마쿠라 시대鎌倉時代(1185~1333년)에 들어가면서 무사계급과 서민들 사이에서도 유행하기 시작한다. 그 당시의 역사서를 보면 역대 장군들이 벚꽃 구경을 위해 절을 방문하거나 벚꽃 명소를 찾아갔다는 기록을 볼 수 있다. 그러나 일본 역사상 가장 화려하고 대규모 벚꽃놀이는 아마도 도요토미 히데요시豊臣秀吉가 1594년에 주최한 '요시노吉野 하나미'와 1598년의 '다이고醍醐 하나미'일 것이다. '요시노 하나미'는 나라 현奈良県 요시노산에 위치하는 신사를 중심으로 그 일대에서 벌렸던 벚꽃놀이를 말하는데, 당시 유력 무장들은 물론 다도인, 문인들까지 약 5천명을 데리고 가장행렬을 하고 노래를 읊고 다도회와 노能를 즐겼다고 한다. '다이고 하나미'도 마찬가지로 대규모 벚꽃놀이로 이를 위해 1년 전부터 교토 다이고산에 700자루의 벚꽃나무를 심게 하여 준비를 하고 벚꽃놀이 당일에는 자신의 정실과 첩들, 시녀들을 포함해 1300명이 넘는 여성들만 주로 초대했다고 한다. 그리고 여성들에게는 각자 3벌의 의상을 하사하고 여성들이 그 의상을 갈아입으면서 벚꽃놀이를 했다고 하니 그 규모와 호화로움을 상상할 수 있을 것이다. 이 요시노산과 다이고산은 현재도 벚꽃 명소로 일본 내에서 유명한 곳이다.

이렇게 무사계급에서 유행한 벚꽃놀이는 서민들 사이에서도 유행하기 시작한다. 가마쿠라 시대 말기에 쓰인 수필인 『쓰레즈레구사徒然草』에는 다음과 같은 기술이 있다.

신분이 높고 교양 있는 사람들은 무작정 좋아서 집착하는 것 같이 보이지 않고, 뭔가를 흥겨워하는 모습도 담백하다. 교양 없는 시골뜨기는 매사에 집요하게 재미를 찾는다. 벚나무 아래로 다가가서는 곁눈질도 하지 않고 뚫어지게 벚꽃만 쳐다보며 술을 마시거나 노래를 읊거나 하고는, 급기야 벚나무의 큰 가지를 무심히 꺾어버리기까지 한다.

간단하게 말하자면 교양 있는 귀족은 벚꽃놀이를 정취 있게 우아하게 즐기지만 시골 사람들은 벚나무 아래서 시끄럽게 난리치며 벚꽃 구경을 한다고 말하고 있는 것이다. 물론 이 문장은 교양 없는 사람에 대한 질책이지만 이 문장에서 가마쿠라 시대 말기에는 서민들 사이에서도 벚꽃놀이 풍습이 생겨나기 시작했음을 알 수 있다. 그리고 벚꽃놀이를 나타내는 말도 '벚꽃 연회花の宴'보다 '하나미花見'라는 좀 더 서민적인 느낌이 나는 말이 많이 쓰이기 시작했다.

그러나 역시 서민들 사이에서 벚꽃놀이가 일반화된 시대는 에도 시대江戸時代(1603~1867년)일 것이다. 당시 에도(현재 도쿄)에는 무가武家나 귀족들뿐만 아니라 일반 서민들도 즐길 수 있는 하나미 명소가 많이 생겨났다. 도쿄에서 가장 유명한 벚꽃 명소인 우에노 공원上野公園도 당시 도쿠가와 이에야스의 측근이 하사 받은 땅에 벚꽃을 심은 곳이다. 특히 8대 장군 도쿠가와 요시무네德川吉宗는 서민들의 오락을 위해 하나미를 장려하며 에도와 그 근교 몇 곳에 벚나무를 심었는데, 그 곳이 현재의 아스카야마 공원飛鳥山公園, 그리고 고텐산御殿山, 스미다 강隅田川 강가이다. 이 곳들 역시 현재도 도쿄 내 유명한 벚꽃 명소로 알려져 있다. 이렇게 에도 시대에는 국가차원에서 하나미를 장려했음을 알 수 있다. 즉 도쿠가와 요시무네가 하나미를 전 국민적 오락으로 보급한 중심인물이라고 할 수 있는데, 그가 벚꽃을 심어 서민들에게 하나미를 장려한 이유는 여러 가지가 있었다. 우선 당시 에도는 갑자기 늘어난 인구 때문에 포화 상태가 됐으며 치안도 나빠지고 흉년도 자주 있었다. 그러한

【그림 4】 에도 시대 벚꽃 놀이 모습(德川美術館開館七〇周年記念 秋季特別展(2005)『絵画でつづる源氏物語』德川美術館)

에도 시민들의 불만을 해소하고 활기차게 하기 위해서 새로운 오락을 제공하려는 목적이 있었다. 또한 에도 근교와 에도 내에 벚꽃 명소를 만들어 이를 구경하러 온 사람들을 통해 경제를 활성화시키려는 목적도 있었다. 이 시기를 계기로 하나미는 귀족과 무사뿐만 아니라 서민들의 오락으로도 유행하였다.

　그렇다면 에도 시민들은 하나미를 어떻게 즐겼을까? 에도 시대는 신분제도가 존재하여 신분에 따라 거주하는 장소도 복장도 구별하여 정해져 있었다. 하지만 하나미 장소에서는 신분도 복장도 자유로웠다. 여성들은 평상복과 다른 '하나미고소데花見小袖'라 불리는 화려한 기모노를 입고 벚꽃을 보러 갔으며, 그 당시엔 하나미를 위한 변장도 유행했기 때문에 가면이나 종이가발을 쓰고 즐기기도 했다. 일본 최고의 하이쿠 작가 마쓰오 바쇼松尾芭蕉는 그의 하이쿠에서 "꽃에 취해서 남자 겉옷 입고 칼을 허리에 꽂는 여인네여"라고 읊고 있다. 여성이 남자 겉옷을 입고 무사들의 특권이자 신분제도의 상징인 칼까지 허리에 꽂고 있다는 것은 평상시라면 있을 수 없는 일이다. 그러나 하나미 장소에서는 가능했던 것이다. 또한 평소 다른 공간에 거주하는 신분이 다른 사람들도 벚꽃 아래에서는 모두 섞여서 그냥 음식을 먹으며 술을 마시며 즐겼다. 즉 신분제도로 인해 공간적으로도 구별되었던 서민들에게 하나미는 자신을 이쁘게 꾸며서 자랑할 수도 있고 변장해서 다른 사람이 될 수도 있으며 게다가 다른 신분인 사람들과 만날 수 있는 아주 비일상적인 공간이기도 했던 것이다.

또 하나 에도 시대 하나미에는 음식과 술도 빠질 수 없었다. 음식을 스스로 싸 가지고 가기도 하고 벚꽃 명소에 나와 있는 표장마차나 찻집에서 사 먹기도 했다. 현재도 일본인들이 하나미를 할 때 즐기는 하나미 도시락이나 하나미 경단, 하나미 술도 이 시기에 생겨난 것이다.

귀족들의 벚꽃놀이는 앞서 말한 바와 같이 벚꽃을 감상하며 노래를 읊는 우아한 연회였다. 그러나 에도 시대 서민들의 하나미는 시끌벅적 음식을 먹고 술을 마시며 춤을 추고 악기를 연주하는, 신분 상관없이 누구나 참가할 수 있는 해방감을 만끽할 수 있는 장소였다. 또 그와 동시에 일상생활을 지배하는 여러 규제로부터 자유롭게 해방시켜주는 비일상적 공간이기도 했다.

나가며

일본 고대 농민들은 벚꽃을 신이 진좌하는 신목이라 생각하고 음식과 술을 가지고 산에 가서 벚꽃에 그것을 바쳤으며, 헤이안 귀족들은 연회를 즐기며 벚꽃을 보며 시를 읊었다. 이러한 고대 농민들의 종교적 행사의 의미를 띤 벚꽃놀이와 귀족들의 노래를 읊고 즐기는 우아한 벚꽃 연회와는 다른 그 자체를 즐기는 서민들만의 새로운 형태의 하나미가 에도 시대에 탄생했다. 에도 서민들은 하나미를 통해 평소의 규제에서 벗어나 비일상적인 공간에서 개방감을 만끽했다. 이러한 에도 시대의 서민들의 하나미는 현재도 그대로 이어지고 있는 것 같다.

도쿄의 벚꽃 명소로 유명한 우에노 공원에는 천 그루가 넘는 벚꽃이 심어져 있다. 그 벚꽃이 만개했을 때 모습은 그야말로 장관이다. 봄이 되면 그 곳에 사람들이 찾아와 시트를 깔고 싸온 음식과 술을 먹으며 회사동료끼리 또는 가족끼리 연인끼리 벚꽃을 보며 즐긴다. 저녁이 되면 바로 옆에서는 모르는 사람이 술에 취해 큰 소리로 노래를 부르고 춤을 추는 풍경도 쉽게 볼 수 있다. 때로는 술에 취해 싸움도 일어난다. 일본인들은 평소 야외에서 자리를 깔고 앉아 음식을 먹고 술을 마시면서 떠드는 경우는 거의 없다. 그렇지만 하나미 때만은 예외다. 평소의 남의 시선을 많이 의식하고, 남은 물론 가까운 사람에게도 예의를 차리는 습관이 있는 현대 일본인에게 하나미는 에도 서민들과 마찬가지로 일상생활의 여러 통제와 규제에서 벗어나 해방감을 느낄 수 있는 비일상적 공간인 것이다.

사실 이러한 벚꽃놀이와 별도로 그 감상의 대상인 벚꽃은 앞서 소개한 바와 같이 노래 속에서 또는 문학작품 속에서 사랑하는 여인을, 인생의 무상함을, 그리고 때로는 금기된 사랑의 상징으로 여러 이미지를 만들어 왔다. 벚꽃은 꽃이 피는 모습과 지는 모습으로 인해 사람의 인생에 비유되어 그 이후에도 여러 상징성을 만들어 냈는데, 특히 근대에 들어와서는 꽃 중에서는 벚꽃이 가장 아름답고 사람 중에서는 지는 벚꽃처럼 깨끗하게 목숨을 끊을 수 있는 무사가 최고라는 의미를 가진 "꽃은 벚꽃, 사람은 무사"라는 속담처럼 무사도武士道와 연결시켜서 일본인의 정신주의를 상징하는 꽃이 되기도 했다. 이처럼 문인들이나 지식인들은 벚꽃의 이미지를 만들어 그 의미를 문학 속에 담으려고 하고 때로는 일본인의 정신과 연결시켰지만 서민들은 벚꽃구경을 하면서 벚꽃에 그런 의미를 두지 않았을 것이다. 서민들은 단지 벚꽃을 보며 아름답다고 느끼고 그 아래에서 음식과 술을 먹으며 일상생활에서 벗어나 벚꽃놀이 그 자체를 즐겼다.

시대에 따라 의미와 형태는 조금씩 다르지만 일본인에게 하나미는 오래 동안 이어져 온 전통적인 풍습이다. 지금도 일본인들의 벚꽃과 하나미에 대한 애정은 상당하다. 도시에 인구가 집중되고 서로가 무관심해지고 생활이 삭막해질수록 하나미는 일본인들에게 꼭 필요한 오락이며 앞으로도 소중한 전통적인 풍습으로 계속 이어질 것이다.

참고문헌

노성환(2008)「일본의 하나미와 한국의 화전놀이」(『비교민속학』37, 비교민속학회)
노성환(2008)「일본 민속문화의 원형으로서 하나미(花見)」(『일본사상』15, 韓國日本思想史學會)
奥村英司(2012)「不可視の桜―平安文学の想像力―」(『日本語・日本文学編』49, 鶴見大学)
小川和佑(2004)『桜の文学史』文春新書
白幡洋三郎(2000)『花見と桜―＜日本的なるもの＞再考―』PHP研究所
小野佐和子(1984)「花見に置ける民衆の変身と笑いについて」(『造園雑誌』48(2), 社団法人日本造園学会)

놀이로 읽는
일본문화

스모의 발자취

무라마쓰 마사아키

‘스모相撲’라는 말은 ‘겨루다’라는 의미의 동사 ‘스마우すまふ’가 명사화 된 것이다. 원래의 의미는 ‘겨루는 것’, 즉 격투를 의미하는 말이었다. 고어 형태는 ‘스마이すまひ’이고, 스모를 하는 사람을 ‘스마이비토す まひびと’, 스모를 하는 날 조정에서 열렸던 연중행사는 ‘스마이노세치相 撲節’라고 훈독했다. ‘스마이’가 현재의 ‘스모すもう’로 언제 바뀌었는지 는 명확하지 않지만 중세말기에 편찬되었던 포루트갈어사전 『일포사 전日葡辞書』의 표제어에 ‘sumo’로 되어 있는 점을 보아 이 무렵에는 이미 ‘스모’로 발음했음을 알 수 있다. 또한 스모를 하는 사람을 ‘리키시力士’ 라고 하는데 이것은 금강역사金剛力士와 같이 힘이 센 장수를 의미하는

말이며 스모 경기자를 '리키시' 라 부르게 된 것은 근세이후이다.

스모의 역사는 유서 깊은데 고분古墳시대(3세기~7세기) 유물에 이 '리키시'를 나타내는 것들이 있다. 예를 들면 와카야마 현和歌山県의 인베하치만 산井辺八幡山 고분에서 출토된 하니와埴輪는 훈도시, 즉 샅바 모습을 하고 있고 사이타마 현埼玉県의 사카마키酒巻 고분에서 출토된 하니와도 이와 동일하다. 훈도시 모습을 하고 있다고 해서 반드시 스모선수라고 볼 수는 없지만 전방으로 쑥 내민 양팔과 듬직한 하반신은 스모선수 모습과 유사하다고 할 수 있다. 또한 효고 현兵庫県 다쓰노 마을龍野町의 니시미야 산西宮山 고분에서 출토된 유물에는 두 사람이 대결하고 있는 모습이 장식되어 있는데 이것은 분명히 스모 대결을 나타내고 있다.

이처럼 고대부터 전래되어 온 스모이지만 반드시 일본고유의 경기라고는 볼 수 없다. 원래 힘겨루기는 인간의 본능이고 이웃 나라인 중국이나 한반도에서도 고대부터 스모와 유사한 경기를 했다. 고구려의 환도丸都에 있는 각저총角抵塚 벽화(5세기)에 반바지를 입은 선수가 서로 겨루는 모습이 그려져 있다.

신화전설과 스모

힘겨루기 신화 중 유명한 이야기는 '국토 양도国譲り' 신화가 있다. 다카마가하라高天原의 주재신인 아마테라스天照大神는 손자인 니니기에게 아시하라노나카쓰 국葦原中津国을 지배하도록 하기 위해 그곳의 원지배 세력인 오쿠니누시大国主에게 항복할 것을 권유하러 다케미카즈치建御雷

를 사절로 파견했다. 오쿠니누시는 항복할 뜻을 나타냈지만, 그의 아들인 다케미나카타建御名方는 이에 납득하지 못하고 결판을 내기 위해 사신 다케미카즈치에게 힘겨루기를 신청했다. 두 신은 서로 손을 맞잡고 힘을 겨루었지만 다케미카즈치는 가뿐히 다케미나카타의 손을 붙잡아 세차게 내던졌다. 패배한 다케미나카타는 도망쳤지만 다케미카즈치는 그 뒤를 뒤쫓아 시나노 지방科野国에 이르러 항복을 받아냈다. 이후 복종과 운둔을 약속한 다케미나카타는 스와 신사諏訪社의 신으로 모셔졌고 그 결과 아시하라노나카쓰 국은 천손 니니기가 지배할 수 있었다.

이상이 『고지키古事記』에 기록되어있는 국토 양도 신화의 줄거리이다. 물론 이것은 스모는 아니다. 힘겨루기에서 승리한 쪽이 지배권을 수중에 넣은 나라의 운명을 건 결투였다. 힘겨루기는 어디까지나 당시의 무력투쟁의 비유이고 그 배후에는 천손으로 표현된 외래세력과 이를 따르지 않는 신으로 표현된 토착세력과의 무력투쟁의 역사가 투영되어있다고 할 수 있다.

한편『니혼쇼키日本書紀』에는 신이 아닌 사람끼리 힘겨루기를 한 기술이 있는데 이를 스모의 기원으로 보는 견해가 있다. 제 11대 천황인 스이닌 천황垂仁天皇 통치시기에 백제에서 건너 온 노미노스쿠野見宿禰가 다이마노케하야当麻蹶速와 겨룬 기록이 있다. 이를 자세히 살펴보면 야마토 지방大和国 다이마 촌当麻村에 게하야蹶速라고 하는 아주 힘이 센 남자가 있었다. 게하야는 사방에 대적할 강력한 자가 없다고 자만하여 스스로 힘자랑을 하고 오만불손한 행위를 일삼았다. 이 소식을 들은 천황은 천하제일의 장수라 들은 게하야와 대적할 자가 없는지 신하에게 물었고 이에 한 신하가 이즈모出雲 지방에 스쿠네宿禰라는 용사가 있는데 그를 불러 게하야와 서로 맞붙게 하면 어떨지를 천황에게 아뢰었다. 이윽고 두 사람의 대결이 시작되었는데 스쿠네는 게하야의 옆구리를 차서 뼈를 부러뜨리고 허리를 밟아서 죽이고 말았다. 천황은 승리한 스쿠네에게 영토를 모두 주었는데 이후 그 토지를 허리가 부러진 밭이라는 의미의 '고시오레다腰折田'라고 부르게 되었고 스쿠네는 천황을 섬기며 하지노오미土師臣의 선조가 되어 많은 공적을 남겼다.

두 사람의 대결 형태는 서로 발로 차는 것으로 현대의 스모와는 상당히 다르다. 이야기의 본질은 야먀토 토착세력인 다이마노우지当麻氏와 외래 세력 하지노우지土師氏 사이의 토지를 둘러싼 투쟁역사를 반영한 것이고, 그것이 『니혼쇼키』 편찬과정에서 스모의 기원설화가 되었다고 생각된다. 결국 이 대결에서 승리를 거둔 스쿠네는 지금도 스모의 신으로 대접받고 있고, 도쿄 도東京都 스미다 구墨田区에 있는 노미노스쿠네 신사野見宿禰神社에서는 해마다 세 번 도쿄에서 개최되는 스모 경기 때 일본스모협회 관계자들이 참석하여 제사를 올린다.

역사적 자료에 따르면 스모가 왕성하게 된 것은 제43대 천황인 겐메이 천황元明天皇(707~715년)의 통치 시기부터다. 무쓰陸奥나 에치고越後의 에미시 정벌蝦夷征伐을 시작한 겐메이 천황은 부국강병책을 취하고 무관의 무술 습득을 장려했다. 무인은 용감하고 튼튼하지 않으면 안 된다고 명령했고 이를 위한 단련 과정 중에 스모가 들어 있었다.

스모 절회

734년 7월 7일 쇼무 천황聖武天皇이 스모를 관람하였다. 이를 계기로 스모는 '스모 절회相撲節会'라 불리는 궁중의 연중행사로 발전한다. 이 의식은 7월이 큰 달이면 28·29일에 작은 달이면 27·28일에 거행되었다. 이 행사가 열리기까지의 과정을 보면 매년 봄, 근위부近衛府에서 사자를 보내서 의식에 출장하는 스모선수를 모았다. 이렇게 모인 선수들을 근위부 주관으로 연습시키고 7월 26일 또는 27일에 궁중의 인수전仁寿殿 동쪽 정원에서 천황이 관람하는 가운데 '우치토리内取'라 불리는 예비 스모 경기를 시행한다. 스모 절회 첫날에는 천황이 자신전紫宸殿 남쪽 정원에 와서 스모를 관람하는데 좌우 근위부가 선발한 선수들이 총 17번에 걸쳐 시합한다. 둘째 날은 '오이스마이追相撲'라 하여 각 팀 선수 중 최강자를 뽑아 시합을 벌인다. 스모 행사가 끝난 후 좌우 근위부 대장은 자신의 부하 및 스모선수를 집으로 초대하여 연회를 벌여 노고를 치하했다.

본래 스모 절회는 제례 의식이었지만 점차 승패에 관심을 가지게 되었다. 게다가 시합 후 춤과 악기 연주도 가미되어 헤이안平安 시대 귀족이 즐기는 오락의 하나가 된다. 이렇게 매년 성대하게 개최되었던 스모 절회였지만 다카쿠라 천황高倉天皇이 재위하던 1174년에 폐지된다.

『우쓰호 이야기うつほ物語』「나이시노카미内侍のかみ」권은 별칭으로 스모 절회의 일본어 발음인 '스마이노세치에'라 불릴 만큼 스모 절회를 배경으로 이야기가 전개된다. 이 작품은 작자와 정확한 집필시기가 미상이지만 스모 절회가 전성기를 맞이했던 10세기 중반 무라카미 천황村上天皇(946~967년) 때 작품이라 추측하고 있다. 작품 속의 스모 절회 당일 묘사는 매우 박진감 넘치게 묘사되어 있다.

우대장右大将 가네마사兼雅가 좌대장左大将 마사요리正頼 저택을 방문했을 때 얼마 남지 않은 스모 절회를 화제로 이야기꽃을 피운다. 두 사람

【그림 1】 스모 절회(加藤道理
他(2003)『常用国語
便覧』浜島書店)

은 각각 좌우 진영의 책임자이기 때문에 최대 관심사는 과연 몇 명의
스모선수가 모일까라는 점이었다. 서로 각 팀의 스모선수들이 모였는
지에 대해 이야기를 나누던 중 좌대장 마사요리는 올해 시모쓰케下野
지방 나미노리가 오랜만에 선수로 참가했다고 말한다. 그는 좌측 진영
이 자랑하는 스모선수다. 이야기를 들은 가네마사는 이요伊予 지방 출
신 유키쓰네가 아직 당도하지 않은 점을 탄식하는데 행사 직전 유키쓰
네가 도성에 도착하자 가네마사는 한숨을 돌린다. 양 팀의 최강자가 모
두 모인 것이다.

　드디어 스모 당일, 좌우 근위부 대장을 비롯한 궁중 귀족들이 모두
모였다. 당일 음악을 연주하는 악사들은 정장을 입고 대기하였다. 스모
선수들은 무도 경기복 차림으로 머리에는 화관을 썼다. 12번의 대결이
끝났지만 이때까지 승패는 엇비슷했다. 이제 마지막 대결만이 남았는
데 이로써 승패가 결정된다. 좌측에서 등장한 선수는 나미노리였고 상

대는 예상했던 대로 유키쓰네였다. 양쪽 진영이 필승을 기원하는 가운데 긴장감 넘치는 격투가 펼쳐졌고 결국 좌측의 나미노리가 승리한다. 좌측 대장 마사요리는 나미노리에게 술을 주고 본인이 입고 있던 옷을 벗어서 상으로 하사했다. 궁중에서 스모 절회가 끝난 후 '가에리아루지還饗'라 불리는 연회가 실시되는데 이는 『우쓰호 이야기』 「도시카게俊蔭」 권에 잘 묘사되어 있다.

상대 시대 대표 가집인 『만요슈万葉集』에는 직접 스모 경기를 읊은 노래는 없지만 스모경기에 필요한 스모선수를 모집했던 한 관리의 노래가 있다. 이 관리는 규슈에서 선수를 선발해서 도읍인 교토로 상경했는데 이때 18세의 젊은 시종이 갑작스럽게 병으로 죽고 만다. 『만요슈』를 대표하는 가인인 야마노우에 오쿠라山上憶良는 그 시종의 죽음을 애도하면서 그의 입장을 대변하여 노래를 읊었는데 다음과 같다.

내가 출발한 날부터 벌써 며칠 지났나를 계산하면서
'오늘이야말로'라고 돌아오기를 기다리시는 부모여

죽은 시종이 어디 출신인지는 명확하지 않지만 7월 7일 열리는 스모 절회에 늦지 않도록 6월 17일 규슈를 출발한 일행은 육로로 교토까지 갔다. 여름의 찌는 듯한 더운 날씨를 오늘날과 같이 대중교통 등을 이용하지 않고 오랜 시간 장시간 이동하는 것은 매우 힘겨운 일이었음에 틀림없다. 이를 견디지 못하고 죽어 다시는 고향 땅을 밟지 못한 시종의 사연을 안타깝게 여긴 오쿠라의 심정이 위 노래에 절절히 드러나 있다고 하겠다.

무사시대의 스모

　조정으로부터 정권을 빼앗은 신흥 무사는 무술로 스모를 중시했다. 초기의 전투방법은 말을 타는 개인전으로 '나로 말하면 모 아무개'라고 먼저 자신의 이름을 댄 후 일대일로 승부를 벌여 승자가 상대의 목을 친다. 무사에게 있어 승리는 자신의 목숨과도 관계가 있었기 때문에 이기기 위해 실력을 쌓는 것은 매우 중요한 일이었다. 이에 스모는 활과 승마와 함께 무사가 반드시 단련해야 하는 필수 종목이 된다.

　가마쿠라鎌倉 막부의 역사를 기록한『아즈마카가미吾妻鏡』에 따르면 막부 창시자인 미나모토 요리토모源賴朝는 스모를 아주 좋아했던 것 같다. 종종 무사와 스모선수를 초대해서 시합을 구경했다는 점이 기술되어 있다. 쓰루오카 하치만 궁鶴岡八幡宮이나 미사키샤三崎社, 아쓰타샤熱田社 등의 신사 제사에 봉납되었던 스모 기사를 많이 볼 수 있고 이때 미나모토 요리토모가 참석한 경우도 많다. 신사의 제사 때 스모는 '야부사메流鏑馬'라 불리는 말을 타고 달리면서 과녁을 화살로 차례로 쏘는 경기와 함께 시행되는 경우가 많았다.

　소가주로曽我十郎, 소가고로曽我五郎 형제의 복수이야기인『소가 이야기曽我物語』의 발단부분에 미나모토 요리토모가 유랑자로서 이즈伊豆에 있을 무렵, 주위의 무사들이 무료함을 달래기 위해서 사냥을 기획했는데 그때 연회의 여흥으로서 스모를 한 모습이 전해진다. 연회가 한창 무르익을 무렵, 술김에 누구든 관계없이 젊은이들에게 스모를 시켰다. 힘자랑할 무사들이 대결하고 마타노 고로카게히사俣野五郎景久라는 자가 도합 31번을 싸워 이겼다. 이자는 이미 일본 제일이라고 불리는 최강자였다. 그때 등장한 자가 가와즈 사부로스케야스河津三朗祐泰였다. 가와즈는 비록 스모 경험은 없지만 마타노의 양팔을 잡고 비틀어 무릎을 꿇게 만들었다. 마타노는 나뭇가지에 걸려 넘어졌다고 이의를 제기하면서 재차 도전했지만 이번에는 가와즈가 한손으로 마타노를 들어 올려 던져 쓰러뜨리고 만다.

전국戰国 시대 무장 중에서는 오다 노부나가織田信長가 특히 스모를 좋아했다. 노부나가의 일대기인『신초코기信長公記』에 따르면 1578년 3월, 노부나가가 스모선수 3백 명을 아즈치 성安土城으로 불러 모았고 또한 8월에는 교토의 스모선수를 비롯해서 천 5백 명을 소집하여 하루 종일 스모를 하게 했다. 같은 해 10월 5일에는 새로 지은 니조 전二条殿에 고키나이五畿内와 오미近江 지방에서 스모선수를 모아 경기를 실시했는데 당시 조정에 출사했던 많은 이들이 이 경기를 관람했다. 스모를 할 때에는 장군과 주종관계에 있던 무사들이 자신이 거느리고 있던 선수들을 데려왔는데 이를 통해 평소부터 스모선수를 육성하고 있던 점을 알 수 있다. 주군이 스모를 좋아하면 신하들이 선수를 육성하여 주군에게 보여주는 것은 당시 상식으로 보면 지극히 자연스런 현상이었다고 할 수 있겠다.

모금 스모의 발생

전국시대가 끝나고 전쟁으로 황폐해진 국토의 부흥이 시작되었다. 절과 신사, 그리고 다리의 재건 및 수리비용을 모금하기 위해 당시 고승들은 권진 흥행勸進興行이라 불리던 여러 가지 활동을 했다. 우선 역대 장군들이 즐겼던 동작과 곡예를 주로 하는 민중 예능인 사루가쿠猿楽나 모

219

내기 때의 가무 음곡이 예능화 된 덴가쿠田楽를 시연하였다. 1349년 아시카가 다카우지足利尊氏도 관람했던 '시조가와라칸진덴가쿠四条河原勧進田楽' 가장 유명한데 이는 시조 대교四条大橋 건설비용을 모으는 것이 주된 목적이었다. 이후 스모도 이러한 행사 종목으로 선정되며 15세기 전반부터 여러 역사 자료에 그 기록이 보인다. 『간몬 일기看聞日記』에는 호안지法安寺 건설비용을 조달하기 위해서 각지에서 많은 스모선수가 모여 교토 교외에서 스모 대회를 3일간 계속 실시했다는 기술이 있다.

시대가 흐르자 스모시합 개최는 공적인 사회사업이라기보다는 선수 자신들의 생활을 위한 영리 목적으로 변해 갔다. 각지에 전문성을 가진 프로 스모선수 집단이 결성되어 교토에 모여 시합을 개최하고 때로는 여러 지방으로 순회하면서 이러한 사업을 확장했다.

지금도 연 6회 홀수 달에 행해지는 정규 스모대회 중간에 연 4회 짝수 달에 지방에서 시합이 실시되고 있다. 4월에는 관서 지방·도카이東海·관동 지방, 8월에는 도호쿠東北·홋카이도北海道, 10월에는 다시 도카이 지방과 관서 지역에서, 그리고 12월에는 규슈와 오키나와沖縄에서 실시되는데 이는 자금 모금을 위해 스모시합을 개최했던 전통이 남아 있다고 보면 되겠다.

길거리 스모와 씨름판

교토에서는 사찰이나 신사의 건설을 위한 스모시합 개최가 일반적이었지만 오사카는 상업도시답게 처음부터 영리 목적인 스모대회가

열렸다. 가까운 지방의 스모선수 집단을 모아 열전을 펼쳤고 오사카 시합 개최 후 교토로 장소를 옮겨 스모 대회를 개최하는 것이 일반적이었다. 한편 에도江戶에서는 신도시 건설의 일환으로 스모대회가 열렸는데 이와 더불어 무허가인 '길거리 스모'가 번성했다. 대회 중 자주 싸움이 발생해 애를 먹던 에도 막부는 1648년 스모대회를 금지한다. 금지령을 해제하기 위해서는 스모대회의 정화 작업이 필요했고 이를 위한 개혁의 하나로 '도효土俵'라 불리는 씨름판이 도입되었다. 스모는 이 씨름판 안에서만 할 수 있게 되며 또한 주먹으로 때리거나 발로 차는 등의 기술도 금지되었다. 씨름판은 매우 신성시되어 스모선수는 시합하기 전 물로 입을 헹구면서 몸을 깨끗이 하고 '기요메노시오淸めの塩'라 불리는 부정을 쫓기 위한 소금을 뿌리는 행위도 도입되었다. 이러한 노력이 결실을 맺어 1684년 막부는 금지령을 해제한다. 이로 인해 스모대회는 절이나 신사를 관리하는 무사의 감독 하에 사찰이나 신사 경내에서 열리게 되었다.

에도 시대 권력을 가진 지방 영주나 장군 직속 무사들은 스모선수를 대거 고용했다. 그들은 앞다투어 유력한 스모선수를 고용했고 스모와 관련된 여러 가지 조직을 정비했다. 이러한 경제적 비호를 받아 에도 시대에 스모는 크게 성장했는데 매년 겨울 두 번의 정규 시합을 개최를 정례화했다. 이에 서민들의 오락으로서 스모가 뿌리를 내리게 된다.

스모의 인기가 점차 올라가면서 사상 최강의 선수인 라이덴 다메에 몬雷電爲右衛門이 등장한다. 라이덴은 시나노 지방信濃国 출신으로 키가 197cm, 체중이 무려 172kg의 근육질의 거한이었다고 전해진다. 1784년 시나노 지방으로 경기를 하러 온 우라카제 린에몬浦風林右エ門에게 발탁되어 우라카제와 함께 에도로 향했다. 에도에서는 당시 스모계 일인

자였던 다니카제 가지노스케谷風梶之助의 제자가 되어 프로무대에 오를 때까지 무려 6년간 다니카제 밑에서 훈련을 했다. 그러던 중, 마쓰에松江 지방 번주였던 마쓰다이라 하루사토松平治郷가 라이덴의 장래성을 파악하고 전속 스모선수로 영입한다. 라이덴은 21년간 현역 생활을 했는데 통산 패배는 단 10번 뿐이었다. 즉 96% 이상의 승률을 올린 셈이다. 스모 역사상 전대미문의 최강의 선수로 평가받고 있다.

도쿠가와 이에나리의 스모관람

에도 시대의 스모역사 중 가장 주목할 만한 내용은 1791년 6월 11일 에도 성에서 개최된 스모경기를 제11대 장군인 도쿠가와 이에나리德川家斉가 관람했다는 점이다. 스모 관람 당일, 선수와 심판들은 이른 아침 6시쯤에 에도 성으로 들어왔고 오전 10시쯤 특별히 설치된 시름판에서 대회가 시작되었다. 도합 82번의 시합이 실시되었다. 이때 갓 데뷔한 라이덴 다메에몬도 참가했는데 이 날 패배하고 만다. 이는 그의 선수생활의 첫 패배로 기록된다.

이 날 개최된 스모시합에 대해 '도박과 같은 승패를 보시고 알몸이 되어 바르게 살 수 있을까?'라는 익살스런 노래도 읊어졌다. 매번 도박과 같다고 무시당했던 스모였지만 당시 최고 실권자인 장군이 경기를 관람한 덕분에 스모에 대한 평가가 급상승하여 많은 인기를 얻게 되고 이후 서민의 오락으로 정착한다. 또한 장군이 스모를 관람할 때, 씨름판에는 4개의 기둥을 세우고 정화수도 사용했다고 한다. 현재의 씨름

【그림 2】 도쿠가와 이에나리의 스모
관람(飯田道夫(2004)『相
撲節会』人文書院)

판은 이를 모방한 것이다. 또한 마지막 시합에서 승리한 다니카제에게
는 활이 수여되었는데 이것이 현재의 '유미토리시키弓取式'의 기원이
되었다.

장군 이에나리는 스모경기를 관람한 것에 대단히 만족했던 것으로
보이며 이후 4번에 걸쳐 스모경기를 직접 관람했다. 다음 장군 이에요
시家慶도 직접 관람하는 스모대회를 2번이나 개최하였다. 이로 인해 일
반인들도 스모는 도쿠가와 장군도 감상하는 격식 있는 경기로 인식하
게 된다. 특히 에도 시대 말기에는 다양한 분야에서 스모의 자취를 엿
볼 수 있다. 예를 들면 각종 수필 작품에 스모에 대해 기술했고, 라쿠고
落語나 고단講談, 가부키歌舞伎 등에도 스모를 주제로 한 내용이 급증한다.
스모를 소재로 한 가부키 중에서 『잇본가타나도효이리一本刀土俵入』가 가
장 유명하다. 또한 당시 유행했던 목판화 작품 소재로 스모선수 그림이
배우의 그림과 더불어 중요한 위치를 차지하게 된다. 가쓰시카 호쿠사
이葛飾北斎나 도슈사이 샤라쿠東洲斎写楽와 같이 당시 저명했던 화가들도
스모 관련 그림을 많이 그렸다.

【그림 3】 흑선 내항과 스모, 스모 선수들의 힘겨루기(新田一郎(2010)『相撲の歷史』講談社)

흑선 내항과 스모

에도 시대 말기인 1853년 7월 8일, 미국해군제독 페리가 이끈 군함 흑선黑船이 우라가浦賀에 내항하여 개국을 재촉하는 미국 대통령의 친서를 막부에 건넨다. 다음해 2월 13일, 페리는 재차 우라가에 내항했고, 이후 미국과 일본 사이에는 화친조약이 체결되었다. 이로써 3대 장군 도쿠가와 이에미쓰德川家光 이래 200년 이상 지속되어왔던 일본의 쇄국정책이 결국 막을 내리게 된다.

두 번째로 페리가 내항했을 때, 오제키大関였던 고야나기 쓰네키치小柳常吉 이하의 스모선수들이 일본인의 힘을 자랑하기 위해 미국사절단에게 쌀섬을 혼자 2, 3섬씩 운반하는 모습을 보이거나 스모를 연습하는 모습을 보여주었다. 또한 미군 중에서 복싱이나 레슬링을 했던 사람들과 맞붙어 상대를 완전히 제압하여 미국인들을 놀라게 했다. 특히 고야나기 쓰네키치는 자신의 괴력을 보여주기 위해 쌀 다섯 섬을 들어 올리고 걷기까지 했다. 그리고 힘센 미군 해병 세 명과 동시에 맞붙어 한 사람은 들어 올리고 또 한 사람을 겨드랑이에 낀 후 마지막 한 사람을 발로 짓밟아 그들의 간담을 서늘하게 했다는 일화가 전해오고 있다. 요즘 유행하는 이종격투기의 선구라고 할 수 있다. 다만 이것은 일본 측 기록에 따른 것으로, 미국 측 기록에서는 "미 해군이 보여준 증기기관 등의 문명의 이기에 비교하면 일본 측의 볼거리는 짐승의 힘과 비슷한 야만적인 것이었다"라고 기록되어 있다. 미국이 문명의 우월성을 자랑한 것에 비해, 일본은 야만적인 힘자랑을 했을 뿐이다. 이것이 일본 스모와 서양의 레슬링의 첫 대면이었고, 이후 레슬링을 '서양 스모'라 부르는 반면 스모는 'Japanese wrestling'이라고 불렸다.

스모 폐지론과 인기 회복

메이지 유신明治維新 이후 사회의 커다란 변화는 스모 세계에도 심각한 영향을 미쳤다. 서양풍의 근대국가건설을 과제로 한 메이지 신정부의 탈아입구脫亜入欧를 향한 노력은 스모계를 거세가 흔들었다. 종래의 다양한 풍속관습이 문명개화의 방해가 되는 폐단으로 지탄받아 사회로부터 추방되어가는 추세 속에서 스모는 커다란 위기를 맞았던 것이다.

1871년 도쿄 부東京府 지사가 '나체를 외국인에게 보이면 꼴사납다'고 하여 나체금지령을 내렸다. 실은 인력거꾼 등을 염두에 두었던 것인데 스모선수도 나체금지령에 해당되었다. 그 무렵 불평등조약不平等条約을 맺었던 영국, 미국, 프랑스 등 5개국과의 통상조약의 개정 시기를 맞이했지만 '일본은 근대국가가 아니다'라는 이유로 개정을 거부당했다. 메이지 정부는 한층 더 높은 서양화를 목표로 하고 그런 과정에서 나체로 대결하는 스모가 비난의 대상이 되어 폐지론이 부상했다. 1877년 내무대신인 오쿠보 도시미치大久保利通가 신사나 절 경내에서의 모든 시합을 금지했다. 스모도 이 금지령에 걸렸지만 어느 정도 격식 있는 전통행사라는 이유로 예외취급을 받았다.

1884년 도쿄 하마리큐에서 거행된 스모시합을 메이지 천황이 관람했는데 이로 인해 스모 폐지론이 잠잠해졌다. 그 때의 모습이 그림으로 남아 있는데 씨름판의 기둥 및 씨름판에 오르는 의식을 담당했던 요코즈나橫綱가 '게쇼마와시化粧まわし'라 불리는 장식용 샅바를 두르고 그 위에 악귀를 쫓는 새끼줄 모양의 띠를 두른 모습은 마치 1791년에 개최된 이에나리 장군이 관람한 스모를 모방한 것처럼 보인다.

메이지 시대 후기, 정부가 시행하는 서양화정책에 반발하여 국수적인 풍조가 생겨났고 러일전쟁 후의 내셔널리즘에 편성하여 스모는 점차로 인기를 회복하게 된다. 이 때 스모 상설관을 건설하려는 움직임이 일어난다. 종래에는 정규 대회마다 가건물을 세워 시합을 치렀는데 비가 내리면 경기를 중지하는 경우가 많았다. 이에 원래 10일 일정의 시합이 무려 2개월 이상 걸린 경우도 있었다. 안정적인 관객동원을 확보할 수 있다고 판단한 도쿄 스모협회는 1909년 상설관을 건설하고 '국기관国技館'이라 이름 지었다. 이에 따라 당시 2천명 정도였던 수용인원이 1만 3천명으로 증가했고 스모협회의 경영도 훨씬 안정되었다.

스모를 일본의 국기로 알고 있는 사람들이 많다. 하지만 스모가 원래부터 국가의 스포츠를 의미하는 국기였던 것이 아니라, 국기관에서 행해지는 경기였기 때문에 국기라 칭하게 되었다는 이야기도 있다.

메이지 시대 초기에는 전국 각지에 스모단체가 있었지만 점차 없어

지고 도쿄 스모협회와 오사카 스모협회만 살아 남았다. 이후 1927년
두 단체가 통합되어 현재의 재단법인 '일본스모협회'가 탄생하게 된다.

스모의 국제화

국기라 일컫는 스모이지만 메이지 시대 이후 완만하게 국제화의 길
을 걸어왔다. 국가의 시책으로 장려되었던 하와이나 남미 등으로의 이
민정책으로 형성된 일본계 사회에 있어서 고향의 문화가 그들의 정체
성을 유지하는 수단으로서 계승되었다. 스모도 고향의 문화 중 하나였
다. 하와이와 브라질에서는 스모협회가 결성되어, 정기적으로 아마추
어 스모경기가 실시되었다.

한편 일본의 스모협회가 주관한 해외 순방도 상당히 이른 시기부터
있었다. 1907년부터 요코즈나 히타치야마常陸山가 유럽 각지에서 개인
적으로 스모를 소개하는데 힘썼고, 1910년에는 런던에서 개최된 박람
회를 시작으로 스모협회가 유럽 각지를 돌면서 대회를 개최했다. 다이
쇼大正 시기에도 미국 본토나 하와이 등에서 해외 순방 시합이 실시되
었다. 그 후 불경기로 인해 해외 경기 개최는 중단되었지만 제2차 대전
후, 미국을 시작으로 소련, 중국, 멕시코, 프랑스, 영국, 스페인, 독일 등
세계각지에서 스모대회가 열렸다.

해외 각국을 돌며 스모를 소개한 성과로 인해 국기관에서 외국인 관
객의 모습을 흔하게 볼 수 있게 되었고 외국인의 스모선수 입문도 늘어
났다. 1970년대에 활약했던 세키와케関脇 다카미야마高見山를 시작으로

227

80년대부터 90년대에 걸쳐서는 오제키 고니시키小錦, 요코즈나 아케보노曙와 무사시마루武蔵丸 등, 하와이 출신의 스모선수가 상위권을 석권했다. 21세기에 들어와서부터는 몽골세력이 맹위를 떨치고 있고 지금까지 아사쇼류朝青龍, 하쿠호白鵬, 하루마후지白馬富士, 가쿠류鶴龍 등 네 명의 요코즈나를 배출했다.

스모는 국제화라는 하나의 전환점을 돌아 지금 막 새로운 페이지를 열려고 하고 있다. 앞으로 스모가 어떠한 모습으로 변해 어떠한 길을 걸어가게 될지 흥미진진하다.

참고문헌

新田一朗(2010) 『相撲の歴史』 人文書院
飯田通夫(2004) 『相撲節会』 講談社
日本相撲協会ホームページ, www.sumo.or.jp

새해의 푸르름을 만끽하는 봄나들이

이 신 혜

● ● ● ●

중국 길림성 집안현에 있는 고구려 고분벽화인 장천1호분에는 그 옛날 고구려인들이 들놀이하는 모습이 그려져 있다. 씨름을 하는 사람, 거문고를 켜고 있는 사람, 그에 맞춰 춤을 추는 사람이 있는가 하면, 또 다른 쪽에서는 나무와 새를 바라보며 즐거워하는 사람 등 야외놀이를 즐기는 여러 사람들의 모습을 찾아볼 수 있다. 그리고 일본의 가장 오래된 노래집인『만요슈万葉集』봄노래 야유野遊 부분에도 다음과 같은 봄나들이 노래가 있다.

가스가의 띠로 뒤덮인 들판에서
친구들과 함께 논 오늘을 영원히 잊을 수 없을 거야!

나라奈良 시대(710~794년) 나들이 장소로 유명했던 가스가 들판春日野에서 친구들과 자연을 만끽하면서 신나게 놀고 나서 그 추억을 평생 못 잊을 것 같다며 봄나들이의 즐거움을 표현한 것이다.

좋은 날 좋은 사람들과 좋은 곳으로 떠나는 나들이야말로 동서고금을 막론하고 인간이 즐겼던 놀이문화 중의 하나이다. 오늘날 교통 환경의 발달로 손쉽게 국내외를 여행하는 것과 달리 천 년 전에는 신사나 절 참배를 제외하면 거주지 주변의 산이나 들, 혹은 나들이 명소로 잠깐 다녀오는 것이 고작이었다. 나들이는 일상을 탈출하는 설레는 마음으로 길을 떠나 자연과 계절을 느끼면서 기분전환도 하고 기운도 충전할 수 있는 좋은 기회였을 것이다.

이 글에서는 고전문학 속에 등장하는 들놀이에 대해서 살펴보고자 한다. 우선 일본의 들놀이의 종류와 내용에 대해서 알아보고, 이어서 『겐지 이야기源氏物語』와 『스미요시 이야기住吉物語』에 등장하는 정월 첫 쥐날, 일본어로 네노히子の日라 불리던 날의 들놀이 장면을 소개하고 그 의의를 찾아보고자 한다.

일본의 들놀이

고전작품 속에 등장하는 야외 나들이로는 벚꽃놀이와 단풍놀이, 그리고 사냥, 물가놀이, 들놀이 등을 들 수 있다. 봄이 되면 벚꽃을 구경하러 가고, 가을에는 울긋불긋하게 물이 든 단풍을 보러 갔으며 또 산과 들로 짐승을 잡으러 가기도 했다.

물가놀이, 이소아소비磯遊び란 그 이름대로 바다나 강가로 나가 조개나 물고기를 잡고 노는 것인데, 특히 음력 3월 3일을 전후해서 조수의 차가 가장 클 때인 대조기大潮期에 해변에 나가서 조개를 줍고 놀다가 맛있는 음식도 먹곤 했다. 3월 3일 복숭아 절기桃の節句에 일본에서는 제단 위에 작은 인형과 음식을 장식해 여자아이의 건강을 기원하는데, 실내에서 하는 인형장식雛祭り과 대비를 이루는 야외놀이가 바로 물가놀이인 것이다. 그 원류는 액막이용 인형을 강물에 띄워 보내기 위해서 물가로 나온 것이며, 이는 고대 중국에서 3월 3일 상사절上巳節에 물가에서 액운을 털어내던 풍습의 영향이라고 한다.

우리나라에서도 3월 3일은 상사절, 답청절踏靑節, 삼짇날이라 하여 들놀이를 하면서 꽃지짐을 지져 먹는 화전놀이의 날이었다. 산과 들에 꽃이 만발하는 봄을 즐기기 위한 나들이였는데, 특별히 이 날 고구려에서는 하늘과 산천에 제사를 지냈고, 사냥 경기를 조직하여 무술 겨루기도 하였다고 한다. 즉 한 해 동안 갈고 닦아온 활쏘기와 칼쓰기, 창쓰기 등의 무술실력을 자랑하면서 몸과 마음을 단련하게 한 것이다. 그리고 남자들은 자연 풍경을 주제로 하여 시를 지어 읊고, 여자들은 들에 나가 음식 준비를 하면서 머리를 감았다. 특히 이 날에 머리를 감으면 머리결이 고와지고 기름기가 돈다고 하였다. 아이들은 여러 가지 꽃과 풀들을 꺾거나 뽑아서 이름을 대기도 하고 풀싸움 놀이도 하면서 야외놀이를 즐겼다.

다음 나들이로는 노아소비野遊び라 불리는 들놀이인데, 산과 들로 나가 꽃구경을 하거나 나물을 캐면서 자연 속에서 하루를 보내는 놀이다.

넓은 뜻으로는 시기에 상관없이 산야로 나가는 모든 나들이를 지칭할 수 있으며, 좁은 뜻으로는 새해 들어 처음 맞는 쥐날子日, 즉 네노히에 산과 들로 놀러 나가는 것을 말한다. 우리나라에서는 쥐날에 특히 농촌에서 들쥐들의 피해를 막고 겨울을 난 각종 벌레들을 태우기 위해서 논과 밭두렁에 불을 놓는다거나, 곡식을 축내는 쥐를 경계하고 풍년을 기원하기 위해서 큰 솥에 콩을 볶으며 주문을 외는 등 쥐와 관련된 행사를 했으나, 일본에서는 야외로 나가 들놀이를 했던 것이다.

『연중행사 히쇼年中行事秘抄』에 의하면 새해 첫 쥐날에 산에 올라 멀리 사방을 바라보면 사악한 기운을 없애고 번뇌를 제거할 수 있다고 하는데 이는 중국의 관습에 따른 것이라고 한다.

네노히 들놀이, 어린 소나무 뽑기와 봄나물 캐기

네노히 들놀이의 주요 행사 내용은 어린 소나무 뽑기와 봄나물 캐기였다.

기록에 의하면 896년 우다 천황宇多天皇은 후나오카 산船岡山에서, 엔유인円融院은 985년 무라사키노紫野에서 네노히 행사를 성대하게 치렀다고 한다. 헤이안시대 귀족들은 이 날 주로 헤이안궁의 북쪽에 위치한 무라사키노나 후나오카 산 등의 교외의 산과 들로 나가서 자연의 생명력의 상징으로 여겨지는 어린 소나무를 뿌리째 뽑아서 건강과 장수를 기원했던 것이다. 이를 네노비根延び라고도 했는데 네노히와 비슷한 발음의 네노비ねのび, 즉 소나무 뿌리처럼 목숨이 길기를 바라는 마음을 담은 언어유희이다. 실제로 뿌리의 길이로 장수를 점쳐보기도 했다.

『일본몬토쿠천황실록日本文德天皇実録』757년 기사에 의하면, 네노히 행

사는 나라시대 때부터 다른 절기행사와 마찬가지로 궁중의 연회행사
로 행해졌다고 한다.

　에도江戸 시대(1603~1868년)의 화가 도사 미쓰자네土佐光孚(1780~1852년)
가 그린『네노히 놀이 그림子の日遊び図』을 보면 여자아이와 남성이 소나
무를 뽑으려는 모습이 그려져 있는데 그림 윗면에는 사다유키貞敬가 지
은 다음 와카도 적혀 있다.

　　　오늘 이곳에 네노히 나들이 나와 들판의 어린 소나무를 뽑는 손길이여

　　　앞으로 천년동안 소나무가 무성하게 잘 성장하기를

　소나무는 상록수이며 장수하는 나무로 여겨졌으므로 새해를 맞아
어린 소나무에 손을 대고 뽑으면서 소나무가 천년동안 잘 자라 무성해
지기를 바라고 또한 우리도 오래오래 건강하게 잘 살기를 바란다는 메
시지가 담겨 있는 노래이다.

　이에 앞서 헤이안 시대의 대표가인인 미부 타다미네壬生忠岑는『슈이
와카슈拾遺和歌集』에서 네노히에 어린 소나무를 뽑는 관습에 대해 다음
과 같이 노래했다.

　　　네노히에 나들이 간 들판에 어린 소나무가 없었다면

　　　천년이나 살 장수의 예로서 무엇을 뽑을까.

　오늘날 일본에서는 새해가 되면 현관문 앞에 소나무와 대나무를 같
이 장식하는 가도마쓰門松를 세워두거나 아니면 약식으로 입구에 소나
무 장식을 걸어 두는데, 이는 헤이안 시대 귀족들이 네노히에 소나무

뽑기 행사를 한 후에 집으로 가져와서 정원에 심어 장수를 기원했던 관습에서 변천된 것으로 볼 수 있다.

또 하나 네노히 들놀이에서 빼놓을 수 없는 것은 바로 봄나물 캐기다. 이 날 캐온 나물로 요리를 해 먹으며 다함께 장수를 기원하는 것인데, 특별히 새해를 맞이하는 기쁨과 더불어 새로 돋아난 나물을 먹고 한 해 동안 병에 걸리지 않고 건강하게 지내기를 바라는 주술적인 의미도 있었던 것이다. 그리고 정월 7일에는 봄을 대표하는 일곱 가지 나물인 미나리, 냉이, 떡쑥, 별꽃, 광대나물, 순무, 무우를 넣어 끓인 죽, 즉 나나쿠사가유七草粥를 먹는 풍습이 있었다. 이 풍습은 오늘날에도 지켜지고 있는데, 양력 1월 1일부터 설날연휴를 지내면서 명절음식과 축하주로 혹사당한 위를 쉬게 하기 위해서 1월 7일에 소화가 잘되는 죽을 끓여먹는 것이다.

다음은 고코 천황光孝天皇(830~887년)이 황자였을 때 소중히 여긴 사람에게 세리카와 들芹川野에서 캔 봄나물을 보내면서 곁들인 와카이다.

> 그대에게 바치기 위해 봄 들판에 나가 봄나물을 캐는
> 내 소매에 끊임없이 눈이 내리네요

초록색 봄 들판과 봄나물, 그리고 흰색 눈이 색채적인 대비를 이루는 노래이며, 눈발이 날리는 가운데서도 임을 생각하며 봄나물을 캐는 모습에서 상대에 대한 애정이 넘치는 노래임을 알 수 있다. 여기서 정월이란 음력정월이기 때문에 지금과는 한 달 정도 차이가 나며, 달력상 봄이라고는 하지만 실제로는 눈발이 휘날리곤 했다.

『만요슈万葉集』에 실린 야마베 아카히토山部赤人의 노래에도 눈이 내려

봄나물을 캐러 가지 못해서 아쉬워하는 내용이 등장한다. 이 노래는 상대시대의 대표적인 나물캐기 노래이다.

> 내일부터 봄나물 캐러 가려고 표시해놓은 들판에
> 어제도 오늘도 계속 눈이 내리는구나

　궁중관리였던 아카히토가 이렇게 애착을 보이고 있는 만큼 네노히의 봄나물 캐기 행사는 당시에 상당히 중요한 의미가 있었던 것 같다. 헤이안 시대에는 봄나물 캐기가 하나의 관습적인 놀이로서 행해졌지만, 상대에는 눈이 오는 시기라도 나물을 캐러가야만 하는 생활상의 필요성이 있었을 가능성도 있다. 보존이 가능한 곡류와는 달리 나물류는 신선해야 하므로 빨리 채취해야 할 식재료였을지도 모르기 때문이다.
　앞서 언급한 도사 미쓰자네의 『네노히 놀이 그림』에 봄나물을 캐는 모습도 그려져 있다. 푸릇푸릇 새 나물들이 돋아있는 들판에서 남성은 이쪽저쪽 두리번거리면서 어떤 나물을 캘지 고민하고 있고, 바구니에 나물을 어느 정도 캐 놓은 여자아이가 잠자코 그의 지시를 기다리고 있는 그림이다. 이 그림에도 마찬가지로 와카가 적혀 있는데 지은이는 히사타다尚忠이다.

> 이 강가에 나와 봄나물을 캐는
> 궁중 조정대신들의 소매 색깔이 참으로 다양하구나

　이 와카를 읽어보면 네노히에 상당히 많은 조정대신, 귀족들이 봄나물 캐기 행사를 하러 들판으로 나온 모습을 상상할 수 있다.

『겐지 이야기』 속의 네노히 행사

네노히에 어린 소나무를 뽑고 봄나물을 캐는 습관은 여러 문학작품 속에 등장한다. 즉 귀족들의 일상생활에 깊숙이 침투해있다는 사실을 확인할 수가 있는 것이다. 여기서는『겐지 이야기』속의 네노히 행사와 그 때 노래한 와카에 대해서 간단히 살펴보고자 한다.

『겐지 이야기』「하쓰네初音」권에는 소나무 뽑기 에피소드가 등장한다. 즉 새해 들어 첫 네노히에 겐지가 아카시노히메기미明石姬君의 처소에 방문해보니 어린 여자아이들과 하급 시녀들이 정원 연못에 있는 작은 섬인 쓰키 산築山의 어린 소나무를 뽑으면서 놀고 있었다. 네노히를 맞아 시종들이 야외로 나가지는 못하고 로쿠조인六条院 내에서 소나무를 뽑으며 놀고 있는 모습을 기분 좋게 바라보고 있는 가운데 아카시노히메기미의 어머니로부터 음식과 함께 노래가 도착한다.

> 오랜 세월 아이의 성장을 기다렸던 저에게
>
> 오늘 그 첫 소리를 들려주세요

이 노래 속에서 소나무松와 기다리다待つ가 마쓰, 오래된古과 지나다経る가 후루, 첫소리初音와 첫 네노히初子가 하쓰네로 똑같이 발음되어 두 가지 뜻으로 해석된다. 또한 소나무는 뽑다, 끌리다引かれ와 연관이 있으며 이른 봄을 알리는 휘파람새의 울음소리가 소재로 등장한다. 이 노래는『슈이와카슈』의 노래 중에서 네노히 날에 다이고 천황醍醐天皇 앞에 있는 오엽송五葉松 가지에 앉은 휘파람새가 처음 우는 것을 보고 읊은 노래를 참고로 하고 있다. 아카시노키미가 정월이 되었는데도 만나지 못

하고 있는 딸에게 그 목소리라도 듣고 싶다고 보낸 노래이다. 이에 대한 딸인 히메기미의 답가는 다음 노래이다.

> 헤어진 지 몇 년이나 지났지만
> 저를 낳아주신 어머니를 어찌 잊을 수 있겠습니까

답가에서는 헤어지다引き別れ, 세월年, 지나다経れども, 휘파람새鶯를 그대로 받아서 노래했고, 소나무 뿌리根와 소리音, 네노히子가 모두 '네'로 발음되어 여러 의미를 내포하고 있다.

이와 같이 귀족들의 네노히 행사에는 몸을 움직여서 하는 소나무 뽑기와 봄나물 캐기 외에도 와카 부르기가 빼놓을 수 없는 유희였던 것이다. 이렇게 네노히를 소재로 한 노래를 주고받음으로써 네노히의 즐거움을 표현하고, 또한 서로를 축복을 해주는 기회로 삼은 것이다.

또 한 장면, 겐지의 40세 축하연에 다마카즈라玉鬘가 아이를 데리고 찾아와서 오랜만에 겐지와 만나게 된다. 이때 다마카즈라는 노래를 겐지에게 바치는데 네노히와 관련된 여러 단어들이 등장한다.

> 봄나물이 싹트는 들판의 어린 소나무(자신의 아이)를 데리고 와서
> 키워주신 원래의 바위 밑둥(겐지)을 축하하는 오늘은 바로 네노히군요!

앞날이 기대되는 상큼한 어린 소나무의 성장력과 영원불멸을 의미하는 바위 밑둥에 착안하여 겐지가 더더욱 건강하고 장수하기를 기원하는 노래이다. 이날이 마침 정월 23일로 네노히였기 때문에 다마카즈라는 노래와 함께 미리 준비해온 봄나물을 바친다. 봄나물 와카나若菜

를 먹으면 회춘若返り하기 때문에 40세 축하연에도 어울리고, 또한 네노히에도 어울리는 선물인 것이다. 그러자 기분이 좋아진 겐지는 잔을 들고 답가를 부른다.

> 어린 소나무의 생명력에 힘입어
> 들판의 봄나물도 오래 살겠지요

즉 어린 소나무의 생명력 덕분에 겐지 본인도 장수할 것을 기대해보 겠다는 노래이다. 원 노래에서는 나물을 캐다摘む, 시간을 쌓다積む라는 이중의 의미를 지닌 쓰무つむ라는 표현이 사용되었다. 어린 소나무는 다마카즈라의 아이라는 의미로도 쓰였는데, 문학작품 속에서 어린 소나무는 어린아이나 여성을 의미하는 단어로 쓰이게 된다.

이상으로 『겐지 이야기』속에 그려진 네노히 행사와 와카를 살펴보았다. 짧은 와카 속에 네노히와 관련된 다양한 표현들이 잘 녹아들어 있다. 전반적으로 등장인물들이 직접 네노히 행사에 참가하기보다는 기존의 와카들과 관념속에 정착된 행사관련 소재를 사용하여 와카 속에 잘 담고 있음을 알 수 있었다.

『스미요시 이야기』속의 네노히 행사

『스미요시 이야기』는 970년경에 만들어져서 헤이안 시대와 중세 시대(1192~1603년)를 거쳐 에도 시대에 이르기까지 널리 읽혀진 계몽학

대담 이야기이다. 주인공인 첫째 딸은 친어머니가 죽은 후 아버지 집으로 들어가게 되는데 그곳에는 계모와 여동생 두 명이 있었다. 계모가 주인공의 결혼을 몇 번이나 방해하지만 주인공은 꿋꿋하게 이겨내어 결국은 멋진 귀공자와 맺어져서 행복하게 산다는 이야기이다. 『마쿠라노소시枕草子』(헤이안 시대 중기) 이전에 만들어진 고본古本은 현재 전해지지 않고 중세시대에 개작한 것만 존재하는데, 전본伝本만해도 100편이 넘을 정도로 오랫동안 많은 사랑을 받은 작품이다. 이제『스미요시이야기』에 등장하는 사가노 들놀이 장면에 주목하여, 첫째 들놀이 장면의 의의, 둘째 와카의 특징, 셋째 소나무의 연계성 등에 대해서 살펴보고자 한다.

세 자매의 우열 가리기

이야기 속 세 자매는 정월 10일이 지나서 사가노 들판의 봄 풍경이 궁금하다며 구경 가기로 하였다. 이 얘기를 몰래 들은 남자 주인공 소장少将은 미리 가서 숨어 있었다. 일행은 들판 가까이에 가마를 세워놓고 어린 시녀들이 먼저 내려서 어린 소나무를 뽑기도 하고 아가씨들이 가마에서 내릴 채비를 돕기도 한다. 이야기 속에는 이 날이 네노히라고 명기되어 있지는 않지만, 글의 내용과 와카를 봤을 때 네노히 나들이라고 말할 수 있을 것이다.

나들이 나온 사람들이 들판의 경치와 새로 돋아난 갖가지 풀들을 보고 찬사를 보내는 가운데, 세 자매가 차례로 가마에서 내려오는 장면은

【그림 1】 사가노 들놀이(吉海直人(2011)
『「住吉物語」の世界』新典社)

세 자매의 우열을 가리는 장면으로 유명하여 이 부분만 따로 책으로 만들어질 정도로 인기가 많았다.

　동생들에 비해 첫째 아가씨는 바로 가마에서 나오지 않는다. 주변 사람들의 눈을 의식하는 세심함 때문이다. 어렵게 가마에서 내려오는 모습이 동생들과 비교할 수 없을 정도로 아름다워서 이루 말로 다 형용할 수 없을 정도였으며 머리도 풍성하고 그 길이가 옷보다도 훨씬 길고 눈매, 입가도 품위 있고 아름다워서 동생들조차 깜짝 놀랄 정도였다. 그리고 아가씨는 모두들 흥에 겨워 놀고 있을 때 낯선 남성인 소장이 큰 소나무 뒤에 숨어서 엿보고 있는 것을 제일 먼저 발견하는 조심성마저 지니고 있었다. 다만 한 가지 의복이 계절과 맞지 않았는데 이는 계모의 미움을 받으며 곤경에 처해있는 아가씨의 상황을 상징한 옷차림이라고 할 수 있다.

어쨌든 이 장면의 의의는 들놀이 나온 모습을 통해서 셋 중에서 아가씨가 가장 아름답다는 것이 가려졌다는 것이다. 물론 소장 눈을 통해서도 말이다. 흔히 계모학대담에서 계모의 학대를 받고 곤경에 처한 주인공 의붓자식은 항상 친자식보다 아름답고 기량도 뛰어나 주인공으로서의 자질을 갖고 있는데, 『스미요시 이야기』에서도 황녀의 딸인 아가씨가 다른 동생들보다 모든 면에서 뛰어나며 다른 사람과 구별되는 특출 난 주인공의 자격을 갖추고 있음을 알 수 있다. 소장은 이 장면을 통해 그동안 말로만 듣고 궁금해 하던 아가씨의 아름다운 모습을 직접 눈으로 확인하고 나서 이전보다 더 가슴을 태우게 된다.

네노히 노래

두 번째로 사가노 들놀이 장면에서 주고받은 노래들 속에서 기존의 네노히 관련 와카가 어떻게 활용되고 있는지 살펴봄으로써 네노히 와카의 특징을 찾아보기로 한다. 사가노 들놀이에서의 노래는 소장이 주도적으로 읊고, 세 자매가 번갈아 답가를 부르는데 다음은 어렵게 만난 아가씨가 자꾸만 집에 가려고 하자 소장이 읊은 노래이다.

당신과 제가 들판의 어린 소나무를 그냥 놔두고
뽑지도 않고 오늘 돌아갈 수 있을까요?

【그림 2】 사가노 들놀이(吉海直人(2011)『「住吉物語」の世界』新典社)

　소장은 아가씨를 붙들기 위해서 조금만 더 있다 가라며 애절한 마음을 담아 노래했다. 이 노래는『신코킨와카슈新古今和歌集』에 실려 있는 후지와라 기요타다藤原淸正가 네노히에 부른 다음 노래를 떠올리게 한다.

　　네노히를 축하하며 장소 표시를 해둔 들판의 어린 소나무여!
　　뽑지 말고 천 년 후에 무성한 그늘을 기다려볼까

　이 노래는 늘상 뽑던 소나무를 뽑지 말고 그냥 놔뒀다가 천 년 후에 무성해진 모습을 보고 싶다고 한 기발한 발상의 노래인데,『스미요시 이야기』에서는 '들판의 어린 소나무野辺の小松'와 '뽑지 말고引かでや'를 차용해서 부른 것이다. 다음은 이에 대한 아가씨의 답가이다.

　　손을 대지 말고 오늘은 어린 소나무를 그냥 놔두고 돌아갑시다.

사람이 보고 있는 언덕의 소나무가 괴롭구나

일반적인 관습과는 달리 어린 소나무를 뽑지 않고 그냥 귀가하겠다고 하는데, 그 이유는 소장이 소나무 뒤에 몰래 숨어서 지켜봐서 창피했기 때문이다.

다음은 갑자기 들려온 휘파람새의 울음소리를 듣고 아가씨가 부른 노래이다.

듣기 힘든 첫 소리를 들었다고 해서
휘파람새가 우는 들판에서 하루 종일 지내도 되는 걸까요?

여기서도 앞서 『겐지 이야기』에서 나온 것처럼 휘파람새의 첫울음소리, 들판 등이 등장한다. 이어서 아가씨가 와카를 읊는 목소리를 처음 듣고 완전히 마음이 빼앗긴 소장이 여전히 더 머물다가 가기를 원하는 답가를 보낸다.

오늘 처음 소리를 들었는데
휘파람새가 계곡에서 나와 몇 날 밤을 지냈을까요?

휘파람새가 계곡을 나온 지 얼마 안 된 것과 마찬가지로 당신도 여기서 몇 시간도 안지냈으니 더 머물다 가라는 내용의 와카이다. 처음 소리初声는 휘파람새 우는 소리와 아가씨의 목소리를 가리키고 계곡을 나온다는 표현은 휘파람새가 긴 겨울을 이겨내고 계곡을 벗어나 봄을 알린다는 중국의 『시경詩経』 내용을 읊은 오에 센리大江千里의 "계곡에서 나와 나뭇가지에서 지저귀는 소리가 없다면 봄이 왔다는 것을 그 누가 알리요"라는 노래에 기인한다.

지금까지 살펴본 것처럼 『스미요시 이야기』의 와카들은 이른 봄의 네노히 행사와 관련된 어린 소나무, 뽑다, 들판, 천년, 휘파람새, 계곡 등의 어구를 사용한 선행 와카를 참고로 하여, 사가노 들놀이를 통해 아가씨를 처음 보게된 소장의 애타는 마음을 잘 녹여냈다고 할 수 있다. 이에 비해 아가씨의 와카는 소장의 권유가 부담스러워 빨리 자리를 뜨고 싶어하는 마음이 그려져 있을 뿐이다.

두 사람을 이어주는 소나무

마지막으로 네노히의 주요 소재이기도 하고 또 사가노 들놀이에서 자주 등장하는 소나무가 이야기 후반부까지 영향을 미친다는 점을 지적하고 싶다. 작품명이기도 한 스미요시라는 곳은 지금의 오사카 스미요시 신사住吉神社 부근인데 바닷가로서 경치가 아름답기로 유명하고 소나무의 명소이기도 하다. 원래 사가노는 가을 단풍 명소로 알려져 있지 네노히 들놀이 장소로 언급된 적은 거의 없고 소나무의 명소도 아니다. 하지만 『스미요시 이야기』에서 소나무는 네노히 행사와 관련된 소재로 등장하고 또한 아가씨를 형용하는 어구로도 쓰인다.

> 안개가 끼어 떨어져 있지만 들판에 나와 소나무를 보듯
> 당신의 모습을 오늘에야 보는군요

여기서 마쓰松는 소나무와 들판에 나와 기다리다라는 두 가지 뜻으로 쓰이며, 소나무도 실제 소나무와 아가씨를 가리킨다. 『슈이와카슈』에 실린 "말로만 듣던 스미요시의 오래 된 소나무를 오늘에야 보는구나"라는 노래가 윗 노래와 뒷부분이 일치하는데 여기서도 스미요시의 소나무가 등장한다.

아가씨가 스미요시로 떠난 후 실의에 빠져 지내던 소장은 이 년 후 하세데라長谷寺에 참배하러 가는데 아가씨가 꿈에 나와 스미요시에 있다고 전한다. 그래서 무작정 스미요시로 떠나 아가씨를 찾아내려고 하는데 소나무 낙엽을 줍고 있던 사람에게서 아가씨의 소식을 들었고, 그의 안내에 따라 길을 가는 중 또 소나무가 있어서 와카를 한 수 짓는다.

> 흰 파도의 행방을 모르듯 행방불명인 아가씨 때문에
> 스미요시의 소나무 근처까지 찾아왔구나

소나무의 명소임을 재차 강조하듯 소나무가 계속 등장하고, 드디어 이야기의 클라이맥스, 솔바람 소리와 함께 거문고 연주음이 들려오자 소장은 예전에 들은 적이 있는 아가씨의 거문고 소리임을 알아차린다. 소나무에 드는 바람소리와 함께 어렴풋이 들려오는 거문고 소리라니. 이 얼마나 분위기 있고 멋진 장면인가!

소장이 아가씨의 처소 쪽으로 다가가서 가만히 들어보니 아가씨는 "솔바람이 참 좋네요"라고 하면서 와카를 한 수 읊는다.

> 찾아올 이 없는 바닷가 스미노에에 누굴 기다리느라
> 솔바람이 끊임없이 부는 걸까요

245

결국 이렇게 두 사람은 맺어지게 된다. 소장이 처음으로 아가씨의 모습을 보고 목소리를 들었던 사가노의 소나무와 많은 시간이 흘러 역경을 견뎌낸 두 사람이 재회한 스미요시의 소나무가 두 사람을 이어주는 역할을 하는 나무처럼 여겨진다. 사가노 들놀이에 등장했던 소나무와 스미요시 바닷가의 소나무가 연동하듯이 이어져 있다는 생각이 드는 것이다.

나가며

지금까지 네노히 들놀이를 중심으로 그 행사 내용과 와카, 『겐지 이야기』와 『스미요시 이야기』 속의 사가노 들놀이 장면의 의의에 대해서 살펴보았다. 천 년 전의 일본인들은 새해를 맞아 소나무와 봄나물을 통해 건강과 장수를 기원했음을 확인하였다. 똑같은 내용은 아니지만 그러한 전통이 사라지지 않고 대대로 이어져서 오늘날에도 정월에 집 앞에 가도마쓰를 장식하고 1월 7일에 일곱 가지 야채로 만든 죽을 끓여 먹음으로써 건강과 장수를 기원하는 모습을 볼 수 있었다.

참고문헌

阿部秋生 外(1998)『源氏物語』(新編日本古典文学全集 20-25, 小学館)
吉海直人 編著(1998)『住吉物語』和泉書院
小島憲之 外(1996)『万葉集』(新編日本古典文学全集 6-9, 小学館)
室城秀之 外(1995)『雫ににごる 住吉物語』(中世王朝物語全集 11, 笠間書院)
小沢正夫 外(1994)『古今和歌集』(新編日本古典文学全集 11, 小学館)
稲賀敬二 外(1989)『落窪物語 住吉物語』(新日本古典文学大系 18, 岩波書店)

놀이로 읽는
일본문화

돌팔매질, 싸움이냐 놀이냐

김 난 주

● ● ● ●

　석전石戰, 돌팔매싸움으로 불리는 이 놀이는 강 등을 사이에 두고 편을 갈라 상대편에게 돌멩이를 던지며 노는 놀이이다. 한국, 일본, 중국, 몽골, 티벳, 중동 지역을 위시한 아시아 국가는 물론 오세아니아, 아메리카 대륙 등 전 세계에 유사한 놀이가 분포한다. 또한 그 기원도 원시시대 돌멩이를 던져 짐승을 사냥하던 것에서 유래했을 것이라 여겨지니 인류의 역사만큼이나 오래 된 놀이이다. 놀이의 방식이 돌멩이를 던져 사람을 맞추는 식인지라 피가 튀고 부상자가 속출할 수밖에 없는, 현대인의 감각으로는 놀이라기보다 싸움에 가까운 이 놀이는 실제 이러한 과격함 탓에 현대 대부분의 국가에서 전승이 끊겼다. 하지만 아주 오랜 동안 그 살벌함으로 인간 삶의 에너지와 역동성, 광기를 표출해 온 인류 보편의 놀이이기도 하다.

일본에서는 881년 교토에서 아이들 수백 명이 돌팔매싸움을 흉내 내었다는『일본삼대실록日本三代実錄』기록을 시작으로 11세기 이후의 기록과 문서에 이 놀이에 대한 이야기가 자주 나타나기 시작한다. 근세 이후에는 주로 정월과 단오날 어린이들 사이에서 행해지던 세시 놀이로 정착되었지만, 단순한 아동 놀이를 넘어 풍농을 기원하고 사기邪氣와 액운을 물리치는 주술적 민속놀이, 때에 따라서는 군사 훈련으로 활용되거나 민중들 사이의 대규모 싸움과 소요를 촉발하는 경우도 있었으니 그 성격과 양상이 다른 전통 놀이에 비해 매우 다채로웠다.

근대의 추억

석전은 현대 대부분의 지역에서 자취를 감춘 사라진 놀이가 되었다. 하지만 1950년대 전후까지 일본 전역에서 행해지던 이 놀이를 일본의 많은 노년층들은 유년의 아름다운 추억으로 간직하고 있는 듯하다.

민속학자 나카자와 아쓰시中沢厚는『돌멩이つぶて』와『돌에 깃든 것들 石にやどるもの』이라는 책에서 다이쇼 시대大正時代의 어린 시절과 석전놀이를 다음과 같이 회상하고 있다.

> 내가 나고 자란 곳은 그 이름도 아름다운 후에후키笛吹川 강가 마을이다. 석
> 전은 이 후에후키 강을 사이에 두고 건너 마을 사내아이들과 벌어졌다. 열두

세 살, 그러니까 지금으로부터 오십 수 년 전의 이야기이다. 5월 무렵부터 여름에 걸쳐 강을 사이에 두고 아이들은 넓은 강변을 마치 나는 새처럼 뛰어다니며 서로를 향해 돌을 던졌다.

미리 준비해 두었던 '이시붕'이라고 하는 일종의 돌을 던지는 도구를 손에 쥐고 제방에 올라가 휙휙 휘둘러 맞은편 강가 아이들을 향해 붕- 하고 날린다. 그러면 돌멩이가 80미터도 100미터도 날아가는 것이다. 이 도구라고 하는 것이 대개는 끈을 찢어 만든 것인데, 성능을 시험하기 위해 붕붕 돌을 공중에 던져 올리니 꽤 위험한 장난이었다. 상대 편 아이들이 얕은 여울물을 건너오기라도 할라치면 그대로 정신없는 백병전이 되어 버렸다. 이쯤 되면 이시붕은 거추장스러워지고 돌멩이를 줍기가 무섭게 마구 집어던지는 것이다. 내 기억에 강 건너편 아이들은 거친 아이들이 많아 우리 편이 이기는 때는 좀처럼 없고 마을로 도망쳐 달려오던 때가 많았다. 그래도 여름 내내 질리지도 않고 돌팔매싸움은 계속되었다.

한편, 저명한 민속학자이자 농촌 지도자였던 미야모토 쓰네이치宮本常一 씨도 만년의 저서『고향의 가르침家郷の訓』에서 자신의 고향 야마구치山口県 오시마大島의 석전놀이에 대한 추억을 적고 있다. 그의 회상담에 나오는 석전놀이는 앞선 나카자와 고향 마을의 그것과는 형태가 좀 다른데, 돌 대신 솔방울이 이용되었고 장소도 마을 환경에 따라 강이 아니라 마을 산이 무대가 된다.

두 개의 마을 산에 각각 진영을 만든다. 잎이 달린 나뭇가지를 꺾어 튼튼한 담장을 만들고 담장 한 켠에 출입구를 뚫어 놓는다. 진영 위에는 긴 막대를 세워 그 끝에 일장기를 매달았다. 마을 아이들이 모두 소집되어 두 편으로 나뉘고 대장에서 졸병까지 계급을 정한다. 그리고 그 날 화려한 공방전이 펼쳐진다. 솔방울을 맞은 아이는 전사자가 된다. 마침내 모아 둔 솔방울이 다 떨어져갈 무렵 몸싸움이 벌어진다. 상대편 아이를 자빠트려 올라타고 "항복이냐?"라고 묻는다. 이때 "항복"이라고 말한 아이가 지는 것이다. 이렇게 해서 상대 진영을 점령해 들어가는 것이다. 이 놀이가 가장 크고 화려하게 전개되는 때는 삼월 삼짓날이었다. 이같은 대규모 솔방울 던지기 싸움에서 마을 아이들은 그 흥분을 좀처럼 가라앉히지 못했다. 그리하여 옆 동네까지 공격해 들어가는 것이다. 그러면 동네 싸움이 된다. 이 때 손에는 돌이 들려 있다. 이러한 놀이가 밭 일로 바빠지는 5월 무렵까지 계속되는 것이었다. 이 놀이도 해가 감에 따라 점차 쇠퇴해지고 1920년대에는 사라졌던 것 같다.

날이 풀리고 바깥 놀이가 가능해지면 사내아이들은 해가 지는 줄도 모르고 돌팔매싸움을 벌였다. 마을에 따라서는 돌멩이를 던지는 도구가 이용되기도 하고 또 부상 위험이 큰 돌멩이 대신 솔방울이 이용되기도 하였는데, 놀이의 형태는 조금씩 달랐지만 이것은 사내아이들 세계에서 벌어지는 일종의 전쟁놀이였다.

근대 시기 일본 전역의 마을마을에서 벌어지던 석전놀이는 문명화, 근대화의 물결을 타고 마을에서, 그리고 아이들의 놀이 세계에서 자취를 감춘다. 그러나 그 어떤 놀이보다도 격정적이고 흥분에 찬, 장렬했던 석전은 유년의 가장 아름다운 추억으로 사람들의 기억 속에 남아 있는 듯하다. 다이쇼 시대를 기억하는 지금의 노년 세대와 함께 이 놀이에 대한 기억도 머지않아 역사 저편으로 사라질 것이지만 말이다.

세시 민속놀이의 역사

중세시대 사원 제례에 동반되어 행해지던 석전놀이는 무로마치 시대室町時代에 접어들며 주로 단오절이나 정월 보름, 8월 중추에 노는 세시놀이로 정착하게 된다. 사람들은 이러한 세시 절기를 맞아 석전놀이를 하며 흥겨움을 배가시키고 나아가 마을이나 개인의 한 해 동안의 운수와 풍작 등을 점치기도 하였다.

특히 오랜 옛날부터 석전놀이는 단오절의 주된 행사였을 것으로 추정되는데, 석전놀이와 단오 행사가 결합된 경위에 대해서는 확실한 사정을 알 수 없다. 다만 모내기를 앞두고 돌팔매로 한 해의 풍작을 점치던 일본 고래의 민속 행위가 중국에서 전래된 단오와 결합한 결과로 보는 것이 일반적이다. 예를 들어 가가와 현香川県 기타군木田郡 미키초三木町 마을에서는 단오절에 마을 소년들이 팀을 이루어 돌팔매질 시합을 벌였는데 이긴 마을에 그 해 풍작이 든다는 속신이 있었다.

애초 돌멩이를 던져 풍작이나 한 해의 길운을 점친다는 행위는 돌멩이 자체에 신령이 깃들어 있다는 믿음을 전제로 한다. 이에 대해 나카자와 아쓰시는 "영성이 깃든 돌멩이를 맞는다는 것은 그 영성을 받는 행위이며 사기邪気를 정화하는 것이고, 돌멩이를 던지는 것은 사기를 떨쳐 버리는 행위이다. 소년들은 돌멩이를 던지고 돌멩이에 맞음으로써 무사무탈함을 약속받았던 것이다."라 설명하고 있다.

한편 고대 중국에서는 5월을 악운이 낀 달로, 그중에서도 5월 5일은 일 년 중 사악한 기운이 가장 왕성한 날이라 여겨 백초를 모아 약을 만들고 쑥으로 만든 인형을 대문에 걸거나 창포로 담가 만든 술을 마시며 나쁜 기운을 쫓았다고 한다. 일본에서도 이 시기가 계절이 변하는 시기

253

【그림 1】 석전놀이 모습(『洛中洛外図屏風』(上杉本))

로 갑자기 더워지거나 기후 악화로 병자가 많이 발생하는 위험한 시기로 간주되며 악한 기운을 없애는 여러 가지 행사가 행해졌다. 그러한 행사 가운데 석전놀이가 사내아이들의 단오놀이로 정착되었던 것이다.

단오날 사내아이들이 석전놀이를 하는 광경을 전하는 글 중에 오다 노부나가織田信長의 일화가 꽤나 유명하다. 1851년 간행된『우소칸와雨窓 閑話』는 그 이야기를 다음과 같이 적고 있다.

유년 시절 오와리 지방(현 아이치 현) 교스淸須에 있는 절에 공부를 다니실 때였는데, 같이 공부하는 학동이 4, 50명 정도 되었다. 5월 5일은 쉬는 날이라 아이들이 모여 석전놀이를 벌인다. 이 석전놀이는 옛 놀이로 요리토모頼朝 시대부터 있었다고 한다. 이 놀이는 아이들이 동서로 나뉘어 상대편에게 돌멩이를 던져 승부를 가르는 놀이인데, 쌍방에 부상자와 사망자가 다수 나오므로 혹은 화를 내고 혹은 원한을 품은 자가 적지 않았다. 해마다 이 싸움이 크게 벌어지니 칼만 지니지 않았지 흡사 군인과 같았다. 이에 3대 쇼군 때에 이르러 1634년 석전놀이에 금령을 내렸다. 노부나가 공이 소년시절 이 놀이를 무척 좋아하여 5월 5일이면 언제나 어머니에게 종이, 붓, 먹 등과 쌀 3두, 엽전 1관문씩을 보내 달라 했으니 그 엽전일랑은 아이들에게 골고루 나누어 주셨다.

이 이야기는 노부나가를 주인공으로 하고 있지만 전국시대 석전놀이의 실태를 보여주는 자료이기도 하다. 당시 단오절의 세시 놀이로 석전놀이가 어린이들 사이에서 성행했으며 제액초복이라는 민속적 의미와 상관없이 아이들에게는 그 어떤 놀이보다도 흥미진진한 유희였음을 짐작케 한다.

중국과 한국, 일본에서는 단오절에 향기가 강한 창포를 이용해 여러 가지 사악한 기운을 몰아내는 민속 행사가 전해내려 온다. 그런데 유독 일본에서는 창포의 일본 발음인 '쇼부'가 발음이 같은 상무尚武, 혹은 승부勝負의 이미지로 변질되어 단오절이 특히 남자 아이의 성장을 비는 절기로 정착되었다. 이는 일본 단오의 특징이기도 하다. 석전놀이가 그 위험성과 자칫 민중 봉기로 연결될 수 있다는 반체제적 성격 탓에 중, 근세 시기 막부에 의하여 수차례 금지되고 또 민중들 사이에서도 이 놀이가 기피되면서 창포대를 잘라 만든 칼로 칼싸움 놀이를 하거나 땅을 두드리며 큰 소리를 내어 제액을 물리치는, 이른바 쇼부키리菖蒲切り 놀이가 석전놀이를 대체하게 된다.

한편 석전놀이는 단오절뿐만 아니라 지역에 따라서 정월 대보름, 혹은 중추절의 세시행사로 치러졌다. 예를 들어 후쿠시마 현 이와키시 다이라토요마초平豊間町에서는 다이쇼 시대 말까지 정월 대보름 행사로 이어져 내려 왔는데, 1월 14일 강을 사이에 두고 마을 어린이들이 편을

갈라 평소에 이 시합을 위해 모아 두었던 돌을 던지며 석전을 펼쳤다고
한다. 이때 돌에 맞으면 길운이라 여기고 또 부상을 당하는 경우는 거
의 없었지만, 간혹 돌에 맞아 다치더라도 정월 보름에 펼쳐지는 마을의
불 축제에 사용되는 화롯불의 재를 바르면 낫는다고 믿었다고 한다. 덧
붙이자면 히마쓰리火祭로 불리는 불 축제는 주로 대보름 날 마을에 큰
불을 피워놓고 풍농이나 제액을 기원하는 행사로 일본 전역에서 행해
졌다.

오늘날 일본의 대보름은 대보름날 성인식을 행하던 옛 풍속에 따라
'성인의 날'이라는 국경일로 지정되어 일본 전역이 이 성인식 관련 행
사로 들썩이는데, 그 옛날에는 전국의 마을마다 대보름을 맞아 불 축제
와 함께 석전이 중요한 세시 행사로 치러졌던 것이다.

관람용 유희

석전이 오랜 동안 적군을 물리치는 병법의 수단으로 중시되었다는
것은 전 세계에서 공통적으로 발견되는 현상이다. 뿐만 아니라 오늘날
야구나 여타의 구기 종목 경기를 관람하듯 이 석전이 대중들의 관람용
유희로 장려된 사실은 석전의 놀이적 측면을 더욱 부각시키는 대목이
라 할 수 있다.

한국의 경우 조선 세종 3년(1422) 5월에 당시 상왕이었던 태종이 병
환중임에도 석전을 구경하고 싶다고 하여 석전을 행하였다는 기록이
보인다. 이때 발생한 부상자에게 어의를 보내어 치료해 주고 선수에게

는 상을 내려 치하했다고 한다. 또한 중국 사신들이 조선에 행차했을 때에
도 이 석전을 관람했다고도 한다. 예를 들어 세종 8년(1426)과 9년(1427)
에 명나라 사신이 조선의 석전을 구경하고 싶다고 청하여 이틀 동안 종
루에 올라가 구경하였다는 기록이 보인다. 이를 보면 중국과 조선에서
공통적으로 석전을 관람용 유희로 향수했다는 것을 알 수 있는데, 이러
한 경향은 일본도 마찬가지이다. 특히 일본 에도막부를 연 도쿠가와 이
에야스德川家康의 석전 관람과 관련하여 다음과 같은 흥미로운 일화가
전한다.

도쿠가와 이에야스 공이 열두 살, 다케치요竹千世 님이라고 불릴 때의 일이
다. 오월 단오를 맞아 부하의 어깨에 올라타고 석전 행사를 구경하러 나갔다.
한쪽에는 삼백 명이, 다른 한편에는 백 오십 명 정도의 군중이 모여 시합을
하는데, 구경꾼들이 이를 보고 당연히 사람 수가 적은 쪽의 패배를 점치며
많은 쪽에 붙지 않은 이가 없었다. 다케치요를 목마 태운 부하 역시 사람이
많은 편으로 가려 하였다. 이때 다케치요님이 말씀하시길, "어째서 나를 사
람 많은 쪽에 데려가려 하느냐? 지금 싸움이 벌어진다면 필경 수가 적은 쪽
이 이기리라. 저렇게 적은 수의 사람이 저리도 많은 사람들을 가벼이 여겨
맞서는 것은 다수를 약하게 본 탓이다. 또한 양쪽이 서로 맞붙을 때 몰래 숫
자가 많은 쪽에서 적은 쪽을 돕는 경우도 있으니 수가 적은 쪽에 가서 구경
해야겠다." 하지만 같이 간 사람들이 모르는 소릴 하신다며 성질을 내고 강
제로 사람이 많은 쪽에 머물렀다. 시합이 벌어지자 숫자가 적은 편의 뒤쪽으
로 사람들이 새로 가담해 돌팔매질을 하니 많은 쪽이 패배하여 이리저리 도
망치기 바빴다. 구경하는 사람들도 앞 다투어 도망가니 다케치요님께서 보
시고, 내 말하지 않았냐며 목마를 태운 부하의 머리를 때리며 꾸짖었다.

257

위 인용문은 도쿠가와 이에야스와 석전을 둘러싼 일화를 담은 내용으로, 내용 자체는 석전보다는 승부를 정확하게 꿰뚫어 보는 이에야스의 비범함에 초점이 맞추어져 있다. 하지만 어쨌든 당시 석전이 하는 사람뿐만 아니라 이를 구경하는 사람 쪽에서도 흥미진진한 놀이였음을 충분히 짐작케 한다.

이밖에도 석전을 묘사한 그림 등을 보면 손에 돌멩이와 막대기를 들고 허리에 칼을 차고 있는 사람들이 돌팔매질에 열을 올리고 있는 장면이 그려져 있는데 그 주위로 무사와 승려, 신사의 신관, 백성들이 나무 그늘에서 이 광경을 흥미진진하게 구경하고 있는 모습을 곧잘 볼 수 있다. 석전은 하는 쪽에서나 보는 쪽에서나 그 어느 놀이보다 다이내믹하고 흥분을 자아내는 경기였던 것이다.

민중의 돌팔매질

1427년, 기온제祇園祭의 열기로 뜨겁게 달아오른 6월 14일 교토에서 이 축제에 참여했던 사람들 사이에 대규모의 돌팔매 싸움이 벌어졌다. 무로마치시대 전기 다이고데라醍醐寺 절의 좌주座主이자 검은 옷의 재상이라 불리며 아시카가 요시모치足利義持와 요시노리義教 막부에서 고문 역할을 담당했던 만사이満済의 일기, 통칭『만사이주고 일기満済准后日記』에는 이 날의 사건을 다음과 같이 기록하고 있다.

오늘 기온제의 마지막 날이라고 한다. …… 신여神輿가 환거한 후 기온정사祇

圓精舍의 대문 앞에서 쇼쇼인少将院의 가마꾼과 사원의 잡역승雜役僧 사이에 싸움이 벌어졌다. 이때 잡역승은 30인 정도였는데 여기에 신사의 하급 신관이 힘을 보탰다고 한다. 가마꾼의 수는 200인 정도였다. …… 관아의 잡역부와 관졸들이 부상을 당했다. 이와 거의 때를 같이 하여 도성과 시라가와 강白川 사이에 돌팔매 사태가 벌어졌는데 생각지도 못한 큰 싸움이었다. 시라카와 쪽과 도성 쪽에서 각각 세 명의 사망자가 나왔다. 부상당한 사람도 수백 명에 이르렀다고 한다. 사무라이도코로侍所의 병졸들이 이를 막기 위해 출동하였으나 생각지도 못한 군중 수에 놀라는 사이, 돌싸움을 하던 군중들이 오히려 진압 부대에 화살을 쏘아대 해산시키기에 역부족이었다. 희대의 사건이다.

가모 강賀茂川 강변에서 기온 마쓰리에 참여했던 민중들 사이에서 돌팔매 싸움이 벌어지는가 싶더니 사태는 예상치도 못했던 장렬한 전투로 발전했다. 양측에서 여섯 명의 사망자가 발생하는가 하면 부상자가 수 백 명이나 속출한 것이다. 거의 소요에 가까운 이 사태에 놀란 정부가 이를 제지하기 위해 군졸을 파견했으나 흥분한 군중들이 오히려 군사들을 향해 화살을 쏘아대는 통에 진압 대원들은 두 손을 놓고 싸움이 진정되기를 기다리는 수밖에 없었다는 내용이다.

한편, 이보다 50여 년 앞선 1369년 4월 21일 가모 마쓰리에서 벌어진 돌팔매 싸움 역시 대규모 군중들에 의한 유혈사태로 번졌다.

당시의 공경公卿 산조 긴타다三条公忠는 자신의 일기 『고구마이키後愚昧記』에서 이때의 일을 다음과 같이 기록하고 있다.

오늘은 가모 마쓰리이다. 듣자니 잡인들이 날이 저물자 이치조一条 대로에서 싸움을 벌였다고 한다. 속세에 이를 인지伊牟地라 칭한다. 사망자가 사십오

259

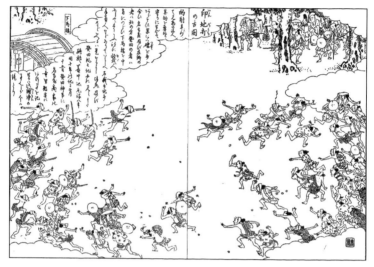

【그림 2】 아쓰타 신궁 정월 대보름 제의 행사 시 석전놀이 모습(『오와리 명소도회(尾張
名所圖會)』巻3 愛知郡)

명에 이르렀다고 한다. 제의祭儀 날 제의를 따르는 무리배가 대로에서 유혈
사태를 벌이는 일이야말로 언어도단. 말세의 사태를 슬퍼하노라 슬퍼하노라.

여기서 말하는 '인지'는 돌팔매 싸움, 석전의 다른 이름이다. 교토의
기온 마쓰리와 가모 마쓰리는 예나 지금이나 일본을 대표하는 이름난
축제이다. 위의 두 기록은 이들 종교 축제의 장에 민중들에 의한 돌팔
매 싸움이 빈번하게 일어난 사례를 보여준다. 참고로【그림 2】『오와리
명소도회』의 그림은 근세 시대 나고야名古屋 아쓰타 신궁熱田神宮에서 열
린 정월 대보름 행사를 그린 것이다. 근세 시대 아쓰타 신궁에서는 해
마다 열리는 정월 보름날의 제의에서 다리를 가운데 두고 신사 사람들
과 나고야 지역민들 사이에 돌팔매 싸움이 벌어졌는데 이러한 관습은

18세기 초까지 이어졌다고 한다.

선행연구 등에 따르면 민중들에 의한 석전은 마쓰리와 같은 종교적 제의 행사에 뒤따르는 민중놀이였다. 축제 집행에 동원된 하급 신관이나 잡역승들이 이때를 기회 삼아 집단행동을 벌이곤 하였는데, 이때 실력행사의 수단으로 돌멩이가 사용되었다는 것이다. 이를 지켜보며 덩달아 흥분한 관중들 역시 돌팔매 싸움에 쉽게 가세했다.

이때 군중들이 손에 든 것은 비단 돌멩이뿐만이 아니었다. 위 그림에서도 잘 나타나 있듯이 때로는 막대기나 칼과 창, 화살이 동원되었고 서로 뒤엉켜 주먹다짐을 벌이는 일도 비일비재하였다. 자연히 인명이 손상되는 경우도 허다했고, 위의 기록에서 보듯 사망자가 속출하고 수백 명의 부상자를 양산하는 유혈사태가 일어나곤 하였다. 이럴 때면 사무라이도코로나 로쿠하라六波羅 같은 교토의 치안·군사를 담당하는 관청에서 군졸들이 파견되었다.

하지만 관련 문헌을 보면 이를 진압하기 위해 무력이 사용되거나 싸움에 참가한 사람들을 강제 연행한 기록은 발견되지 않으며, 또 아쓰타 신궁 제의에서 벌어진 돌팔매 싸움의 사례에서 보듯 인명을 살상하였다고 보복을 당하거나 처벌을 받지도 않았다고 한다. 이러한 치외법권적 예외는 마쓰리의 장에서 벌어지는 돌팔매 싸움이 제의 절차의 하나, 즉 종교 행위의 일환으로 인식되었을 가능성을 시사한다.

한편 중세 시대 석전을 업으로 삼는 무뢰배들이 집단을 이루어 각지에서 횡행했다는 사실도 주목할 만하다. 이들 무리를 이끄는 두령을 특히 '인지 대장印地大将'이라고 불렀다. 미나모토 요시쓰네源義経의 일대기를 그린 『기케이키義経記』에는 당시 인지 대장으로 불렸던 단카이湛海의 이야기가 등장한다.

261

교토의 음양사陰陽師 오니이치 호겐鬼一法眼이 천하의 병법서『육도삼략六韜三略』을 소장하고 있었다. 이에 눈독을 들인 요시쓰네가 오니이치의 딸을 유혹해『육도삼략』을 통째로 베껴 오게 한다. 이 사실을 알게 된 오니이치가 자신의 사위 단카이를 보내 요시쓰네를 처치하게 하지만 결과는 오히려 요시쓰네의 손에 죽임을 당하게 된다는 내용이다.『기케이키』는 단카이 같은 돌팔매질을 업으로 하는 이들이 당시의 음양사나 성문사声聞師 같은 하층 비인非人 계층과 연결되어 있었으며, 보통 사람과는 다른 '이류이형異流異形'의 행장을 하고 있다고 전한다.

이들은 돌멩이를 손에 들고 때로는 권력층에 맞서는 시위대로, 전쟁의 용병으로, 마쓰리의 돌팔매 싸움 등에 가담해왔다. 아미노 요시히코網野善彦를 포함한 여러 연구가들은 이들이 가마쿠라 말기 역사의 전환기에 나타나 구질서에 반기를 들고 대사원의 장원을 탈취하며 급기야는 가마쿠라 막부의 붕괴를 이끈 중세 반체제 세력 '악당惡党'과 유사한 성격을 지녔다고 진단했다. 이들도 역시 이류이형을 하고 돌멩이를 무기 삼아 체제에 대항했던 것이다.

돌멩이를 던져 상대편을 맞히고 상해를 입히는 이 거친 유희의 계급적 기반이 비인, 하인, 악당, 농민과 같은 하층민에 있었음은 두 말할 나위도 없다. 기존 지배층에 반기를 든 악당의 출몰, 도시의 걸인과 부랑배가 세력을 조직화하여 교토 시내를 활보하는 시대 풍조 속에서 중세의 민중들은 돌멩이에 자신들의 울분과 광기를 담아 집어던졌다.

두 편으로 나뉘어 돌멩이를 집어던지며 서로를 상처 내는 이 '야성'의 놀이를 통해 민중들이 얻고자 했던 것은 무엇이었을까? 어떤 권력자의 간섭도 군대나 경찰의 개입도 거부한 해방 공간. 다치고 찢기고 피를 흘리면서도 이 돌팔매싸움은 이후로도 오래도록 지속되었다. 그것을 야만적인 놀이라 폄훼하고 멸시한 근대적 시선이 등장하기까지.

참고문헌

米田潔弘(2004)「端午の節句とカーニバル―近世日本とイタリアの子供の石合戦」『桐朋学園大学研究紀要』30

福田 アジオ 他(1999)「石合戦」『日本民俗大辞典』上(1999) 吉川弘文館

網野善彦(1998)「中世の飛礫について」『異形の王権』平凡社

박환규(1998)「조선시대의 세시풍속에 관한 연구－석전을 중심으로」『교양교육연구소 논문집』3, 한국체육대학교

中沢厚(1988)『石にやどるもの』平凡社

宮本常一(1985)『家郷の訓』岩波書店

中沢厚(1981)『つぶて』法政大学出版局

中村孝也 他(1965)『甲陽軍艦 上』人物往来社

놀이로 읽는
일본문학

연회와 예능

놀이로 읽는
일 본 문 화

향연의 축제

류 정 선

● ● ● ●

고대 '아소비'의 미학

요한 호이징가Johan Huizinga는 현 인류를 '생각하는 인간HomoSapiens' 이기 전에 '유희의 인간' 즉 호모루덴스Homo ludens로 규정하고 놀이가 문화의 한부분이 아니라 놀이에서 문화가 탄생되었으며, 인간은 점점 즐거운 여가생활을 중요시한다는 이론을 내세웠다. 이것은 놀이 문화의 중요성을 나타낸 것이다.

일반적으로 사전적 의미의 놀이는 심리적 측면에서 '마음을 위로하고 즐기는 것'이라 할 수 있다. 오늘날 일본에서 놀이를 의미하는 '아소

267

비遊び는 주로 오락을 목적으로 하는 '유희遊戯'를 지칭하는 어휘로 사용되고 있다. 하지만 이러한 '아소비'의 어휘는 시대의 흐름에 따라 그 형태와 기능이 변용된다.

고대 '아소비'의 어원은 좀 더 다양한 의미를 지니는데 그것은 구체적으로 가무관현歌舞管絃, 그리고 수렵狩獵, 행락行楽, 주연酒宴, 유희遊戯 등으로 형상화되고 좀 더 폭넓게는 '가미아소비神遊び' 즉 신에게 바치는 가구라神楽를 연주하는 것, 승부를 겨루는 것, 아이들이나 동물들이 한가하게 돌아다니는 것, 뱃놀이舟遊び하는 것, 유연遊宴을 하는 것, 그리고 유녀遊女를 의미하기도 한다.

일본 최초의 수필인 세이쇼나곤淸少納言의 『마쿠라노소시枕草子』202단에서도 "놀이는 활 놀이, 바둑, 체신은 안 서지만 공돌이도 재미있다"고 놀이의 종류를 열거하고 있고 이어 놀이의 목적인 '따분함을 달래는 것'에 "바둑, 스고로쿠, 모노가타리, 서너 살 되는 아이가 귀엽게 얘기하는 것"을 언급하고 있다.

뿐만 아니라 세이쇼나곤이 맞추기 놀이인 '모노아와세物合'를 「기쁜 것(うれしきもの)」중의 하나로 들며 "찾기 놀이든 뭐든 다른 사람과 경쟁해서 이겼을 때 어찌 기쁘지 않겠는가"와 같이 타자와 경쟁했을 때 이기는 기쁨에 대한 언급은 놀이가 지닌 특징의 일면이라 할 수 있다. 이렇듯 '아소비'의 동기에는 경쟁競爭과 모의模擬의 일면이 내재되어 있다.

특히 헤이안 시대 향연의 '아소비'는 시가관현詩歌管弦 놀이와 함께 극히 일상적인 오락이나 승부를 거는 내기, 그리고 장난감인 유구遊具 등의 종류를 포함시킨, 좀 더 유희적 의미가 포괄된 개념이라 할 수 있다. 이처럼 '아소비'는 일본인들의 삶에 있어 시대적 상황을 표상한 문화의 한 양상이라 할 수 있는데, 그 가운데에서 무엇보다 음악의 '아소비', 즉 관현놀이는 고대 '아소비'의 중심이라 할 수 있다.

고대 신화의 '가미아소비'

고대 '아소비'는 신이나 죽은 자의 진혼을 부르고 위로하는 기능을 함에 있어 신이나 사자死者들의 모습을 모방하여 연기하는 무녀나 아소비베遊部 등의 행위로 표출되었다. 『고지키古事記』에서 아메노우즈메天宇受売가 아메노이와야도天岩戸 앞에서 행하는 춤을 '악楽' 즉 '아소비'로 칭하고 있고, 아메노와카히코天若日子가 급사했을 때 그의 처와 아버지가 원통하고 슬픈 마음을 달래기 위해 그리고 죽은 자의 넋을 달래기 위해 8일간 가무와 음악을 행한다.

이것은 가무음악에 의한 진혼주술의 성격으로 고대 '아소비'는 인간뿐만 아니라 신이나 영혼을 가무음악에 의해 감동시키고 그 주술적 힘을 발동시키는 것을 의미한다고 볼 수 있다. 즉 진혼의 '아소비'는 '가미아소비神遊び'의 기능을 지니는 가미고토神事의 형태로 표출되었다. 따라서 신화 속에서 보이는 아메노우즈메의 가무는 후에 '진혼제'의 기원이 되는 '마쓰리祭'의 시발점이라고 할 수 있다.

이렇듯 '아소비'는 '다마후리魂振り' 즉 진혼을 목적으로 하는 주술적인 행위뿐만 아니라 가구라神楽의 주체인 아메노우즈메를 기원으로 궁전 제사를 담당하는 '사루메노키미猿女君', 그리고 '아소비베'로 이어지는 계보가 '아소비'를 행하는 주체자로 중요한 역할을 했다.

그 대표적인 예로『고지키』에서 주아이仲哀 천황의 탄금은 신탁을 받는 주술적인 행위로 이러한 고대 '아소비'의 주술적 기능은 무용을 행하는 것, 노래를 부르는 것, 악기를 연주하는 것, 수렵을 행하는 것 등의 행위에 기인하며 이것은 모두 진혼의 '아소비' 성격을 지니고 있다.

뿐만 아니라 여러 신들을 모시는 진혼이나 추수의 축제인 니이나메마쓰리新嘗祭처럼 농경의 풍작기원 등을 목적으로 고대 성스러운 의식에서 유래한 '마쓰리', 또한 고대인들에게 있어 '아소비'의 의미성을 살펴볼 수 있다. 이처럼 고대 '아소비'는 가구라로서 구체화되었으며 신을 부르는 무녀의 가무가 가구라의 모체라고 할 수 있듯이 마쓰리의 중핵을 형성하는 음악은 진혼이나 풍작기원의 매개체 역할을 하는 고대 '아소비'의 한 형태이다.

특히 가구라의 노래 가운데에는 소篠, 신榊, 궁弓, 검劍, 모鉾 등을 손에 들고 춤을 추는 채물採物이 가구라의 곡명으로 사용되었는데 이것들은 신령을 부르는 '요리시로依り代'의 기능을 하며 풍년을 기원하는 '가미아소비'의 한 형태이다.

한편 이러한 '가미아소비'의 양상은『고킨와카슈古今和歌集』권20「가미아소비의 노래神遊びの歌」에서 아침을 맞아 신에게 "아소베 아소베遊べ遊べ…" 즉 "신들아 놀자, 놀자"라고 반복적으로 읊으며 신들을 부르는 표현에서도 살펴볼 수 있다.

이처럼 고대 신앙에 있어서 '아소비'의 개념은 후에 점차 가미고토神事의 일을 벗어난 연회의 '아소비'로서 확대되어 간다. 또한 '아소비'의 주술적 기능은 축제를 의미하는 '마쓰리'의 형태로 발전되었는데 이후 주술적 '아소비'가 '마쓰리'의 공간에서 새롭게 분리된 것은 '아소비'의 새로운 전개라고 할 수 있다. 이러한 고대 종교적 기능이 강한 고대

'아소비'가 점차 사람들의 일상생활에 구현됨에 따라 향연의 '아소비'
는 조정에서 베푸는 유연인 절회節会의 형식을 띠게 되고 유연은 '마쓰
리'의 불가결한 요소로 정착한다.

　원래 유연은 신사와 더불어 행해진 종교성이 강한 것이었지만 7세기
이후 귀족층이 성립됨에 따라 세속적인 유연이 궁중을 중심으로 퍼져
나간다. 그리고 이러한 유연의 공간은 점차 풍류적 '아소비'의 성격을
지니게 되는데 여기서 '아소비'의 개념인 풍류는 유연의 '아소비'의 특
징을 대변할 수 있으며 이 풍류적 '아소비'는 도시적인 귀족문화의 '미
야비雅'로 정착해간다.

모노가타리와 관현의 '아소비'

　음악사적인 측면에서 살펴보면 '아소부あそぶ, 아소비あそび'를 음악에
사용한 것은 주로 문학 작품 속 유연 장면의 음악에서 비롯되었다. 본
격적으로 '아소부'가 음악을 연주하는 의미로 사용되어진 것은 헤이안
중기 모노가타리 이후부터라는 것이 일반적인 주장이다. 이 시기부터
천황을 비롯하여 귀족들이 스스로 연주하고 서로 감상하게 되었고 주
악奏楽은 궁정세계에 있어 귀족들의 필수교양으로서 자리잡게 된다. 궁
전이나 향연에서의 주악의 공간은 종래 내교방内教坊에 속하는 관료와
천황의 여인들, 궁녀, 그리고 귀족여성들이 현악기 연주로 참가하여 음
악을 통해 천황이나 남성귀족들과 교류하는 장소였다. 따라서 모노가
타리에서 음악은 연주자끼리 서로 마음을 표현하는 매개체의 역할을

271

했다고 할 수 있다.

이처럼 헤이안 시대에는 귀족들이 모여 관현놀이를 즐겼고 그중에 천황, 상황이 주최한 관현놀이를 교유御遊라 한다. 교유는 조정의 행사, 귀족들의 다양한 통과의례, 사계절에 따른 자연미 감상 등 다양한 장소에서 개최되었는데, 귀족 생활에 있어서 빠질 수 없는 유희이며 궁중사회의 연회문화라 할 수 있다.

따라서 고대 문학에 있어서의 음악과 유연의 '아소비'는 모노가타리의 표현구조의 역할을 수행하면서 다양하게 묘사되었다. 그럼 고대 소설인 모노가타리에 있어서 '아소비'의 양상을 살펴보자.

먼저 『겐지 이야기』에서도 바둑, 쌍륙双六, 히나아소비雛遊び, 모노가타리 그림 감상絵合, 사물 겨루기物合, 공놀이蹴鞠 등, 궁중 생활 속의 유희적 아소비를 엿볼 수 있지만 유연의 공간에서 일반적으로 '아소비'로 불리는 것은 시가관현이 그 중심이다.

헤이안 시대 음악이야기를 주제로 한 『우쓰호 이야기うつほ物語』는 도시카게俊蔭가 파사국波斯国에서 신비의 칠현금을 얻고 칠선녀로부터 정토악浄土楽을 전수받는 이야기로 시작된다. 향연과 관현놀이의 연속이라 할 수 있는 『우쓰호 이야기』에서 도시카게가 천인의 자손이라는 계보아래 획득할 수 있었던 칠현금은 천변지변을 일으키고 아픈 사람을 고쳐주며 도시카게 일족을 지켜주는 비금秘琴으로 설정되어 있다. 예로부터 주법이 어려운 칠현금은 예악사상의 유교적 이념 아래 황족과 상류층 귀족들이 즐겨 연주하던 악기로, 『우쓰호 이야기』에서도 도시카게의 비금을 듣고자 천황가나 귀족들이 유연을 열어 비금 연주를 끊임없이 청한다. 이 신성한 칠현금의 연주로 도시카게 가문이 영화를 얻게되는 과정은 '축제의 문학'으로 언급될 정도이다. 이렇듯 『우쓰호 이야

기』에는 연중행사, 즉 고세치五節, 스모, 국화 향연菊の宴, 신센엔神泉苑의 단풍 향연紅葉賀 등을 중심으로 하는 유연의 '아소비'가 다양하게 묘사되어 있다.

그 가운데 신센엔의 단풍향연에서는 자연풍경을 모방한 커다란 산이나 연못을 배치하여 이궁離宮을 조영, 그곳으로 천황이 행장行幸을 행하고 신하들을 초대하여 소위 '군신화락君臣和楽의 연宴'을 개최한다. 실제 존재했던 헤이안 시대의 신센엔은 천황의 '아소비' 공간으로 이상향을 지향했고 권력을 표상하는 공간으로서 기능하고 있다.

이어 『겐지 이야기』에서도 음악적 '아소비'의 양상은 보다 다양해지는데 이러한 궁정을 무대로 한 음악과 유연의 '아소비'는 정치적 권력을 상징하는 요소로도 작용하고 있다. 즉 사적인 음악의 '아소비'가 공적인 요소를 지니게 된 것이 유연의 '아소비'라 할 수 있으며 이 유연의 '아소비' 공간은 남성에게는 정치적 공간으로, 여성에게는 사랑 이야기를 탄생시키는 공간으로서 기능하고 있다.

이처럼 헤이안 시대의 유연의 '아소비'는 영화와 권력의 관련성을 간과할 수 없으며, 또한 궁정을 중심으로 하는 도시문화의 소산이라고 할 수 있다. 실제 10세기 다이고醍醐, 무라카미村上 천황시대를 엔기延喜, 덴랴쿠天暦의 성대聖代로 평했듯이 이 시기 음악의 성행 또한 그 시대의 성대관을 상징하고 있다.

한편 무라사키시키부紫式部의 『겐지 이야기』에서는 아악雅楽 묘사 장면이 적지 않게 나온다. 무라사키시키부가 살았던 헤이안 시대 중기는 아악이 가장 성행했던 시기로, 무악舞楽, 가구라우타, 사이바라催馬楽, 로에이朗詠 등은 연회의 주된 음악이었다. 특히 무악은 좌방에 당악唐楽이, 우방에는 고려악高麗楽, 백제악百済楽, 신라악新羅楽, 발해악渤海楽 등이 나뉘어 연주된 아악의 중심이라 할 수 있다.

먼저 「모미지노가紅葉賀」권에서 천황의 스자쿠인朱雀院 행차에 겐지가 두중장頭中将과 함께 청해파青海波를 추는데, 그 춤은 기리쓰보 천황桐壺帝의 성대를 상징하며 관현놀이의 미를 극대화시키고 있다. 여기서 청해파는 당악의 곡명으로 둘이서 봉황 머리 모양 투구를 쓰고 밀려오는 파도 모양을 흉내 내어 추는 춤이다. 청량전清凉殿 앞에서 무악의 예행연습이 행해지자 겐지와 좌대신 두중장은 청해파를 추기 시작한다. 햇살이 선명하게 비치는 가운데 음악 소리가 한층 높아지고 감흥이 고조되자 그 음율에 맞춘 겐지의 발 추임새와 표정 등은 세상에 없을 만큼 아름다웠다. 춤을 추며 읊은 시구의 목소리 또한 부처님이 사신다는 극락의 가릉빈가迦陵頻伽가 아닐까 싶을 만큼 황홀하였다.

이어 청해파와 함께 연못 위의 악사들이 탄 용두익수龍頭鷁首의 배에서는 다양한 당악과 고려의 춤이 선보이고 관현음악, 북소리 등이 온 천지를 뒤흔들 정도로 화려한 연회가 펼쳐진다. 높다란 단풍나무 아래의 정원에서 들려오는 마흔 명의 악사의 절묘하고도 멋들어진 음악 소리는 마치 솔바람 소리가 그야말로 심산유곡에서 불어오는 것처럼 구성졌다. 그리고 온갖 색이 알록달록 휘날리는 단풍 속에서 겐지가 청해파를 추며 눈부신 모습을 드러낸 광경은 소름이 끼칠 정도로 아름다웠다. 이렇듯 솔바람 소리라는 청각적 미와 울긋불긋 단풍잎이 흩날리는 시각적 미가 어우러져 무인舞人들과 함께 청해파를 추는 겐지의 모습은 미야비의 '아소비'를 창출하고 있다고 할 수 있다.

또한 봄 꽃놀이에도 음악이 필수 요건이듯 「하나노엔花宴」권에서도 당악에 해당하는 춘앵전春鶯囀이 연주되고 겐지가 춤을 추는 장면이 등장한다. 뿐만 아니라 작품 속에서 "기리쓰보 상황은 무슨 빌미라도 있으면 관현놀이 자리를 마련한다"고 표현되고 있을 만큼, 천황을 중심으로 한 궁중에서의 관현놀이는 생활의 일부분이었다.

한편 헤이안 시대 궁중의 가무와 음악을 관아하는 기관인 아악료는 주로 의식의 주악을 담당했는데 「고초胡蝶」권의 관현놀이에서는 아악료의 악인들의 모습이 상세히 묘사되어 있다. 로쿠조인六条院의 봄의 어전에 꽃들이 만발하고 정원 연못에 준비된 용두익수의 모양을 한 배에서는 겐지의 선악船樂을 시작으로 밤늦게까지 아악이 연주되었다.

로쿠조인의 봄의 침전 정원은 삼월 스무날 꽃향기, 지저귀는 새소리 등이 가득하였다. 중국식 배를 치장하여 연못에 띄우고 아악료의 악인들을 초대하여 배 위에서 음악을 연주하도록 했다. 겐지는 동쪽에 있는 연못가 건물에서 무라사키노우에의 젊은 시녀들과 함께 배를 맞이한다. 용과 익이 장식된 중국식 배를 화려하게 치장하고, 노를 젓고 장대를 부리는 사공들도 갈래머리로 머리를 꾸미고 중국식 옷을 입고 있었다. 그런 배가 널따란 연못으로 노저어 간다. 날이 저물 무렵 '황장'이라는 무악이 연주되고 친왕과 상달부들은 각기 쟁과 비파, 생황, 피리 젓대 등을 연주한다. 특히 명수들이 봄의 선율인 쌍조를 연주하니 침전 위에서 이에 화답하는 현악기의 울림도 화려하기 그지없다. 이어 사이바라가 연주되고 밤이 새는 줄도 모르고 관현놀이를 하는데 어느 덧 날이 밝았다. 선율이 바뀌어 노래를 부르는 목소리가 바뀌니 무악인 '희춘락' 연주까지 합세하고 병부경이 '사이바라'의 푸른 버들을 몇 번이나 구성지게 부른다.

여기서 당악을 연주하는 배의 뱃머리에 '용龍', 고려악을 연주하는 배의 뱃머리에 '익鷁'이라는 상상 속의 물새의 형상이 조각되어 있는 용

【그림 1】 가료빈과 고초(伊井春樹(2012)
『源氏物語─遊興の世界』逸翁美
術館)

두익수는 두 척이 한 쌍인 배로 헤이안 시대 귀족들이 화려한 연회의
관현놀이에 자주 사용했던 배다.

이러한 로쿠조인의 봄의 어전에 이어 아키고노무秋好 중궁전에서는
봄 들어 첫 법회인 계절 독경이 행해지고 한편에서는 극락의 새 모양을
한 당악 '가료빈迦陵頻'과 나비 모양을 한 '고초'의 무악이 행해진다. 가
료빈과 고초의 무악에 등장한 새와 나비 모양의 옷을 곱게 차려 입은
예쁜 여덟 명의 여동들이 음악에 맞춰 춤추는 모습은 다음과 같다.

> 휘파람새의 영롱한 울음소리에 새 모양을 한 여동들의 화려한 무악이 시작
> 되자 연못에 물새들까지 모여들어 지저귀는데 갑자기 음악이 빨라졌다가 그
> 치니 재미있기도 하고 아쉽기도 하였다. 나비 모양 여동들의 춤은 새 모양
> 여동들의 춤보다 화사하여 하늘하늘 가녀리게 날아올라 울타리에 흐드러지
> 게 핀 황매화 꽃그늘로 날아들었다.

이렇듯 로쿠조인은 연회와 놀이 행사의 나날이었고 겐지 또한 딱히

이렇다 할 일이 없이 한가할 때는 늘 관현놀이를 하며 시간을 보냈다.

다음으로 「와카무라사키若紫」권에서는 기타야마北山를 방문한 겐지와 두중장들이 관현의 유희를 즐기는 장면이 있다. 벚꽃이 날리는 정취 있는 폭포 근처에서 산새도 놀랄 듯 겐지는 쟁箏을, 두중장은 횡피리를, 좌대신들의 자제들은 생황笙과 피리篳篥를 불고, 부채로 박자를 맞추며 주연의 합주, 즉 음악의 아소비를 즐기고 있다.

한편 헤이안 시대 중후기에 성행했던 '아즈마아소비東遊び'는 제사 때 행해지는 대표적인 가무로 「와카나若菜」상권에서 겐지가 스미요시住吉 신사에 참배했을 때 '아즈마아소비'의 특징에 대해 다음과 같이 언급하고 있다.

> 화려한 발해(고려악)나 당나라의 악무(아악)보다 귀에 익은 아즈마아소비의 소리가 정겹고 흥겹다. 파도와 바람에 울려 퍼져 높은 솔바람소리와 어우러지면 소리는 다른 곳에서 듣는 것과는 달리 몸에 감기고 고토(육현금)에 호흡을 맞춘 샤쿠뵤시는 북장단도 없이 리듬을 따라 야단스럽지 않고 우아하면서도 흥이 있다.

원래 '아즈마아소비'는 헤이안 시대 궁정과 신사에 도입된 아즈마 지방의 민요, 즉 풍속가가 그 바탕으로 '동쪽놀이'라는 뜻의 '아즈마이'로도 불린다. 주로 육현금, 고려피리, 생황, 피리, 박자로 반주를 하고 큰 북 등의 타악기는 사용하지 않는 것이 그 특징이다.

또한 「와카나」상권의 겐지의 40세 축하연에서는 사가노嵯峨野에서 약사불 공양이 행해지고 니조인에서는 유기리夕霧 주체의 가연이 열린다. 이 연회에서는 '만세악万歳楽'의 관현놀이가 행해지는데 여기서 만세악

277

【그림 2】 여악(伊井春
樹(2012)『源氏物
語－遊興の世界』
逸翁美術館)

은 당악의 곡명으로 원래는 여섯 명의 무녀가 축하연에서 춤을 추는 음
악 놀이다.

특히 「와카나」하권에서 겐지가 로쿠조인에서 개최한 '여악女樂'은 겐
지의 영화를 상징하는 동시에 음악의 절대미를 선보이는 향연으로 무
라사키노우에紫の上는 육현금인 와곤和琴을, 아카시노키미明石君는 비파
를, 온나산노미야女三宮는 칠현금을, 아카시 여어明石女御는 쟁을 연주한다.

여기서 로쿠조인은 살아 있는 부처의 나라生ける仏の御国라는 표현에 나
타나 있듯이 정토세계를 상징하고 있으며 헤이안 시대의 도시문화의
특징인 미야비 공간으로 '아소비'를 통해 최고 권력을 상징하는 공간
으로 설정되어 있다.

한편 『겐지 이야기』에서 「우메가에梅枝」, 「다케카와竹河」, 「아게마키
總角」, 「아즈마야東屋」 등의 권명은 사이바라 곡명에서 유래한 것들이
다. 사이바라는 궁중사회로 유입된 여러 지방의 민요가 대륙에서 전
래된 음악 양식에 따라 편곡된 가요라고 할 수 있다. 나라 시대 민간

에서 부르던 가요가 헤이안 시대 아악의 영향을 받아 궁정가요로 된 것으로 피리, 생황, 아쟁, 비파 등의 반주에 맞춰 귀족의 연회석에서 불렀다.

이처럼 헤이안 시대에는 관현놀이뿐만 아니라 사이바라를 비롯해 풍속가風俗歌, 로에이朗詠와 같은 궁중가요가 생겨나 귀족들에게 사랑을 받았다. 특히 로에이는 한시에 가락을 붙여 읊는 궁중가요로 헤이안 시대 중기에는 사이바라와 함께 겐지 가문, 후지와라藤原 가문의 두 유파로 나뉘어 서로 그 기량을 겨루었다. 이러한 경쟁 또한 '아소비'의 특징이라 할 수 있다.

최초의 수필가 세이쇼나곤의 눈에 비친 궁중의 음악놀이

『마쿠라노소시』에는 아악을 묘사한 부분이 많다. 그중에서 각 악기마다 세이쇼나곤은 그 취향을 언급하고 있다. 먼저 무악에 대해서 평을 하고 있는데 여기서 열거된 무악의 종류는 헤이안 시대 유행한 음악의 '아소비'라 할 수 있다. 그럼 세이쇼나곤의 음악의 '아소비'에 대한 평을 살펴보도록 하자.

205단 무악

무악 스루가마이駿河舞 모토메고求子는 매우 흥취가 난다. 다이헤이라쿠大平楽는 큰 칼을 뽑는 대목이 마음에 안 들지만 그래도 재미있다. 당나라에서 적군과 아군이 같이 어우러져 춘 춤이라고 들었다. 새 춤 바토拔頭는 앞머리를 위로 휘두를 때 눈초리가 무섭지만 음악이 매우 좋다. 라쿠손落噂은 두 사람이 무릎을 대고 추는 모양이 멋있다.

206단 현악기

현악기는 비파, 비파 곡은 후코조風香調 오시키조黃鐘調, 소고노큐蘇合急 휘바람새의 지저귐이라는 곡도 좋다. 아쟁도 매우 멋있다. 곡은 소후렌想夫恋이 좋다.

207단 관악기

관악기(피리)는 횡피리가 매우 좋다. 멀리 들리던 음색이 조금씩 가깝게 들리는 것도 정취가 있고 가깝게 들리다가 점점 멀어져 희미하게 들리는 것도 나름 운치 있다. 피리는 또 작아서 걷거나 우차나 말을 타고 외출할 때 품에 넣어도 전혀 표시 나지 않아 좋다. 내가 아는 곡이라도 불 때면 더욱 근사하다. (생략) 생황은 달 밝은 밤 우차 안에서 듣노라면 매우 운치 있다. 하지만 너무 커서 갖고 다니기에는 좀 불편한 것 같다. 그리고 생황은 불 때 표정이 매우 우스꽝스럽게 된다. 하기는 횡피리도 불기에 따라서는 얼굴이 찡그러질 때도 있다. 세피리는 너무 소리가 시끄러워 가을벌레로 치자면 마치 철써기가 우는 것과 같다. 너무 가까운 곳에서 들으면 시끄러워서 귀를 막고 싶고 또 서툴게 불기라도 하면 화가 날 지경이다. 하지만 임시 마쓰리 날 천황 앞으로는 나오지 않고 뒤편에서 힘껏 횡피리를 부는 소리를 들으면 정말 멋있다고 생각되는데, 그 중간부터 세피리가 같이 합주하면 머리카락이 다 서버릴 정도로 감동스럽다. 그런 다음 육현종과 피리가 등장하게 된다.

특히 세이쇼나곤은 다른 악기에 비해 비파에 대해 더 많은 관심을 가지고 있는데 당시 유행한 비파와 관련된 이야기로는 백낙천白樂天의 비파행琵琶行이 언급되고 있다. 「77단 비파소리와 비파행」의 내용은 비가 많이 와서 별로 할 일이 없자 천황이 당상관들을 불러 관현연주회를 연다. 미치가타 소납언道方少納言이 켜는 아름다운 비파소리는 물론 당상관들의 아쟁과 횡피리, 생황 등은 멋진 화음을 만들어 냈다. 한 곡이 끝나고 비파소리가 잠시 그치자 대납언大納言이 백낙천의 비파행의 한 구절을 읊조리는데, 이것은 그 시대의 귀족들의 음악적 소양을 엿볼 수 있다.

뿐만 아니라 비가 많이 내려 별로 할 일이 없을 때 관현놀이를 개최하는 천황의 모습에서는 관현놀이가 평상시의 일과였다는 것을 알 수 있다. 특히 『마쿠라노소시』에 천황이 궁전에 있는 육현금과 피리 등의 악기에 생소한 이름을 붙였다는 기술이 있는데 이것은 음악에 대한 천황의 관심을 살펴볼 수 있는 표현이라 할 수 있다.

그 가운데 「89단 무묘無明이라는 비파」단의 "천황께서 무묘라는 비파를 들고 중궁전으로 납시었을 때 뇨보女房들이 그것을 이리저리 구경하며 장난감처럼 갖고 놀았다."라는 표현에서는 악기가 하나의 놀이 장난감으로 인식되었다는 것을 알 수 있다. 여기서 천황이 즐겼다는 무묘는 헤이안 시대 겐조玄象와 보쿠바壯馬와 함께 비파 중의 명기로 무라카미村上 천황이 달밤에 겐조를 연주하자 당나라 비파의 명인 염승무廉承武의 영혼이 나타나 비곡을 전해줬다는 설화로도 전해진다. 이러한 명기의 음색을 좌우로 나눠 겨루는 음악의 '아소비'는 '비파 경연琵琶合'이라는 형식으로도 행해지게 된다. 실제 1220년 고토바 상황後鳥羽上皇이 주최한 비파 경연에서는 26개의 비파 승부에 대해 각각 비파의 음색과 그 우열결과가 기록되어 있어 귀족들의 음악적 취향을 살펴볼 수 있다.

그리고 이어 「90단 비파행 여자」단에는 천황전의 발 앞에서 하루 종일 연주한 당상관들의 관현놀이가 끝나고 어두워져 불을 밝혔더니, 격자문 사이로 비파를 켜고 있는 중궁의 아름다운 자태에 감탄한 세이쇼나곤이 "백낙천 시 속의 비파행 여인도 그렇게 훌륭하지 않았을 것이다"며 중궁의 모습을 찬미한 기술이 담겨 있다.

또한 비파뿐만 아니라, 230단에는 천황의 피리합주에 관한 이야기가 담겨 있다. 2월 중순 화창하고 따사로운 날에 궁궐 회랑 서편 마루에서 천황이 피리를 불고, 거기에 맞추어 천황의 스승인 다카토 병부경高遠兵部卿이 훌륭한 다카사고高砂 곡을 연주한다. 그러자 그 소리를 듣고자 궁중 나인들이 중궁전 발 내린 곳까지 우르르 몰려 나가 그 광경을 보는 모습 또한 천황의 음악놀이의 진풍경이라 할 수 있다.

한편 음악의 '아소비'가 추구하고자 하는 소리의 미학은 극락정토의 음악이다. 『우쓰호 이야기』에서도 도시카게 일족의 칠현금의 소리 또한 정토악이었고, 『겐지 이야기』에서 사계절의 아름다움과 함께 울리는 로쿠조인의 향연 또한 불토의 음악이었다. 『마쿠라노소시』「263단 샤쿠젠지積善寺 공양」의 내용 또한 음악놀이가 극락정토를 표상하고 있다.

> 샤쿠젠지에 도착하자 절의 대문 앞에서 고려악과 당악을 연주하고 사자와 고마이누가 춤을 추어 난성과 북소리에 정신이 하나도 없다. 왠지 산 채로 극락정토에 온 것 같고, 음악소리와 함께 하늘로 올라가는 기분이었다.

이처럼 세이쇼나곤의 『마쿠라노소시』에서는 여러 음악 관련 묘사를 통해 헤이안 시대 음악놀이의 모습을 엿볼 수 있다. 또한 86단에 고세치五節 무희에 대한 기술이 있는데 대전에서 연회의 술자리가 끝나고 당상관들이 한 쪽 소매를 벗어 늘어뜨리고 부채로 박자를 맞추며 노래를 부르자 무희들이 등장하여 흥을 돋우는 모습은 헤이안 시대의 연회 '아소비'의 한 장면이라 할 수 있다.

뿐만 아니라 265단 노래에서는 "노래는 풍속가風俗歌, 그중에서 '삼나무 세우는 문'이 좋다. 가구라우타도 재미있다. 이마요우타今樣歌는 절이 길고 변화무쌍하다"라는 평을 통해 헤이안 시대의 유행가 모습도 살펴볼 수 있다. 이러한 민요나 풍속가는 궁정을 중심으로 공적, 사적 유연에서 관현과 함께 사이바라나 로에이의 형태로 계승되어갔고 11세기 이마요로 전개해가는 '아소비'의 공간에는 반드시 유녀遊女가 존재했다. 따라서 '아소비'로 칭했던 유녀는 가무음악을 전문 직업으로 하는 시라뵤시白拍子나 구구쓰시傀儡子와 함께 도읍과 지방에 '아소비' 문화를 전파시키는 매개체의 역할을 했다고 할 수 있다. 이렇듯 유연의 공간에서 유녀와 구구쓰시가 민중들의 마음을 담아 즉흥적으로 노래한 이마요가 성행한 가운데 고시라카와인後白河院에 의해 편찬된 『료진히쇼梁塵秘抄』 359번 노래에는 다음과 같이 인간의 '아소비' 본질이 유녀의 시각으로 잘 표현되어 있다.

"아소비를 하려고 이 세상에 태어났는가, 유희를 즐기려고 이 세상에 태어났는가, 무심히 놀고 있는 아이들의 소리를 들으니 절로 흥겨워진다."

이것 또한 인간의 삶에 있어서 '아소비'의 중요성과 그 본질적 기능이 잘 반영된 노래라 할 수 있다.

불교와 예도의 중세 음악 '아소비'

중세 은자문학의 대표작품인 겐코兼好 법사의 『쓰레즈레구사徒然草』 (16단)는 세이쇼나곤과는 다른 음악관을 가지고 있다. 피리가 철써기가 우는 것 같아서 가까이서 듣고 싶지 않다고 말한 세이쇼나곤과는 달리 겐코 법사는 "악기의 음색은 피리, 피리가 좋다. 언제나 듣고 싶은 것은 비파와 육현금이다"고 언급하고 있다.

뿐만 아니라 또 하나의 대표적인 중세 수필 가모 조메이鴨長明의 『호조키方丈記』에는 은둔하면서 홀로 즐겼던 관현놀이가 선명히 나타나 있다.

가모 조메이의 경우, 그는 일생 동안 비파를 애호했는데 그가 세속의 모든 것을 버리고 50세에 히노日野에 은둔하여 암자에서 마지막으로 같이 했던 것은 와카와 관현서적, 그리고 『오조요슈往生要集』 등의 발췌 글과 자신이 만든 육현금과 비파였다. 관현놀이와 함께한 그의 은둔생활은 다음과 같다.

> 서남쪽 모퉁이에는 대나무 선반을 매달고 검은 색 상자 세 개를 올려놓았다. 거기에는 와카와 관현 서적과 『오조요슈』이 들어 있다. 그 옆에는 육현금과 비파가 하나씩 서있다. 접이식 육현금, 조립식 비파이다. 임시 거처의 모습은 대체로 이러하다. 만약 계수나무 잎이 바람에 날려 가쓰라 대납언桂大納言이 생각나는 저녁에는 쓰네노부経信처럼 비파를 연주해본다. 그래도 흥이 나지 않으면, 잠시 솔바람 소리에 섞이듯 추풍악秋風楽을 연주하고, 홈통에 떨어지는 물소리에 맞추어 류센 곡을 연주한다. 서투른 솜씨지만 남에게 들려주기 위한 것이 아니라 홀로 연주하고 노래하며 자신의 기분을 가라앉지 않게 할 따름이다.

이렇듯 은자들은 중세 풍류의 개념인 '스키数寄'의 미학으로 홀로 관현놀이를 즐기며 하루하루를 유유자적하게 보냈다.

한편 중세 시대에는 불교와 음악과의 관련성 또한 깊다고 할 수 있다. 그 가운데에서 가장 유명한 『헤이케 이야기平家物語』의 제10권 「센주노마에千手前」 이야기의 아악연주 장면에는 불교적 색채가 강한 관현놀이가 잘 나타나 있다. 이 이야기는 포로로 잡혀 가마쿠라로 압송된 다이라 시게히라平重衡(기요모리清盛의 아들)를 위문하고자 시라뵤시인 센주노마에가 찾아가는데 그날 밤 열린 아악 연주에 관한 내용이다. 연회가 시작되자 센주노마에는 "열 가지 악을 저지른 사람이라도 아미타님은 극락정토로 인도해 줄 것이다"라는 로에이와 "극락왕생을 바라는 사람은 모두 나무아미타불을 외우세요"라는 이마요를 여러 번 부른다. 그리고 센주노마에가 쟁를 연주하자 시게히라는 비파를 꺼내 오조노큐往生急를 연주하고 얼마 남지 않은 인생을 의미하듯 애절한 소리로 로에이를 읊으며 그날 밤 연회에 흥을 채운다.

이후 시게히라가 죽게 되자 이 하룻밤 연회로 인연을 맺었던 센주노마에는 비구니가 되어 시게히라의 명복을 빌고 결국 극락왕생을 하게 되었다는 이야기다. 이것은 죽음을 앞둔 극한 상황에서 연주된 한밤의 아악연주로 헤이안 후기부터 중세에 걸쳐 불교사상과 융합된 아악 양상이 잘 나타나 있다. 이 이야기는 후에 시게히라와 센주노마에의 하룻밤 연주를 소재로 하여 노能 공연 「센주千手」로 탄생하게 된다.

한편 헤이안 시대의 음악 '아소비', 즉 궁중에서 열리는 관현놀이는 대부분 천황을 포함한 당상관들의 교류로 행해졌듯이, 중세의 '아소비' 또한 정치와 분리된 오락이나 여흥의 성격이기보다 대부분 왕권과 밀접한 관련성을 지니고 있다. 이러한 중세왕권과 '아소비'의 관계는 고

285

토바 상황을 중심으로 한 가무음곡歌舞音曲의 '아소비'로 나타나고 이것은 이후 전통예능 문화인 노能, 분라쿠文楽, 가부키歌舞伎, 교겐狂言 등의 예도藝道에서도 중요한 요소로 작용함으로써 극예술의 미적 승화를 한층 부각시킨다.

이러한 예도로 발전한 '아소비'는 그 기원부터 신과의 교감을 의미하는 '가미아소비神遊び'의 성질을 지니고 있고, 그것은 '비일상적인 연기에 의해 이계異界의 것과 정신적으로 교감'하는 행위, 즉 '연기하는 것'의 역할을 중시한 관점이다. 여기서 연기하는 것이란 '아소비'의 성격에 있어 앞서 언급한 모방의 요소에 관한 개념이라고 할 수 있는데, 음악과 유연의 '아소비'는 망아忘我, 열중熱中, 도취陶醉, 유열愉悦의 심리적 요소를 바탕으로 이세계의 공간을 연출하는 장치로 설정되어 있다. 이처럼 음악은 연기하는 무대, 즉 노나 교겐, 가부키 등의 극에서도 없어서는 안 될 필수요건이다.

뿐만 아니라, 가마쿠라 시대 이후 불교 정신이나 무사도 정신 등의 영향을 받은 음악은 소위 '아소비'의 즐거움뿐만 아니라 수도修道의 엄격한 면을 갖게 되고 풍류의 음악에서 예도芸道의 음악으로 변용, 그 이후 에도 시대의 서민음악의 흥행과 함께 '유예'의 '아소비'적 개념으로 진행되어간다. 즉 유예인遊芸人이 가무음악의 예능에 빠진 것이나 노가쿠에서 유예에 열중하는 것을 유광遊狂라고 부를 정도로 음악 '아소비'는 점점 '예능'의 다양화, 전문화 양상을 띠게 된다. 따라서 넓은 의미에서 이러한 일본 유예의 양상은 일본인의 '아소비' 역사의 일부분이라고 할 수 있으며, 거기서 음악은 '예'를 즐기는 가운데 '아소비' 문화를 새롭게 생성해갔다.

이처럼 고대 일본의 '아소비' 양상은 시대별로 변용되어가는 가운데, 음악의 '아소비'는 그 중심 위치에 있었으며 헤이안 시대에 들어와 유연의 관현놀이가 중심이 되었던 풍류는 이후 중세의 '스키', 근세의 유예, 근대의 취미라는 흐름으로 진행되어갔다. 일본인들의 삶 속에서 놀이의 미학은 음악 연주를 의미하는 'play'의 어원처럼 '유遊'의 논리와 공통된 'play'의 미학이라 할 수 있다.

참고문헌

伊井春樹(2012) 『源氏物語─遊興の世界』 阪急学園池田文庫
류정선(2008) 「고대 일본의 아소비 문화」(『일본학연구』25, 단국대학교 일본연구소)
정순분(2004) 『마쿠라노소시』 갑인공방
熊倉功夫(2003) 「日本遊芸史序考」 『遊芸文化と伝統』 吉川弘文館
松井健児(2000) 『源氏物語の生活世界』 翰林書房
吉田比呂子(1994) 「「遊」(あそび、あそぶ)の意味とその展開─仙郷の表現と異世界の表現」(『国語語彙史の研究14』, 和泉書院)
高橋六二(1994) 「遊びのことば」(『古代文学講座7ことばの神話学』, 勉誠社)
川名淳子(1992) 「源氏物語の遊戯」(『源氏物語講座7)美の世界 雅の継承』, 勉誠社)
中川正美(1987) 『源氏物語と音楽』 和泉書院
国安洋(1986) 「日本古代における「遊び」(『横浜国立大学教育紀要26』, 横浜国立大学学芸学部)

놀이로 읽는
일본문화

놀이로 읽는
일본문화
무용

나비의 몸짓이 수놓는 세계

이 부 용

● ● ● ●

　그리스 태생으로 일본에서 작가로 활동하고 영문학을 가르쳤던 서양인 라프카디오 헌Lafcadio Hearn(1850~1904년)은 『괴담怪談』에 수록된 에세이 「나비」에서 일본 민간의 '살아 있는 인간의 영혼이 나비가 되어 훨훨 날아다닌다는 신앙'에 대해 언급하며 죽은 옛 연인의 영혼이 나비로 나타난 설화를 소개한다. 그 후 글의 마무리를 '나비춤' 이야기로 끝맺고 있다. 그는 나비춤을 직접 본 적은 없었는지 당대에 여전히 상연되고 있는지는 모르겠다고 말한다. 그러나 나비춤은 현대까지 전승되고 있으니 헌이 살았던 19세기 말, 20세기 초에도 역시 나비춤은 어딘가에서 전승되고 있었을 것이다.

비슷한 시기에 만들어져 상연된 유명한 푸치니의 오페라 '나비부인'
은 일본의 나가사키長崎를 배경으로 여자 주인공 조초蝶々의 안타까운
사랑과 인생을 선율과 함께 전한다. 서양인 남자와의 사이에서 아들 하
나를 둔 젊은 나비부인은 사랑했던 남편으로부터 버림받는 비극을 겪
는다. 서양인 남자의 입장에서 보면 처음에 어린 게이샤芸者 조초는 이
국적인 매력을 지닌 여성이었을 것이다. 나비를 뜻하는 조초의 이름에
는 동양의 일본이라는 곳에서 새로운 세계를 동경한 서양인들의 시선
이 들어 있다.

오리엔탈리즘적 시선은 비판도 받았지만 새로운 세계로의 진입이라
는 것은 사람의 마음을 두근거리게 하는 힘이 있는 것 같다. 팔랑거리
는 나비를 보며 사람들은 나비가 그들을 새로운 세계의 통로로 안내한
다고 느끼고 또 다른 세계로의 비상을 꿈꾸었던 듯하다. 무용, 특히 나
비춤은 일본문학에서 어떤 새로운 세계를 만들고 있을까.

동굴 앞에서 춤을 춘 아메노우즈메

일본의 상대신화를 담고 있는 『고지키古事記』 상권에는 일본의 태양신
으로 일컬어지는 아마테라스오미카미天照大御神와 관련된 이야기가 실려
있다. 남동생 스사노오노미코토須佐之男命가 제멋대로 행동하며 누나의 농
경 일을 방해하자 그 난폭함을 두려워한 누나는 아마노이와야토天の石屋
戸라는 동굴에 숨어버렸다. 밝음의 상징인 태양신이 숨어버리자 세상은
암흑천지가 되어 대혼란에 빠졌다. 여러 신들이 그녀를 동굴에서 나오게

하기 위해 노력했지만 아무리 해도 아마테라스는 나오지 않았다.

그러자 아메노우즈메天宇受売命라는 여성이 동굴 바로 앞에서 넝쿨을 어깨에 멜빵처럼 걸고 머리를 덩굴나무로 장식하고 조릿대와 나뭇잎을 묶어 들고 나무통을 엎어 그 위에서 춤을 추며 노래를 불렀다. 발을 세차게 구르자 젖가슴이 드러나고 허리끈이 늘어져 치마가 허리 아래에 아슬아슬하게 걸린 모습이 되었다. 그 우스꽝스러움에 천상세계의 남신들이 재미있어하며 큰 소리로 웃었다. 밖에서 소란스러움이 일자 이때 아마테라스가 무슨 일인가 빼꼼 하고 얼굴을 내밀었다가 대기하고 있던 남신이 강하게 손을 잡아끌자 동굴에서 나오게 된다.

이 이야기에서는 원시가무의 발생을 볼 수 있다. 신에게 뜻을 전하고자 하는 온몸을 통한 절실한 몸짓은 춤의 기원으로 간주된다. 거기에는 폭발적인 웃음을 자아내는 오락적인 면과 흥미로운 요소가 포함되어 있다. 또한 신을 향해 제사를 지내는 제의적 요소 또한 들어 있다. 나뭇가지를 들고 특이한 복장을 하고 노래를 부르며 춤을 추는 아메노우즈메는 일종의 무녀 역할을 한다. 아메노우즈메 신화는 일종의 원시적 연극으로 신을 향해 바치는 무용인 가구라神楽의 발생이라고도 해석된다. 이러한 고대 무용은 점점 여러 가지 형태로 변용되어 중고 시대가 되면 직접적인 제사의 장이 아닌 곳에서도 공연되기 시작한다.

활쏘기 시합의 아이들 춤

무용은 일본문학 텍스트 속의 여러 장면에 인용되어 이야기 속 세상에 입체감을 부여한다. 헤이안 시대平安時代(794~1192년) 남성들의 스포츠라고 하면 활쏘기, 매사냥, 공차기, 스모相撲 등을 들 수 있는데, 이렇게 승부를 겨루는 경기가 끝나고 나면 현대에도 그렇듯 일종의 뒤풀이가 있었다. 주로 음악을 연주하는 향연을 열고 식사하며 친목을 다지는 형태였다. 천황이나 궁정에서 행해지는 공식적 행사일 경우 그럴듯한 무대에서 이긴 편이 춤을 자랑하는데 이를 위해서 몇 달 전부터 연습을 하기도 했다.

헤이안 시대 중류 귀족 출신의 여성이 기록한 『가게로 일기蜻蛉日記』에는 활쏘기 시합에서 활약하고 춤을 춘 아들을 보며 흐뭇해하는 저자 미치쓰나의 어머니道綱母의 모습이 그려져 있다. 이 작품에는 저자의 결혼생활을 중심으로 한 사건들과 그에 따른 감정이 올올이 엮여 있다. 남편과의 사이에서 충족되지 못하는 갈등과 내면의 슬픔이 그려져 있는 한편 작자가 직접 또는 간접적으로 경험한 사건이나 행사들을 언급하고 있기 때문에 당시의 사건들을 기록한 역사성도 나타난다.

활쏘기 시합에 관한 내용에서는 먼저 호접무胡蝶舞에 관한 이야기가 나온다. 호접무는 양팔에 나비 모양 날개를 걸고 추는 춤으로 날개는 대개 여러 조각을 겹친 것으로 알록달록한 색깔에 점박이 무늬가 있는 것이 특징이다. 여러 조각을 겹쳤으므로 춤을 출 때는 정말 나비처럼 날개가 오므려졌다가 펴졌을 것으로 상상된다. 특히 여러 문학이나 기록 속에는 조부모의 수연壽宴 등을 축하할 때 호접무가 많이 보이는데 어린이들이 날개를 손에 걸고 앙증맞은 모습으로 춤을 추는 모습은 보는 사람들의 얼굴에 저절로 미소가 떠오르게 했을 것 같다.

『가게로 일기』의 970년 3월 10일의 기록에는 활쏘기 시합 5일 전에 열린 춤의 예행연습에 관한 내용이 묘사된다.

【그림 1】『무악도설』에 소개된 호접무(故実叢書編集部(1993) 「舞楽図説」『輿車図·輿車図考他』故実叢書 36, 明治図書出版株式会社)

10일이 되었다. 오늘이야말로 여기서 시악 같은 것을 하신다. 춤 전문가인 오 요시모치는 뇨보女房들로부터 많은 물건을 받아 어깨에 걸쳤다. 남자들도 있는 만큼 옷을 벗어 하사하신다. "바깥 어르신은 근신중이십니다"라고 하며 아랫사람들이 왔다. 예행연습이 끝나갈 저녁 무렵 요시모치가 호접무를 추며 나오자 황색 홑옷을 벗어 걸쳐주는 사람이 있다. 분위기에 어울리는 느낌이 든다.

아이들에게 춤을 가르치는 안무의 전문가인 오 요시모치多好茂가 예행연습으로 춤을 추는데 멋스러운 그의 춤에 여러 뇨보들로부터 선물이 당도하고 남자귀족들도 선물을 보냈다고 한다. 호접무는 보통 황매화山吹를 들고 춤을 추기 때문에 노란색과 관련이 깊다. 그래서인지 미치쓰나의 어머니는 선물 중에서도 노란 홑옷을 벗어 걸쳐준 사람은 분위기를 잘 맞추었다며 그 풍류스러운 태도를 칭찬한다.

역사서를 참조로 하면 여기에 묘사된 활쏘기 시합은 970년 3월 15일에 열렸다. 미치쓰나의 어머니는 아들이 활쏘기 시합에 나가게 되자 이제나저제나 하고 마음을 놓지 못한다. 사람들로부터 활쏘기 시합의 정황을 전해 듣는데 아들이 속한 팀이 열세로 지고 있다고 하니 더욱 가슴을 졸였을 것이다. 그러다가 미치쓰나가 쏜 화살이 명중해서 아들이 속한 팀이 상대팀과 동점으로 비기게 되었다. 아들의 활약으로 팀 전체가 환호하게 되자 저자는 대견스러움을 느낀다. 게다가 열심히 준비한 춤을 출 기회가 생긴 것이다. 아들이 천황과 여러 귀족들 앞에서 춤을 추며 활약하니 이보다 더 기쁠 수 없다.

> "패배가 거의 정해졌다고 생각했을 무렵, 도련님이 쏜 화살들이 명중해서 비겼습니다"라고 다시 전해주는 사람도 있다. 무승부가 되자 우선 능왕무가 있었다. 그 춤을 춘 것은 비슷한 또래의 아이로 내 조카이다. 춤에 익숙해지려고 한창 연습할 때 우리 집이나 그쪽에서 보거나 하며 교대로 연습을 해왔다. 이어서 우리 아이가 그 다음으로 춤을 추었는데 좋은 평판을 얻었는지 옷을 하사받았다. 궁중에서 우차 뒤쪽에 능왕도 함께 태워서 돌아왔다. …… 우울한 나의 처지도 잊고 기쁜 일이었다.

능왕무陵王舞를 춘 것은 미치쓰나의 어머니의 조카로 이 날을 위해 미치쓰나와 함께 춤 연습을 해왔다. 미치쓰나는 춤을 멋있게 잘 추어서 천황으로부터 옷을 하사받았음이 부각된다. 이 날 그녀의 남편 후지와라 가네이에藤原兼家는 궁중에서 퇴출할 때 두 아들을 우차 뒤쪽에 태워서 돌아왔는데 저자는 이 상황을 "능왕도 함께 태워서 돌아왔다"며 기쁜 필치로 전한다. 마치 개선장군 두 명을 태우고 온 것처럼 묘사하고 있는 것이다. 아들의 활약이야말로 남편과의 결혼생활에서 더할 나위 없는 큰 활력소가 되었을 것이다.

팔을 펼치니 나빌레라

『가게로 일기』에는 호접무, 능왕 등이 언급되었는데 호접무는 당대에도 인상적이고 아름다운 춤이었던 듯 다른 작품 속에도 반복되어 제시되어 있다. 모노가타리物語 문학으로 시선을 옮기면 호접무는 먼저 『우쓰호 이야기ぅつほ物語』의 장면에도 나타나 있다. 이 작품에는 이누미야いぬ宮가 비금을 전수받고 누각에서 내려오기 직전의 축하연에서 동무童舞가 펼쳐진다.

『우쓰호 이야기』는 비금秘琴의 연주로 몰락한 집안을 일으키고 영화를 누리게 되는 도시카게俊蔭 일족의 이야기를 중심적으로 그리고 있다. 도입부는 도시카게가 비금을 전수받게 되는 이야기로부터 시작되는데 잠깐 그의 이야기를 들어보자.

배경은 일본의 외교사절과 유학승들이 배를 타고 당나라로 가던 시절이다. 견당사로 일본을 떠나 당나라에 가던 도시카게는 도중에 배가 난파되어 파사국波斯国이라는 곳에 도착했다. 파사국은 페르시아 부근으로 생각되는데 당시 일본인의 입장에서 보면 상상할 수 없을 만큼 먼 이국異國이었다. 표류하여 겨우 목숨만을 건졌을 때, 관세음보살에게

295

기도를 하자 백마가 나타나 그를 태우고 날아올라 세 명의 사람이 금琴을 연주하고 있는 곳에 데려다주었다.

　어딘지도 알 수 없는 이국에서 도시카게는 금 연주를 배우며 지내게 된다. 그는 음색이 높고 조화롭게 울리는 나무 베는 소리를 들으며 금을 연주하곤 했는데 어느덧 그 소리가 금의 연주와 화합하는 듯했다. 효성이 지극한 도시카게는 그 나무를 찾아서 악기를 만들어 일본에서 기다리시는 부모님께 들려드리려고 생각한다.

　소리를 찾아 떠난 지 삼 년이 지났을 무렵 그는 아주 험준한 산에 당도한다. 그 산에는 도깨비처럼 머리에는 칼이 서 있고 얼굴은 불이 붙은 듯이 험상궂은 모습을 한 아수라阿修羅가 거대한 오동나무를 넘어뜨리기 위해 도끼로 나무를 치고 있었다. 단단히 각오를 하고 아수라에게 말을 걸어 나무를 얻고 싶다고 청하자 그는 만겁의 업業을 치르기 위해 나무를 찍고 있다고 말했다. 그 나무는 석가모니가 득도하여 부처가 되던 날 아메와카미코天稚御子가 내려와 삼 년 동안 파서 만든 구덩이에 선녀가 영묘한 음악을 연주하며 심은 나무라는 것이었다.

　아수라는 도시카게를 향해 나무의 한 토막일지라도 절대로 양보할 수 없다고 하며 물러나라고 위협했지만 그는 하늘에서 내려온 용龍을 탄 동자의 도움으로 오동나무 일부를 받을 수 있었다. 거기에 선녀가 옻칠을 하고 직녀가 현을 걸어주어 금 30개가 만들어졌다. 그중 스물여덟 개는 같은 소리를 내는데, 나머지 두 개의 금을 켜니 산이 무너지고 땅이 갈라지더니 여러 산이 하나가 되었다.

　마침내 도시카게는 오동나무로 만든 금을 가지고 고향으로 돌아왔다. 그러나 그가 그리워하던 부모님은 안타깝게도 이미 돌아가시고 안 계셨다. 살아생전 부모님께 효도를 할 수 있는 길이 막혀버린 것이다.

부모님이 살아 계실 때 효도를 다하지 못한 회한과 그 교훈은 이 시대에도 도시카게의 일생을 통해 전해지고 있었던 것 같다. 이후 그는 결혼하여 딸을 하나 얻는데 목숨을 걸고 배워 온 칠현금의 연주법을 딸에게 전수하고는 세상을 뜬다.

후견인으로서의 아버지의 존재가 절대적이었던 귀족사회에서 도시카게의 딸은 아버지의 죽음 이후 보살펴주는 이도 없이 궁핍한 생활을 하며 살아간다. 그러던 어느 날 그녀는 우연히 그녀의 집 근처를 지나가던 귀공자와 관계를 맺는다. 그 귀공자는 나중에 후지와라 가네마사藤原兼雅로 밝혀지는 귀족인데 아들의 안위를 걱정한 부모의 감시로 한참 동안 여자를 다시 만나지 못한다. 그동안 여자는 혼자서 아기를 낳았다.

도시카게의 딸은 아들 나카타다仲忠와 함께 산 속에서 살아간다. 말하자면 한부모 가정 상태인데 모자母子는 외롭고 쓸쓸하지만 씩씩하게 생활한다. 그들은 동굴 속에서 금을 연주하며 살아가는데, 홀어머니를 모시고 사는 나카타다를 동물들도 도와주고 보호해주었다. 여기까지가 『우쓰호 이야기』첫 권의 내용으로 이후 마침내 가네마사와 재회하게 된 모자는 궁중의 부름을 받게 된다. 이후에는 비금의 연주법이 손녀 이누미야에게 전해져 가는 장대한 드라마가 펼쳐진다.

이렇게 시작된 이야기에서 많은 세월이 흐르고 흘러 호접무가 그려지는 부분은 장편『우쓰호 이야기』전체의 결말부이다.「로노우에楼の上」하권에 나비 모습의 무동들 모습이 묘사된다.

서쪽 비단 장막에서 큰북이 울리고 조용히 점점 음악소리가 나온다. 여덟 명의 아이 중 네 명은 공작 의상을 입고 있다. 네 명은 나비의 모습이다. 좌우로 나와 서서 정말로 정취 있게 춤을 추니 관악기와 현악기를 나누어주

신다. 황족들이 "느리다"고 말하니 관악기와 현악기를 빠르게 연주해서 맞
춘다.

이누미야는 할머니인 도시카게의 딸로부터 비금을 전수받는데 누각
위에 올라가서 밖에 나오지도 못하고 집중 훈련을 받는다. 대대로 이어
지는 비금을 전수받는 다음 세대의 주인공 이누미야는 이때 일곱 살이
다. 비금전수의 주인공이라고는 하나 누각 속에 갇힌 것과 같은 상태로
비금을 전수받는 수고로움을 짐작할 만하다. 그러한 이누미야의 노고
를 위로하고 비금전수가 끝난 것을 축하하기 위한 연회가 열린다.

연회에서는 무동 여덟 명 중에서 네 명이 공작무를, 다른 네 명이 호
접무를 펼친다. 아름다운 춤을 소화해낸 무동들은 상으로 악기를 받는
다. 현대라고 해도 악기를 선물 받는 일은 특급 연주자가 아니라면 상
상하기 어렵다. 헤이안 시대의 다른 문학작품에서는 웬만해서는 악기
를 상으로 받는 일이 별로 없다. 보통은 옷이라든지 옷감을 받는 경우
가 많은데 역시 음악을 테마로 하는 작품인 만큼 춤을 잘 춘 아동들이
악기를 받았다는 점이 특징적이다. 하사품으로 악기를 받을 정도라면
무동들은 열심히 연습한 보람이 있고도 남았을 것 같다.

호접무 장면을 장편 이야기라는 시점에서 보면 음악을 테마로 하는
작품의 매듭이 지어지는 장면이 무용과 함께 장식되는 것이 특징이라
고 하겠다. 아름다운 음악과 절묘한 조화를 이루는 호접무의 춤사위는
음악과 무용의 조화로운 결합을 보여준다.

『겐지 이야기源氏物語』 시대가 되면 호접무는 가릉빈가와 짝을 이루어
번무番舞로 많이 공연된다.『우쓰호 이야기』에서는 아직 호접무를 공작
무와 함께 추는 것으로 보아 세트로 춤을 추는 정형화의 정도는 약함을

알 수 있다. 알록달록한 의상을 입고 아이들이 추는 춤은 주인공인 이 누미야의 눈높이에도 맞는 공연이었을 것이다.

이렇게 호접무가 아이들에 의해서 아이들을 위한 춤으로 공연되는 것은 그 발생 연원과도 관계가 깊다. 10세기 초에 성립한 사전인 『와묘루이주쇼和名類聚抄』에는 '호접악'이라는 항목이 있다. 여기에서는 이 곡은 우다 천황宇多天皇 때인 908년 아이들의 스모가 열렸을 때 후지와라 다다후사藤原忠房가 만들었다고 전한다. 그 발생 자체가 어린이와 관련이 있는 것이다.

중세의 악서인 『교쿤쇼教訓抄』에도 비슷한 내용이 실려 있는데 "나비의 날개를 입고 꽃을 들고 춤춘다"며 춤의 구체적 모습이 제시되어 있다. 이치조 천황一條天皇 무렵부터 호접무는 가릉빈가와 함께 짝을 지어 공연되었다. 불교의 정토淨土에 산다는 반인반조인 가릉빈가와 함께 공연되는 호접무가 얼마나 화려하고 아름다울지 상상하는 것만으로도 황홀한 느낌이 든다.

환상적 세계를 수놓는 나비들

앞 작품들에서 보았듯이 호접무는 주로 어린이들이 추는 경우가 많은데 『겐지 이야기』 「고초胡蝶」권에는 이야기의 중심에 호접무가 배치된다. 때는 겐지의 양녀인 아키코노무 중궁秋好中宮이 계절독경을 하는 날이다. 계절독경이란 불법佛法을 널리 펴는 행사로 풍년이나 기우를 빌거나 재액을 막기 위해 기원하는 의식을 말한다. 작품 속에서는 역사상의 계절독경과 비교해서 불교의식이나 독경회 그 자체에 대한 내용에 대한 묘사가 적고 실제의 계절독경 때에는 거의 행해지지 않는 동무가 강조되어 있는 점이 특징이다.

> 오늘 중궁 주최의 계절독경이 시작된다. …… 봄 저택의 무라사키노우에 쪽에서 공양의 뜻으로 부처님께 꽃을 바치신다. 새와 나비로 나누어 의상을 갖춘 아이 여덟 명을 용모 등이 특별히 빼어난 이들로 고르시어, 새 복장의 아이들에게는 은으로 만든 꽃병에 꽂은 벚꽃을, 나비 복장의 아이들에게는 황금병에 꽂은 황매화 꽃을 들게 했다. 마찬가지로 꽃송이가 훌륭하고 세상에 다시없을 정도의 아름다운 정취를 만드셨다. 배가 남쪽 별채에서 출발하여 가산假山 쪽에서 저어 나와서 중궁 앞으로 나올 적에는 바람이 불어 꽃병의 벚꽃이 조금 흔들려 흩뿌린다. 아주 화창하게 맑은 날 안개 사이로 무동들의 모습이 보이는 모습은 정말로 감동적이고 우아하다. 일부러 장막 등을 다 옮기지는 않으시고 중궁 앞에 건널 수 있는 복도를 악소처럼 만들어 임시로 자리 등을 마련하셨다.

이 부분에서는 무라사키노우에紫の上가 뽑아 보낸 아이들 여덟 명이 새 춤 즉 가릉빈가와 호접무를 춘다. 은색 꽃병에 연분홍색 벚꽃을 꽂아 든 아이들과, 황금병에 채도 높은 샛노란 황매화꽃을 꽂아 든 아이들의 모습이 얼마나 아름다울까 직접 보고 싶어진다. 로쿠조인六條院 내의 큰 연못에는 관현악을 연주하는 악인들을 실은 배가 유유자적하게 움직이고 있다. 배의 움직임에 맞춘 듯이 바람에 벚꽃의 잎새가 흔들리며 꽃잎이 흩뿌려 날린다. 이러한 모습을 본문에서는 '세상에 다시없을 정도의 아름다운 정취'라고 표현하고 있다.

[그림 2] 황매화꽃

겐지가 조영한 로쿠조인은 이렇게 이상적인 모습으로 제시되어 있는데 무라사키노우에가 주관한 봄 저택에서의 연회 때에 로쿠조인의 아름다움은 다음과 같이 표현되어 있다.

> 용두익수龍頭鷁首를 당나라풍으로 화려하게 장식하고 노 젓는 아이들은 모두 양쪽으로 갈래머리를 묶어 당나라풍 옷을 입고 있다. 그렇게 큰 연못 가운데를 노 저어 가니 이런 풍경에 익숙하지 않은 뇨보들은 아련하고 아름다운 정취에 마치 모르는 나라에 온 듯한 기분이 든다고 생각한다.

이국적인 모습으로 꾸민 아이들과 화려하게 장식한 배를 보며 뇨보들은 딴 세상에 온 것 같은 기분마저 느낀다. 로쿠조인이 일종의 이상향으로서 제시되고 있는 것이다. 「고초」권에는 이 외에도 로쿠조인을 묘사한 문맥들이 보이는데 예를 들면 뇨보들은 "정말로 도끼자루도 썩을 것처럼 생각하며 날을 보낸다"고 되어 있기도 하다. 로쿠조인의 아

301

름다운 풍경에 마음을 빼앗겨 지금 있는 이곳이 마치 선경仙境처럼 느껴진다는 것이다. 뇨보들이 읊조린 노래가 다음과 같이 실려 있다.

거북등 위의 봉래산에는 굳이 갈 일 없어라
배 안에서 불로의 이름 여기 남기세

상상 속의 봉래산과 불로불사의 약, 장수의 상징인 거북이가 로쿠조인을 묘사하는 세부 상징물로 제시된다. 거북이는 십장생에 속해 '해, 산, 물, 돌, 구름, 소나무, 불로초, 거북, 학, 사슴'과 함께 장수의 이미지를 가지고 있다. 장생불사의 표상인 십장생은 신선사상에서 비롯되었다. 굳이 불로초를 찾아 먼 곳으로 떠나지 않아도 이곳 로쿠조인이 선경이라고 읊는다.

시대와 공간적 차이는 있지만 우리나라의 경복궁 자경전慈慶殿에는 십장생이 수놓아진 굴뚝이 있다. 고종의 양어머니인 신정왕후를 위해 지은 자경전의 굴뚝으로 왕후를 비롯하여 궁중의 왕가의 장수를 기원하는 수복강녕壽福康寧의 의미가 들어 있을 것으로 추측된다. 겐지의 로쿠조인은 문학 속의 공간이지만 조선시대 궁궐 못지않게 온 정성을 들여 조영된 이곳 역시 이상향의 의미가 들어 있다.

겐지가 조영한 로쿠조인은 독자들에게 불교의 정토적 세계로 이해되는 경우가 많다. 계절독경 때 아동들이 추는 가릉빈가는 정토에서 아름다운 노래를 부르는 상상 속의 새이기 때문이다. 가릉빈가는 두상頭上은 사람의 모습을 하고 있고 하반신은 새의 모습을 하고 있는데 남아 있는 옛 그림 자료들을 통해 보면 아름다운 곡선의 육체 위에 살짝 내민 사람의 얼굴이 매력적이다. 사람이 상상하는 정토는 음악이 흐르고 부드러운 육체의 움직임, 즉 무용이 있는 세계임을 알 수 있다. 『겐지 이야기』에 흐르고 있는 세기말적인 느낌의 말법사상, 여성들의 출가생활, 불교문화의 영향을 생각할 때 로쿠조인에는 분명히 불국토의 이상이 반영되어 있다.

그런데 로쿠조인에는 불교의 정토 세계를 넘어서는 이상성이 포함되어 있다. 특히 호접무와 관련해서는 '나비'가 갖는 동아시아의 표상을 고려해볼 수 있겠다. 나비라고 하면 '호접지몽胡蝶之夢'이라는 고사故事가 생각난다. 아주 잘 알려진 이야기지만 다시 한 번 떠올려보자. 옛 중국의 철학자 장자莊子가 낮잠을 자고 있었다. 그는 꿈속에서 나비가 되어 자유롭게 훨훨 날아다녔다. 그 자신이 장자라는 것도 잊었다. 그러다가 갑자기 잠에서 깨었을 때 자신은 장자라는 사실을 깨달았다. 장자가 꿈에서 나비가 된 것인지 나비의 꿈속에서 자신이 장자로 살고 있는 것인지 알 수 없었다.

이 이야기는 자유로운 비상, 자타自他의 구분을 초월한 경지 등 도교의 신선사상을 보여주는데 『겐지 이야기』 속에 그려진 호접무에도 역시 이러한 나비에 대한 상상력, 문화적 이해가 가로놓여 있다고 할 수 있다. 가릉빈가와 호접무가 무대 중심으로 펼쳐지는 공연이 아니라 로쿠조인의 다른 모든 환경들과의 시간적 조화 속에서 이루어지고 있음을 발견할 수 있기 때문이다. 본문에는 배가 연못을 스르르 가로질러 가면 무동들이 들고 있는 꽃병의 꽃잎이 휘날리는 모습이 그려진다. 금병, 은병을 들고 춤을 추는 아이들은 도교적 이상향을 수놓는다. 아이들이 들고 있는 병이 단순한 꽃병이 아니라 금과 은으로 만들어져 있는 것은 신선사상의 연금술적 성격과도 관련이 있으며 무엇보다도 호리병은 신선의 상징이기도 하다.

고대 중국의 『신선전』에는 상당히 흥미로운 신선들의 변신 이야기가 실려 있는데 그중에는 호리병이나 항아리와 관련된 이야기도 꽤 보인다. 그 대표적 예로 『후한서』 방술전方術傳 하권에도 실려 있는 호공壺公 이야기를 들 수 있다. 옛날에 머리 위에 항상 빈 병을 매달고 있는 호공이라는 사람이 있었다. 그는 주로 시장에서 약을 팔았는데 그에게 약을 사서 마시면 어떤 병이든 나았기 때문에 인기가 많았다. 그런데 그는 날이 저물면 머리 위에 이고 있던 병 속으로 쓱 들어가 사라져버리는 것이었다.

그의 모습을 관찰하고 있던 비장방費長房이란 사람이 호공에게 가르침을 청하자 호공은 그를 병 안으로 안내해주었다. 비장방이 병 안에 따라 들어가자 별세계가 펼쳐졌다. 화려하게 장식된 으리으리한 대저택이 있었고 그들은 수십 명의 시중을 받으며 산해진미를 먹으며 즐겼다. 일본에서는 '호중의 천지壺中の天地'라고 하는 고사성어로 잘 알려져 있다.

이처럼 호리병이나 입구가 좁은 항아리는 도교적 신선세계의 표상과 연결이 되는데 호접무의 아동들이 금병, 은병을 들고 있는 것 또한 로쿠조인을 도교적 이상향으로 장식하는 것과 이어진다. 무동들의 나비와 같은 몸짓은 로쿠조인을 도교적 이상향으로 채색하고 이야기 속 관객들을 신선경으로 몰입하게 하는 역할을 한다.

일본고전문학 중에서는 『겐지 이야기』보다 앞선 『다케토리 이야기竹取物語』에 신선사상이 보인다. 도교에서 대나무통은 선약仙藥을 만드는 그릇이다. 『다케토리 이야기』의 대나무 캐는 할아버지는 어느 날 대나무 마디에서 손가락 세 치(약 10센티미터)만한 가구야 아가씨かぐや姫를 발견한다. 자식이 없었던 할아버지와 할머니는 그녀를 딸로 소중히 키

우는데 그러던 즈음 대나무 속에서는 황금이 쏟아져 나와 노부부는 갑자기 부자가 된다. 가구야 아가씨는 쑥쑥 자라 어여쁜 모습으로 성장했는데 다섯 명의 귀공자와 천황의 구혼을 받지만 결국 거절해버린다. 게다가 마지막에는 하늘로 승천한다. 아가씨는 떠나면서 불사약을 남겨주고 가지만 천황은 병사들에게 아가씨의 편지와 불사약 단지들을 태워버리도록 명한다. 대나무통, 황금, 불사약 같은 내용들에서 이 작품에도 신선사상의 요소가 곳곳에 들어가 있음을 볼 수 있다.

『겐지 이야기』「에아와세繪合」권에는 천황 앞에서 좌팀 우팀이 멋있고 재미있는 그림들을 내놓아 그림 경합을 하는 장면이 있다. 이 부분에서 좌팀인 겐지 쪽에서는 다케토리 할아버지의 이야기를 그린 그림들을 내놓았다는 대목이 보인다. 『겐지 이야기』는 『다케토리 이야기』의 많은 요소들을 받아들이고 있지만 승천이나 불사약의 유무 같은 이야기는 보이지 않는다. 오히려 선경 같은 로쿠조인이나 호접무의 배치와 무동들의 모습 같은 디테일을 통해 도교적 이상세계를 제시한다.

나비춤을 추는 고승

일본 중세의 설화집 『곤자쿠 이야기집今昔物語集』에는 호접무를 추는 스님의 이야기가 나온다. 기행을 일삼은 승려로 유명한 도노미네 소가 성인多武峰增賀聖人의 일화이다. 제12권 제33화에 실린 소가 성인의 출생부터 임종에 이르는 몇 가지 에피소드가 눈길을 끈다.

먼저 갓난아기였을 때의 일이다. 일가가 동쪽으로 이동하기 위해 아

305

침 일찍 일어나 출발했는데 유모가 아기를 안고 말을 타고 가다가 깜박 졸았다. 깨서 보니 품에 안고 있던 아기가 없어졌다. 유모는 얼마나 놀 랐을까. 그녀는 혼비백산하여 부모를 찾아 자초지종을 설명했고 부모 는 눈물을 흘리며 통곡했다. 당시로서는 현대처럼 길이 잘 포장된 것도 아니고 인적도 뜸하니 길가에 떨어진 아기는 십중팔구 말에 치이거나 밟혔을 것으로 생각되었기 때문이다.

그런데 하늘의 도우심인지 왔던 길을 십여 정+餘町 되돌아가니 아기 가 하늘을 바라보면서 미소짓고 있는 것이었다. 소가 성인의 이야기는 『겐코샤쿠쇼元亨釋書』에도 실려 있는데 사천동四天童이 합장하며 아기를 지키고 있었다고 묘사한다.

소가 성인의 부모는 자신들에게서 태어난 아기가 보통 사람이 아님 을 직감하고 히에이 산比叡山 요카와横川의 지에 대승정慈惠大僧正의 제자로 보냈다. 그는 히에이 산에서 학승으로 수행했는데 어느 날 도노미네多武 峰로 가서 수행하려는 뜻을 세웠다. 그러나 스승과 그 주변 사람들이 강 력하게 반대하여 보내주지 않았다.

학승으로 인정받는 위치에 있던 소가 성인은 보통 아랫사람들이 식 사를 준비해주곤 했다. 그런데 어느 날 직접 식사를 받는다며 공양간에 가서는 까맣게 더러워진 찬합에 군이 식사를 받아 가더니 길에 앉아서 나뭇가지를 꺾어 젓가락으로 삼아 밥을 먹기 시작했다. 고매한 학승이 더러운 그릇에 밥을 담아 흙길에 철퍼덕 앉아 밥을 먹기 시작한 것이 다. 그 모습을 본 사람들이 얼마나 당황했을지 상상이 간다. 사람들은 그가 미쳤다고 수군거리기 시작했다.

그는 이 외에도 여러 가지 광인에 가까운 행동을 했다고 하는데『겐 코샤쿠쇼』에는 스승인 지에가 승정이 되어 궁정에 들어갈 때 소가 성인은 마른 생선을 칼 삼아 손에 들고 비쩍 마른 말에 올라타고 선두를 지휘하는 흉내를 냈다고 한다. 사람들은 그가 정신이 이상해졌다고 생각하며 포복절도하며 웃었다.

이렇게 하여 사람들이 그와의 교제를 기피하고 그에 대해 실망하고 포기하게 되자 소가 성인은 속으로 '생각한 대로 되었다'라고 기뻐했다. 그리고는 도노미네 산에 승방을 만들어 칩거하며 오로지 법화경 독송에 전념했다. 그 즈음 꿈에 남악 대사와 천태 대사가 나타나 "선불자여, 선근을 수행하고 있구나"라며 격려해주었다. 이렇게 수행생활에 전념하고 있으니 다시 세상에 영험한 스님으로 알려져 천황이 가르침을 청하기에 이르렀다. 이제는 기행을 해도 영험하다는 평판이 높아졌다.

여든이 넘어서 몸이 쇠약해진 성인은 제자들을 불러놓고 죽기 전에 꼭 해보고 싶었던 두 가지 소원을 말한다. 아주 소박한 소원들이다. 첫 번째는 바둑을 두는 것, 두 번째는 호접무를 추는 것이었다.

소가 성인은 조카인 용문사 스님에게 "바둑 한 판 두자"라며 꺼져가는 목소리로 말한다. 스스로 몸을 가누기조차 힘든 상태였는데 바둑을 두고 싶다고 하니 용문사 스님은 '염불도 외우시지 않고 미쳐버리신 것이구나' 하고 슬프게 생각했다. 그러면서도 바둑판을 준비해 양쪽에 바둑돌 열 개씩을 올려서 드렸는데, 일으켜 드렸더니 막상 바둑을 두지도 않고 그대로 치워버렸다. "왜 바둑을 두시려고 하셨습니까?" 하고 연유를 물으니 어릴 때에 다른 사람들이 바둑을 두는 것을 본 적이 있는데 갑자기 그 생각이 들어 바둑을 두고 싶어졌다는 것이다. 바둑판 앞에 앉은 것만으로 소가 성인은 바둑에 대한 집념을 해소한다.

두 번째 소원은 호접무를 추는 것으로 소가 성인은 일어나 말다래를 구해 오라고 하더니 그것을 목에 걸어달라고 했다. 성인은 말다래를 팔에 걸고 춤추는 시늉을 했다. 그러고는 금방 빼달라고 했다. 몸을 가누기도 힘든 연로한 성인이 흐느적흐느적 말다래를 걸고 움직이는 모습을 상상할 수 있다. 용문사 성인이 "이것은 무엇을 위해 하시는 것입니까"라고 조심스럽게 묻자 말하기를 "젊은 시절 옆의 승방에 동자승 여럿이 웃으며 술렁거리고 있길래 들여다보니 그중 한 명의 동자승이 말다래를 목에 걸고 '호접, 호접이라고 사람들이 말하는데 오래된 말다래를 입고 춤추네'라고 노래하며 춤추는 것을 보고 부럽게 생각했다네. 그 후 오랫동안 잊고 있었는데 바로 지금 생각이 나니 그것을 해봐야겠다고 생각해서 해본 것일세. 이제는 더 이상 여한이 없네"라고 하셨다. 그리고는 법화경을 염불하다가 입적했다. 소가 성인은 도노미네에 묻혔다.

소가 성인의 호접무에서는 보통 호접무의 옷차림으로 사용되는 점박이 무늬가 아로새겨진 아름다운 날개 의상이 아니라 말을 타는 사람의 옷에 진흙이 튀지 않도록 안장 안쪽에 가죽 등으로 만들어 대는 말다래를 입고 추었다는 점이 독특하다. 표면적으로는 우스꽝스러운 모습으로 소가 성인의 광인 연기의 연장인 것처럼 읽힌다.

그러나 그 이면에는 어린 시절에 다른 사람이 하는 것을 보고 해보고 싶다는 마음이 계속 남아 있던 것을 죽기 직전에 실천한 것으로 호접무를 통해 남아 있는 욕망이나 원념, 망집을 현세에서 다 씻어버리고 무념무상의 경지로 세상을 떠나려고 한 소가 성인의 자세를 엿볼 수 있다.

그런데 설화의 내용에 의문을 가지고 보면 여기서 한 가지 독특한 점이 있다. 당시에 동무로 유명한 곡으로는 고려악 나소리納蘇利나 당악 능왕陵王도 있는데 굳이 왜 호접무가 설화의 소재로 부각되었을까 하는 점이다.

소가 성인은 다른 이름으로 도노미네 성인이라고 지칭되는데 앞서 언급했듯이 도노미네 산에서 수행하였기 때문이다. 도노미네 산은 나라奈良 남동쪽에 위치한 산이다. 해발 608미터 정도의 산으로 나라 시대에 후지와라 가마타리藤原鎌足가 단잔 신사談山神社를 세운 것으로 유명하다. 이와 함께 도노미네 산은 사이메이 천황斉明天皇(980~1011년)이 후타쓰키노미야両槻宮를 설치하여 도교적인 제사를 지낸 곳으로 추정되는 곳이다. 일본에서는 불교가 성행하기 때문에 도교 유적이 많이 남아 있지는 않지만 도노미네에 지금도 후타쓰키노미야의 흔적은 남아 있다.

소가 성인의 꿈에 나타났다는 남악 대사와 천태 대사 두 사람은 소가 성인의 바둑과 호접무를 이해하는 데에 실마리를 쥐고 있는 성인들이다. 남악 대사는 수나라의 혜사惠思 선사로 중국의 형산衡山의 다른 이름인 남악 산에 빗대어 남악 대사라고 불린다. 천태 대사는 당나라의 지의智顗로 천태종의 시조이다. 남악산은 불교적 의미도 있지만 도교적 문맥에서도 중요한 산으로 오악五岳의 하나로 분류되며 도교 상청파上清派의 시조라고 하는 남악부인이 다스리는 곳으로 여겨진다.

불교와 도교는 일견 달라 보이지만 문화적 문맥에서 도교적 남악산과 불교적 천태산은 그 심연에 서로 다른 점을 감추고 공존한다. 그런 성격들이『겐지 이야기』에도 들어 있다. 젊은 시절 학질에 걸린 겐지는 요양을 위해 기타야마北山를 방문하게 되는데 거기서 아름다운 소녀를 엿본다. 소녀의 모습을 잊지 못한 그는 소녀를 몰래 도읍으로 데려와서 아내로 삼아 평생을 함께한다. 이는 비일상적인 세계에서 선녀를 만나는 이야기 패턴으로 신선사상의 영향을 볼 수 있다. 다나카 다카아키田中隆昭 씨는『겐지 이야기』「와카무라사키若紫」권의 기타야마에서 일본적 남악산의 표상을 읽어내기도 했다.

그렇다면 소가 성인의 호접무라는 춤 역시 우발적으로 그려진 것이 아니며 호접지몽으로 대표되는 장자적 세계와 연결될 여지가 있어 보인다. 임종을 앞둔 소가 성인의 바둑내기와 호접무는 마치 내세의 극락정토에서 신선처럼 바둑을 두며 시간을 보내고 나비처럼 초월적인 모습으로 날아다니는 것을 꿈꾸며 그러한 모습을 현세에서 미리 연기해 본 것 같은 느낌마저 든다. 무용이 육체적 속박과 중력의 한계를 넘어 보고픈 인간의 꿈을 표현하는 예술이라면 소가 성인은 쇠약한 몸으로 나비 몸짓을 하며 어린 시절의 순수했던 영혼으로 도약하는 순간을 느껴본 것이리라.

자유롭고 가벼운 모습으로 훨훨 날아가는 나비의 모습은 속세의 번뇌를 끊고 자유로운 존재가 되어 피안의 세계로 떠나는 성인의 세계와 겹쳐진다. 이렇게 보면 소가 성인 설화에서도 불교적 이상향과 도교적 이상향이 충돌하지 않고 오히려 부드럽게 조화를 이루어 중첩된다.

고대인들은 나비를 보면 자유로운 영혼이 날아가는 것으로 보았다고 한다. 사람이 죽음에 이르면 호흡이 정지되고 영혼을 상실한 육체만 남게 되는데 고대인들은 이를 보면서 영혼은 나비처럼 날아갔다고 생각한 것이다. 동양뿐만 아니라 서양에서도 그러한 사고방식이 있어 정신, 영혼의 의미를 갖는 어원 Psyche에는 희랍어에서 '나비'라는 뜻이 들어 있다고 한다.

번뇌를 벗어나 도달하는 불교적 극락정토와 수행을 통해 육체적 한계를 극복하고 선인이 되는 도교적 신선경은 초월적 이상향을 지향한다는 점에서 연관이 깊다. 소가 성인 설화에서는 불교적 세계가 강조되어 있지만 도노미네 산을 통한 도교적 문맥 역시 바둑과 호접무로 겹쳐져 제시되고 있다고 생각할 수 있겠다.

나가며

　도쿄東京 한복판에 위치한 국립극장에서는 정기적으로 아악雅樂이 공연되고 있다. 그중에서도 춤을 동반하는 무악舞樂은 매번 성황리에 공연을 마칠 정도로 인기가 있고 많은 고정 팬을 확보하고 있다. 무악 공연을 안내하는 포스터에는 대부분 당악(좌방악) 또는 고려악(우방악)이라는 용어가 표시되어 있다. 당나라와 고려를 의미하는 표현이 들어가는 것이 특이한데 그렇다고 해서 이들 춤에 일본적 요소가 없는가 하면 꼭 그렇지는 않다. 오히려 현대에 이들 춤은 일본 전통무용을 대표하는 전통예술로서의 의미를 갖는다.

　당악이나 고려악이라는 어휘는 일본에 처음부터 있었던 것이 아니라 한반도와 중국과의 교류를 거친 후 11세기 정도에 아악이 정리되어 이분제로 정리되면서 정착된 용어이다. 현재는 일본 전통음악의 용어로 쓰이고 있는데 그 어휘를 둘러싼 문화적 문맥 속에는 고대 동아시아의 문화교류의 편린이 화석처럼 뚜렷하게 새겨져 있다.

　고대인들은 나비를 보며 지상성에 속박되지 않는 선경을 꿈꾸고 나비에 존재를 투영했다. 헤이안 시대에 나비 복장을 한 어린이들이 팔을 들어 올리고 유유히 춤추는 모습은 도교적 신선세계를 현세에 재현하는 듯이 느껴졌을 것이다. 『겐지 이야기』의 호접무가 계절독경회를 배경으로 로쿠조인의 이상성을 극대화하고 있는 것처럼 말이다. 『곤자쿠 이야기집』의 소가 성인 설화에서는 초월의 세계인 극락정토와 신선경이 텍스트의 심층에서 겹쳐지고 있다. 무용이 펼쳐지는 순간은 찰나이지만 그 속에서 사람들은 짧은 순간 동안 비상을 상상할 수 있다.

311

호접무가 애초에 고려악으로 시작되었다는 사실을 생각하면 중국과 한반도를 거쳐 일본으로 흘러들어간 초월적 세계에 대한 지향에 대해서 고대 한국인과 일본인은 어느 지점에선가 교차하는 상상력을 가지고 있었을지도 모르겠다는 생각을 해본다.

▌ 이 글은 이부용 「고려악 호접무를 통해 본 일본문화의 형성」(『日本學』第44輯, 東國大學校文化學術院日本學研究所, 2017.5)을 참고하여 풀어쓴 것이다.
▌ 이 저서는 2016년 대한민국 교육부와 한국연구재단의 지원을 받아 수행된 연구임(NRF-2016S1A5B5A01021675)

참고문헌

原國人(2012)『物語のいでき始めのおや—『竹取物語』入門』新典社
추영현 옮김, 라프카디오 헌(2010)「나비」『사쿠라 마음』동서문화사
田中隆昭(1996)「北山と南岳—源氏物語若紫巻の仙境的表現」(『国語と国文学』73-10, 東京大学国語国文学会)
故実叢書編集部(1993)「舞楽図説」『輿車図・輿車図考 他』(故実叢書 36, 明治図書出版株式会社)
황패강(1992)「한국 고대 서사문학의 원형」신동욱 외『신화와 원형』고려원

계절이 바뀔 때 열리는 연회

한 정 미

● ● ● ●

헤이안 시대에 궁중의 연중행사는 본래 '영令'에 의해 정해진 것이었는데 그중 '절회節会'는 계절이 바뀔 때의 절일節日이나 중요한 공적인 일이 있는 날에 5위나 6위 이상의 모든 신하가 조정에 모여 천황이 출어出御한 연회를 말한다. 절일로는 5절구인 1월 1일, 3월 3일, 5월 5일, 7월 7일, 9월 9일 등을 들 수 있다. 이 글에서는 이와 같은 절회 등의 연중행사에 따른 의식儀式이 일본 고전문학작품 속에서 어떻게 묘사되고 있는지에 대하여 주목해 보고자 한다.

1월 1일, 원단

일본의 정월 행사는 공적인 의미가 깊은데 그중에서도 1월 1일의 원단元旦 행사는 사방배四方拜, 조하朝賀, 원일절회元日節會 등이 있으나 이들은 의식서나 공경公卿의 일기에는 자세히 묘사되어 있는 것에 비하여 여류작가의 가나仮名 문학에서는 거의 찾아볼 수 없다. 그것은 무라사키시키부紫式部나 세이쇼나곤淸少納言 등을 제외한 궁정 이외의 뇨보女房들이 이들 행사에 참가하는 비율이 적었기 때문으로 생각된다.

우선 '조하'에 대해서는 『야마토 이야기大和物語』 제78단에서 '원단의 배하拜賀 의식'으로 묘사되어 있으며 이러한 조하는 '조배朝拜'나 '조례朝禮'라고도 하여 원단에 천황이 대극전大極殿에 출어하여 군신으로부터 신춘의 하賀를 받는 것을 말한다. 『우쓰호 이야기うつほ物語』「나이시노카미內侍のかみ」 권에도 "일년 중 절회는 어느 것도 흥취가 있는데 정월에 천황이 참하參賀를 받으시는 조배가 정말로 훌륭하여."라고 하여 당대의 좌대장左大将 마사요리正頼가 동궁 앞에서 조배에 대하여 아뢰는 장면이 나와 있다. 『겐지 이야기源氏物語』「모미지노가紅葉賀」 권에는 "겐지는 원단의 조배에 납시려고 아씨의 방을 엿보셨다."라는 기술이 있는데, 히카루겐지光源氏가 조배를 하려고 나갈 때에 니조인二条院의 무라사키노우에의 방을 엿보는데 신년 조배에 나가는 그 모습이 '두려워질 정도로' 아름다웠음을 나타내고 있다.

『겐지 이야기』「하쓰네初音」 권에는 무라사키노우에의 저택에서 '하가타메歯固'라고 하여 원단으로부터 2, 3일 정도에 장수를 빌고 천황이 음식을 먹는 의식이 그려져 있다. '하가타메'란 이빨이 나이를 의미한다고 하여 이빨을 단단히 한다고 하는 뜻에서 연수延壽를 비는 의식을 말하며 『마쿠라노소시枕草子』 제40단에는 굴거리나무가 하가타메의 식선 재료로 사

【그림 1】 조하의 모습 〈朝賀図〉(住吉弘貫筆, 京都国立博物館蔵(2008)『日本の美術』No.509, 至文堂)

용되고 있음을 알 수 있다. 특히 『겐지 이야기』「하쓰네」권에서는 로쿠조인六条院 즉 무라사키노우에의 주거의 정월 풍경이 묘사되는 가운데 하가타메 행사를 섬기는 뇨보들이 하가타메 의식을 축하하며 '모치이카가미餅鏡'를 올리는 장면이 묘사되어 있다. 이는 모치이카가미를 올리며 장수를 기원하는 문헌상 가장 오래된 기록으로, 모치이카가미는 둥글납작한 찰떡을 이중으로 겹쳐 장식하여 바라보는 의식이다. 『에이가 이야기栄花物語』「쓰보미하나つぼみ花」에도 산조三条 천황과 중궁 겐시妍子의 황녀 데이시 내친왕禎子内親王에게 모치이카가미를 보이려고 묘부命婦들이 큰 소란을 떨며 듣기 싫어질 때까지 축하의 말을 계속 하는 장면이 나온다.

3월 3일, 삼월 삼짇날

삼월 삼짇날은 삼월 상사上巳의 명절로서 음력 3월 상순의 사巳의 날 또는

315

3일에 행해졌다. 원래는 중국에서 전래된 행사로『후한서後漢書』「예의지상禮儀志上」에는 삼월 상사의 날에 바닷가에서 '세탁 불제洗濯祓除'를 행하고 '구진垢枕' 즉 부정不淨한 것이나 재액을 씻어 없애는 모습이 기록되어 있다.

일본문학 안에서는『마쿠라노소시』제4단에 묘사된 3월 3일에 대한 기록이 가장 빠르다. 여기에는 3월 3일과 복숭아꽃과의 관계가 정취있게 그려져 있는데 삼월 삼짇날과 복숭아와의 관계가 눈에 띈다. 중국에는 예부터 복숭아에 대한 신앙이 있었는데, 예컨대『춘추좌씨전春秋左氏傳』소공昭公 4년 기사는 복숭아나무로 만든 활과 가시나무로 만든 화살로 나쁜 기운을 없앴다고 전하고 있는 등, 여러 문헌에서 복숭아에 의하여 부정을 씻거나 장수를 지킨다고 하는 신앙을 볼 수 있으나 삼월 삼짇날과의 관련성을 찾기는 어렵다. 일본에서도『마쿠라노소시』이전의 문헌에서는 삼월 삼짇날과의 관련을 찾을 수 없으며 복숭아는 마귀를 쫓거나 부정을 씻는 대상으로 인식되었다. 예컨대『고지키古事記』『니혼쇼키日本書紀』에 등장하는 남신 이자나기가 저승, 곧 황천에서 도망 나올 때 복숭아 열매를 던져서 구출되었다고 기술되어 있으며, 섣달 그믐날 밤 악귀를 쫓고 역병을 없애는 쓰이나追儺 의식에서도 악귀를 없애는 데에 복숭아로 만든 활을 사용하고 있다. 따라서『마쿠라노소시』에서 나쁜 기운을 없애는 복숭아꽃을 띄운 술을 마시는 것은 중양重陽에 마시는 국화주와 같은 의식에서 나온 것으로 추정되며 삼월 삼짇날의 꽃으로서 복숭아꽃과 결부되게 된 것이라고 봐야 할 것이다.

『겐지 이야기』「스마須磨」권에는 삼월 상사의 불제가 행해지는 모습이 그려져 있다. 스마로 내려온 겐지는 멀리 도읍에서의 상사의 불제를 떠올리며 해안에 인형을 흘려보내는데 여기에서 인형은 본래 '가타시로形代'라 하여 죄와 부정을 씻기 위해 냇물이나 강물로 몸을 씻을 때나 불제

등에 사용한 종이 인형으로 오늘날의 히나 마쓰리雛祭에서 사용하는 화려한 히나 인형이 아니다. 삼월 삼짇날 불제에서 사용하는 인형은 고대 일본인의 죄나 심신의 부정을 씻어 정결케 하기 위한 속죄물인 것이다. 오늘날과 같이 히나 마쓰리로 변모한 것은 에도 시대(1603~1868년)에 일어난 것이며, 인형을 사용한다는 것에서 여자 아이의 절구節句로 인식되게 된 것이다. 즉 고대 삼월 삼짇날의 풍습은 여자 아이에게 한정된 행사가 아니며 인형을 몇 단으로 장식하거나 많은 돈을 들인 인형이라 할지라도 몇 번이나 강물에 흘려보내야 했던 것이다.

이러한 삼월 삼짇날의 풍경이 『가게로 일기蜻蛉日記』에서는 개인의 저택에서 삼월 삼짇날 절구에 집으로 찾아온 사람들에게 삼짇날 공물의 남은 음식을 내며 지내는 모습이 그려져 있는데, 이 무렵부터 이렇게 개인의 저택에서 삼월 삼짇날의 연회가 행해진 것을 엿볼 수 있다. 『우쓰호 이야기』「기쿠노엔菊の宴」권에는 나니와難波에서 삼월 삼짇날의 불제를 행하는 장면이 매우 상세히 기록되어 있다. 여기에서는 사람들이 물가에 나와 성대하고 화려한 집물류를 사용하여 불제를 행하는 모습을 엿볼 수 있는데 좌대장 마사요리라는 일개인의 삼짇날 불제에 이처럼 성대하게 행해진 일이 있을까 정도이다. 더욱이 『세이큐키西宮記』와 같은 당시의 의식서儀式書가 아닌 가나 문학에서 상세한 기술이 보인다는 것은 주목할 만하다.

5월 5일, 단오

단오 절구는 중국에서는 단오端五·단양端陽·중오重午·중오重五 등으로 기

【그림 2】 구스다마(渓斎英泉 『十二月の内 五月
くす玉』 国立国会図書館蔵, 国立国
会図書館デジタルコレクション)

록되었다. 단端은 '처음'이라는 뜻인데 5월 5일을 '단오端午'라고 기록하는 명확한 이유는 알 수 없으나 이미 후한後漢 시대 무렵부터 행해진 것으로 보인다. 왜냐하면 『후한서』 「예의지중禮儀志中」에 5월 5일 단오 행사가 묘사되어 있기 때문이다. 이 5월 5일 절회는 『마쿠라노소시』 제39단에 단오를 절구의 으뜸으로 삼고 있는 점, 창포나 쑥의 향을 정취가 있는 것으로 파악하고 있는 점, 창포로 지붕을 잇는 것이 궁중으로부터 서민에 이르기까지 앞 다퉈 행해지고 있는 점, 또한 중궁 데이시에게도 구스다마薬玉가 헌상되는 점 등을 말하며 작년 중양절 때의 국화와 서로 바꾸어 기둥을 장식하고 있음을 알 수 있다. 구스다마는 단오에 약초나 향료를 넣은 주머니를 조화造花나 실로 장식한 것으로 나쁜 기운을 없애는 액막이 도구로 발簾이나 기둥에 걸거나 또는 몸에 지니고 다녔는데, 여기에서는 중궁 데이시에게 헌상되고 있다. 이와 같이 일본의 단오는 5월의 오午 날을 꺼리고 나쁜 기운을 없애는 풍습이 5일로 정착된 후에 중국에서 유입된 것으로 보인다.

그러나 일본에서의 단오 절구는 중국 것과 내용과 형식을 달리한다. 즉 나쁜 기운을 없애기 위하여 약초 따기 시합을 하는 풍습이 근간이 되어 나중에 5일이 된 것이다. 그리고 후에 말을 타고 활을 쏘는 기사騎射나 사수射手 2명을 짝지어 승부를 가리는 데쓰가이手結, 또는 하시리우마競馬 등도 행하게 되었다

『겐지 이야기』「호타루螢」권에는 5월 5일과 관련된 기사의 내용이 5월 5일 단오의 절구에 하나치루사토花散里의 여름 마을 마장馬場에서 경사競射가 이루어진 장면에 그려져 있다. 경사를 보기 위해 구경꾼들은 모두 화려한 치장을 하고 기사를 구경하고 음악을 연주하며 밤늦게까지 떠들썩한 모습이었음을 알 수 있다. 『세이큐키』와 같은 의식서를 보면 공적인 기사의 경우 육위부장감六衛府将監 이하 장조将曹, 부생府生, 도네리舎人 등이 행하는 것이 일반적이었지만, 위의 로쿠조인의 여름 마을의 경우는 중장中将, 소장少将도 참가하였고 로쿠조인이라는 한 귀족의 저택에서 이와 같은 의식이 행해졌음을 알 수 있어 주목할 만하다.

또한 단오에는 지마키粽라는 떡을 먹는 풍습도 있었다. 『가게로 일기』의 작자 후지와라 미치쓰나藤原道綱 어머니는 조카에게 작은 장식 지마키를 맥문동으로 만든 바구니에 넣어서 보낸 노래가 『슈이와카슈拾遺和歌集』 제18권 「잡가雑歌」에 실려 있다. 장식 지마키는 여러 실로 장식한 지마키를 말한다. 『이세 이야기伊勢物語』 제52단에는 옛날에 남자가 다른 사람으로부터 장식 지마키를 받은 것에 대한 답가로 부른 노래로 "창포를 베러 그대는 늪에 들어와 이 지마키를 싸는 잎을 고생하여 얻으셨구려 소자는 들에 나가 이 새를 사냥하는 것이 괴로웠구려"라고 기술되어 있어서 창포로 싼 장식 지마키임을 알 수 있다.

7월 7일, 칠석

칠석 역시 오절구의 하나로 칠석을 의미하는 일본어 '다나바타'란 베를 짜는 여성을 뜻했다. 이것이 중국의 『형초세시기荊楚歲時記』에 '7월 7일 이날 밤은 세상에서 견우와 직녀의 만남의 날이라고 한다'고 되어 있듯이 칠석 전설과 결부되어 견우성과 직녀성이 하늘 다리를 사이에 두고 만날 수 있다는 7월 7일이나 직녀성 그 자체를 가리키게 되었다. 이것이 일본에 들어와서는 7월 7일에 궁중에서 깃코텐乞功奠이라는 실에 바늘을 꿰어 공물을 바쳐 재봉의 숙달을 기원하는 의식이 행해졌다. 이 자체가 재봉이나 서도 등의 기술이 숙달되도록 비는 것으로 베어낸 대나무에 오색 종이를 장식하여 매달거나 하여 기원하는 의식이었다. 재봉은 베짜기와 관련이 있으며 이것과 직녀의 이미지와 중첩되어 이날에 깃코텐이 행해진 것으로 보인다. 깃코텐을 '다나바타 마쓰리七夕祭'라고 부르는 것도 여기에서 유래한다.

『우쓰호 이야기』「후지와라노키미藤原の君」권에는 칠월 칠석 의식이 어떻게 행해졌는지 잘 나타나 있다. 여기에는 오미야에서부터 어린 아가씨까지 가모 강賀茂川에서 머리를 감는 것이 그려져 있다. 그리고 강변에 준비된 축제 행렬 등을 구경하기 위해 높게 만든 마루인 사지키桟敷로 향하고 다나바타 마쓰리의 음식은 가모 강변에서 먹었음을 알 수 있다. 그런 후에 금琴을 연주하고 직녀성에게 바치며 연회는 가회歌会의 장으로 이어져 이 날과 관련된 노래를 피로披露하고 있다. 『겐지 이야기』「하하키기帚木」권에는 비 오는 날 밤의 여성 품평회雨夜の品定め의 장면에서 좌마두左馬頭의 여성 체험담이 이야기되는 가운데 좌마두가 염색을 관장하는 여신인 다쓰타히메竜田姫라 불러도 걸맞을 정도이며 직녀의

【그림 3】 헤이안 시대 스모 절회의 모습〈平安朝相撲節会図〉(相撲博物館蔵(2013)『謎解き! 江戸のススメ』NTT出版)

손에도 뒤떨어지지 않을 정도로 재봉 방면의 솜씨도 갖춘 여성을 추억한다. 이에 대하여 두중장頭中将은 "직녀의 재봉 솜씨는 접어 두고라도 견우와의 영구불변한 긴 인연을 닮았으면 좋았을 것"이라고 말한다. 이 둘의 대화에서 직녀의 재봉에 숙달을 바라는 의미를 건 긴 인연이라는 칠석 의식의 근저에 있는 사상을 엿볼 수 있다.

또한 칠석은 스모相撲 절회의 날로 스모가 열렸는데 『쇼쿠니혼기續日本紀』쇼무聖武 천황 덴표天平 6년(735) 조항에 "가을 7월 병인(7일), 천황은 스모의 유희를 보신다. 이날 저녁에 남원南苑으로 옮기셔서 문인들에게 명령하시며 칠석 시를 짓게 하신다. 녹을 받는 것에 차이가 있다"고 기록되어 있다. 의식서를 보면 이후에는 스모가 16, 17, 25, 26일로 이동하여 이루어졌다. 『겐지 이야기』 「다케카와竹河」 권에는 '스모 절회'에 대한 기술이 나타나 있는데, 이는 여러 지방에서 스모 선수를 모아 궁중에서 스모를 펼치고 천황의 관람이 끝나면 군신에게 향응을 베푸는 것을 가리킨다. 특히 '스모의 향연'은 스모의 가에리아루지還饗를 말하며 승부를 겨루는 놀이가 끝났을 때 이긴 쪽의 근위대장이 집에 돌아가 그 부하들에게 향응을 베푸는 것이다.

그러나 칠석이라고 하면 사람들의 관심은 무엇보다도 일 년에 단 한 번의 만남이라고 하는 로맨틱한 점에 있었다. 『고킨와카슈古今和歌集』 176번 노래에는 "애타게 그리워하다가 만나는 오늘밤만은 하늘 다리에 안개가 자욱이 껴 새벽이 밝지 않았으면 좋으련만"이라고 묘사되어 있어 안개가 자욱이 껴서 언제까지나 밤이 밝지 않을 것을 직녀의 입장에서 읊고 있다. 미부 다다미네壬生忠岑가 읊은 183번 노래 "8일이 되어 버린 오늘부터는 다음 해 7월 7일이 언제 올까만을 생각하여 기다려야만 하는가"는 일찌감치 내년 칠석을 고대하는 기분을 읊는 등 칠석에 관한 노래들이 다수 있다. 또한, "매해 만나기는 하나 함께 자는 칠석의 밤은 얼마나 적은가 직녀성에 함께하는 실과 같이 언제까지나 오랜 세월을 보내며 계속 사랑하는 것이여"와 같이 사랑이 길고 평온할 것을 바라며 '직녀성에 함께하는 실'이라는 칠석의 실과 관련하여 읊은 오시코치 미쓰네凡河内躬恒의 노래도 있다. 『이즈미시키부 일기和泉式部日記』에도 아쓰미치 친왕敦道親王의 "생각해보셨는지요. 내 자신이 직녀성이 된 기분으로 하늘의 강가를 생각에 잠겨 바라볼 줄이야"라는 노래에 대한 "전하가 바라보셨다는 하늘조차 볼 기분이 들지 않는구려 전하 자신이 견준 직녀성으로부터 미움을 받을 정도의 몸이라고 생각하면"이라는 이즈미시키부의 답가 등 칠석을 소재로 한 증답가는 셀 수 없이 많다.

칠석의 행사는 『우쓰호 이야기』에서 살펴본 것과 같이 머리를 감는 등 의식의 의미가 엿보이면서도 견우와 직녀의 만남과 관련된 남녀의 사랑이라는 측면이 강조되어 사랑의 노래를 부르는 등 문학 작품에 다양하게 나타나 있음을 알 수 있다.

9월 9일, 중양절

9월 9일 중양 절구는 국화에 장수를 비는 날이며 홀수를 의미하는 양陽이 겹치는 날로 홀수 중에서도 가장 큰 숫자라는 의미에서 중양重陽이라고 일컬어졌다. 일본에서는 나라 시대奈良時代부터 궁중이나 사원寺院에서 국화를 감상하는 연회가 개최되었다. 특히 솜으로 국화꽃을 싸꽃 이슬에 젖은 솜으로 몸을 닦으면 노화를 막을 수 있다고 믿는 장수를 비는 행사로 『마쿠라노소시』에는 "9월 9일은 새벽녘부터 비가 조금 내려 국화 이슬도 많이 생기고 국화꽃에 씌워 있는 솜 등도 젖어 옮겨진 향도 한층 향기를 더하여"라며 5절구 각각의 계절미를 표현하는 가운데 중양 절구에 대한 묘사가 나온다. 『겐지 이야기』「마보로시幻」권에는 무라사키노우에紫の上를 잃은 후 중양절에 장수를 비는 기세와타被綿에 눈물을 흘리는 노년의 겐지의 모습이 나타나 있다. 기세와타란, 중양절 행사에서 전야前夜에 국화꽃에 솜을 씌워 그 이슬과 향을 옮겨서 다음날 아침 그 솜으로 몸을 닦으면 장수할 수 있다고 하는 의식으로 고대 중국에서 국화는 '옹초翁草', '천대견초千代見草', '영초齡草'라 하여 나쁜 기운을 없애고 장수의 효능이 있다고 하는 믿음이 있었다. 기세와

타도 이러한 중국의 영향을 받아 생긴 것인데, 이 밖에도 국화와 관련된 와카 겨루기나 국화를 감상하는 연회가 개최되거나 하였다.

『무라사키시키부 일기』에는 중양절에 시녀를 통하여 린시倫子가 기세와타를 딸인 쇼시彰子 중궁으로 보내는 장면이 그려져 있고 『우쓰호 이야기』「로노우에楼の上」하권에도 중양절에 대한 기술이 나카타다仲忠가 가네마사兼雅를 방문하는 중에 가네마사가 이누미야いぬ宮의 모습을 보고하는 장면에 나타나 있다. 특히 9월 9일의 '모노이미'와 '국화 관상 연회'에 대한 묘사가 눈에 띄는데, '모노이미'란 어느 기간 동안 음식·행위를 삼가고 몸을 깨끗이 하여 부정을 피하는 것으로 중양절에도 모노이미가 행해졌음을 알 수 있으며, '국화 관상 연회'는 궁중에서의 중양절 연회를 말한다. 『우쓰호 이야기』「로노우에」하권의 다른 장면에서는 "9월 9일 중양절에 좌대변左大弁에게 어울리는 한시를 지어보게 하려고 해서 여성의 의상 등은 조금만 준비하도록 명령했으나 20구 정도는 다른 것보다 조금 더 잘 준비하라고 말해두었으므로 아까 저 집 금琴을 듣자."라고 기술되어 있어서 중양절에 한시를 가지고 국화와 관련된 노래를 지었음을 엿볼 수 있다.

참고문헌

秋山虔 編(2000)『王朝語辞典』東京大学出版会

小山利彦(1991)「源氏物語などに見る節供―桃と菖蒲の祓―」(『源氏物語宮廷行事の展開』桜楓社)

鈴木一雄・平田喜信(1994)「社交・遊戯と文学」(山中裕・鈴木一雄 編『平安時代の信仰と生活』至文堂)

山中裕(1994)「平安時代の年中行事」(山中裕・鈴木一雄 編『平安時代の儀礼と歳事』, 至文堂)

_____(1982)「女流文学と年中行事」(『平安朝の年中行事』塙選書 75, 塙書房)

놀이로 읽는
일본문화
다도

유희의 인문학

박 민 정

• • • •

최고권력자에게 바쳐진 마지막 유희는 다도였다

일본 다도茶道의 원류를 전하는 『야마노우에소지키山之上宗二記』(1588~
1590년)는 일본 다성茶聖 센리큐千利休(1522~1591년)의 수제자 야마노
우에 소지山上宗二(1544~1590년)가 남긴 차에 관한 책이다. 이 책은 다
도의 시조 슈코珠光(1423~1502년)의 「슈코 일지목록珠光一紙目録」의 비전
秘伝을 기반으로 하여 중흥조 다케노 조오武野紹鴎(1505~1555년)와 센리
큐의 다도를 계승하고 거기에 야마노우에 소지 자신의 견식을 더한 것
이다. 작성은 야마노우에 소지가 도요토미 히데요시豊臣秀吉(1537~1598년)

325

에게 참살 당하기 3년 전부터 시작되었다. 그의 피신 생활을 비호해주던 제자와 아들을 위해 비장한 각오로 작성되었다. 구성은 일본 다도의 기원을 시작으로 역사, 명물 다도구, 다인의 분류, 고금의 다인전, 다인의 덕목 십체+体와 우십체又+体, 다실과 재목, 다사, 명인의 다풍, 중국 옥간의 팔경 화찬 등으로 최초의 종합적인 체계를 갖춘 다도 지침서로 평가된다. 이 책에서 말하는 다도론은 이후 일본 다도의 근간이 되었다. 특히 조선의 찻사발인 이도井戸 다완을 일본 다도가 추구하는 차에 어울리는 천하제일의 명물로 선언하고 있다는 점에서도 주목할 만하다.

이 책의 가장 큰 특징은, 중국과 구분되는 '일본적 다도'가 무로마치시대室町時代(1338~1537년) 쇼군将軍인 아시카가 요시미쓰足利義満(1358~1408년) 시대부터 아시카가 요시마사足利義政(1436~1490년)에 이르러 성립되었다는 뚜렷한 역사 인식과 이때 등장하는 다인 슈코의 다풍茶風을 일본 다도의 원조로 삼고 있다는 점이다. 슈코는 당대 최고 권력자인 요시마사의 다도 스승이 되는데 그를 소개한 이가 노아미能阿弥(1397~1471년)였다. 노아미는 쇼군의 최고미술품 등을 관장하며 문화예술에 관해서는 당대 최고의 안목을 가진 전문가이자 승려였다. 이 삼자의 만남은 교토京都의 긴카쿠지銀閣寺(1482~1490년)에서 이루어졌다고 한다. 이에 대한 역사적 실증은 어려울 듯하나, 긴카쿠지가 일본적 다도가 등장하는 매우 주요한 상징적 장소임에는 틀림없다.

어느 날 긴카쿠지에 은거하던 요시마사가 전통적인 종래의 온갖 고상한 취미와 교양, 그리고 유흥에는 더 이상 흥미를 느끼지 못하고 참 즐거움이 될 수 있는 진기한 놀이가 없는지를 노아미에게 묻는다. 이에 노아미는 '다도'야말로 심원하고 참 '유희의 길'이라며 이를 실천하는 '슈코의 다풍'에 대해 진지하게 아뢰자, 요시마사가 슈코를 불러 그를 다도 스승으로 삼았다고 전해진다. 이것이 최고권력자가 다도를 배우는 시초가 되었다고 한다. 이후 오다 노부나가織田信長(1534~1582년)와 도요토미 히데요시가 센리큐에게 다도를 배웠고 에도江戸 막부가 끝나는 메이지明治 이전까지 도쿠가와德川 가문의 쇼군과 다이묘大名들은 다도를 배웠다.

> 요시마사 공은 교토 히가시야마東山에 긴카쿠지를 지어 은거하면서 사계절의 풍취와 함께 주야로 풍류를 즐겼다. 그러던 어느 늦가을 밤, 가을 풀벌레 소리까지 가슴에 애절한 모노노아와레를 느끼게 되자 노아미를 불러 『겐지 이야기』「하하키기帚木」권에 나오는 '비 오는 날 밤의 여성 품평회雨夜の品定め'를 읽게 한 다음, 와카와 렌가, 달구경과 꽃구경, 공차기와 활쏘기, 부채 겨루기와 그림 겨루기, 풀 겨루기와 벌레 겨루기 등의 다양한 놀이를 흥겹게 즐겼던 지난 일들을 이야기하고 있다가 요시마사 공이 노아미에게 다음과 같이 물었다. "예부터 내려오던 온갖 놀이에도 이미 흥미를 잃어버렸노라. 이제 겨울이 오니 설산을 헤치며 매사냥을 하는 것도 나이가 들어 재미가 없구나. 무언가 진귀한 놀이가 없겠는가." 이에 노아미는 잠시 생각에 잠겨 있다가 다음과 같이 삼가 아뢰었다. "감히 아뢰옵나니 즐거움의 길인 낙도樂道에는 다도라는 것이 있습니다. 나라奈良 쇼묘지稱名寺 출신의 슈코는 오로지 다도 한 길에 30년간을 정진해 온 다승이옵니다." 또한 공자와 성인의 길을 배우고 20개조의 비전을 가진 다인이라고도 아뢰었다.

노아미는 슈코를 다도 한 길에 무려 30년간을 정진한 다인으로, 공자와 성인의 학문을 배운 승려로 그리고 20개조의 비전을 가진 귀한 인물이라 소개했다. 그렇다면 슈코의 다도는 어떤 것일까?

슈코의 다도를 이해하기 위해 노아미가 요시마사에게 소개하는 내용을 살펴보도록 하겠다.

> "우선 먼저 눈 내리는 겨울에는 초암차의 정취를 즐기는데, 화로에 올린 차솥의 물끓는 소리가 솔바람에 견주어 부럽지 않으며 봄 여름 가을에도 그와 같은 찻자리의 풍취가 있습니다. 또 당물唐物의 명물장식은 철을 빗겨간 모습이라는 생각이 들 때도 있겠지만 이 또한 명물을 가진 덕이라고 하겠습니다. 말차호茶入, 차잎 항아리茶壺, 향로, 향합, 회화, 묵적 등 옛것의 아름다움을 선호하는 취향은 다도를 따라올 것이 없습니다. 또한 슈코는 초암 다실에 선종의 묵적을 족자로 걸어 사용합니다만, 이는 슈코가 득도의 표시로 스승인 잇큐 스님으로부터 중국의 선승 원오극근의 묵적을 받았기에 이를 소중히 걸어서 다도의 지극한 기쁨으로 삼았습니다. 이와 같은 슈코의 다도에는 불법의 진리도 그 속에 있습니다"라고 노아미는 늦은 밤까지 눈물을 흘리며 요시마사 공에게 아뢰었다. 이 말을 들은 요시마사 공은 슈코를 불러 다도 스승으로 삼고 다도를 그 후 생애의 즐거움으로 삼았다.

위에서 문화예술 분야의 최고 권위자 노아미가 언급한 슈코의 다도는 다음 세 가지로 정리할 수 있다. 첫째, 초암에서 사계절과 함께 차솥의 솔바람 소리로 자연의 청취와 풍류를 즐겼다. 둘째, 명물장식을 비롯한 다도 미술품에 대한 높은 예술적 취향을 갖추었다. 셋째, 다실에 선승의 묵적을 걸고 차를 하였다. 이는 다도를 수행의 길로 삼는 다선일미의 다도관을 말해준다.

이렇게 최고 권력자 요시마사가 지금까지 즐겨왔던 모든 취미와 유흥, 문예에 흥미를 잃고 나이가 들면서 그에게 어울리는 진정한 즐거움을 찾게 되자, 노아미는 그의 높은 안목으로 그의 주군에게 '슈코의 다도'를 '참 즐거움의 길'로서 아뢰어 바친다. 슈코의 다도에는 사계절 자연과 함께 하는 차의 풍류와 다양한 다도구 미술품에 대한 높은 예술문화적 취향, 그리고 수행의 길로서 다선일미가 녹아 있는 다도이다. 이를 요시마사는 남은 생애 동안 진정한 즐거움으로 삼았던 것이다. 이것이 이후 일본 다도의 원류가 되었다.

그럼 일본 다도는 구체적으로 어떻게 즐기는가. 다도를 즐기는 모습은 찻자리 즉 다회라는 양식을 통해서 구체적으로 잘 나타나는데 이를 살펴보기로 하자.

다도를 즐기는 구체적인 양식, 다회

슈코의 다풍을 원류로 하여 발전된 일본의 다도는 다케노 조오를 거쳐 센리큐에 이르러 대성되었다. 이렇게 대성된 다도는 다회라는 찻자리 양식 속에서 다도가 가진 종합예술적인 측면이 집약적이고 구체적으로 표현된다.

먼저 다회를 열기 위해서는 찻자리의 공간인 다실이 필요하다. 넓은 의미의 다실은 로지露地라는 정원과 차를 마시는 공간인 다실, 두 가지로 구성된다. 로지는 다실로 이어진 길이라는 의미로, 로지를 걸어가는 동안 마음을 차분히 가라앉혀 다실로 들어간다. 그 주변에는 사람의 허리를 넘지 않는 푸른 식물을 심어 청정한 느낌을 준다. 다만 손님의 마음을 뺏는 꽃식물들을 피한다. 로지의 끝자리 즉 다실 입구에는 쓰쿠바

【사진 1】 로지

【사진 2】 쓰쿠바이

이蹲踞라 불리는 석지石池 형태의 물그릇을 두어 손님이 다실에 들어가기 전에 이곳에서 손과 입안을 깨끗이 헹구며 속세의 먼저를 씻어내도록 한다. 그래서 로지를 다실과 함께 청정무구의 정토세계라고도 부른다.

한편 로지를 거쳐 들어가는 공간, 즉 실제로 찻자리가 이루어지는 곳을 좁은 의미의 다실이라고 한다.

다실은 공간의 크기에 따라 세 가지로 나뉜다. 슈코가 긴카쿠지에서 처음으로 사용했다는 4장반 다다미 크기의 다실과 이를 기준으로 더 큰 다실을 히로마広間, 더 작은 다실을 고마小間라고 한다. 일반적으로 일본 다도의 초암 다실이라고 하면 고마를 일컫는다.

또 다실 공간의 구성은 다음 세 가지로 이루어진다. 묵적과 꽃 등을

【사진 3】니지리구치   【사진 4】도코노마의 묵적, 한閑

장식하는 공간인 도코노마床の間, 주인이 차를 내는 자리인 행다석点前座, 그리고 손님을 모시는 객석客座으로 이루어지는데, 손님에게는 보이지 않지만 다회 준비를 하는 부엌인 미즈야水屋가 다실 옆에 딸려 있게 된다. 다실에는 출입문이 두 곳 내지 세 곳이 있는데 하나는 주인이 차를 내기 위해 드나드는 다도문茶道口이며 또 하나는 손님이 드나드는 니지리구치躙り口 문이다. 니지리구치 문은 고개와 허리를 숙여야만 들어갈 수 있는 작은 문이다. 이는 자기를 겸허히 낮추는 동시에 상대방을 높인다는 의미를 가진다. 문이 세 개인 경우는 주인이 사용하는 낮은 문으로 가이세키나 과자 등을 낼 때 사용하는 급사문給仕口이 있다. 급사문은 고마에서만 볼 수 있다.

다실을 계절에 따라 나누면 크게 두 시즌으로 나뉜다. 겨울 화로인

【사진 5】 로 　　　　　　　　【사진 6】 후로

로爐 다실과 여름 화로인 후로風爐 다실이 바로 그것이다. 겨울 화로인 로는 다다미 아래로 사방 42센티 크기의 화덕을 파서 만든 다다미 화로를 말한다. 로가 있는 다실은 주로 한기를 느끼는 11월부터 이듬해 4월까지 사용하는데 일본 다도에서만 볼 수 있는 것이다. 이에 비해 여름 화로는 다다미 위에 올려놓고 사용하는데 모양은 매우 다양하다. 화로와 차솥이 붙어 있는 것은 중국에서 원류를 찾을 수 있는데 일본적 다도가 발달하자 화로와 차솥이 분리되었고, 차솥을 받치기 위해 삼발이를 뒤집어 놓은 모양의 고토쿠五德를 사용하였다. 후로 다실은 날씨가 따뜻해지는 5월부터 10월까지 사용한다.

　다음으로 정식다회에 대해 알아보겠다. 정식다회는 손님을 다섯 사람이 넘지 않도록 초대한다. 찻자리 흐름은 크게 초반석初座(2시간)과 후반석御座(1시간40분), 그 사이에 휴식仲立(20분)을 넣어 약 4시간 동안 이루어지는데 이를 한 편의 드라마에 비유하기도 한다. 일반적인 가벼운 다회는 차와 차과자만을 준비하여 30분 내지 1시간 정도의 다회시간을 갖는 경우가 대부분이지만, 정식다회는 초반석에서 코스음식인 가이세키라는 소박한 차음식을 즐기고 잠시 휴식을 취한 후 후반석에서 두 종류의 말차 즉 진한 농차와 연한 박차를 숯불로 끓인 찻물로 음미하게 된다. 이 때 사용되는 그릇과 기물들은 다회에 어울리도록 특별히 선별한 것으로 이를 감상하는 것 또한 손님들의 즐거움의 하나다. 이와 같은 의미에서 다회에 사용되는 다도구는 사용하는 용用의 기능과 미美적 감상의 대상이 되므로 다도구는 미술품으로서의 가치를 지니게 되는 것이다.

다회는 테마를 갖는데, 전반석에서 그날 다회 테마를 연상할 수 있는 족자를 도코노마에 장식하고 손님을 맞이한다. 전반석 대부분은 차음식인 가이세키懷石를 즐기는 데 소요된다. 가이세키는 원래 선승이 수행 때 공복을 잊기 위해 따뜻한 돌을 품었다는 이야기에서 유래된 말로 공복을 가시게 할 정도의 소박한 음식이란 뜻이다. 쓴맛의 말차를 마실 때 공복이 되지 않도록 준비하는 가이세키는 다회음식이므로 역시 계절감을 살려 가이세키의 풍류를 즐길 수 있도록 한다. 또 가이세키를 낼 때는 음식을 한 가지씩 차례대로 주인이 손님에게 직접 대접한다. 전반석에서 주인이 반드시 해야 할 일은 가이세키를 전후하여 화로에 숯불을 피워 찻물을 끓이는 일이다. 가이세키 코스 마지막에는 마찬가지로 계절감을 살린 차과자를 내어 즐긴다.

전반석이 끝나면 잠시 정원인 로지로 나와 휴식을 취하면서 후반석 안내를 기다린다. 징을 쳐서 신호를 보내는데, 징소리의 울림이 사라지면 쓰쿠바이에서 손을 씻고 니지리구치를 거쳐 후반 다석으로 입실한다.

후반석 도코노마 장식은 족자에서 꽃으로 바뀐다. 또한 차솥에서 물 끓는 소리는 솔바람 소리가 되어 손님을 맞이한다. 후반석이야말로 차를 마시기 위한 의미의 찻자리인 것이다. 이 때 마시는 차는 농차濃茶와 박차薄茶로 된 말차인데, 이 두 종류의 차를 차례로 마시게 된다. 정식다회에 초대받게 되면 반드시 농차를 마시게 되는데, 죽처럼 걸쭉한 농차는 하나의 다완에 담겨져 있고 손님들은 무언으로 차를 나누어 마신다. 차를 나누어 마실 때 마음까지 서로 나누게 될 때 농차를 마시는 의미는 더욱 깊어진다. 이와는 대조적으로 박차는 거품을 낸 말차로 각각의 다완으로 마신다. 박차를 마시는 동안 가벼운 마음으로 다담을 나누며 찻자리를 정리하게 된다.

마음에 남는 좋은 다회를 위해서는 주의해야 할 몇 가지 점이 있다.

첫째 일기일회—期—会의 마음으로 찻자리에 임한다. 일생에 단 한번뿐인 소중한 만남이라는 일기일회의 마음으로 그날의 다회에 집중한다. 둘째 다회는 주인과 손님이 하나되는 자리인 일좌건립—座建立의 장이므로 이를 방해하는 것들, 화려한 장식의 옷차림이나 진한 향수 등은 피한다. 셋째 다회에서는 논쟁이 될 세상사의 화제는 피한다. 예를 들어 자신의 종교, 남의 재산과 가족, 정치, 전쟁담, 남의 험담, 남녀에 관한 것 등이다. 좋은 찻자리를 위해서는 차에 집중할 수 있도록 마음을 스스로 삼가고 한적함을 즐기며 서로에 집중하는 것이 중요하다.

이와 같은 4시간에 걸친 정식다회는 준비하는 주인이나 초대받은 손님 모두 다도 수행의 경륜을 어느 정도 갖추고 있어야만 순조롭게 진행될 수 있다. 먼저 다회의 흐름을 알아야 하며, 로지와 다실의 사용법, 도코노마에 걸리는 묵적에 대한 이해, 가이세키와 차과자를 대접하고 먹는 법, 농차와 박차를 마시는 법, 차를 내는 행다법, 다도구를 다루는 법, 손님이 갖추어야 할 예법 등을 몸에 익히는 데는 짧지 않은 수행의 시간이 필요하다. 이를 익히기 위한 수련을 게이코稽古라고 한다. 다회를 주최하는 주인이 되기까지는 그 밖에도 가이세키와 차과자를 만드는 법, 종이·칠기·도자기·대나무·금속 등 다양한 소재로 만들어지는

【사진 7】 가이세키

【사진 8】 화사한 봄 벚꽃의 느낌을
살린 차과자

다도구에 대한 지식에서부터 다회 테마에 맞는 다실과 다도구의 조화
로운 표현까지 실로 오랜 수련 과정이 필요하다.

자연과 함께 풍류를 즐기다

앞서 슈코의 다풍에 대해 언급할 때 다도에는 자연과 함께 하는 풍류
가 있다고 했다. 예를 들어,겨울에는 설경을 그리며 초암 다실의 다다
미 화로 속에 따뜻한 숯불을 피워 그 위에 차솥을 올려 놓고, 물이 끓으
면 들리는 소리가 마치 솔숲에 이는 바람소리에 뒤지지 않는다고 했다.
고요하고 한적한 초암에는 차솥에 물끓는 소리 뿐, 이 소리가 솔숲에
이는 바람 같고, 음악처럼 들릴 때 풍류가 된다.

야마노우에 소지 또한 사계절과 함께 하는 풍류를 강조하고 있다.

335

그는 「다인이 갖추어야 할 열가지 덕목茶の湯者覚悟十体」에서, 겨울과 봄에는 설경을 염두에 두고 낮다회와 밤다회를 열며 여름과 가을에는 초저녁부터 밤까지 다회를 권했다. 특히 달이 아름다운 가을 밤에는 혼자서라도 차솥을 걸어놓고 달을 손님으로 모시고 차를 하는 것을 풍류라 했다. 뜨겁고 무더운 한여름을 보내고 찾아온 서늘한 가을 달 밤이라면 보름 달밤이나 초승 달밤, 아니면 단풍이 아름다운 달밤이라도 좋을 것이다. 함께 할 벗이 없다면 달을 벗삼아 차를 즐기는 것이다. 다인 슈코는 달을 감상할 때도 '달도 구름과 함께 하지 않으면 싫구나月も雲間の無きはいやにて候'라는 유명한 어록을 남기고 있는데 이로부터 그의 풍류와 철학을 엿볼 수 있다.

센리큐 역시 자연적인 풍류를 매우 중요시하는 일화가 있어 소개하고자 한다.

> 어느 날 리큐가 다회에 초대받아 갔을 때의 일이다. 마침 그날은 바람이 강하게 불어 로지에 들어서자 낙엽이 쌓여가는 길마다 마치 산중에 있는 풍경이 펼쳐졌다. 리큐는 '참 정취 있는 풍경이구나. 하지만 오늘 다회의 주인은 틀림없이 이 낙엽들을 깨끗이 치우고 말게야'라고 생각했다. 아니나 다를까 전반 다석에서 가이세키를 마치고 휴식을 취하기 위해 다시 로지로 나와보니 로지는 깨끗이 청소되어 낙엽 하나 떨어져 있지 않았다. 리큐는 제자들에게 "로지 청소란 아침다회 손님이 올 때는 새벽에 청소를 하고, 낮다회 손님이 올 때에는 아침에 미리 해두는 것이다. 그 뒤에 낙엽이 쌓이더라도 자연스런 풍취를 느낄 수 있다. 이러한 풍류를 모르니까 낙엽을 치워버리게 되지"라고 하였다고 한다.

이와 같이 일본 다도는 자연의 계절변화와 그 각각의 풍취를 다실 정

원인 로지를 거닐면서 또 다회 속에서 즐기고자 하였다. 다실을 지을 때도 도심 가운데 있는 산중의 느낌을 살리려 했고 이를 '시중의 산거市中の山居'라고 표현했다. 도시 속에 지어진 다실이지만 마치 한적한 산중에 은거하는 것과 같다는 뜻이다. 이와 같은 배경에는 일본 다도가 대성할 시기에 활동한 주요 다인들이 당시 상업과 무역으로 번성한 도시 사카이堺 출신으로 도시에서 사업과 생활을 한 데서도 연유한다고 볼 수 있다. 사카이는 교토와 같이 가까이서 산중을 찾기 어려운 환경이었다. 그래서 어렵게 자연을 찾아 나서기보다는 거주하는 도시 안으로 자연을 들여올 것을 생각했던 것이다. 다실의 로지를 거닐다보면 정말 한적한 산중에 와 있는 느낌을 받게 되는 것도 다도가 자연과 함께 하는 풍류를 중요시했기 때문이라고 하겠다.

수행의 길로서 즐기는 다도

노아미는 중국 선종禪宗의 고승인 원오극근円悟克勤(1063~1135년)의 묵적을 걸어두고 차를 즐기는 슈코의 다풍에 대해 슈코의 다도 안에는 '불법의 진리' 즉 '깨달음의 마음'이 있다고 보았다. 노아미의 이러한 판단을 잘 뒷받침해주는 슈코의 『마음의 글心の文』이란 다서가 있다. 이 것은 슈코가 제자인 후루이치 하리마古市播磨에게 보낸 편지글로, 그의 다도관이 잘 나타나 있다. 그는 다도에서 가장 중요한 것은 차를 하는 '다인의 마음'이며 '다인'은 자기 '마음의 스승' 즉 '마음의 주인'이 되어야 한다고 가르치고 있다.

차의 길에서 가장 나쁜 것은 자만심我慢과 아집我執이다. 능한 자를 시기하고 초심자를 깔보는 일은 좋지 못한 일이다. 능한 자를 가까이 사귀어 가르침을 받고, 또 초심자를 어떻게 해서든지 키워야 한다. 이 길에서 중요한 것은 일본 것과 중국 것의 경계를 없애는 것이니 이점을 주의 명심해야 할 것이다. 또한 차고 시든 모습冷え枯れ을 명인의 경지라고 해서 초심자가 비젠備前 도자기나 시가라키信樂 도자기 등을 사용하며, 남이 인정해 주지도 않는데 마치 경지에 오른 다인 행세를 하는 것은 언어도단이다. 시들고 마른 모습이란 좋은 다도구를 가지고 그 맛을 알고 깊은 마음의 경지에서 두고두고 그 참맛을 즐기는 것이다. 명물 다도구를 가질 수 없는 다인이라면 도구에는 집착하지 마라. 비록 소박한 다도구라 하더라도 열심히 배우고 참맛을 깨닫는 것이 중요하다. 자만심과 아집은 나쁘지만 다도에서는 이것이 없어서도 안 된다. 이 길에 대한 금언으로

마음의 스승이 되어라, 마음을 스승으로 해서는 안된다

라고 고인께서도 말씀하셨다.

슈코는 차의 길에서 가장 먼저 버려야 할 것이 자만심과 아집이라고 하면서도 한편으로는 이것이 없어서도 안 되는 것이라고 일견 모순된 언급을 하고 있다. 여기서의 '자만심과 아집'의 뜻을 '아我'라는 개념으로로 해석해보면, 자만심과 아집을 버렸을 때의 자기를 '무아無我'라고 한다면, 다도에서 없어서도 안 되는 자만심과 아집은 '무아의 아無我の我'라고 할 수 있겠다. 이때의 '무아의 아'란 버려야 할 자만심과 아집을 버린 청정한 '무아'의 마음 바탕에서 생긴 '아'이므로 당연히 긍정적인 자기인 것이다. 이러한 긍정적인 '무아의 아'로서의 자만심과 아집이라면, 사람이 살아가는 데 없어서는 안 되는 것이며 차의 길에서도 마

찬가지일 것이다.

그러나 슈코는 여기서 끝나지 않고 마지막에 다시 덧붙여 이르기를 긍정적인 '무아의 아'라 할지라도 자기 자신이 이것의 스승이 되어야지 이것을 스승으로 삼아서는 안 된다는 명언을 남김으로써 마음 수행의 궁극을 자기 마음의 스승이 된 경지, 즉 무엇에도 구애받지 않는 자유로운 '리離'의 경지에 이르러야 함을 강조하고 있다.

마음의 글이라는 제목처럼 슈코는 다도에서 '마음의 수행'을 강조한 다인이다. 선을 수행하는 것이 마음을 수행하는 것이라고 할 때 슈코의 차는 '차로서 마음을 닦는 도'로서 '다선일미茶禪一味'를 실천한 다도라 하겠다.

슈코를 이은 다케노 조오 역시 다선일미의 수행을 강조했음을 그의 시를 통해서 확인할 수 있다.

차미茶味 선미禪味 같은 일미一味임을 알지니
차솥의 찻물 끓는 소리에 귀기울이면
마음은 어느새 청정하게 열리니
솔바람 모두 마셔 티끌 한 점 없는 마음 되리라

최상의 유희로서의 인문학

첫 장에서 종래의 전통적인 모든 장르의 유희를 경험한 최고권력자가 은퇴 후 기존의 유흥에는 흥미를 잃고 새로운 진기한 놀이를 찾고 있을 때, 슈코의 다도를 만나 '유희의 도'로서 일생의 참 즐거움으로 삼았다고 언급하였다. 이후 슈코의 다풍이 일본 다도의 원류가 되었고 다케노 조오를 거쳐 센리큐에 이르러 완성되었다고 하였다. 그렇다면 센리큐 시대에 대성한 다도는 어떠한 다풍이었을까.

'다풍'이란 차를 어떻게 할 것인가에 대한 다인으로서의 대답이 된다. 다인에게 차를 어떻게 할 것인가라는 질문은 인간으로서 어떻게 살 것인가와도 연결된 문제의식이다. 인간이 삶의 문제를 생각하는 것이 인문학이라고 한다면 다도는 바로 인문학 그 자체이며 '유희의 길'로서의 다도는 감히 '유희의 인문학'이라고 할 수 있겠다. 이것이 다도를 유희의 인문학으로 제목 지은 이유이다.

다시 센리큐 시대의 다풍으로 돌아가 살펴보면, 물론 슈코의 다도가 근본 맥으로 이어지면서 새로운 다풍이 만들어졌다. 그것을 한마디로 요약하자면 '소소麤相의 철학'이라고 할 수 있겠다.

'소소'는 리큐 시대, 즉 일본 다도의 원점에 있는 일급 문헌 『야마노우에소지키』에서 강조하는 다도의 모습이자 철학이다. 이 책의 저자인 야마노우에 소지는 존경하는 스승 리큐 곁에서 20년간 함께 한 선수행과 다회를 통하여 리큐의 다도 세계를 온전히 배우고 체험했던 다인이었다. 그가 남긴 '소소'의 철학이란 어떤 것인가.

원래 '소소'는 예나 지금이나 '성글다', '거칠다', '투박하다', '실수를 하다'와 같이 부정적인 의미를 지닌 말이다. 그래서 요즘 다인들 사이에서도 실수가 없도록 하라는 표현을 '소소가 없도록 하라'고 할 정도로 부정적인 경우에 사용하는 것이 일반적이다. 그러나 해서는 안된다는 부정적인 의미의 '소소'를 다도의 철학으로 삼았을 리는 만무할 것이다.

소소의 철학

여기서 다시 물어야 할 것이다. 그렇다면 긍정적으로 강조되는 리큐 시대의 다풍인 '소소麁相'의 철학은 도대체 무엇인가. 그래서 '소소'가 긍정적으로 사용되는 용례를 살펴보면 모두 6곳이 나타난다.

> 하나, 다인의 모습에 대해 '겉모습을 소소하게 내면은 반듯하게'
>
> 둘, 다회주인이 손님을 맞이할 때의 모습에 대해 '귀인이나 차의 명인은 물론이거니와 늘 만나는 보통 사람을 대할 때도 마음속으로는 명인을 모시듯 하되 겉모습은 소소하게'
>
> 셋, 화로에 담긴 재 모습에 대해 '손질은 지극한 정성을 들여 꼼꼼히 하되 겉모습은 소소하게'
>
> 넷, 가이세키의 모습에 대해 '지극한 정성과 비용이 들더라도 겉모습은 소소하게'
>
> 다섯, 다실의 모습에 대해 '가이세키를 만들 때와 마찬가지로 지극한 정성과 비용이 들더라도 겉모습은 소소하게'
>
> 여섯, 다회의 다도구의 조화에 대해 '옛적 슈코가 말하기를 초가에 명마를 매어 둔 모습이 좋다고 한 것처럼 명물다도구를 소소한 초암 다실에 두는 요즘의 모습은 더욱 재미있지 아니한가'

이와 같이 '소소'는 이상적인 다인상을 비롯하여 주인이 손님을 맞이할 때의 모습, 가이세키를 만들 때의 모습, 다실을 만들 때의 모습, 화로에 재를 담을 때의 모습, 다실에서 사용되는 다도구의 조화에 대한 것 등에 언급되었다. 이것은 모두 일본 다도를 성립시키는 가장 주요한 요소들이며, 여기에 다도가 추구할 이상적인 모습으로서 '소소'를 적극적으로 강조했던 것이다.

이때 말하는 '소소'는 물론 해서는 안 된다는 부정적인 의미가 아니다. 왜냐하면 쉬운 예로 다회의 주인이 차의 명인이나 귀인을 모셨을 때 해서는 안 되는 부정적인 의미인 '소소'로 모셨다면 이것이야말로 큰 결례가 되기 때문이다. 그렇다면 '소소하게' 손님을 모신다는 것은 어떤 것인가. 손님의 지위나 명예 또는 재력 때문에 자기를 꾸며 보이려는 욕심 있는 마음이 아니라 어떤 것에도 흔들리지 않는 평상심平常心, 무無, 공空의 티끌없는 마음으로 모시는 것을 말한다. 이때 진정으로 자연스러운 모습의 '소소'가 될 수 있기 때문이다. 이와 같이 평상심과 같은 맑은 마음의 경지에서 나타나는 '자연스러운 모습'을 긍정적인 의미의 '소소'로 해석한다.

또 이상적인 다인상에서 다인이 겉모습을 소소하게 할 때, 내면에서는 도리에 맞도록 반듯해야 한다고 했다. 이와 같이 내면적으로 반듯하여 그것이 경지가 되고 겉으로 드러나는 모습과 일체가 되었을 때, 즉 내적 경지와 모습이 하나됨은 동양적 인문학이 이상적으로 추구하는 바이다. 이와 같은 의미에서 '소소'는 모습이자 경지를 나타내는 다도철학이라고 할 수 있겠다.

이러한 '소소'를 시각적으로 가장 이해하기 쉬운 것이 초암 다실의 모습일 것이다. 초암 다실의 이미지를 떠올려 보면 일견 수수해 보이지만 실제로 사용된 자재는 엄선된 고가인 경우가 많다. 또 재료도 새것에만 집착하지 않고 오래된 사찰에서 나온 자재를 되살려 사용하기 위해 발품을 파는 등 무엇보다 시간과 정성을 다해 지은 다실이기에 이를 볼 때 감동하게 된다.

　한편 '소소'를 '수수하게'로 의역할 수 있겠으나 우리말의 '수수하게'는 부정적인 의미를 담지 않기 때문에 엄밀하게 말하자면 '자연스러운 모습'이 가장 적합할 것이다. '자연스러운 모습'이란 의미의 '소소'를 일본 전통예술론의 풍체론風体論의 관점에서 말하자면 자연적인 풍체라는 의미의 '자연체自然体'라고 이름할 수 있겠다. 여기서의 '자연체'란 자연계에 있는 그대로의 자연의 의미가 아니라 인간이 만들어낸 문화적인 것이 그 안에 자연의 섭리를 담고 있을 때를 이름하여 '자연체'라고 할 수 있겠다. 즉 인간의 문화가 자연의 섭리와 하나가 되었을 때 이상적인 다도의 모습이며 경지로서 이것이 일본 다도가 추구하는 이상적인 '소소'의 철학인 것이다.

　이와 같은 '소소'의 배경에는 첫째 다선일미라는 다도수행론, 둘째 일본의 전통예술론을 계승한 풍체론, 셋째 동양의 자연관에 그 뿌리를 두고 있음을 필자의 '소소'에 대한 연구 결과를 바탕으로 적는다.

참고문헌

朴珉廷(2017)『そそう―茶の理想的姿を求めて―』f.c.l Publish

박민정(2016)「일본다도의 인문학–다도의 이상적인 모습 소소(麁相)를 중심으로–」(『한국차문화의 얼과길』, 진주연합차인회)

朴珉廷(2014)「伝統藝術における修行について―茶道における「麁相」と「守破離」を中心に―」宝塚大学博士学位論文

朴珉廷(2013)「茶道における「そそう」の風体について」(『女性研究者による茶文化研究論文集』, 茶の湯文化学会)

朴珉廷(2012)「『山上宗二記』における「そそう」について」(『国際伝統芸術研究』1, 国際伝統芸術研究会)

박민정(2007)「『山上宗二記』에 나타난 다인관」중앙대학교대학원 석사학위논문

재단법인 곤니치안, 박민정 옮김(2007)『일본다도의 이론과 실기』, 월간다도출판사

倉澤行洋(1992)『東洋と西洋』東方出版

倉澤行洋(2002)『珠光―茶道形成期の精神』淡交社

山上宗二(1958)『山上宗二記』『茶道古典全集』第六巻, 淡交社

놀이로 읽는
일본문화

놀이로 읽는
일본문화
조루리

인형극 조루리와 조명

한 경 자

● ○ ● ○

도시서민생활과 조명기구

에도江戸 시대가 되자 서민들은 일상생활에서 다양한 조명기구를 사용하게 되었다. 실내에서는 기름을 사용하는 안돈行灯과 효소쿠秉燭, 밤새 켜놓기 위한 아리아케안돈有明行灯, 천장에 매다는 하치켄八間, 그리고 손잡이 달린 촛대인 데쇼쿠手燭와 휴대용 등롱인 조친提灯 등이 있었다. 사용이 일상화된 조명기구들은 자연스럽게 당시의 문학작품 내에 등장하기 시작했다. 특히 서민생활을 생생하게 그려낸 소설 우키요조시浮世草子와 인형극인 닌교조루리人形浄瑠璃에서 등장하는 조명은 도시에

【그림 1】유년시절 요노스케 등장 장면
(国文学研究資料館(1994)
『好色一代男』国文学研究資
料館影印叢書第一巻, 汲古書
院)

사는 서민들의 삶을 투영하고 있었다.

일본 에도 시대의 대표적 작가 이하라 사이카쿠井原西鶴는 우키요조시
를 확립한 것으로 잘 알려져 있다. 우키요조시의 효시인『호색일대남好
色一代男』(1682) 권1에서 주인공 요노스케世之介는 촛불과 같이 등장한다.
요노스케는 호색한 대부호 유메스케夢助와 고명했던 유녀 사이에 태어
난 아이였다.

> 7세가 된 여름날, 밤중에 잠에서 깬 요노스케는 베개를 치우며 하품을 하면
> 서 장지문의 걸이를 열려고 하였다. 옆방에서 대기하고 있던 시녀가 알아차
> 리고 촛대에 불을 켜고 함께 긴 복도를 건너갔다. …… 시녀가 철못에 찔리지
> 않게 촛불을 가까이 댔더니 요노스케는 "그 불을 끄고 가까이에 오거라."라
> 말씀하신다. "발밑이 걱정되어서 이렇게 해드리는데 어둡게 하면 어쩌십니
> 까?"라 대답했더니 끄덕이면서 "사랑은 어둠이라는 말을 모르느냐"라고 말
> 씀하시니.

어린 요노스케가 밤에 자다 일어나 시녀들과 복도를 지나 화장실에 다녀오는 모습이다. 돌아오는 길에 요노스케는 시녀에게 촛불을 끄라고 한다. 일본에는 '사랑은 어둠恋は闇'이라 하여 사랑은 맹목이라는 의미를 갖는 속담이 있는데 요노스케는 이 속담에 빗대어 시녀에게 구애한 것이었다. 사이카쿠가 직접 그린【그림 1】에서는 유난히 촛대와 촛불이 크게 그려져 있는데 이는 그가 촛불을 이 장면의 중요한 요소로 여겼기 때문일 것이다. 이처럼 권 1의 첫 장「불끈 게 사랑의 시작けした所が恋はじめ」은 주인공 요노스케의 남다른 조숙하고 호색적인 성격을 보여주는 전체 이야기의 서장 역할을 하고 있다. 밤에 잠에서 깨어 시녀들에게 이끌려 화장실로 가는 어린이다운 주인공의 행동을 생애 처음 구애하는 장면으로 그려냄으로써 희대의 호색가인 주인공의 첫 등장을 인상적으로 만들고 있다.

에도 시대에도 대부분의 조명에는 기름(어유 및 유채기름)을 사용하는 것이 일반적이었으며 초는 고가의 재료였다. 그러한 점에서 초는 요노스케 집안의 경제력, 즉 부유한 서민의 등장과 욕망추구에 긍정적인 에도 시대의 사회상도 나타내고 있다. 사이카쿠는 촛대의 불을 끄는 장면으로 '에도 시대', '도시 서민', '호색'이라는 시대상과 테마를 표현하고 있다고 할 수 있다.『호색일대남』은 이러한 면에서도 전시대 문학작품과 차별성을 띄고 있다고 할 수 있다.

에도 시대 이전의 문학에 등불이 등장하지 않거나 이야기 속에서 중요한 역할을 하지 않았던 것은 아니다. 예를 들어 헤이안平安 시대의『겐지 이야기源氏物語』「유가오夕顔」권에서는 등불이 유가오의 죽음과 얽혀서 긴장감을 자아내고 있다. 유가오와 잠자던 겐지의 머리맡에 원령物の怪이 나타나는데 이상한 낌새를 느낀 겐지가 일어나려는 순간 불이 쓱

347

꺼진다. 불이 다시 켜졌을 때는 이미 유가오가 죽은 후였다. 「스에쓰무하나未摘花」권에서는 겐지가 스에쓰무하나를 만날 때마다 그녀의 용모를 확인하지 못하도록 미리 불이 꺼져 있다. 결국 겐지가 본 스에쓰무하나는 그가 기대한 것과는 달리 볼품없는 외모를 가진 여성이었다. 겐지는 몰락한 양갓집 규수라는 말에 환상과 호기심을 가지고 그녀에게 접근하는데, 스에쓰무하나의 얼굴을 쉽게 보지 못하는 상황이 기대감을 높이며 묘한 긴장감을 조성하고 있다. 등불은 『겐지 이야기』의 각 이야기 안에서 괴이한 형상과 공포감, 베일에 싸인 미스테리한 인물의 등장과 기대감 조성에 도움을 주고 있을 뿐 아니라 헤이안 시대의 시대성과 생활습관을 나타내고 있다고도 하겠다.

에도 시대 문학에서는 극작가 지카마쓰 몬자에몬近松門左衛門(이하 지카마쓰)의 닌교조루리 작품 중 당시 세간에서 일어난 사건들을 다룬 세태물에 등불을 사용하는 장면이 자주 나온다. 조루리가 상연되던 극장은 조명시설이 발달되지 않아 등불과 같은 불빛은 무대 위에서 눈에 띄었을 것이고 지카마쓰는 의식적으로 그 점을 이용하여 등장인물이 불을 켜거나 끄는 행위에 의미를 부여하였다. 이 글에서는 서민생활에 일반화된 등불이 지카마쓰의 조루리극에서 어떤 표현을 가능하게 했는지 살펴보고자 한다.

도시와 등불

닌교조루리의 세태물은 주로 오사카라는 도시를 배경으로 하고 있

어서 그곳에 살던 서민들의 생활상이 잘 드러나 있다. 당시 오사카는 기름의 생산자이자 소비자였음을 작품에서 확인할 수 있다. 지카마쓰의 『온나고로시아부라노지고쿠女殺油地獄』(1721), 기 가이온紀海音의 『오소메히사마쓰타모토노시라시보리お染久松袂の白しぼり』(1710)와 지카마쓰한지近松半二의『신판 우타자이몬新版歌祭文』은 남녀주인공뿐 아니라 그 외 등장인물까지도 기름 판매를 업으로 삼고 있다. 도시에서의 등유 수요 증가에 의해 전문 업자와 상점수도 늘어난 것이 작품에 반영되었다고 할 수 있다.

또한 이들 작품에는 모두 당시 유행한 노자키 관음野崎観音 참배 장면이 등장한다. 에도 시대에는 등유의 원료로 새롭게 유채를 사용하게 되었는데 유채 산지로 유명했던 곳이 이곳 노자키였다. 노자키 관음참배는 그 기간이 유채꽃의 개화시기와 겹치기 때문에 꽃구경을 겸한 나들이였다. 이러한 동시대에 성행하던 놀이나 관습들은 흔히 관객들의 관심을 끌기 위해 작품 내에 삽입되기도 했는데 이들 작품에서는 '등유'를 연상하게 하는 의미도 지녔던 것이다.

지카마쓰의 조루리에서 등불이 자주 등장하는 것은 세태물 중에서도 동반자살을 소재로 한 작품들이다. 많은 경우 여주인공이 유녀이기 때문에 유곽이 배경으로 자주 등장한다. 유곽 내의 각 가게는 저녁이 되면 손님을 맞이하기 위해 문 앞에 간판처럼 가명家名이나 가게 이름을 적은 등롱을 내건다. 가게마다 켜진 등롱 불빛으로 밝혀진 유곽은 다음과 같이 묘사된다.

> 밤마다 켜지는 찻집의 등불은 사계절 내내 빛나는 반딧불인가, 비내리는 밤에 빛나는 별인가 할 정도로 늘 반짝이며 빛난다. (『소네자키신주』)

(유곽은) 낮에도 번화한데 새로 밤 영업도 허락받아 너도나도 찾아오는 상황이다. 신마치新町 유곽은 처마가 깊숙하고 등불은 별처럼 빛나며 보름달보다도 더 밝다.　　　(『야마자키요지로베네비키노카도마쓰山崎与次兵衛寿の門松』)

가게마다 켜진 등불과 그 불빛으로 밝혀진 일대를 반딧불이나 별, 또는 보름달에 비유하며 불야성을 이룬 모습을 묘사하고 있다. 이곳은 주간에도 사람들로 붐비는 곳인데 새로 야간영업이 허락되어 밤마다 각 가게 앞의 등롱과 왕래하는 사람들의 조친이 유곽을 훤하게 밝힌다. 유곽의 등불은 도시의 번화함을 나타내는 도구가 되고 있다.

『이마미야노신주今宮の心中』(1711)에는 초를 이용한 등롱이 등장하는데 지카마쓰는 이 작품에서 등롱을 이야기 전개에 흥미롭게 사용하고 있다. 도입부분에는 재봉가게 히시야菱屋의 종업원이었던 요시베由兵衛가 독립한 후 옛 주인들을 모시고 당시 오사카에서 성행하던 뱃놀이를 하는 모습이 그려진다. 날이 저물자 요시베는 등롱을 꺼내는데 초를 깜빡 잊고 가져오지 않아 심부름꾼인 규자ㅅㅋ를 히시야의 종업원인 기사ㅋㅊ한테 보내 초를 가지고 오게 한다.

한편 기사는 같은 종업원인 지로베二郎兵衛와 좋아하는 사이인데 기사의 부모가 고향의 약혼자와 결혼시키기 위해 자신을 데리러 오자 초를 가지러 온 규자를 따라 뱃놀이 중인 주인을 찾아온다. 이 때 길 가던 지로베는 규자가 든 히시야의 상가문장이 새겨진 등롱으로 기사가 함께 있는 것을 알아보고 무슨 일이 있는지 지켜보게 된다.

히시야 주인은 고향으로 돌아가기 싫어하는 기사를 위해 그녀의 부모에게 자기가 책임지고 시집보내겠다고 약속한다. 그러자 기사를 연모하는 요시베는 기사와 지로베 사이를 방해할 기회라 생각하고 다음과 같이 꾀를 부린다.

> "비록 글을 못 써도 (괜찮아요) 도장이 없다면 붓대로 찍죠. 증서는 제가 쓰
> 고요"라며 벼루를 꺼내어 재빨리 쓰기 시작하는데, (모습이 보이는)등롱의
> 불빛. 지로베는 잘 지켜보며 …… "저기에 도장을 찍으면 큰일이야. 어쩌지?
> 돌을 던져 등롱불을 꺼버리자."

　요시베는 글을 쓸 줄 모르는 기사의 아버지를 대신해 기사의 결혼에
관한 증서를 써주기로 한 것이었다. 그 모습을 멀리서 발견한 지로베는
막기 위해 다급하게 돌을 집어던져 등롱의 불빛을 끄려 한다.

　이 문서는 지로베의 운명을 좌우하는 중요한 의미가 있다. 기사와의
결혼을 위해 지로베는 이 문서를 없애야 했다. 그러나 착각하여 집문서
를 찢어버린다. 결국 등불 아래 작성된 문서로 인해 지로베는 죽음으로
몰리게 된다. 등불이 단순한 소품이 아니라 도시생활을 보여주고 동시
에 극을 전개해나가는 역할을 하고 있다는 것을 알 수 있다.

　또한 오사카에는 등롱으로 상징되는 아이젠 명왕 참배愛染明王参り라
는 도시축제가 성행하고 있었다. 현재도 아이젠 마쓰리愛染祭り라 하여
오사카 3대 마쓰리의 하나로 잘 알려져 있는 행사이다. 에도 시대에는
유녀들이 단골손님한테 화대를 받고 아이젠 명왕을 참배하는 관습이
있었다. 아래는 오사카 덴노지天王寺 쇼만인勝鬘院의 아이젠 명왕 참배가
등장하는 『신주야이바와고리노쓰이타치心中刃は氷の朔日』(1709)의 한 장
면이다.

"이제까지는 아이젠 명왕께 참배하던 말던 상관 안했는데 마음속에 큰 바람
이 있기 때문에 등롱에 두 개의 문장을 새겨 넣어 오늘 가져갈 수 있도록 그
저께부터 주문을 해놓았고 등롱이 만들어지자마자 참배하고 싶은데"
"넉 돈 너 푼에 흰 등롱. 어이없는 등롱집이네." …… "이제 됐어. 등롱집은
잘못 없어. 부처님께서 나를 받아들여주시지 않아 소망이 이루어지지 않은
전조야. 그냥 내버려둬. 머지않아 우메다에 갈 때 어차피 써야 하니까."

아이젠 명왕은 유녀들의 수호신으로 여겨졌으며 유녀들은 아이젠
명왕을 참배할 때 등롱에 자기 문장紋章을 새겨 봉납하는 관례가 있었
다. 여주인공인 오칸おかん은 헤이베平兵衛를 생각하며 등롱을 주문했었
는데 완성되어 온 등롱은 문장도 들어있지 않을 뿐더러 가격도 넉 돈
너 푼으로 죽음을 암시하는 재수가 없는 액수였다. 그녀는 주변 사람들
이 다시 문장을 넣어오겠다는 것을 말리며 어차피 조만간에 우메다에
갈 때 필요하게 될 것이라 말한다. 에도 시대에 우메다는 묘지였는데
오칸이 등롱을 자신의 운명을 의미하는 것으로 받아들이며 곧 있을 자
신과 헤이베의 죽음에 대해 암시하고 있다.

등불이 가능하게 한 무대 연출

그렇다면 등불의 사용이 무대에서 어떠한 연출을 가능하게 한 것일
까. 조루리는 아니지만 가부키 무대가 지붕이 있는 실내 극장으로 바뀐
것이 18세기 초의 일이었고, 그러면서 초나 기름을 재료로 쓴 등불을

무대 위에서 사용하게 되었다고 한다. 사방등이나 촛대 외에도 달이나 태양, 별이나 도깨비불에 진짜 불을 사용하게 되었다. 다만 모든 불의 표현을 실물로 하기는 어려웠기에 가짜 불을 소품으로 만들어 사용하기도 했다. 이러한 등불이나 촛대, 등명과 같은 소품과 연출에 대해서는 호세이도 기산지朋誠堂喜三二의 『우칸산다이즈에羽勘三台図絵』(1791)와 시키테이 산바式亭三馬의 『시바이긴모즈이戯場訓蒙図彙』(1803), 산테이 슌바三亭春馬의 『오쿄겐가쿠야노혼세쓰御狂言楽屋本説』(1858) 등의 가부키 무대 해설서를 통해 알 수 있다.

근세 연극무대에 등롱이 이용된 작품이라 하면, 많은 사람들이 가부키 『요쓰야 괴담四谷怪談』(1825)을 먼저 떠올릴 것이다. 이 작품은 괴담 가부키로서 말 그대로 유령이 신출귀몰하는 모습을 획기적인 연출로 선보이며 주목을 받았다. 여기서 유령인 오이와お岩는 등롱 안에서 등장한다.

『요쓰야 괴담』뿐만 아니라 『요쓰야 괴담』과 함께 일본 3대 괴담 중의 하나인 라쿠고落語 『보탄도로牡丹灯籠』(후에 가부키로도 각색)에서도 등롱과 함께 유령이 등장한다. 원작인 중국의 『모란등기』에서는 등롱으로 밤을 밝히는 풍습이 있던 1월 15일의 원소절元宵節이 배경이었는데, 『보탄도로』에서는 일본의 명절인 오봉お盆으로 시기가 변경되었다. 오봉은 음력 7월 15일을 전후해 조상에 대한 제사를 지내는 연중행사이며 조상의 영혼을 맞이하기 위해 등롱을 밝히는 풍습이 있었다. 『요쓰야 괴담』도 초연 시에는 오이와의 유령이 눈 쌓인 나무 막대기인 나가레간조流れ灌頂에서 등장했으나 1831년 8월에 이치무라 좌市村座에서 재연될 때에는 등롱에서 나오는 연출로 바뀌고 계절도 오봉인 여름으로 변경된 것이었다. 이렇게 『요쓰야 괴담』과 『보탄도로』의 시간적 배

경이 원래의 배경에서 변경되면서 일본의 괴담에서 귀신의 등장은 등롱과 관련지어졌다.

이들 이야기에서 귀신이 등장하는 것은 등롱부터인데 핫토리 유키오服部幸雄는 그것은 둥근 모양새에 기인한다고 한다. 등롱과 같이 구형이며 내부가 비어 있는 것에는 영혼이 깃든다는 생각이 작용했을 것이라 보는 것이다. 또한 사람의 영혼은 일본어로 '다마시魂'라고 하는데 둥근 공 모양을 의미하는 '다마玉'와 동음의 음절을 가지는 단어이다. 거기서 둥근 모양으로 속이 빈 물체에 영혼이 깃든다고 생각되었다. 이러한 등롱과 귀신의 등장을 어휘의 음과 연관시킨 해석은 일본특유의 사고라 할 수 있을 것이다. 이 어둠 속 영롱한 등롱으로부터 원념 가득한 귀신이 뛰어나오는 연출은 현재도 『요쓰야 괴담』안에서도 큰 볼거리로 전해져오는 명장면 중의 하나이다.

지카마쓰의 조루리에서 등불은 극의 절정에서 긴장감을 고조시키는 역할을 하고 있다. 동반자살물은 남녀주인공들이 남의 시선을 피해 밤에 죽을 곳을 찾아서 떠나기 때문에 그 과정을 등불을 이용한 장면으로 꾸미는 일이 많았다. 아래는 『소네자키신주』의 한 장면이다.

> 천장에 매달린 등불이 밝아 어찌 해야 할지 생각하다가 종려나무 빗자루에 부채를 매달아 계단의 두 번째 단에 올라 불끄려 하나 꺼지지 않는다. 몸도 손도 뻗으며 탁하고 끄자 계단에서 넘어지며 등불은 꺼진다. 어두워지자 하녀는 잠꼬대하며 몸을 뒤친다. …… "지금 무슨 소리야. 야. 머리맡의 장등이 꺼졌어. 일어나서 켜라. 일어나서 불 켜"라는 소리에 깨어 하녀는 졸리듯이 눈을 비비며 알몸으로 일어나 부시통을 찾아다니는데 오하쓰는 부딪치지 않으려고 이리저리 기어 다닌다. 괴로운 어둠 속에서 살아있다는 느낌조차 없다.

【그림 2】 집을 빠져나가는 오하쓰가 등불을 끄는
장면 (近松全集刊行会(1994) 『近松全
集』第十七巻(影印編) 岩波書店)

　여주인공 오하쓰는 도쿠베와 함께 죽기 위해 가게를 빠져나가려고
하나 문 입구 가까운 곳에 하녀가 누워 있었다. 게다가 천장과 하녀 머
리맡에는 등이 켜져 있어, 몰래 나가기 위해서는 이 불들을 끌 필요가
있었다. 겨우겨우 부채로 불을 끄는 데에 성공하나 이번에는 깨어나버
린 하녀를 피해 숨어야 했다. 결국 오하쓰는 하녀가 부싯돌을 치는 소
리에 맞추어 출입문을 조금씩 열어 탈출한다. 이렇듯 지카마쓰는 주인
공들이 최종 목적인 동반자살을 쉽게 이루지 못하도록 장애를 만들어
극적 긴장감을 조성하는 데 등불을 이용한다. 여기서 등불은 동반자살
을 성공시키기 위해 꺼야 하는 장애물일 뿐 아니라 동시에 꺼져가는 주
인공들의 목숨을 암시하기도 하다.

　지카마쓰는 동반자살을 시도하는 남녀의 탈출을 위해서만 어둠을 이
용한 것은 아니었다. 『신주만넨소心中万年草』에서는 부모의 의도에 반해서
결과적으로 주인공들을 동반자살하게 만드는 상황이 그려진다.

　오우메お梅는 구메노스케久米之介와 깊은 사이이나 오우메에게는 부모
가 정한 약혼자 사쿠에몬作右衛門이 있었다. 오우메의 결혼식날 구메노
스케가 집에 찾아오자 오우메의 어머니는 탐탁지 않게 여기면서도 혼
수 구경을 하라며 2층으로 올려보냈다. 그 때 사쿠에몬이 구메노스케
의 존재를 듣고 찾아와 혼담을 파기하려고 한다. 이를 들은 오우메와
구메노스케는 2층에서 자결하려 하지만 부모를 생각해서 일단 사쿠에
몬과의 결혼을 진행하기로 한다. 한숨돌린 오우메의 부모는 술자리를
마련하는 틈을 타서 구메노스케를 집 밖으로 내보낼 작정을 한다.

> "같이 온 자에게도 술을 먹여 취하면 부엌의 불을 꺼서 어둡게 해라. 2층에
> 술이 한 잔씩 돌아가면 축하의 의미로 돌을 집어던져 소란스러워지면 촛대
> 를 발로 차서 넘어뜨려 혼잡한 틈을 타서 구메노스케의 손을 끌어 바깥으로
> 내보내기로 하자."

　오우메의 부모는 사쿠에몬이 술에 취하면 부엌의 불을 끄고 축하 의
식에 쓰이는 돌을 던져 소란스러운 틈을 타 구메에몬을 밖으로 내보내
려 한 것이다. 오우메의 어머니는 계획한 대로 촛대를 발로 차 불을
끈다.

　불이 꺼지자 사쿠에몬은 불을 켜라고 하나 아버지는 이 기회를 놓칠
새라 남은 등불도 다 꺼버린다. 그리고 완전히 어두워지자 어머니는 구
메노스케를 잡고 밖으로 나가는데 이 때 함께 오우메마저 빠져나가 버
렸다. 오우메가 구메노스케의 띠를 꼭 잡고 있었던 것을 어머니는 어두
워서 보지 못했던 것이었다. 아래는 그런 결과를 초래한 어머니의 상황
을 표현하고 있다.

두 사람은 각오한 바이며 마음속에서 이별인사를 한다. 얼굴이 보이지 않는 어둠 속에서 다시 한 번 목소리를 듣고 싶어 주저하자 어머니는 "늦다 늦어"라 조급해하며 재촉하는데 그것은 자기 자식의 죽음도 재촉하는 것이다. 낳는 것도 어머니. 죽이는 것도 어머니. 장지문 2개의 입구를 열며 나서는 두 사람의 미래도 어둠. 남는 어머니도 자식 때문에 헤맨다. 그런 어둠의 밤에 나가도 남아도 헤매게 되는 부모와 자식은 정말 슬프다.

오우메를 낳은 이도 어머니이고 안타깝게도 죽게 만드는 이도 어머니였던 것이다. 일본에는 '고유에노야미子故の闇に迷う'라 하여 자식 때문에 판단이 흐려져 분별을 잃고 헤맨다는 속담이 있다. 인용문 마지막 "어머니도 자식 때문에 헤맨다. 그런 어둠의 밤에 나가도 남아도 헤매게 되는"이라는 부분은 이 속담에서 나온 표현이었다. 오우메와 구메노스케 두 사람이 나서는 길도 '어둠', 두 사람을 내보내게 된 부모도 어둠 속에서 갈팡질팡하게 된다는 묘사로 암담한 심정과 운명을 그려내고 있다.

그림자의 이용

지카마쓰는 등불을 조명으로 사용하는 일 외에 당시 유행하던 불빛을 이용한 그림자놀이를 여러 작품에 삽입하였다. 간통물인 『다이쿄지무카시고요미大経師昔暦』(1715)에서는 다음과 같은 일련의 장면들이 전개된다. 오산おさん과 모헤茂兵衛는 의도하지 않게 간통을 저지르게 되고

357

둘이서 도피하는 길에 오산의 부모를 만난다.

① 오산의 부모인 도준道順부부는 딸의 염문이 자자하여 살아있는 것도 괴롭고 늙어서 수치스러워 남들에게 고개를 들지도 못하고 달 뜨기 전 깜깜한 밤길을 암울한 마음으로 구로다니黑谷의 보리사로 같이 걸어 간다.

② 등롱의 그림자에 모혜를 발견하고 "야, 짐승한테 아버지라는 소리 들을 일 없어." 앗 하며 울며불며 지팡이를 지켜들며 내리치려 하자 어머니는 애태우며 불을 끄고 딸을 소매로 감싸 숨긴다. "오산아버지, 오산은 도망갔어요. 이제 용서해 주세요"라며 딸을 숨기는 것은 어머니의 자비. 치는 지팡이는 아버지의 자비. 부모의 마음에 차이가 있다고 자식이 생각하지는 않을 것이다. 부모는 자식을 불쌍하게 여기는 눈물에 앞이 깜깜해져서 자식 때문에 분별을 잃는다.

③ 달이 뜨기 전이라면 얼굴이 보이지 않아 차라리 단념할 수 있는데, 달빛 때문에 서로를 볼 수 있어서 단념하지도 못하고 오히려 달이 원망스럽기도 하여

④ "온몸의 뼈가 얼어버리더라도 딸이 처형당할 일을 생각하면 대수롭지 않고, 이 괴로움을 백만 번 반복하는 것도 딸의 고통에 비하면 아무 것도 아니다. 참고 견디며 해와 달에게 비는 것을 월천자도 보고 계신다. 영험이 없을 일은 없을 것이야."

⑤ 아버지가 돌아서면 어머니가 멈춰 세우고 어머니가 돌아서면 아버지가 멈춰 세운다. 오산과 모혜는 차마 걸어가지 못하고 아쉬움 때문에 멈춰 서서 조금 높은 둑에 올라 두 사람을 배웅하는 그림자는 빈가의 처마 밑 빨래 장대의 두 기둥과 겹친다. 달빛으로 벽에 비친 그림자는 슬픈 신세의 말로인지 붙잡혀 죄에서 벗어나지 못한다는 하늘의 계시인가. 어머니는 놀라서 "여보, 비참하구

【그림 3】 오산과 모헤의 모습
(近松全集刊行会
(1994)『近松全集』
第十七巻(影印編)
岩波書店)

려. 여기에 책형의 모습이." "슬퍼라. 오산과 모헤의 그림자야. 기도해도 어찌

할 수 없다는 하늘의 계시인가"라고 견디지 못하고 우는 목소리에

①은 오산의 부모가 딸을 찾아나서는 장면인데, 딸 걱정 때문에 암담

하고 암울한 마음을 아직 달이 뜨지 않아 어두운 상황에 비유한다. 이

후 달은 차차 뜨며 극 중 오산 부모의 심정을 대변해준다. ②에서는 오

산의 부모가 등불 빛에 우연히 딸들을 발견한다. 불륜을 저지르게 된

사정을 모르는 오산의 아버지가 딸을 짐승 취급하며 지팡이로 치려고

하자 보다 못한 어머니가 등불을 끄며 딸을 숨겼다. 여기서는 '자식으

로 인해 분별을 잃다'라 하는 속담을 바탕으로 하여 자식 때문에 판단

이 흐려지는 것을 부모가 흘리는 눈물로 앞이 보이지 않은 것과 불을

꺼서 깜깜하다는 것에 빗대어 '어둠'이라 표현하고 있다. ③에서는 부

모가 딸을 미처 떠나보내지 못하는 심정을 나타내고 있다. 이 때 달이

처음보다 높이 떠 있어 달빛에 딸의 얼굴이 보이자 차마 헤어지지 못하

고 달을 원망하는 모습이다. ④는 오산의 아버지가 딸을 살리기 위해

매일 신불에게 기원하고 있다고 전하는 모습이다. 그것을 "월천자가 보고 있고 반드시 공덕이 있을 것이라 말한다. 겉으로는 냉정하게 대하지만 속으로는 딸을 걱정하는 마음을 표현하고 있다. ⑤는 【그림 3】과 같이 오산과 모헤가 헤어짐을 아쉬워하며 부모가 떠나는 모습을 몰래 바라보고 있는 모습이다.

그림을 보면 오산과 모헤, 두 사람의 모습이 빨래 장대에 겹치며 마치 나무에 묶여 책형磔刑에 처해진 것처럼 벽에 그림자가 비춰지고 있다. 부모는 그 그림자를 보고 처형을 면할 수 없는 미래를 짐작하고 낙담한다. 이렇듯 달이 뜨기 전과 뜬 후의 명암 대비가 부모가 자식을 생각하는 심정과 맞물리고 또한 달빛에 의해 생긴 그림자가 주인공들의 미래를 암시하는 역할을 한다.

그림자를 이용한 놀이는 에도 시대 초기부터 유행하기 시작하는데, 에도 시대 중기의 교호享保 연간인 1720년대에는 다양한 그림자놀이 안내서들이 간행되기도 하였다. 마쓰자키 히토시松崎仁에 따르면 그림자 연출은 문헌적 확증은 없으나 가부키보다는 닌교조루리에서 먼저 시도되었을 것으로 보고 있다. 『혼료소가本領曾我』(1706)와 『게이세한곤코傾城反魂香』(1708), 『야리노곤자가사네카타비라鑓の権三重帷子』(1717)에서는 장지문에 사람의 그림자가 비쳐지는 장면에서 사람 모양으로 오려낸 두꺼운 판지를 장지문 안쪽에 대고 그 뒤에서 빛을 쏘아 사람 그림자로 보이게끔 처리했었다. 『다이쿄지무카시고요미』는 장지문이 아닌 벽이기는 하지만 같은 방법으로 연출되었을 것이라 추측된다. 조명을 이용하여 달빛에 의해 생긴 그림자를 연출하는 것으로, 극적인 효과를 만드는 장면이라 할 수 있을 것이다.

이상에서 살펴본 바와 같이 에도 시대에는 등불과 같은 실제 조명기

구가 무대 위에 소품으로 등장하게 되었고, 영혼이나 그림자와 같은 것을 무대 위에서 표현하는 방법이 고안되는 등 불빛을 이용한 연출도 다양해졌다. 이러한 연출에 대해 시노다 준이치信多純一는 『소네자키신주』가 만들어졌던 시기에는 오늘날의 큰 무대장치에 해당하는 것이 있었다고 추측하면서 가타리모노語り物였던 조루리가 보다 사실적인 것으로 변화해가는 과정과 관련이 있다고 말한다. 조루리에서 동시대를 다룬 세태물은 지카마쓰의 『소네자키신주』가 처음이었다. 세태물을 무대화함에 있어서 그 이전처럼 단순하고 상징적인 소품, 아니면 내레이션으로 처리하는 것이 아니라 무대 위에서 현실에 가깝게 재현하게 되었던 것이다.

등불은 사람들의 활동시간과 공간을 확장시켜 그들에게 밤의 세계를 열어 주었다. 그러나 지카마쓰의 조루리에서 조명이 이용된 장면은 사회의 밝은 면보다 어두운 면을 부각하고 있다. 조루리에 세태물을 처음 도입한 지카마쓰가 그 안에서 그려내고자 했던 것은 세상을 즐기는 당대 서민의 모습과 동시에 그 뒷면에 있는 서민들의 애환이었다. 경제적, 시간적 여유가 낳은 자유로운 분위기가 오히려 소외되고 힘겨운 이들을 낳았다. 지카마쓰는 그들에 주목하여 조명을 비추었던 것이다.

▍ 이 글은 한경자 「지카마쓰 조루리의 불빛을 이용한 연출과 그 효과」(『일어일문학연구』 99집, 한국일어일문학회, 2016)를 참고하여 풀어쓴 것이다.

참고문헌

服部幸雄(2005)『さかさまの幽霊』ちくま学芸文庫, 筑摩書房
松崎仁(2004)「障子にうつる影―影絵演出の諸相」(『舞台の光と影 近世演劇新攷』,
　　　森話社)
鳥越文蔵他校注(1998)『近松門左衛門集②』(新編日本古典文学全集 75, 小学館)
長島弘明他編(1998)『近世の日本文学』放送大学教材, 放送大学教育振興会
鳥越文蔵他校注(1997)『近松門左衛門集①』(新編日本古典文学全集74, 小学館)
暉峻康隆他校注(1996)『井原西鶴集①』(新編日本古典文学全集 66, 小学館)
人形舞台史研究会編(1991)『人形淨瑠璃舞台史』八木書店

잠시 머물다 가는 세상, 그림에 담다

김 경 희

● ● ● ●

신흥도시 에도江戸는 어떤 곳이었을까. 새로운 시대의 개막과 더불어 도쿠가와德川 장군이 거주하는 막부의 본거지인 에도는 정치·군사·경제상 가장 중요한 도시로 자리 잡으며 일본 최대의 소비도시로서 성장하게 되었다. 18세기에 이미 인구가 100만이 넘을 정도로 당시 세계 최대 규모의 도시를 형성하게 된다. 에도 막부는 이를 다스리기 위해 철저한 중앙집권적 주종 관계의 봉건제도 정책 하에서, 사농공상士農工商이라는 계급의 신분제를 실시하여 사람들을 엄격히 통제하기에 이른다.

에도 시대 조닌町人들은 비록 신분상으로는 아무런 권력을 갖지 못하

363

는 상인계급이었지만, 점차로 상공업 발달의 중심세력이 되면서 도시의 경제력을 거머쥐기에 이른다. 그리고 고대로부터 전해져오던 귀족문화가 무사들을 중심으로 향유되는 한편, 조닌의 경제력을 바탕으로 그들만의 새로운 문화를 꽃피우게 된다. 조닌은 그러한 에도 시대 대중문화의 주역으로서 문화의 생산자이자 소비자의 역할을 담당하게 된 것이다. 이를 배경으로 조닌들의 꿈과 동경을 그림 속에 솔직하게 표현해낸 '우키요에浮世絵'라는 새로운 장르의 그림 문화가 등장한다. 에도 시대에 '악소惡所'라고 불리던 유곽의 거리나 가부키 극장이 밀집해 있는 지역의 소재들이 과감하게 그림으로 표현되면서 대중들의 욕망을 간접적으로나마 실현해주게 된 것이다. 악소는 그 명칭에서도 짐작할수 있듯이 '한번 빠지면 몸을 망친다'는 유흥가의 위험성을 경고하고 있지만, 그 곳에서는 신분의 높고 낮음에 상관없이 독자적인 미의식을 추구하며 자유롭게 행동할 수 있었던 것이다. 우키요에는 많은 사람들이 보고 싶어 하는 최고의 유녀나 인기 가부키 배우들의 모습을 그려내면서 당시 대중들의 인기를 누리게 되었다.

에도 서민들의 예술놀이, 우키요에

초기에 우키요에는 에도에江戸絵라고 불렸다. 각 지방에서 에도를 방문하고 돌아간 사람들이 그곳의 특산품을 사가지고 돌아가던 것에서 유래되었다. 오랜 전통을 자랑하는 교토나 오사카와는 달리 에도의 특산물로는 신흥도시 에도의 모습을 잘 보여주는 선물들이 인기 있었던 셈이다. 그 가운데 에도의 유명한 인물이나 소재들을 그림에 담아 다색 판화로 찍어낸 화려한 색채의 우키요에는 그야말로 에도의 특산품으로서 단연 인기가 좋았다. 오늘날에도 '오미야게'라고 하면서 여행지에서 사온 물건들을 가족이나 주변 친구들에게 나누어주는 것을 쉽게 볼 수 있듯이, 방문했던 곳의 특산품을 사가지고 돌아오는 것은 오래된 일본문화 속의 관례이자 관습처럼 정착되어 있다.

원래 그림은 고대에서부터 중세에 이르기까지 종교적인 행사를 치르거나 신분이 높은 귀족들의 취미생활을 위한 수집의 목적으로 창작되는 일이 많았다. 그러므로 그림을 그리는 화공들은 신사나 사원, 혹은 궁중의 귀족들에게 보호받으며 자신들의 화풍을 이어갈 수 있었다. 일본 회화역사 상 최대의 화파畵派를 이루었던 가노파狩野派도 에도 시대에 들어서는 무사계급의 지지와 보호 가운데 중국과 일본의 전통화풍을 이어갔던 것이다.

그런 의미에서 새롭게 등장한 우키요에는 에도를 대표하는 서민들의 풍속화라고 할 수 있다. 우키요에는 '우키요'라는 말과 그림이라는 의미를 가진 '에'라는 단어로 이루어진 복합어로서 '우키요의 세상을 그린 그림'이라는 뜻이다. 원래 '우키요'라는 단어는 불교적 사상을 바탕으로 염세적 관점에서 세상을 바라보는 의미를 지녔다. 즉 세상이 허무하고 고통스럽다는 뜻에서 '덧없는 세상 우키요優き世'라고 표기했던 것이다. 그러한 암울하고 부정적인 세상관이 에도 시대에 이르러서는 '어차피 잠시 머물다 가는 한 세상이라면 현세에서라도 즐기며 살자'는 식의 세상관으로 바뀌면서 '우키요'가 뜻하는 의미도 바뀌었다. 근심스러운 세상 '우키요'에서 요지경과 같은 세상의 '우키요浮き世'로 바뀌게 된 것이다. 짧은 인생을 신명나게 살아보자는 의식은 현재의 풍속

365

을 중시 여기는 풍조 속에서 평가하게 되었고 그러한 시대적 풍조가 그림으로 승화한 셈이다. 요지경 세상에서 인기를 얻어 유행하는 것들이 바로 우키요 그림의 소재가 되었다. 가부키 배우, 유곽의 풍경, 유녀들의 초상, 도회지 여성, 서민들의 풍속, 스모 선수, 에도 명승지의 풍경 등 생활 가까이에서 접할 수 있는 소재를 그림 속에 표현하면서 우키요에는 전국적으로 큰 인기를 끌게 된다. 속세의 갖가지 모습들은 세상 사람들의 흥미를 끌기에 충분했던 것이다.

  에도 초기 우키요에는 『호색일대남好色一代男』과 같은 통속 소설책의 삽화로 사용되었는데, 이것이 인기를 끌면서 감상용 판화의 형태로 독립적으로 제작되었다. 처음부터 판매를 목적으로 하였기에 기획을 담당하는 출판업자인 한모토版元를 비롯하여 판화 제작의 실제 과정을 담당하는 사람들과의 공동제작으로 이루어지게 된다. 판화 기술은 처음에는 단순한 색을 입히는 것에 불과했으나, 나중에는 미묘한 음영과 다양한 색채를 입히는 인쇄 기법으로 발전하였다. 제작 과정에서는 화려한 다색 판화의 경우에 밑그림을 그리는 사람, 목판을 새기는 사람, 목판에 물감을 칠하여 찍어내는 사람으로 구성되는 공동 작업으로 이루어진다. 물론 이 과정에서 가장 중요시되는 것은 밑그림을 그리는 화가의 작업 과정이다. 그래서 실제로 완성된 판화에는 화가 이름만 적힌 경우가 많다. 이와 같이 화려하고 아름다운 색채의 우키요에가 여러 기술자들의 공동제작으로 만들어진다는 것은 매우 주목할 만한 점이다. 다음에서는 우키요에의 소재 중에서도 꽃이라고 할 수 있는 미인도를 감상하며 그림의 숨은 이야기 속으로 들어가 보도록 하자.

미인의 조건

　일본에서는 어떤 얼굴을 미인의 얼굴이라고 여겼을까? 시대의 흐름에 따라 미에 대한 의식이 달라지면서, 선호하는 미인의 얼굴이나 미모의 조건들에 차이가 생겨났을 것이다. 우선 우키요에 미인도에 등장하는 그녀들의 얼굴을 보기 전에 미인이라 불리는 외모는 어떤 조건을 갖추어야 하는지에 대해 살펴보도록 하자.

　흔히 일본 고전작품에 등장하는 미인들을 이야기할 때에 헤이안 시대의 미인을 떠올린다. 『겐지 이야기源氏物語』와 같은 고전 작품의 두루마리 그림책에 등장하는 미인들을 보면, 아랫볼이 통통한 둥글고 복스러운 얼굴형에 쌍꺼풀이 아닌 홑겹의 가느다란 눈매, 낮고 작은 코, 엷은 입술의 얼굴들을 확인할 수 있다. 마치 일본의 가면극에 배우가 쓰고 나오는 노멘能面을 연상하게 하는 얼굴이라고나 할까. 오늘날 현대에서 미인이라고 칭하는 조건들과는 어쩌면 정반대의 얼굴일지도 모르겠다. 18세기 중엽에 우키요에 그림 작가로 인기가 높았던 스즈키 하루노부鈴木春信(1725~1770년)가 그린 여인들도 기본적으로는 그러한 전통적인 여인의 얼굴이었다. '우리자네가오瓜実顔'라고 하여 참외 씨를 닮은 하얗고 갸름한 얼굴을 가리켰다. 가느다란 실눈에 콧날이 오똑한 얼굴을 전형적인 미인의 얼굴이라고 했다.

　그렇다면 문학작품 속에 등장하는 에도 시대의 미인의 얼굴은 어땠을까 궁금하다. 우선, 17세기말 일본의 통속소설 작가로 유명한 이하라 사이카쿠井原西鶴(1642~1693년)가 쓴 『호색일대녀好色一代女』라는 작품 1권의 「주군의 애첩国主の艶妾」이야기편에 다음과 같은 내용이 나온다. 후사가 없는 가운데 부인을 잃은 주군이 첩을 들이려고 하나 주군이 바라는 첩의 용모에 대한 조건들이 여간 까다롭지가 않다. 마흔 명이나 되는 미인들을 다 싫다고 마다한 주군을 위해 급기야는 늙은 종이 주군이 만족할 만한 이상적인 여인의 얼굴을 그린 미인도를 가지고 천하제일의 미인들이 있다는 교토로 찾으러 나선다. 그 미인도에 그려진 여인의 모습이 다음과 같이 서술되어 있다.

> 우선 나이는 열다섯에서 열여덟까지가 적당하고, 유행하는 살짝 둥근 얼굴에 얼굴색은 엷은 벚꽃 색으로 이목구비가 잘 갖추어져 있어야 한다. 가늘지 않은 눈에, 눈썹은 짙고, 미간 사이가 좁지 않으며 콧날은 서서히 높아지는 것이 좋다. 작은 입에 치열이 크고 희며, 귀는 길고 테두리가 얇아서 귀가 딱 붙어있지 않고 떨어진 듯하여 귓속이 들여다보여야 한다. 이마에는 자연스럽게 머리털이 나오고, 목덜미는 똑바르며, 뒷머리는 흘러내리지 않아야 한다. 가늘고 긴 손가락에 손톱은 얇고, 발은 8문 3분 정도로, 엄지발가락은 납작하지 않아야 한다. 몸통은 보통 사람보다 길고, 허리는 팽팽하나, 살집이 억세지 않으며, 풍만한 엉덩이에 말씨나 옷맵시가 좋아, 옷차림에 품위가 있어야 한다. 마음씨가 얌전하고, 여자로서 익혀야 할 기예가 뛰어나며, 만사에 잘 이해하고, 몸에 점 하나 없기를 바란다.

현실적으로 세상에 이런 여성이 존재할지는 모르겠지만, 여하튼 바라는 여성의 조건이 조목조목 자세히 나와 있어 매우 흥미로운 대목이다. 이 중에 정확한 수치가 제시된 것이 발의 사이즈인데, 주군이 바라는 이상적인 미인의 발의 크기는 8문 3분의 사이즈라고 한다. 당시 일반 여성의 표준적 발의 사이즈가 9문 정도였다고 하니 그보다도 작은 발을 선호한다는 것이다. 그럼 발의 사이즈 9문은 어느 정도의 크기일까. 1문文은 당시 사용하던 동전의 크기로 약 2.4센티미터였다고 한다. 계산을 해보면 표준 여성의 발 사이즈는 21.6 센티이고, 이야기 속의 주군이 바라는 여인의 발 크기는 20센티가 좀 안 되는 크기인 셈이다. 역시나 에도 시대에도 미인은 발이 작아야 한다고 여겨졌던 것은 분명한 것 같다.

그러나 이러한 이상적인 미인의 얼굴이 그대로 우키요에의 그림 속으로 옮겨지는 것은 아닌 것 같다. 그림 속 미인들의 얼굴을 보면, 이목구비가 현실성이 떨어지는 모습으로 그려진 경우가 대부분이었다. 눈은 가늘고 길게, 코는 갈고리처럼 가는 선으로, 입은 극단적으로 조그맣게 그리는 양식이 정착되어 있었다. 정형화된 그림 속 여인들의 얼굴이 비슷비슷하게 그려졌던 셈이다. 그러면서도 이러한 그림들은 판화의 방식으로 만들어져 염가로 판매되어 대중들의 환심을 사기에 충분했다. 아주 인기 있는 작가의 그림들은 그야말로 날개 돋친 듯이 팔렸다.

뒤를 돌아보는 미인

우키요에 속 미인을 그려내는 관건은 당시 에도에서 유행하던 패션 트렌드를 그림 속에 반영하여 미인의 모습 속에 얼마나 멋지게 살려서 표현했는가에 달려있었다. 당시에는 '고소데히나가타본小袖雛形本'이라 불리는 패션디자인을 다루는 잡지책들이 120 여종이나 발행되었을 정도라니, 에도 문화 속에 잡지 문화와 패션들이 얼마나 유행했을지 쉽게 상상해 볼 수 있을 것 같다. 어쩌면 우키요에의 미인화는 그야말로 오늘날 인기 있는 걸 그룹의 포스터나 브로마이드와 같은 성격이었을 것이다. 남성은 물

369

【그림 1】 뒤를 돌아보는 미인(島本脩二編2002)『週刊
日本の美をめぐる－浮世絵美人師宣と春信』
小学館)

론이고 같은 여성들도 동경하는 미인이나 소문난 인기 있는 유녀와 가부
키 배우의 그림을 구입하여 열심히 그림 속 패션을 따라했음을 짐작해 볼
수 있다.

　그중 히시카와 모로노부菱川師宣(1618~1694년)의 대표작인 '뒤를 돌
아보는 미인見返り美人'의 그림을 감상해보자. 누가 불렀을까 아니면 무
언가에 눈길을 빼앗긴 것일까. 오른쪽으로 살짝 뒤돌아보는 여인의 모
습이 가히 매력적이다. 그녀의 얼굴은 반쯤 밖에 보이지 않아 전체를
알 수는 없지만, 뒤돌아보는 여인의 모습이 매우 우아한 자태를 보여주
고 있다. 게다가 기모노 속 여인의 실루엣은 지금 현대 여성들이 환호
하는 에스자(S字)형의 몸매를 뽐내기라도 하는 것 같다. 한 눈에 봐도
패션리더라고 자부할 만한 그녀의 매력 포인트를 체크해보자.

　먼저, 그녀의 헤어스타일은 당시 유행하는 스타일 중의 하나인 '고
리 매듭玉結び'의 방법을 사용했다. 이 머리 매듭법이 모로노부가 그린

다른 그림 몇 점에도 등장하는 것을 보면 당시에 상당히 인기 있던 머리 스타일이었음을 추측해볼 수 있다. 아래로 길게 늘어뜨린 머리의 끝부분으로 둥근 고리를 만들어 매듭을 묶는 스타일이다. 귀족여성, 서민여성을 가릴 것 없이 모두에게 인기가 있었다고 하는데, 특히 신분이 높은 여성들은 둥근 고리를 작게 만드는 경향이 있다고 하여 머리 스타일을 보고도 신분을 알 수 있었다고 한다. 다음의 앞머리 스타일은 가르마를 타지 않고 머리를 약간 부풀려서 이마가 보이도록 높이 올려서 묶는 방법으로 일명 '퐁파두르' 스타일이다. '퐁파두르'는 18세기의 프랑스 후작 부인의 이름으로, 그녀가 등장하는 그림을 보면 앞머리 형태가 우아한 곡선을 그리고 있으면서 전체적으로 부풀린 업스타일이 우아함을 만들어내는 헤어스타일이다. 그림 속 뒤를 돌아보는 여인은 앞머리를 살짝 위로 올려서 묶어준 뒤에 장식으로 빗을 꽂고 아래 고리를 만든 곳에는 가게의 문양이 새겨진 비녀를 꽂고 있다. 최신 유행하는 헤어스타일을 확인했으니 이번에는 옷맵시를 살펴보도록 하자. 미혼 여성들이 입는 후리소데振袖의 아름다운 기모노를 걸치고 있는 모습으로 보아 여인은 미혼여성임을 알 수 있다. 당시의 후리소데는 60센티 정도의 길이였는데, 오늘날처럼 성인식 때에 입는 기모노의 후리소데가 1미터 정도로 된 것은 에도 시대 후기의 일이다. 기모노의 오비는 최신 유행의 '기치야 매듭' 스타일을 하고 있다. 기치야 매듭이란 당시 교토에서 활약했던 가부키 배우인 가미무라 기치야上村吉弥가 고안해낸 매듭법을 말한다. 그는 가부키 연극에서 여자역할을 연기하는 온나가타女形 배우였는데, 무대에서 여성의 아름다움을 보여주기 위해 스스로 여러 스타일을 고안해 냈다고 한다. 이 기모노의 오비를 묶는 방법도 한층 여성스럽게 보이기 위한 방법이었다. 오비의 양쪽 끝에 살짝 무게

371

가 나가는 심을 넣어서 꿰맨 다음 매듭을 묶으면 양쪽이 약간 늘어지는 듯한 스타일이 완성되는데, 이 모양을 무대 의상에 시도하자 당시 젊은 여성들에게 엄청난 인기를 얻었다고 한다. 여성의 패션 스타일을 온나가타 역할의 남자 배우가 주도했다고 하니 배우가 여성의 아름다움에 대해 얼마나 열심히 고민했을지 짐작이 간다. 그림 속 여인의 얼굴 표정과 머리끝부터 발끝까지 풍기는 기품이 그야말로 장안 제일의 패셔니스트라고 자부할 만한 미인도라고 할 수 있겠다. 그렇다면 이토록 자신감 넘치는 얼굴의 그녀는 누구일까. 결혼 전의 유복한 상인집의 딸일까, 아니면 찻집에 새로 나가게 된 유녀일까, 그림 속 그녀가 바라보는 곳에는 누가 있었을까 등 많은 궁금증을 일으키는 그림이라고 할 수 있다. 오른쪽에서 왼쪽으로 걸어가던 중에 누군가의 부르는 소리에 뒤를 돌아보는 순간적인 포즈의 이 그림은 많은 여운을 안겨주면서 오랫동안 사랑받아왔다. 여인 이외에 그림 속 배경이 되는 것은 아무것도 없는 이러한 구도의 방법은 근세 초기에 유행했던 풍속화인 '관문 미인도'의 전형적인 방법이라고 하지만, 그림 속 여인의 포즈는 당시 최고의 세련된 모습을 여실히 보여주고 있다고 할 수 있다. 이러한 포즈를 취하게 한 작가 모로노부의 아이디어 또한 일품이라 할 것이다.

비 오는 밤 신사를 찾은 여인은 누구일까?

우키요에가 대중에게 크게 인기를 얻게 되면서 판화의 기법은 점차 더욱 발달하게 되었다. 화폭을 자유롭게 여러 가지 색으로 물들이는 작

【그림 2】 비오는 밤 신사를 찾은 미인(島本脩
二編(2002) 『週刊日本の美をめぐる－
浮世絵美人師宣と春信』 小学館)

업이 1765년에 이르러 스즈키 하루노부에 의해 가능하게 되어, 비로소 우키요에의 황금시대가 열리게 된 것이다. 재질이 질긴 종이 위에 색깔별로 몇 번이고 물감을 찍어낸 다색 판화가 만들어졌다. '에도 그림'이라는 이름으로 전국에 명성을 떨친 화려한 다색 판화는 선명한 아름다운 색상이 마치 중국에서 건너 온 고급 비단을 연상하게 하여 '니시키에'라는 우아하고 아름다운 이름을 갖게 되었다. 니시키에의 창시자인 스즈키 하루노부를 비롯하여 기타가와 우타마로喜多川歌麿(1753~1806년), 가쓰시카 호쿠사이葛飾北斎(1760~1849년), 우타가와 히로시게歌川広重(1797~1858년) 등이 아름다운 색채로 인쇄된 목판화 작품을 내놓게 된다.

그림 작가들은 출판업자의 지시에 따라 가부키 배우, 미인, 에도 명소, 36 가선三十六歌仙, 사무라이 등을 소재로 삼아 그림을 그리게 되었다.

다음에서는 스즈키 하루노부의 대표작인 '비오는 밤 신사를 찾은 미인雨中夜詣美人'의 그림을 살펴보도록 하자. 바람에 날아갈 것만 같은 가

녀린 몸과 조그마한 손발, 무표정한 얼굴은 앞서 보았던 모로노부 그림 속의 여인과는 사뭇 다른 분위기이다. 하루노부는 대체적으로 그림 속 인물로 유녀들을 그렸는데, 여기서는 기존과는 다른 새로운 미인상을 보여준다.

반쯤 접혀진 우산 한쪽의 찢어진 틈새 사이로 여인의 얼굴이 보인다. 열예닐곱쯤 되었을까. 하얗고 조그마한 어린 아가씨의 손에 든 등롱이 비바람에 흔들리고 있다. 기모노의 아랫자락과 허리를 두른 오비가 세찬 바람에 나부끼고 그 아래로 하얗고 조그마한 발이 보인다. 배경을 보니, 왼쪽 편에 신사 입구를 알리는 붉은 문의 도리이鳥居가 보이고 세찬 빗줄기가 그림 전체적으로 선명히 드러나 있다. 이 비바람 속을 여인은 무엇을 빌기 위해 신사를 찾은 것일까. 세찬 빗줄기 속을 뚫고 와서 이나리 신稲荷神에게 빌어야 하는 애절하고도 안타까운 사연이라도 있는 걸까. 이러한 이야기를 상상해볼 수 있을 것이다. 그런데 그림을 가만히 들여다보면, 주인공이 누구인지 짐작하게 하는 장치를 작가가 그려 넣었다고 한다. 손에 든 등롱의 문양으로부터 당시 에도에서 인기가 있던 가사모리이나리 신사笠森稲荷神社의 문 앞에 있던 찻집 가기야鍵屋의 딸이자 그 가게 '간판 무스메' 즉 얼굴마담이었던 오센お仙임을 알 수 있다. 오센은 1751년에 가기야 고헤이 집의 딸로 태어나 1763년경부터 가업인 찻집에서 일하기 시작한다. 오똑한 코에 희고 갸름한 얼굴에다 손님 접대가 뛰어나 좋은 평판을 얻게 되면서 점차 메이와 시대明和時代(1764~1772년)의 3대 미인으로 손꼽히며 이름을 날리게 된다. 1768년에 그 소문을 들은 인기 화가인 스즈키 하루노부도 찻집을 방문하고는 오센의 미모에 감탄하며 그녀를 모델로 한 니시키에를 그리게 된 것이다. 이후로 하루노부는 그녀를 모델로 하여 몇 점이나 그림을 남기고 있다.

그런데 이 그림 속에는 또 하나의 이야기가 숨어 있다는 흥미로운 사실이 있다. 전통예능 노가쿠能楽의 대본인 요쿄쿠 작품 『아리도시蟻通』를 원전으로 한 '미타테見立て'의 그림이라는 점이다. 미타테란 그림 속에 있는 전체적인 모티브로부터 어떠한 이야기를 연상하거나 상상하게 하여 원래의 주제를 인식하게 하는 것이다. 우키요에 연구가인 스즈키 주조鈴木重三에 의하면, 손에 든 등롱이 암시하는 밤이라는 시각과 비, 신사, 도리이, 찢어진 우산 등을 함께 생각해보면 연상 가능한 이야기가 있다고 한다. 요쿄쿠 『아리도시』는 『고킨와카슈古今和歌集』의 편자인 기 쓰라유키紀貫之 설화에서 소재를 취한 제아미世阿弥가 쓴 곡목으로, 그림 속 여인 오센을 보면서 아리도시 묘진의 화신으로 떠올릴 수 있는 것이다.

이야기는 다음과 같다. 기 쓰라유키가 다마쓰시마 신사玉津島神社 참배를 마치고 돌아가던 중 이즈미 지방에 도착하자 날이 저물었다. 게다가 큰 비가 와서 타고 온 말도 지쳐 쓰러져 아주 곤란한 상황이 되었다. 그때 우산을 쓰고 횃불을 든 나이든 신관이 나타나 신사 안으로 말을 타고 들어와서 묘진이 화가 나셨을 거라고 말해준다. 그리고는 손님이 와카 가인으로 유명한 쓰라유키인 것을 알고는 와카를 지어 신에게 바치면 좋을 것이라고 일러준다. 쓰라유키가 바로 노래를 지어 바치자 신관은 매우 흡족해하고는 쓰라유키의 청을 들어주고 실은 자신이 묘진이었음을 밝히고 사라진다. 그러자 말도 기운을 되찾고 쓰라유키 일행은 여행을 계속할 수 있게 되었다고 한다.

미타테는 원래 전통 하이쿠 수법에서 유래한 것으로, 특히 그림 세계에서는 역사적 사실과 스토리로부터 주제나 장면을 뽑아 당대풍의 인물이나 풍속으로 바꿔서 그린 것을 가리킨다. 감상하는 사람은 두 가지

요소의 관련성이나 차이를 발견하고는 즐거워하는 것인데, 이것을 파악하기 위해서는 고전작품에 대한 소양을 바탕으로 한 예리한 관찰력과 유연한 발상이 필요하다. 그러나 하루노부의 미타테 그림과 같이 처음에 그림을 보고 숨겨진 이야기를 쉽게 찾아낼 수 없는 내용으로 되어 있는 경우도 많아서 아직까지도 해명이 이루어지지 않은 작품들이 있다고 한다.

툇마루에 선 미인

이번에는 하루노부의 다른 작품 '툇마루에 선 미인'을 살펴보자. 장지문에 비치는 모습으로 보아 유곽인 것을 알 수 있고, 방안에서는 한창 연회가 벌어지고 있는 중이다. 그녀는 연회자리에서 잠시 화장실이라도 다녀오겠다고 방 밖으로 나온 것일까. 축 늘어진 어깨에 걸친 기모노가 무척이나 애처롭게 보인다. 그녀는 무슨 사연이 있어서 유곽에 나온 것일까. 수심에 가득 찬 그녀의 얼굴 아래로 하루노부의 그림에서 자주 볼 수 있는 하얗고 작은 발이 눈에 띈다. 빼꼼히 치맛자락 밖으로 나와 있는 하얀 발 가운데 엄지발가락이 살짝 치켜 들린 모습이 문득 귀엽다는 느낌을 갖게 한다.

그림 속 주인공은 누구일까. 실은 그녀의 이름은 '우메가에'라고 한다. 이 그림 또한 하루노부가 즐겨 그리던 그림 속 이야기를 가진 미타테 그림인 것이다.

옛날 시즈오카 현의 사야小夜라는 곳에 있던 관음사観音寺 절에 '무간

【그림 3】 툇마루에 선 미인(島本脩二編(2002)『週刊
日本の美をめぐる－浮世絵美人師宣と春信』
小学館)

의 종無間の鐘'이라 불리는 종이 있었다. 이 종은 만일 누군가가 쳐서 울
리게 되면 그는 현세에서 부자가 되어 행복을 얻을 수 있지만, 내세에
서는 끊이지 않는 고통 속에 빠지는 무간지옥無間地獄에 떨어진다고 하
였다. 당시 가부키 등에서는 이러한 드라마틱한 전설의 내용을 연극 취
향의 모티브로 삼기도 하였다. 종을 치는 대신에 손 씻을 물을 떠놓는
푼주인 수수발手水鉢을 종에 빗대어 치면서 춤을 추는 장면을 연출하였
던 것이다. 특히 『히라카나 성쇠기ひらかな盛衰記』 작품의 4단 「간자키아
게야神崎揚屋」에서는 히로인인 우메가에가 애인인 가지와라 겐타梶原源太
를 위해 무간의 종에 빗대어 수수발을 치는 장면을 연기하여 크게 주목
을 받았다. 그러한 장면을 연출이라도 하려는 듯이 그림 속 툇마루에
선 여인이 바라보고 있는 곳에는 다름 아닌 수수발이 놓여있다. 그 옆
에 매화 꽃이 피어 있는 것을 보니 이러한 미타테를 통해 툇마루에 선
여인의 이름에 매화가 들어 간 우메가에라는 점과, 그녀가 사랑하는 사

람을 위해 유녀가 되었다는 사연을 상상해보게 된다. 유곽에서의 괴로움과 시름을 덜고자 툇마루에 나왔다가 물끄러미 내려다보며 그녀는 무슨 생각을 하고 있을까. 무간지옥에 떨어지는 한이 있더라도 저 수수밭을 쳐서 부자가 될 수 있다면 좋으련만 하고 자신의 신세를 돌아보며 깊은 한숨을 내 쉬고 있는 것은 아닐까.

에도 민중들의 마돈나

인기 있는 그림 작가들은 출판업자의 후원을 받아 재능을 발휘하면서 다양한 미인화를 상품으로서 내놓게 된다. 그러던 중, 간세이 개혁寬政改革에 의해 사치를 규제하고 소박한 생활을 권장하고자 퇴폐적인 풍속을 통제한다는 이유로 호색 출판물들에 대한 단속이 실시되었다. 이에 해학을 담아 읊은 노래인 교카狂歌가 쓰인 교카 그림책狂歌絵本 등이 출판 불가의 판정을 받고 통속소설 작가들과 출판업자들까지 처벌을 당하게 되는 일이 생기자 우키요에 업계도 큰 타격을 입게 된다.

그런 가운데 기타가와 우타마로는 단속령의 내용 중에서 판화 한 장을 사용하는 그림의 경우는 단속의 대상 외로 한다는 문구를 활용하여 화려한 니시키에 미인화를 만들어 출판사 쓰타야의 새로운 주력상품으로 떠오르게 되었다. 우타마로는 특히 얼굴표정에 중점을 두어 인물의 상반신만 그리는 '오쿠비에大首絵'를 그렸다. 배우들의 커다란 상반신 그림에 깊이 있고 사실적인 표현을 그려낸 오쿠비에는 시리즈로도 만들어지게 되었다. 상념에 젖은 사랑, 깊고 은밀한 사랑 등 사랑에 빠

【그림 4】 포펜을 부는 여인(島本脩二編(2002)『週刊日本の美をめぐる－歌麿においたつ色香』小学館)

지면서 느끼는 황홀한 느낌과 불안 사이에서 동요하는 여인들의 심리 묘사를 디테일하게 그림 속에서 표현했다.

다음 그림은 우타마로의 '포펜을 부는 여인'이라는 제목의 그림이다. 이 그림은 우타마로의 오쿠비에 시리즈로 유명한 '부녀인상십품婦女人相十品', '부녀인상학십체婦女人相学十躰' 두 시리즈에 모두 실릴 만큼 인기가 있는 그림이다.

미인화 속의 여인이 포펜이라는 장난감을 불며 노는 자연스러운 모습이 잘 표현된 걸작으로 손꼽힌다. 포펜은 유리제품의 장난감으로, 바닥이 얇은 플라스크 형태의 병으로 만들어져 입에 대고 불면 '포－핀'하고 소리가 나게 되어 있다. 순진한 표정에 단정하게 올린 머리, 그리고 후리소데의 기모노가 매우 인상적이다. 특히 기모노는 에도 중기의 가부키 배우인 사노가와 이치마쓰佐野川市松가 이러한 무늬의 옷을 입은 데서 유행하게 된 네모진 흑백 무늬를 번갈아 늘어놓은 바둑판무늬가

【그림 5】 거울을 들여다보는 여인(島本脩二編(2002)
『週刊日本の美をめぐる－歌麿においたつ
色香』小学館)

눈길을 끈다. 일명 이치마쓰 문양의 체크무늬 기모노에 꽃부채와 같은
모양의 화려한 비녀를 꽂고 있는 모습은 여유가 있는 상인집의 딸인 것
을 상상해 볼 수 있다. 넘실거리는 긴 후리소데의 화려함과 포펜을 불
고 있는 여인의 모습에서 느껴지는 천진함이 잘 조화를 이루는 우타마
로의 대표작이라 할 수 있다.

　마지막 그림은 우타마로의 '거울을 들여다보는 여인'이다. 우타마로
가 그리는 여인의 그림에는 자주 거울이 소재로 등장하는 것을 볼 수
있다. 거울에 비춰진 여인의 모습을 보여 줄 뿐만 아니라 거울을 보는
모습을 통해 여인의 심리를 표현하고 있다.

　그림을 들여다보면 실제로 현실의 여인의 모습은 뒷모습뿐이고, 진
짜가 아닌 거울의 비친 모습을 통해 여인을 그리고 있다는 점이 기발하
다. 그녀의 실제 모습은 그림의 우측의 비친 모습뿐이지만, 그림의 전
체적인 구도로부터 대부분을 차지하는 거울 속의 모습이 매우 자연스

럽다. 전체 화면을 가로지르는 듯한 부드러운 곡선의 거울의 테두리와 그녀가 입고 있는 옷의 검은 옷깃이 안정적으로 중심을 잘 잡고 있다.

대형 거울을 들여다보는 미인의 얼굴은 어떠한가. 가늘고 긴 눈초리에 오뚝한 콧날이 돋보이는 그녀가 입고 있는 기모노의 양쪽 가슴에 새겨진 동백꽃의 문양에서 오사카 나니와의 유녀 '오키타ぉ北'라고 짐작할 수 있다. 큰 거울 앞에서 자신의 머리 모양을 살펴보는 여성의 모습을 통해 여성 특유의 아름다움과 거울에 비춰지는 여인의 심리까지 보여주고 있는 것이리라. 우타마로가 의도한 것은 에도 제일의 미녀라고 평판을 받았던 오키타의 미모를 다양한 각도에서 표현하고자 한 것이라고 한다. 거울을 보는 그녀의 뒷모습과 거울을 통해 보는 그녀의 모습 등을 감상할 수 있는 무척 매력적인 그림이라고 할 수 있다.

이렇듯 우키요에는 에도 시대 대중문화의 꽃을 피우며 민중들에게 사랑을 받았던 예술놀이였다고 할 수 있다. 현재 일본 우키요에에 관한 세인의 높은 관심과 평가는 미인화뿐만 아니라 가부키 배우나 에도 명소에 이르기까지 다양한 소재들의 멋진 작품들을 활발히 현대에 불러들이고 있다. 오랜 세월을 통해 전해져온 일본 문화 속의 고유하고도 독특한 아름다움을 당당히 보여주고 있기 때문일 것이다.

참고문헌

김남희 지음(2016) 『일본회화 특강』 계명대학교출판부
이연식 지음(2009) 『유혹하는 그림, 우키요에』 아트북스
고바야시 다다시 지음, 이세경 옮김(2004) 『우키요에의 美』 이다미디어
안혜정 지음(2003) 『일본미술 이야기』 아트북스
島本脩二編(2002) 『週刊日本の美をめぐる一歌麿においたつ色香』10号 小学館
島本脩二編(2002) 『週刊日本の美をめぐる一浮世絵美人師宣と春信』26号 小学館

놀이로 읽는
일본문화

찾아보기

집필진

고선윤 백석예술대학교 외국어학부 겸임교수
저서 『헤이안의 사랑과 풍류』, 제이앤씨, 2014
논문 「센류를 통해서 본 『이세모노가타리』」(『일본학연구』40, 단국대
학교 일본연구소, 2013.9)
「『이세모노가타리』의 동쪽지방」(『일본언어문화』22, 한국일본언
어문화학회, 2012.9)

김경희 한국외국어대학교 미네르바 교양대학 조교수
공저 『공간으로 읽는 일본 고전문학』, 제이앤씨, 2013
논문 「문학적 주술과 욕망 서사-「뱀 여인의 애욕」을 중심으로」(『외국
문학연구』65, 한국외국어대학교 외국문학연구소, 2017.02)
「동아시아 애정 전기소설 서사비교-욕망과 해원(解冤)을 중심으
로-」(『비교일본학』32, 일본학국제비교연구소, 2014.12)

김난주 단국대학교 교양교육대학 연구전담 조교수
공저 『近代東アジアと日本 : 交流・相剋・共同体』, 中央大学出版部, 2016
역서 『노가쿠-일본 전통극 노・교겐의 역사와 매력을 읽다』, 도서출판
채륜, 2015
논문 「중세 진구황후 신화와 노(能) 〈하코자키(箱崎)〉에 나타난 진구황
후상」(『아시아문화연구』43, 가천대학교 아시아문화연구소, 2017)

김영심 인하공업전문대학 항공경영과 교수
저서 『일본영화 일본문화』 보고사, 2014
역서 『뜬구름』 보고사, 2003
논문 「식민지조선에 있어서의 源氏物語-경성제국대학의 교육실체와 수
용양상-」(『일본연구』21, 한국외국어대학교 일본연구소, 2003.12)

김유천 상명대학교 글로벌지역학부 교수

논문 「『源氏物語』における<孝>」(『일본언어문화』33, 한국일본언어문화학회, 2015.12)

「『源氏物語』における「命」の表現性」(『일어일문학연구』92, 한국일어일문학회, 2015.2)

「『源氏物語』朧月夜物語と和歌表現」(『일본연구』57, 한국외국어대학교 일본연구소, 2013.9)

김종덕 한국외국어대학교 일본어대학 교수

저서 『헤이안 시대의 연애와 생활』제이앤씨, 2015

공저 『東アジアの文学圏』笠間書院, 2017

번역 『겐지 이야기』지만지, 2017

김태영 한국외국어대학교 일본어대학 강사

공저 『일본문학의 기억과 표현』, 제이앤씨, 2015

논문 「紫上と明石の君の運命」(『일본연구』74, 한국외국어대학교 일본연구소, 2017.12)

「源氏物語における薫の主人公性に関する一考察—薫の人物造型と「まめ」とのかかわりを中心に—」(『일본언어문화』32, 한국일본언어문화학회, 2015.10)

류정선 인하공업전문대학 항공운항과 부교수

공저 『공간으로 읽는 일본고전문학』, 제이앤씨, 2013

논문 「중국 예악사상과 고대 일본의 유예(遊藝)문화」(『일본언어문화』37, 한국일본언어문화학회, 2016.12)

「일본고전문학에 나타난 당대 전기소설『유선굴(遊仙窟)』의 수용과 재창조성 – 헤이안(平安)시대 모노가타리(物語)를 중심으로 – 」(『일본언어문화』29, 한국일본언어문화학회、2014.12)

무라마쓰 마사아키 선문대학교 일어일본학과 교수

저서 『日本の近現代の作家たち』, 선문대학교 출판부, 2007

『日本古典文学と夢』, 선문대학교 출판부, 2009

『小説と映画で学ぶ日本語』, 선문대학교 출판부, 2011

문인숙 인천대학교 일어일문학과 강사
공저 『키워드로 읽는 겐지 이야기』, 제이앤씨, 2013
『공간으로 읽는 일본고전문학』, 제이앤씨, 2013
논문 「일본 고전에 나타난 뱀의 상징성 고찰」(『한림일본학』29, 한림대
학교 일본학연구소, 2017.5)

박민정 노무라미술관특별연구원. 서경대학교 한일문화예술연구소 선임연구원
저서 『そそうー茶の理想的姿を求めてー』f.c.l Publish, 2017
공저 『茶室露地大事典』淡交社, 2018
논문 「伝統藝術における修行についてー茶道における「そそう」と「守破離」
を中心にー」(宝塚大学博士学位論文, 2014)

신은아 한국외국어대학교 일본어대학 강사
공저 『키워드로 읽는 겐지 이야기』, 제이앤씨, 2013
공역 『모노노아와레』, 도서출판 모시는 사람들, 2016
논문 「『源氏物語』雲居雁の嫉妬 − 立ち姿を見せる女君の嫉妬」(『일어일
문학연구』75-2,한국일어일문학회, 2010.11)

윤승민 한국외국어대학교 일본어통번역학과 강사
논문 「『源氏物語』アイロニー考ーすれ違う人間関係と物語の終焉ー」(『일
본연구』74, 한국외국어대학교 일본연구소, 2017.12)
「平安朝物語における「遺言」の考察 ; 当時の社会的実情の反映とい
う観点から」(『한림일본학』28, 한림대학교 일본학연구소, 2016.5)
「文学作品製作の原動力としての歴史的準拠考察ー「相撲の節会」を
中心に」(『일본어문학』73, 일본어문학회, 2016.5)

이부용 강원대학교 강원문화연구소 전임연구원
공저 『비교문학과 텍스트의 이해』 소명출판, 2016
논문 「하기노 요시유키(萩野由之)의 「한국여행담」 연구」(『일본연구』74,
한국외국어대학교 일본연구소, 2017.12)
「『종교에 관한 잡건철』 고려촌 성천원에 관한 연구」(『원불교사상
과 종교문화』72, 원광대학교 원불교사상연구원, 2017.6)

이신혜 한국외국어대학교 일본어대학 강사

공저 『키워드로 읽는 겐지 이야기』, 제이앤씨, 2013

논문 「『바람에 단풍(風に紅葉)』의 성애 연구」(『일어일문학연구』93-2, 한국일어일문학회, 2015.5)

「중세 왕조모노가타리와 오토기조시의 영향관계에 관한 일고찰 – 계모담을 중심으로」(『중앙대학교 일본연구』37, 중앙대학교일본연구소, 2014.8)

한경자 경희대학교 일본어학과 부교수

논문 「근대 가부키의 개량과 해외 공연」(『일본사상』, 한국일본사상사학회, 2016.12)

「식민지조선에 있어서의 분라쿠공연」(『일본학연구』, 단국대학교일본연구소, 2015.09)

「佐川藤太の浄瑠璃 : 改作・増補という方法 (近世後期の文学と芸能)」(『国語と国文学』, 東京大学国語国文学会, 2014.5)

한정미 조치대학(上智大学) 그리프케어연구소 객원교수

저서 『源氏物語における神祇信仰』武蔵野書院, 2015

논문 「変貌する厳島神—古代・中世文芸を中心に—」(『일본사상』32, 한국일본사상사학회, 2017.6)

「『春日権現験記絵』に現れている春日神の様相—巻十六から巻二十までの詞書を中心に—」(『일본학보』107, 한국일본학회, 2016.5)

홍성목 울산대학교 일본어 일본학과 조교수

논문 「『日本靈異記』上巻25・26縁を考える—持統天皇と大神高市万侶、そして景戒—」(『일본연구』74, 한국외국어대학교 일본연구소, 2017.12)

「『니혼료이키(日本靈異記)』에 나타난 히토코토누시(一言主神) 전승에 대한 고찰–엔노오즈누의 인물상을 중심으로–」(『일본어문학』75, 일본어문학회, 2016.11)

「『日本靈異記』上巻23・24縁に語られるもの–古代日本の家族の在り方と母親像–」(『일본언어문화』33, 한국일본언어문화학회, 2015)